한국남북문학 100선

신과의 약속

한말숙/지음

▨ 작품해설
한말숙의 작품세계
김우종

일신서적출판사

책머리에

언어는 인간만이 유일무이하게 구사할 수 있는 사상의 전달매체이다. 말은 시간적인 의미의 매체이며 글은 시간을 초월하는 공간적인 의미의 매체이다. 문자가 발명되어 기록으로 전해짐으로써 비로소 사상은 고금을 잇는 연결고리를 갖게 되었다. 이렇게 문자를 통해 선조의 사상과 지혜가 후세에 전달됨으로써 인류문명은 비약적으로 발전하게 되었던 것이다.

우리 나라도 세종대왕께서 세계에서 가장 훌륭한 문자인 한글을 창제하시어 우리만의 문자를 갖게 되었다. 그러나 안타깝게도 한자문화의 영향권에 오랫동안 머물러 있었던 것이 개화기를 맞아 우리 글에 대한 새로운 시각에 눈을 뜨게 되자, 비로소 우리 글로 씌어진 문학작품이 물밀듯이 쏟아져 나오게 되었다. 그러나 이처럼 많은 작품들을 여러분이 모두 읽을 수는 없는 실정이다. 따라서 한국문학사에 길이 남을 훌륭한 작품들을 신중히 선택하여 수록함과 더불어 여러분에게 실질적인 도움을 주고자 교과서에 나오는 작품들을 위주로 하여 《한국남북문학 100선》이라는 표제를 붙여 발간하고자 한다. 여기에는 납북작가들의 작품까지도 자료가 보충되는 대로 수록하여 여러분에게 편중된 작가의 작품만 읽는 우를 범하지 않도록 배려하였다.

이 《한국남북문학 100선》이 학생들뿐만 아니라 일반인에게도 널리 읽혀 우리 문학작품의 흐름과 이해에 많은 도움이 되었으면 하는 마음 간절하다.

한말숙 단편집

차례

한말숙(韓末淑 : 1931~   )

소설가. 서울에서 출생했다. 1955년 서울대학교 문리과대학 언어학과를 졸업했고 이듬해 단편 《별빛 속의 계절》이 〈현대문학〉에 추천되어 문단에 데뷔하였다. 57년 단편 《신화의 단애》로 추천이 완료되었고 《어떤 죽음》을 발표하였다. 58년에 단편 《노파와 고양이》《귀뚜라미 우는 무렵》《낙조전 (落照前)》을 발표했고, 59년에 단편 《맞선 보는 날》《호텔》《자연(紫煙) 흐르는 속에》를 발표했으며, 60년에는 창작집 《신화의 단애》를 간행했다. 이후에도 꾸준히 작품을 발표하였는데 64년 《흔적》으로 현대문학 신인문학상을 수상하는 기쁨을 맛보기도 했다. 또 68년에는 《신과의 약속》으로 제 1 회 창작문학상을 수상했으며 70년에 단편 《사랑에 지칠 때》, 장편 《방황의 계절》을 〈주간경향〉에 연재하였다.

그의 전 작품을 꿰뚫고 있는 특성은 사물을 객관적으로 보는 것과 장인기질이 여실히 엿보이는 통찰력이라고 할 수 있다. 그는 20대의 젊었을 때에는 사랑의 윤리를 추구했지만 중년에 접어들면서 사물의 본질을 파악하는 능력이 가미되면서 그의 소설은 일취월장하게 된다. 그는 옳은 삶의 길이 윤리의 표상이라는 인식을 갖게 되면서 통념적인 미덕은 거부한다. 즉 사회화되고 규정화된 틀 속에서의 미덕이나 도덕관념은 인간의 자유로운 의지를 오히려 구속시키게 된다는 인식하에서 그는 작품의 밑바탕에 감정의 정직성과 결벽성의 장치를 설치해 놓고 있는 것이다. 또 그는 이러한 감정에 기반을 둔 자율적인 윤리에는 반드시 사랑이 바탕이 되어야 한다고 강조하였는데 그의 작품의 면면을 보면 역시 사랑이 인간의 모든 조건에서 최상의 요체라는 점을 누누이 강조하고 있는 것이다.

신과의 약속

간호사가 체온계를 들여다보며 고개를 꼰다. 영희의 가슴이 뜨끔해졌다. 그녀는 얼른,

"몇 도지요?"

했다.

"8도 4부예요."

간호사는 다시 고개를 갸우뚱하며 병실을 나갔다. 한 시간 전까지도 40도였는데, 상당히 내렸구나 싶어 영희는 경옥의 조그만 이마를 짚어 보았다. 여전히 뜨겁다. 얼굴빛이며 입술도 흙빛 그대로다. 석연치 않으나,

'체온계가 손보다는 정확할 테지'

생각하며,

"경옥아!"

하고 불렀다. 경옥은 긴 속눈썹을 가지런히 내려담은 채 대꾸가 없다. 새벽 네시쯤 갑자기 8도 8부의 열이 나더니 오후 네시가 지난 지금까지 계속 고열이다. 열한시에 입원한 후로는 줄곧 눈을 뜨지 않는다. 잠든 것인지 인사불성인지 알 수가 없다. 의사는 식중독이라 하고 가고는 간호사가 약만 주고 시간에 맞추어 와서 열만 재간다. 환자가 계속 밀리는 병원이니 의사가 줄곧 달려 있을 수도 없을 것이다.

아침 밥도 두어 번 뜨다 말고 점심때도 지나고 저녁 먹을 시간이 되는데 영희는 시장기를 모르겠다. 대여섯 시간 줄곧 서 있는데도 다리가 아픈지 모르고 있다.

8도 4부라는 말에 조금 숨이 가신 영희는 순복이더러 간식으로 들어온 사과를 먹으라고 했다. 순복이도 긴장해서인지 점심도 조금밖에 안 먹었는데 먹기 싫다고 한다.

"먹어라. 그리고 너 잠 자거라. 오늘 밤 교대해서 새워야 하니까, 응?"
하고 타일렀다. 순복은 그제야 사과는 먹지 않고 소파에 다리를 펴고 눕는다. 영희는 링게르가 1분에 열다섯 방울 이상 떨어지지 않도록 시계를 보며 약방울을 속으로 세었다. 어린아이라 링게르가 빨리 들어가면 부작용으로 심장 마비를 일으킬는지 모르니까 방심할 수 없다. 링게르의 약방울을 너무 응시해선지 그녀는 눈동자가 아프다.

경옥이 갑자기 눈을 뜨고 머리맡 테이블에 있는 사과를 본다.

"경옥아, 선생님이 물도 먹지 말랬어. 먹고 싶어도 꾹 참자."
하며 영희는 테이블을 몸으로 가리고 섰다. 경옥은 아무 말도 없이 눈을 더 위로 치뜬다.

"위 보지 말어, 골치 아프다."

경옥의 눈동자는 점점 더 위로 넘어가며 고개가 뒤로 젖혀진다. 이상했다. 낯빛이 흙빛깔에서 검은 청동색으로 변해간다.

"경옥아, 왜 이러니, 순복아 어서 선생님 불러."

순복이 후다닥 뛰어나갔다. 경옥의 검은 동자는 없어지고 뒤로 젖혀진 얼굴은 시꺼매졌다.

"경옥아, 경옥아!"

영희는 경옥의 조그만 몸을 안고 몸부림을 쳤다. 여의사와 간호사 몇 명이 바쁜 걸음으로 병실에 왔다.

"조용히 하세요."

여의사의 첫마디다.

"왜 이러는 거예요?"

영희는 경옥을 안은 채 놓으려 하지 않았다. 놓으면 경옥이 죽을 것만 같았다. 여의사는 냉랭하게,

"나가 계세요. 어머니가 아이를 고치실 거예요?"
했다. 그 말이 영희의 가슴을 찌른다.

'옳아요. 내가 무슨 재주로 고치겠어요.'

간호사가 세 명 더 오고, 산소호흡기와 썩손이 들어와서 병실이 좁아졌다. 여의사가 가제가 말린 막대기를 경옥의 입에 물렸다. 혀를 깨물까 해서 그러는 모양이다. 영희는

"경옥아."

하고 간호사 뒤에서 소리를 쳤다. 침대를 간호사들이 빙 둘러서 있기 때문에 경옥이 잘 보이지 않는다. 영희는 복도로 나가 머리맡 창문에 섰다. 간호사들이 경옥에게 알코올 바드를 시키고 있다. 여의사가 맥을 짚어보고 가슴에 청진기를 댄다. 링게르의 주사바늘이 빠져있다. 한 간호사가 경옥의 어깨에 피하주사를 놓는다. 강심제인지? 경옥은 바늘이 들어가는데도 아픔을 못 느끼는지 반응이 없다.

"하느님! 하느님!"

영희의 두 손은 어느 사이엔가 가슴께에서 합장해졌다가 또 이마에서 맞붙잡아졌다.

"예수여! 아니 성모 마리아!"

종교가 없는 영희는 신중에 어떤 신을 찾아야 할지 잠시 갈팡질팡한다. 그리고 신은 필요없다고 생각하던 터에 다급하니까 신을 찾고 있는 자신이 스스로 부끄럽다.

"그러나 이런 경우에 아니 이 경우 외에 또 언제 신을 찾을 일이 있을까." 하고 그녀는 스스로 변명했다. 무조건 신을 믿을 수 없는 그녀는,

"신이여, 내 딸을 살려주신다면 믿겠습니다. 약속하지요. 경옥을 살려주세요. 한번 그 효험을 보여주어보세요. 그러면 당신이 하는 일이 아무리 불공평해도 당신만이 옳고 당신이 하는 짓은 모두 진리라고 복종하겠어요. 한번 당신의 존재를 보여주어보세요."

말하고 나니 너무 건방진 것 같아,

"저를 용서하시고 내 딸을 살려주세요."

그녀는 미간을 모으고 그 위에 두 손을 맞잡고 진지하게 속으로 말했다.

간호사들의 어깨 너머로 썩손에서 고무관이 경옥의 조그만 입 속으로 들어가는 것이 보인다. 가래침이 기관을 막는 것을 방지하는 모양, 가래침이

목까지 차면 죽는 것이라 들었다.

"신이여. 당신이 그렇게도 무력합니까?"

영희는 땅을 구르며 울고 싶은데 눈에는 물기 하나 없고 눈 속이 깡말라 아프다.

"순복아, 과장 선생님 어서 오시라 하고, 회사에 전화해서 아저씨 빨리 오시도록 해라."

말하며 그녀는 현기증을 느꼈다. 운규를 부르는 것은 경옥의 최후를 생각하기 때문이다. 마지막에는 가장 사랑하던 아빠와 엄마 품에서……하고 생각하니 뒤틀리며 아프던 가슴이 감각을 잃고 다만 눈앞이 빙빙 돌며 어지럽다. 이것이 체념하는 과정인지 여의사와 간호사만으로는 마음이 놓이지 않아 과장 선생을 청했다. 간호사 한 사람이 혈압을 재는 것이 보인다. 뒤로 젖혀졌던 경옥의 고개가 어느 사이엔가 제자리에 와 있다.

"이제 틀린 건가?"

죽음이 가까와지면 사지는 뻗는다고 들었다.

"경옥아, 경옥아!"

영희는 병실로 들어가며 소리를 쳤다. 그 목소리가 몇 갈래로 찢어진다.

"조용히 하세요."

여의사가 다시 주의시킨다.

'내가 소리친다고 경옥이 살아날 리는 없지'

과장 선생은 오지 않고, 부르러 간 순복이도 오지 않는다. 그녀는 스스로 과장을 부르러 가고 싶으나 그 동안이라도 경옥에게 마지막 순간이 있을까 해서 자리를 뜨지 못하고 있다. 여의사는 청진기로 연방 경옥의 심장을 짚어보고 간호사들은 '알코올' 솜으로 경옥의 몸을 적시고 있다. 경옥의 낯빛은 여전히 검은 청동빛이다. 갑자기 영희는 병실을 뛰어나가 일 층에 있는 소아과 진찰실까지 달려갔다.

"우리 애기 큰일 났어요"

그녀는 숨이 차서 허덕이며 소리쳤다. 과장은 청진기로 댓 살 되는 사내아이를 진찰하고 있다가 한마디도 없이 일어나서 뛴다. 그 뒤를 달음질치며,

“아까부터 선생님 여쭈었는데 왜 안 오셨어요. 도대체 식중독으로…….”

영희는 말을 잇지 못했다. 사윗스러운 말을 해서 무엇인가 더칠까 해서다. 절망은 하나 혹시나 하는 바람 때문에 죽음이라는 말을 입에 내기를 삼갔다.

과장은 병실에 들어서자 플래시로 경옥의 동공을 비쳤다. 반응이 없다.

‘이미 틀렸나? 죽은 후도 십분 이내면 살릴 수 있다던데 이것은 남의 나라 얘기인가?’

‘살려주세요’

영희는 속으로 부탁하다가 또 신을 찾다가 한다.

의사도 신도 경옥을 살리지 못한다면 그녀는 무엇에게 기원해야 할는지 몰랐다. 인간 이상의 것이 신이라면 신보다 더 큰 존재는 없는지…….

섭씨 32도, 삼 층이나 바람 한점 없어서 병실마다 문을 열어놓고 있다. 옆 병실에서 환자와 보호자가 서넛이 모여왔다. 부인과와 소아과 병원이라 모두가 자식을 가진 사람들이어서지 근심스런 얼굴이다. 그들 사이에 끼어서서 영희는 경옥을 지켜보았다. 실오라기 하나 걸치지 않고 있는 경옥이 애처롭다. 간호사들이 계속 알코올 바드를 시키고 있다. 남쪽 창에서 갑자기 바람이 불어온다.

“감기 안 들까……그러나 의사가 오죽 잘 알리라구…….”

경옥의 입에 물린 막대기가 자꾸만 빠져나온다. 그것을 간호사가 고쳐 넣고 있다. 동그란 경옥의 얼굴은 검게 질렸던 것이 흙빛으로 되어 있다. 좋은 성소인시 너 나쁜 징조인지 영희는 조바심이 커져서 병실로 들어갔다.

“선생님 어떻게 되는 거예요?”

“염려 마십시오. 어머니는 나가 계세요.”

나아졌다는 말은 없다. 영희의 안타까움이 경옥을 회복시키는 데 방해가 되는 것 같은 말투다. 확실히 사랑은 무력했다. 울고 탄식할 뿐이다. 간호사가 경옥의 두 팔에 주사를 놓는다. 과장이 플래시로 경옥의 눈동자를 비친다. 반응은 없다. 영희의 맥이 확 풀린다.

“신이여, 당신도 나만치 무력하십니다. 정말 의미의 신이라면 이런 때 힘을 보여주십시오.”

그녀는 침착하게 가슴속에서 말했다.

12

"경옥아, 가엾어라. 너를 낳지 말 것을 사 년 육 개월을 살고 갈 세상에 무엇하러 태어났었니. 너를 낳고 엄마하고 아빠는 얼마나 좋아했었는지. 그 환희를 주느라고 태어나서 지금 이 슬픔을 주며 너는 가는 것이냐? 경옥이, 너 아가, 너는 갓나와서 이틀 만에 엄마 젖을 먹는데 입을 크게 벌리지 못해서 빨지 못하고 한참 동안은 젖이 흐르는 것만 먹었지.

엎드리고 기고 서고 짝자꿍이며 재롱부리며, 네가 말 한 마디만 하면 집안에 웃음이 퍼졌었다. 이쁜 세 살이 지나 팬츠에 가끔 오줌을 누면 엄마가 종아리를 때려주었지. 미안해라. 대체 네 귀여운 몸 어디에 매를 댈 데가 있다구. 그 짧은 세상을 살게 하느라고 엄마가 너를 태어나게 했구나."

흡사 구슬픈 영창처럼 영희의 가슴에서 소리없이 말이 흘러나왔다. 체념해가는 과정인지 그녀는 침착해졌다.

빠져 있던 링게르를 다시 꽂으려고 여의사가 경옥의 정맥을 여기저기 찾고 있다. 정맥이 안 보이는 모양이다. 과장이 주사바늘을 받아서 찾으나 역시 못 찾는다. 팔에 두른 고무줄을 당겨보다가, 손바닥으로 경옥의 팔을 탁탁 쳐보았다 하며 애를 쓴다. 팔, 손등, 발등까지 수없이 바늘을 넣었다가는 도로 뺀다. 아픔을 못 느끼는지 경옥은 반응이 없다. 과장이 당황하는 것 같다. 정맥이 왜 없어졌는지? 영희는 다시 병실로 들어가서 의사의 뒤에서,

"어떻게 되는 거지요? 왜 바늘을 찌르지 못하세요?"

했다. 그녀의 음성은 낮고 정확해졌다. 의사는 아무 대꾸도 없이 정맥만 찾고 있다.

'이제 그만인가? 이렇게 다급한데 그이는 왜 안 올까. 전화하러 간 순복은 또 무엇하느라고 아직도 안 오나.'

영희의 심장이 다시금 뒤틀리는 듯이 통증이 일어난다. 드디어 과장이 경옥의 팔의 정맥에 주사바늘을 꽂았다. 과장의 이마에 땀이 방울처럼 송송히 맺혔다. 링게르가 한 방울씩 떨어진다.

"심장은 뛰는구나……."

영희는 한숨을 쉬었다. 과장은 플래시로 경옥의 눈동자를 연방 비쳐본다. 번번이 반응이 없던 동자가 조금 움직이는 것 같다. 착각인지? 영희의 가슴이 반가워 뛰었다.

"움직인 건가요?"

"네."

과장은 대답하나 이제 괜찮다고 시원한 말을 하지 않는다. 촛불이 꺼지기 직전이면 한 번 반짝 빛나듯이 경옥의 증상이 갑자기 악화하려는 것이 아닌가 하고 영희의 가슴이 조인다.

"하느님……."

심부름을 갔던 순복이 허덕거리며 병실에 들어왔다.

"아저씨는 자리에 안 계시다 해서 오시는 대로 연락해달라고 했어요."

영희의 뒤에서 그녀는 늦은 이유를 혼자서 계속했다. 공중 전화는 사람이 늘어서 있고, 간호사 카운터에 있는 것은 통화중이고 사무실에 있는 전화는 외인 사용 금지였다고 한다.

'그이는 좋겠어. 이렇게 가슴 아픈 것도 모르고……어느 다방에나 앉아 있는지. 어떤 여자며 남자 친구들하고 즐겁게 웃고 있을지도 몰라. 관청 사람들하고 상담(商談)을 하고 있을까'

영희는 운규가 병원에 전화 한 번 하지 않고, 회사에서 자리를 뜨는데도 연락처도 알려두지 않을 만큼 태평으로 있는 것이 한편 서운하나 다행이라 여겨지기도 한다. 자주 병원에 가니까 오늘도 다른 때와 같으려니 하고 그는 무심할 것이다. 그렇게 생각은 하나 역시 서운한 기분은 얼른 가시지 않는다. 언젠가 아이들이 앓아서 밤을 거의 새다시피 하던 날, 곤히 자고 난 남편에게 당신은 참 좋겠어요. 아이가 아프니 아나, 아이를 낳으니 그 고통을 아나……하니까 당신이 없으면 내가 다 해, 하고 서슴지 않고 운규는 대답했다. 여자는 육아며 살림살이를 해야 하고 그러니까 남편은 밖의 일에 열중할 수 있게 마련이고 그렇게 해서 한 가정이 이루어지는 것이리라.

과장이 플래시로 경옥의 눈을 비쳤다. 이번에는 확실히 검은 동자가 두어 번 움직였다.

"경옥아, 내 이쁜 애기야."

그녀는 눈시울이 뜨거워졌다. 동자가 움직이는 경옥이 고마웠다. 고비는 넘긴 것 같았다.

"이제 괜찮을까요?"

"네, 고열이 나면 경기하는 수가 있지요"

과장의 음성에 자신이 있다. 간호사들이 나갔다. 과장이 경옥의 겨드랑이에서 체온계를 꺼내 들었다.

"구돕니다. 많이 내렸습니다."

"아까는 팔도 사부라고 했어요"

"간호사가 안심시키느라고 바른대로 말하지 않을 수도 있습니다."

과장은 비로소 수건으로 이마의 땀을 닦는다. 긴장해서 땀이 나는 것을 이제야 안 모양이다.

"팔도 오부가 될 때까지만 알코올 바드는 계속하십시오."

과장은 말하며 경옥의 맥을 짚고 다시 가슴에 청진기를 대 본다. 영희는 알코올과 물을 섞은 것에 가제를 담궜다가 발가벗은 경옥의 몸을 고루 적셔주었다. 그 물이 증발하여 몸에서 열을 빼앗는 것이다.

"귀여운 이마, 귀여운 손, 귀여운 어깨……엄마가 이렇게 사랑하는데 왜 앓니? 앓지 말아, 내 아가……."

과장은 다시 경옥의 눈등을 올리고 플래시로 동자를 비췄다. 동자가 움직이는 것이 회복하는 조짐인가보다. 경옥의 눈 언저리는 부신 듯이 수축하고 동자는 좌우로 움직였다.

"이제 됐네."

운규의 말소리에 영희는 깜짝 놀라 뒤돌아보았다. 언제 왔는지 운규가 그녀의 뒤에 서 있다. 얼굴이 벌건 것이 더운 탓도 있겠으나 연락을 받고 긴장한 것 같다.

"경기를 또 할 줄 모르니 이상이 있으면 연락하십시오."

과장은 말하고 나간다. 여섯시다.

"감사합니다."

영희는 과장의 등 뒤에서 말했다. 감사라는 말은 수없이 했으나 지금처럼 진심으로 말해보기는 처음인 것만 같다. 영희는 비로소 운규를 향해 앉았다. 그가 반갑고 경옥이 회복된 것이 기쁘고 긴장도 풀려선지 그녀는 갑자기 운규를 붙들고 울고 싶었다. 그러나 다만,

"큰일 날 뻔했어요."

했다. 운규는 잠자코 경옥을 지켜보며,

 "음."

한다. 한참 후에,

 "경옥아."

하고 불렀다. 경옥의 손을 잡으며,

 "아빠다."

한다. 멍하게 떴던 경옥의 눈은 도로 감긴다. 의식이 완전히 돌아오지 않는 모양이다. 의자에 앉으며 운규는,

 "왜 그렇게 되었었지?"

한다.

 "식중독이래요."

 "무얼 먹었는데?"

 "늘 먹는 것 먹었다는데……복숭아하고 수박을 먹은 것이 나빴는지요."

 영희는 어저께 낮에 문학 세미나에 참석했다가 동료들이 함께 식사를 하자고 해서 식사한 것이 후회스럽기 한없다. 집에 와서 아이들 먹는 것을 감독했다면 중독되지 않았을지도 모른다고 아까부터 되풀이 가책을 느끼고 있었다. 식중독은 아무래도 음식에 불결한 것이 있기 때문이다. 육감이 가르쳤는지 식사하기 전에 집에 전화를 해서 아이들 잘 노는지 묻고 음식 먹기 선에 손 깨끗이 씻기라고 몇 번이나 되풀이 당부했었나. 세세적인 문학의 동향이라든가, 국내 문학의 그것 같은 것이 조금도 그녀의 창작에 영향을 주지 못하는 것을 뻔히 알며, 세미나 같은 일에 참석하는 것은 그녀에게는 외부의 공기를 쏘이려는 데 불과했다. 외부의 공기……세미나 따위는 거절해야 했었다. 기진해 있는 경옥의 조그만 얼굴을 보며 후회가 가슴을 에이는 것을 영희는 잠자코 견뎠다.

 "꼭 무엇을 먹어서가 아니라 재수 나쁘면 그럴 수도 있지."

 운규는 영희의 마음도 모르고 하는 말이겠으나 그녀에게는 위안이 된다. 간호사가 와서 체온계를 재어보고,

 "팔도 팔붑니다."

한다. 몇 시간 만에 경옥의 얼굴에. 붉은 빛이 돈다.

"경옥아."

영희가 부르니까 경옥은 눈을 반짝 뜬다.

"엄마 알겠니?"

경옥이 고개를 끄덕였다.

"아빠 보이니?"

경옥은 고개를 끄덕이며 눈을 감는다.

"이제 됐어."

운규가 의자에서 일어나서 경옥의 뺨을 어루만졌다.

"회사에 가보아야지."

그는 회사에 일단 들렀다가 퇴근해야 한다. 순복에게 링게르를 잘 지켜보도록 이르고 영희는 운규를 이층까지 배웅했다.

"기준이하고 정옥이 잘 보아주세요."

영희는 네 살과 두 살 된 경옥의 아우들을 부탁했다.

간호사 카운터 앞을 지나다가 그녀는 집에 전화를 걸었다.

"아줌마요? 아이들 잘 놀아요? 자기 전에 미지근한 물로 씻기고 땀띠분 잘 발라주세요."

그녀는 모기약을 뿌리면 환풍을 충분히 하고 문을 닫도록 일렀다. 모기약이 독해서 아이들에게는 나쁘기 때문이다. 순복이도 없는데 혼자서 밥하며 아이들 보느라고 얼마나 고될까.

"그러면 수고하세요."

영희가 병실에 오니까 저녁밥이 들어와 있다. 경옥은 배 위에 타월만 덮고 잠들어 있다. 이마를 만져보니 조금 뜨뜻하다. 그 정도의 열이면 8 도 5 부 가량 될 것 같다. 흙빛이었던 손끝이며 발끝도 살빛으로 되돌아왔다. 영희는 순복에게 밥먹고 또 자도록 일렀다. 링게르는 빨라져서 조절을 하니까 이제는 또 너무 느려진다. 잠시도 링게르에서 방심할 수 없다. 잠결에 팔을 잘못 움직이면 바늘이 부러질까 해서 경옥의 팔에 지목(支木)을 대고 붕대를 감은 것이 무겁고 아파보여 애처롭다. 바늘이 꽂힌 언저리는 이미 푸르스름하게 부어 있다. 그러나 약 때문에 열도 내리고 차차 나아가는 것을 생각하니 의사며 약에 대한 고마움이 새삼스러워진다.

과장이 퇴근길에 들렀다.

"오늘 밤은 삼십분마다 검온(檢溫)하시고 팔도 오부가 넘으면 곧 당직 여의사한테 연락하십시오."

"선생님이 오실 수 없을까요?"

인턴 정도의 여의사는 믿을 수가 없었다. 그녀도 여자이면서 의사만은 여자를 신뢰할 수 없는 것이 겸연쩍으나 생명에 관한 일이니 체면 따위 차릴 겨를은 없다. 과장은 입가에 웃음을 띠며,

"여선생님도 잘 보아줄 겁니다. 열이 오르지 않도록 주사를 놓도록 다 지시해두었습니다."

한다. 열이 오르지 않을 주사가 있다면 아까는 왜 놓아주지 않고 경기까지 시켰는지 모르겠다. 영희는 속으로 의심스럽고 화가 나나 잠자코 있었다. 누구보다도 신뢰받으나 실수하면 가차없이 문책당하는 것이 의사이며, 그래서 그 직업이 얼마나 어려운 것인 줄 그녀는 평소 충분히 이해하고 동정하고 있다.

화나는 것은 환자의 에고다. 그러나 믿음을 배반당한 본능적인 분노이기도 하다. 어쩌면 그것이 환자의 무의식중의 권리일는지도 모른다.

과장이 나가고 나서 영희는 밥 대신 커피를 마셨다. 식욕도 없으나 커피를 마시면 잠이 잘 오지 않기 때문에 오늘 밤을 새워 경옥을 지킬까 해서다. 온 종일 서 있어서 뚱뚱 부은 다리를 스팀의 레디에터 위에 올려놓고 안락의자에 등을 기댔다. 몸이 풀리는 것 같다. 서창으로 해가 기우는 것이 보인다.

"지겨운 날이었다. 그러나 감사합니다."

그녀는 잠시 눈을 감았다. 눈동자가 아프다. 눈뿐 아니라 전신이 쑤시는 듯이 아프다. 눈을 감은 채 그녀는 속으로 되풀이 말했다.

"내 온 정성을 다해 감사드립니다."

감사의 대상이 신이었다가 또 의사로 되다가 다시 경옥이 되고 또한 약을 발명해준 이름 모를 학자로 변한다.

간호사가 와서 열을 잰다.

"8도 7부입니다. 꽤 내렸어요. 아까는 놀라셨지요."

그 말에 영희는 얼굴이 화끈해진다.

삼층에서 일층까지 비탈진 복도를 뛰어갔을 때 그 모습이 얼마나 광적이었나 비로소 생각이 미쳐서다. 무엇이 보였는지 전혀 기억에 없는 것을 보니 눈앞에 아무것도 보이지 않았을 것이고, 그래서 다른 환자며 보호자들을 밀치며 달렸던가, 아니면 미친 듯이 달음질치는 서슬에 사람들이 놀라서 비켜 섰을 것이다. 어른이 자연의 모습을 드러내면 보기에 추하다.

"아까 전화하실 때 닥터 김이 보시고 깜짝 놀랐대요. 선생님 작품을 많이 읽었는데 보통 사람 이상으로 평범하게 보여서 놀랐대요. 꼭 한 번 얘기를 해보고 싶으시다던데……."

간호사는 얘기할 기회를 만들 수 없느냐는 얼굴이다.

"별다른 얘기를 할 줄 알아야지요."

"아이구, 너무 겸손하십니다."

"정말이에요. 글 쓴다고 사람이 다른 것은 아니니까요."

영희는 의식해서 겸손해본 일은 없다. 억지로 하는 겸손은 허위이기 때문이다. 간호사는 영희의 말을 어떻게 받아들였는지,

"지금은 아무 경황이 없으시겠지요. 다음에라도 기회가 있으시면……."

하고 나간다.

"평범하다구? 그것이 당연하다."

그녀는 작가이니까 다른 사람들과 달라야 한다고 생각해본 일이 없다. 급한 원고를 쓰느라고 초조할 때 아이들이 와서 원고지에 낙서하고 어깨에 기어오르고 그녀의 곁에서 노래하고 뒹굴면 견디다 못해,

"엄마도 사람이야!"

하고 소리친다.

"엄마 글 쓰니까 나가 있어"

하면,

"글 써서 무엇해?"

한다. 그 물음에 과연 왜 쓰나 대답할 용의조차도 돼 있지 않는 영희다.

아이들은 무심코 하는 말이나 그것이 적잖이 시니컬하게 그녀의 가슴을

찌른다. 푸진 원고료 가지고 너희 무엇 사줄게 따위 사탕 발린 말도 아예
나오지 않으나 그래도 그녀는,
  "너희들 과자 사줄게."
할 수밖에 없다.
  "과자 안 먹어."
한다.
  "장난감 사줄게."
  "아빠가 더 좋은 것 사줘."
하며,
  "그림책 읽어주어."
하고 떼를 쓴다. 아이들이 원하는 것은 영희가 작품을 쓰는 것이 아니다.
그들이 성장할 때까지 창작은 단념할까 생각하면 그녀의 가슴에서 무언가
강력히 부인하는 소리가 있다. 그렇다고 아이들의 건강 관리며 정서 교육
같은 것을 등한히 할 수는 없다.
  사랑하는 사람을 사랑해주는 것보다 더 의의있는 일을 그녀는 아직까지
발견 못했기 때문이다. 그러나 쓰고 싶을 때 자자부레한 일상사 때문에
신경이 깎이면 그녀는 소리내어 울고 싶을 때가 있다. 뭉크의 〈절규〉라는
그림에 머리를 푼 소녀가 소리나지 않는 절규를 외치듯 그녀도 소리가
나지 않아 더욱 더 목메인 절규를 한다.
  보통 사람 이상으로 평범한 네 놀랐나는 말이 영희에게는 흐뭇하다.
그것은 소위 잘난 체하는 여사형이 아니라고 해석할 수도 있기 때문이다.
창작하는 때만은 남이 침범할 수 없는 그녀만의 경지이다. 소중해서 남에게
보이고 싶지 않다.
  간호사가 와서 경옥의 열을 재었다. 8 도 9 부이다. 아까보다 올랐다.
영희는 부쩍 긴장된다. 다른 간호사가 열 내리는 주사를 놓고 갔다. 링게르는
한 방울씩 느리게 떨어지고 있다. 다 맞으려면 아직도 두어 시간 더 있어야
하고 이것을 다 맞고 나면 잇따라 또 다른 링게르를 계속 맞아야 한다.
영희는 붕대로 지목을 대어 묶인 경옥의 조그만 팔을 보니 새삼 가슴이
아프다. 그녀는,

"경옥아."

하고 나직이 불러보았다. 경옥은 대답은 못하고 눈까풀만 잠시 움직일 뿐이다. 잠든 것이 아니라 기진해서 눈도 못 뜨고 대답도 못하는가보다. 어른은 아무리 앓더라도 아이들만은 앓지 않았으면 좋겠다.

"집에 와서 아이들 먹는 것 보아주었으면 이런 일이 없을지도 모를 텐데……."

그녀는 어저께 외식(外食)한 것이 되풀이 후회된다.

간호사가 지금부터 밤새도록 30 분마다 검온하도록 체온계를 두고 갔다. 그녀는 체온을 기록해두려고 종이에 그래프의 눈금을 그었다.

순복은 굵직한 다리를 의자에 올려놓고 잠이 한창 고부라졌다. 아홉시가 넘어서 운규가 왔다.

"열 내렸어?"

"네, 조금."

운규는 소리나지 않도록 조심하며 의자에 앉는다.

"집에 갔다 오세요?"

영희가 물으니까 운규는

"음."

하며, 기준이 누나 보고 싶다고 소리를 치더라고 한다. 영희가 아이들 궁금해하는 것을 그는 알고 있다. 두 살 난 정옥은 더워서 팬츠와 가슴둘렁이만 입혔는데 엄마방에 가서 엄마 찾아오라고 떼를 쓰더니 혼자서 농 밑이며 경대 뒤까지 들여다보고 엄마가 없다는 것을 알았는지

"엄마 없다, 엄마 없다."

하며 가슴둘렁이 위로 심장께를 손바닥으로 마구 문질렀다 한다. 운규가

"가슴께가 안 좋았던 모양이지?"

했다. 그 말에 영희의 눈물이 핑그르 돈다.

"또 우네, 저 봐 또 우네"

운규는 놀리듯이 웃는다. 눈물이 흔한 영희는 곧잘 운규에게 놀림을 당했다. 운규는 영희의 기분을 돌려주려고 마음 쓰는 것이다.

"울기는 언제 울어."

영희는 딴전을 치려고 하나 눈에서는 고였던 눈물이 흘러내리기 시작했다.

"저 봐, 저 봐. 어른이 울어."

"놀리니까 더 눈물이 나오지 뭐"

그녀는 눈물을 운규의 탓으로 떼를 쓴다. 영옥의 조그만 심장이 벌써 그리움에 아픈 것을 생각하니 영희는 눈물이 한없이 흘러내려 흐느껴지려는 것을 입술을 깨물고 참았다. 사람이 미워서는 슬프지 않다. 가슴에 넘치는 사랑이 있으니까 슬픈 것이다. 마음껏 사랑해줄 수 없어서 슬프다. 사랑에는 한이 없는데 표현에는 한계가 있기 때문에 그것이 안타깝고 슬픈 것이다. 영희는 운규에게 눈물을 안 보이려고 그에게 등을 돌려 경옥의 이마며 팔이며 다리에 알코올 바드를 시켰다. 경옥의 열은 떨어져서 9 도 5 부가 계속한다.

열한시가 넘어서 운규는 일어섰다. 순복이 잠들어 있어서 멀리 나갈 수 없어 그녀는 병실 문 밖에서 운규에게 하직 인사를 했다.

"안녕히 가세요."

멀어져가는 그의 뒷모습을 보며 오늘 밤 홀로 있을 그가 외롭게 여겨져 애틋한 정감이 솔솔이 인다. 그러나 어쩌면 운규는 해방된 것 같아 후련하게 느낄지도 모른다고도 그녀는 생각했다. 그것은 그녀 스스로가 남편에게서 아이들에게서 도피하고 싶은 강력한 충동을 느끼기 때문일 것이다.

경옥은 자는지 기진했는지 눈을 감은 채 내처 꼼짝도 하지 않았다가 새벽 두시가 넘어서 몸을 옆으로 돌렸다. 영희는 깜짝 놀라 벌떡 일어섰다. 주사바늘도 링게르의 고무관도 별 이상은 없다. 경옥은 몸을 옆으로 돌린 채 움직이지 않는다. 9 도까지 열이 되올랐다가 세 시부터는 차차로 내려서 7 도 8 부에서 머물렀다.

고열이 갑자기 떨어지는 것은 좋지 않은 현상이라 들어서 열이 계단상(階段狀)으로 내리는 데 그녀는 마음이 놓였다.

1 초도 잠자지 않은 밤이 새었다. 창 밖 멀리 밤새도록 명멸하던 네온 사인도 어느 사이엔가 없어지고 남쪽 유리창이 잿빛으로 밝아왔다.

"아, 지겨운 날이 갔구나."

그녀는 경옥이 회복한 것을 누구에게랄 것도 없이 또다시 속으로 고개 숙여 감사했다. 다시는 밖에 나가는 것이 아니라고 그녀는 마음먹었다. 그러나 집 안에서 아이들 돌보기며 남편만을 바라보고 산다는 것은 마치 도를 닦느라고 깊은 산 속의 나무 밑에 앉아서 움직이지 않는 도사를 연상시킨다. 도사는 앉아서 진리를 깨닫는지 모르나 영희는 다만 질식할 것이다. 도대체 사랑을 위해서 인간은 어디까지 헌신해야 하는지. 그 한계가 무엇일까. 나는 남편과 자식을 위해서 어디까지 시간을 뺏겨야 하나. 여섯시에 간호사가 들어와서 경옥에게 약을 주고 열을 재었다. 7도 5부다.

간호사는 간밤의 열의 기록을 차트에 베껴 썼다.

"많이 나았어요. 경과가 좋습니다."

간호사의 말에,

"고맙습니다. 덕분입니다."

하고 영희는 말했다. 경옥이 눈을 떴다. 눈을 뜨자,

"엄마 밥 줘"

한다. 식욕이 나는 것은 병이 낫는 징조다.

"아이구 이뻐라. 밥 먹구 싶니? 그래도 참자. 선생님이 먹어도 좋다고 하실 때까지 참자."

영희는 경옥을 왈칵 껴안고 싶은 것을 참으며 그녀의 뺨에 입맞춤을 했다. 링게르를 맞고 있어서 흔들릴까보아 껴안을 수도 없다.

과장이 회진 와서 물은 먹여도 좋고 밥도 끓여서 조금씩 주어도 좋다고 한다.

경옥의 경과는 계속 좋았다. 하룻밤 더 입원해 있고 싶었으나 기준과 정옥이 궁금해서 영희는 퇴원하기로 했다. 간호사 카운터에 가서 고마웠다고 인사를 하고 과장한테 가서 고마웠다고 인사를 했다.

그녀는 이틀분 지어주는 약을 들고 경옥과 순복과 함께 병원의 현관을 나서서 택시를 잡았다.

태양은 떨어져서 없으나 하늘은 아직도 밝고 차 안은 불 속처럼 뜨겁다.

그녀는 현관문을 뒤돌아보며 속으로 병원에 감사했다. 차에 오르려는데 무엇인가 잊은 것같이 마음이 석연치 않다. 그녀는 두루 살펴보았다. 수건이며 대야며 집에서 가져온 것은 다 가져나오고 약도 핸드백에 들어 있다. 인사도 **빠짐없이** 다 했다.

잊은 것은 아무것도 없었다. 그러나 역시 무언가 뒷덜미를 잡아당기는 것같이 꺼림칙하다. 택시가 움직이기 시작해서 현관을 지나 병원의 캠퍼스를 돌아 정문을 나섰다. 그러자 그녀는 비로소 무엇을 잊었던가 생각이 났다. 신과의 약속이었다. 경옥을 살려주면 무조건 믿고 찬양하겠다던 그 약속이었다. 경옥이 경기에서 회복하고부터는 한 번도 신을 찾지 않았던 것이 생각났다. 차는 한길에 나서며 속력을 낸다.

"말하고 가. 어떻게 되었나."

하는 소리가 영희의 등뒤에서 들리는 것 같다. 신……감사한다. 그러나 나는 사람에게 더욱 감사하자. 아니 신에게 더욱 더 깊은 감사를 드려도 좋다. 신이 아니라도 좋다. 그녀는 무엇에게나 감사하고 싶다. 그러나 신을 믿는 것만은……기다려보자. 나는 아직도 인간에게 미련이 있나보니까.

창 밖에서 바람이 세게 불어와서 시원하다. 영희는 옆에 앉아 있는 것을 무릎 위에 안고 뺨에 살그머니 키스했다.

"고마워라. 이뻐라. 나아주었지"

고우 스톱에서 멈췄다가 차는 다시 속력을 낸다. 상가(商街)의 양쪽에서 네온이 하나씩 반짝반짝 켜지기 시작했다. 그녀는 의학이 고맙고 사람이 고마웠다. 온 세상이 고맙고 정겨워 눈시울이 뜨거워지는 것을 느꼈다.

신화(神話)의 단애(斷崖)

　새까만 거리에는 헤드라이트의 행렬이 한결 뜸해졌다.

　밴드는 다시금 왈츠로 바뀌었다. 시간은 마구 흘러간다. 진영(眞英)은 별로 초조해지지도 않는다. 애당초에 댄서로 취직할 것을 잘못했다는 생각도 해본다. 그러나, 한 달 동안 일을 한 연후에야 겨우 월급을 탄다는 것은 안 될 말이다. 오늘 저녁을 먹고, 이 한 밤을 여관에서 자기 위한 돈이——그것도 단 돈 이천 환이면 되지만——필요한데 한 달 후가 다 무엇이냐.

　이대로 서 있자. 지난 봄에도, 늦어서 오는 손님이 있지 않았던가. 그 때처럼 한 열흘을 벌어서 또 다시 반년을 살고 보자.

　춥다. 추워서 움츠러진 조그만 젖꼭지가 스웨터 위에 뾰조록히 솟아버렸다. 그 뿐만은 아니다. 배도 고프다. 생각해보니, 오늘은 거의 절식 상태이다. 추위와 굶주림……진영은 그 속에서 여전히 생존하고 있는 스스로를 또렷이 깨닫는다.

　"지금 나는 살고 있다."
하고 그녀는 생각한다. "살고 있다"하고 되씹어본다.

　오층 빌딩의 높은 창턱에서 내려다보는 서울의 밤은 아늑하고 다정스럽다.

　"들어가실까요 ?"

　누군가 어깨를 툭 친다. 돌아다보니 해말쑥한 청년이 웃고 서 있다.

　홀에는 자욱한 담배연기에 샹들리에가 희미하다. 그 속에서 밴드는 흐르고, 춤꾼들은 마시고, 웃고, 떠들고 있다. 초만원이라 채 몇 발자국 떼기 전에 다른 쌍과 맞부딪쳐버린다.

리드는 서툴고 맘보는 재미 없었다. 그래도 진영은 밴드에 맞추어서 열심히 춤을 추었다. 그렇게 해서, 추위나 덜어볼까 하는 속셈이었다. 홀드는 차츰 가까워졌다. 술 냄새가 진영의 얼굴에 확 끼친다. 뺨에 남자의 수염이 까칠까칠 닿는다. 귀찮다. 팁은 얼마나 주려나.

"기피자를 적발해야 할텐데요"

청년은 술때문에 조금 혀꼬부랑소리다.

"왜요?"

"직업상……."

"직업?"

"난, 형사야."

"그러세요?"

진영의 말 끝은 힘없이 흐려진다. 그처럼 어린 형사에게 돈이 있을 것 같지 않기 때문이다.

'기껏, 하나 잡았나 했더니——.'

짜장 구슬픈 블루스보다도, 진영의 스텝은 맥이 없다.

카네이션 꽃잎 지던 밤——.

스테이지에서는 가수가 앞 가슴을 허옇게 드러낸 채 노래를 부르고 있다.

"나도 기피자인데, 남을 잡으려니 양심이 찔리지만, 그렇다고, 이대로 있으련 내 목이 달아나고."

추억에 울던——.

"내일까지는, 꼭 하나 적발해야 할텐데……자, 그러고 보니, 모조리 기피자 같기도 하고, 또 아닌 것 같기도 하고, 후유——."

남자가 풍기는 술 냄새는 견딜 수가 없다. 진영은 스텝을 밟으며 무턱대고,

"저기 있지 않아요? 기피자."

하고 소리쳤다. 형사는 진영의 뺨에 부벼대고 있던 얼굴을 번쩍 들며,

"어디?"

한다. 진영은 턱으로 아무데로나 가리켜 보였다.

"저——기."

　마침 저편에서 키 큰 청년이 깨끗한 뒤통수를 이쪽으로 보인채, 멋있게 턴을 하고 있었다.

　"정말?"

　"으응."

　진영은 긍정도 부정도 아닌 대답을 했다. 진영은 그 청년이 누구인지도 물론 모르는 것이다. 따라서 그가 기피자인지 아닌지는 전혀 알 바가 못 되었다. 다만 술 냄새와 까칠까칠한 수염을 면했으니 다행이라고 생각하였다.

　블루스는 멎었다. 진영은 위스키를 마셨다. 목에서는 차나 이내 몸은 후끈해진다.

　마지막 곡이 시작되었다. 형사는 화장실에서 아직 돌아오지 않았다. 진영은 담배 연기 속에서 멍하니 앉아 있었다.

　"아르바이트?"

하며, 눈이 어글 어글한 어떤 청년이 진영의 앞에 우뚝 섰다. 진영은 고개를 끄덕였다.

　"너무 늦었는걸."

　테이블 사이를 누비며, 센터로 나가는 청년의 뒤통수를 보자, 진영은 어쩐지 가슴이 쿵 내려앉는 것 같았다. 아까, 턱으로 아무렇게나 기피자라고 가리킨, 바로 그 깨끗한 뒤통수였기 때문이다.

　리드는 멋있었다. 진영의 등에 얹혔던 팔이 차차로 허리에 와서 감긴다.

　"멋진데?"

　그의 눈은 정열적이면서, 어딘지 냉냉하다.

　"아까부터, 허리가 좋다고 생각했었지."

　"……?"

　"추면서, 남이 안고 있는 여자를 감정하는 것은 재미있는 일이야."

　"……."

　"학생?—미쓰?"

　진영은 연달은 질문에 대답 대신 웃고 있었다. 청년은 진영이가 둘 다 긍정한 줄로 알은 모양이다.

“일주일만 살까?”

하고 웃는다.

“십만 환이면 되지. 내일부터.”

사뭇 뻐기는 어조다.

“홍!”

진영은 어이없다는 듯이 코웃음을 쳤다.

십만 환이 다 무엇이냐. 내게는 지금 당장에 단돈 이천 환만 있으면 충분한데. 그러나 웃음의 뜻을 잘못 알아차린 청년은

“비싼데, 그럼 이십만 환!”

“홍?”

진영은 더욱 답답하고 기막혔다.

“그러면, 삼십만 환”

밴드는 멎고, 홀드는 풀렸다. 진영은 아무 말도 하지 않았다. 내일부터 일주일간의 일을 살 것인가 말 것인가 하고 지금 생각할 여유가 없다. 오늘 밤을 어찌하나, 그것조차 해결하지 못하고 있는 진영이 아닌가.

어느 사이엔가, 진영의 손에 지폐가 쥐어져 있다. 육백이십 환이다.

“남은 게 그것밖에 없어.”

두 사람은 다른 춤꾼들 사이에 끼어, 묵묵히 층계를 내려갔다.

거리는 추웠다. 이내 온몸이 오싹해지며 떨린다.

“내일, 호심으로 오시오. 아홉시 반.”

청년은 말을 뚝 자르고 돌아섰다.

아홉시 반이라면 자고 일어나서 나오기에 꼭 알맞은 시간이라고 진영은 생각했다. 그렇지 않고, 오후나 저녁 몇 시라고 한다면 진영은 그것을 지킬는지가 의문이다. 그동안의 시간에 혹시 하루를 살 수 있는 돈이 생긴다면, 구태여 그를 기다려야 할 까닭은 없는 것이다.

진영도 돌아섰다. 몹시 배가 고팠다.

통금 예비싸이렌이 불고 난 거리에 음식이 있을 리 없다. 그 뿐 아니다. 명동에는 거의 불빛이 없다.

검은 하늘에 조각달이 걸려 있다. 진영은 지금이 밤이라는 것을 인식했다.

식당을 향하는 언덕 길 가에, 군고구마 장사가 부스럭대며, 잘 준비를 하고 있다. 석유 등잔이 가물 가물 켜져 있다. 진영은 남은 고구마를 다 털었다. 대여섯 개밖에는 안 된다. 진영은 군고구마를 먹으며 걸었다. 여간 맛 있지 않다. 주린 배에는 이토록 맛난 것이 또 있으랴 싶다.

어디로 갈까? 오백 환으로 재워줄 여관은 없다. 설혹, 재워준다더라도 불을 지펴줄 리는 없다. 이토록 추운 밤에 내 몸을 꽁꽁 얼려 재우다니, 죽으면 썩는 몸이다. 살아 있는 이 순간 다시는 없을 이 지극히 소중한 순간을 나는 내 몸을 하필이면 얼려 재워야만 한다는 말인가? 그것은 안 될 말이다. 진영은 경일(慶一)한테 가서 자리라고 생각하였다. 그 방도 냉방임에는 틀림없겠지만 그래도 같이 자면 한결 따뜻할 것이 아닌가.

손바닥만한 방에 책과 화구(畫具)가 하나 가득 흩어져 있다. 진영은 어디에 발을 디뎌야 할지 잠시 망설였다. 경일은 언제나 그렇지만 오늘도 모른 체하고 캔버스만 보고 있다. 진영은 먹다 남은 군고구마를 책상 위에 놓으며 요 밑으로 발을 넣었다. 뜻밖에도 바닥이 더웠다. 그림이 팔렸나?
"웬일이세요? 방이 더워."
경일은 갑자기 몸을 돌이키고 다짜고짜로 진영의 등을 마구 때린다.
"왜 이래, 왜 이래."
"이년아 준섭(俊燮)이가 장작을 사온거야."
"좋겠군요. 친구 잘 두어서."
"엊저녁 얘기 다 들었다. 이년아, 준섭이가 여기서 잔 거야."
"내가 그래 어쨌다는 거예요. 어쨌다는……."
진영은 경일의 눈을 뚫어져라 흘겨본다. 경일은 눈 한 번 깜짝이지 않고 시무룩한 얼굴로 진영의 등을 주먹으로 때리기만 한다.
어저께 저녁 일이다. 한 달 밀린 밥값 대신 화구 일체와 책 전부를 빼앗긴 채, 하숙을 쫓겨나온 진영은 통금 싸이렌을 듣자 어쩔 수 없이 준섭의 하숙을 찾아갔던 것이다. 그것은 경일의 하숙보다 가깝고 파출소보다는 갈 만한 곳이었기 때문이다.
진영은 시민증을 잃은지 벌써 반년이 넘는다. 그것이나마 있었다면 또 모르겠는데, ×미술대학 학생증만으로는 파출소로 가기는 꺼림칙했다. 꺼림칙 이상으로 싫었다고 하는 편이 옳을 것이다.

"오늘 밤 재워주세요."

진영은 파자마채로 당황하는 준섭을 빤히 들여다보며 말했던 것이다.

"저——."

준섭은 눈 둘 곳을 모르고 있었다.

"—— ?"

"저, 김군이, 저——."

"미스터 김이 어쨌단 말씀이세요?"

"저——."

주뭇거리며 망설이고 있으나 준섭의 눈에는 무엇인지 기쁜 빛이 가득차 있었다. 진영은 그것이 메스껍고 화가 났다.

"누가, 누가, 당신하고, 무슨, 연애 유희라도 하고 싶어 온 줄 아세요? 천만에. 잘 데가 없어서 하룻밤만 자겠다는 거예요."

진영은 꼿꼿이 선 채 말했다.

"그런 게 아니라, 저 김군이 알면 또 오해나——."

"오해를 하면 어떻단 말이에요. 지금 갈 데가 없다는데 오해따위가 다 무엇이란 말이에요!"

준섭은 한참동안 잠자코 서 있다가 못에 걸렸던 외투를 어깨에 걸치고 밖으로 나가버린다.

—잡을까? 내버려두자—

외투가 없어진 못에는 마후라가 걸려 있다. 여자의 것이다. 때로 자러 오는 기생이 있다더니 그 기생의 것일지도 모른다. 그녀는 그 분홍 빛깔이 무척 자극적이라고 느껴졌다.

준섭은 바로 그저께도 진영에게 또 알쏭달쏭한 편지를 보내왔던 것이다.

—경일군과의 관계는 다 이해하겠습니다. 조금도 나무라지 않겠습니다. 중략(中略). 덧없는 일인줄 아오나 어쩔 수 없이 적은 글입니다—

내용은 대개 이렇게 적혀 있다. 어쩌자는 소리인지 도무지 답답한 얘기이다. 아마도 같이 살자는 말인상 싶다. 그렇다면 왜 좀더 알아듣기 쉽게 쓰지 못한단 말인가. 또 어째서 지금 이대로 잠자코 나가버리고 마는 것인가. 오늘 밤만은 나를 마음대로 할 수도 있는 것이 아닌가. 밖으로 나간 준섭은 돌아오지 않았다. 진영은 따뜻한 이부자리에서 한 밤을 고이 자고 났던 것이다. 그러나 준섭이가 경일에게 가서 잤으리라고는 미처 생각을 못했던 것이다.

“그만 때려, 그만 그만.”

그러면서도 진영은 경일의 주먹을 피하려고는 하지 않는다. 도무지가 못 견딜만치 아프지도 않거니와 무엇보다도 추위에 움츠러들어 어깨가 아팠는데 매를 맞고 보니 시원한 것을 어떻게 하랴. 주먹이 멈추었다. 방바닥은 뜨겁고 몸은 후끈거렸다.

“매 맞고 나니 더워졌어요.”

진영은 솔직히 말했다. 아프라고 때렸는데 더워서 좋다니. 경일은 성난 얼굴이다. 그는 마치 보기 싫은 물건을 다루듯이 발바닥으로 진영을 아랫목 쪽으로 밀어붙였다. 진영은 종이 쪽 모양 주르르 밀려간다.

경일은 다시 붓을 들었다. 진영은 스웨터와 스카프를 벗어서, 차근히 개켜 놓았다. 구겨진 옷으로는 댄서가 될 수 없기 때문이다. 내일은 일찍부터 나가서 꼭 돈을 벌어야 하지 않느냐고 그녀는 속으로 다짐한다.

몸이 풀리고 나니, 맞은 데가 뻑적지근한 것 같다. 지난 봄에도 댄서로 나갔다고 해서 이렇게 맞았던 것이다. ‘이번에는 준섭의 하숙에 자러 갔다고 해서 맞았지만’ 편지마다 사랑하노라고 적어보내는 준섭보다는 말없이 때리기만 하는 경일이 편이 오히려 더욱 벅차게 가슴에 오는 것은 무슨 까닭일까.

군고구마로 굶주림은 면했고, 따뜻한 방에 누워 있으니까, 진영은 무한히 행복한 것 같다.

“지금 나는 행복하다.”

이제 잠만 자면 그만이다. 이렇게 머리 속이 텅 비게 될 때면 진영은 언제나 사랑이라는 것이 그리워지는 것이다. 나는 누구를 사랑하고 있지 않을까? 경일을 사랑하는 것이 아닐까? 진영은— 경일이— 하고 입속으로 속삭여 본다. 나의 애인, 그리운, 그리운 사람 하고 생각해 본다.

그러니까 정말 그리워지는 것 같다. 그리워 못 견딜 것 같다. 그립다. 그립다, 그 그리움이 그립다. 아아——.

"키스할까?"

진영은 요 밑에 엎드린 채 중얼거렸다.

"시끄러!"

경일은 소리를 꽥 지른다. 진영은 벽을 향해 몸을 돌이키며, 좀 전에 헤어진 청년을 생각해보기로 했다. 삼십만 환! 삼만 환의 열 배다. 내일을 생각지 않는 진영에게는 오히려 벅찰만치 많은 돈이다. 하숙비를 내고, 아니 자취를 하자. 등록비도 걱정 없구……. 그러나 진영은 그 이상 더 생각을 이을 수가 없었다. 경일이 그를 와락 껴안았기 때문이다. 경일의 포옹은 언제나 기분이 좋다. 그러나 그 깨끗한 뒤통수의 청년의 홀드 또한 부드럽고, 기분 좋은 것이었다고 진영은 생각한다.

멀리서 아홉시를 치는 소리가 났다. 경일은 벌써 나가고 없었다. ×극장 뒤의 창고가 그의 출근처인 것이다. 영화의 간판을 그리는 것이다. 그나마 어저께 가까스로 얻은 아르바이트인 것이다.

책상 위에는 군고구마가 덩그렇게 하나 놓여 있다. 진영은 그것을 먹으며 경일의 하숙을 나섰다.

걸음이 식당 앞에 이르렀을 때 진영은 교인은 아니나 무엇이라도 한번 기도를 해노 괜찮은 기분이 났다.

"성모 마리아, 나에게 애인을 하나 마련해주세요. 영원한 애인을요."

진영은 경건한 마음으로 속삭였다. 그러나 이내 그 마리아 상(像)의 졸렬한 조각이 눈에 띄어 기분이 나빠졌다. 그래서 진영은,

"마리아, 좀더 기다리세요. 내가 당신을 조각해드리겠어요."
했다.

찬 하늘 아래 홀로 하얗게 서 있는 마리아가, 도저히 씻을 수 없는 고뇌로 해서 스스로를 매질하고 있는 것만 같다. 애틋하기 한이 없다. 처녀가 애기를 낳다니! 사랑의 기쁨도 모르면서 진통만 겪다니! 가엾어라 가엾어라.

시간이 이른데도 다방에는 손이 많았다. 오일 스토브가 벌써 벌겋게 달아

있다. 누가,

"여보."

한다. 어제 저녁의 그 청년이었다. 하얀 턱에 쉐이빙을 한 자국이 파아랗다.

"자!"

하며 그는 테이블 위에 자그마한 보따리를 올려놓는다.

"현금이야, 삼십만 환, 수표면 부도나 아닌가 할까봐 바꿔 왔어. 큰 돈으로 바꾸느라고 애썼지. 어때 그 정성이? 하하하."

그는 거리낌 없이 큰소리로 웃는다. 진영은 아무 말도 하지 않았다. 물만 마시고 싶다. 군고구마를 먹어서 목이 바싹 말라버렸다. 그래서 우선 커피나 마시고 보자고 했다. 진영은 커피를 두 잔이나 마셨다.

"가자."

하며 그는 일어섰다. 그는 댄스 홀에서보다도 더 미남같이 보였으며 더욱 점잖다고 진영은 느껴졌다. 진영도 뒤따라 일어섰다. 앞 뒤 테이블의 손님들이 진영과 그를 번갈아 보고 있다.

택시 안에서 그는 진영의 허리에 팔을 감았다.

호텔의 현관은 어마어마한 것이었다. 주홍빛 빌로드의 양탄자가 눈부시었다. 기둥이랑 천장에 현대적인 감각이 확 끼친다. 수부에서 청년은 일주일 방 값을 전불했다.

"309 호실!"

하고 사무원이 말하니까, 보타이를 맨 보이가 성큼 나선다.

진영은 손에 든 지폐의 무게와 그녀와 나란히 층계를 올라가는 청년의 로션 냄새와, 주홍빛의 양탄자를 인식했다. 층계의 커브를 돌 때다.

"여보!"

하고 아래에서 누가 소리를 쳤다. 형사라는 것이었다. 형사는 청년의 신분증을 조사하더니 가자고 한다. 기피자라는 것이다. 지금 곧 가야 한다는 것이다. 청년은 형사를 비웃는 듯 싱긋 웃으며

"갑시다!"

하고 늠름한 걸음으로 층계를 도로 내려간다. 깨끗한 뒤통수가 몹시 사랑스럽다. 진영은 당황하며 뛰어갔다.

“여보세요.”

“——?”

“이것——.”

진영은 돈 보따리를 내밀었다. 청년은 싱긋 웃는다.

“가지시우. 약속을 어기는 것은 이쪽이니까.”

“너무 많아요.”

“애당초에 삼십만 환은 너의 허리 때문이 아니야. 이걸 봐, 이렇게 죽음이 쫓아다니지 않아? 나는 일 년을 살 돈이 있으면, 그것으로 우선 하루라도 살고 보아야 해. 살 시간이 없어. 바뻐.”

하고 빙긋이 웃으며 돌아선다. 진영은 청년에게 바싹 다가섰다. 진영의 표정은 자못 심각해졌다.

“가지 마세요!”

청년은 웃으며 말했다.

“나는 너를 사랑해.”

진영의 입에서도 앵무새처럼 말이 흘러나왔다.

“저도 사랑해요.”

말을 하고 보니, 진영은 정말 그를 사랑하는 것 같다.

“가지 마세요. 가지 말아요!”

“돈으로 안 되는 일 없지. 곧 온다.”

그는 진영의 뺨을 슬쩍 쓰다듬고 호델을 나가비렸다. 형시가 뒤따라 나갔다. 그때 수부에서 해말쑥한 청년이 담배를 피우며 진영에게로 다가왔다. 진영은 낯 익은 얼굴이라 생각했다. 누구일까? 아차! 엊저녁의 그 형사로군! 그렇게 생각하니, 그녀는 모든 일이 우연히 된 것이 아님을 깨달았다. 진영은 자기도 모르는 사이에 매섭게 쏘아붙이고 있었다.

“당신이군요! 비겁한!”

“왜 그러슈, 남편?”

진영은 입을 한 일자로 다문 채 머리를 세게 흔들었다.

“그럼, 애인?”

“아니!”

34

　“그러면?”
　“남자!”
하고 진영은 돌아섰다. 형사는 뒤따라오며,
　“내가 논산으로 갈 때면 나도 프로포즈할 생각이야.”
　“어림 없어!”
　“나는 일 년은 넉넉히 살 수 있어!” 진영은 앞을 똑바로 본 채 충계를
올라갔다.
　진영은 호텔의 레스토랑에서 치큰스틱을 먹었다. 맛있는 것을 먹는 즐
거움이 없다면 인생은 한결 쓸쓸하리라고 생각하며,
　오바와 구두를 샀다. 립스틱도 샀다. 그래도 돈은 남았다.
　진영은 하숙으로 갔다. 주인 아주머니는 삯뜨개질을 하고 있었다. 아이를
셋이나 데린 전쟁 미망인이다. 방바닥은 얼음 같고, 떡 벌어진 문 틈이
사뭇 한데이다. 밀린 밥값을 치루었는데도 진영의 마음 한 구석 어딘지
개운치 못한 데가 있다. 오만 환을 더 내어놓았다. 주인은 고맙다고 하며
이내 흑흑 흐느껴운다. 삼십만 환을 얻은 데도 고마운지를 몰랐던 진영은
하숙 주인이 오히려 우스꽝스럽다. 그녀를 도와주려는 것이 아니었다. 진
영은 그 여자의 가난이 끼친 울적한 기분을 가시고 싶을 따름이었던 것이다.
　진영은 화구를 샀다. 모두 사만 환이다. 갑자기 붓이 들고 싶어진다. 어서
그려야지. 국전에서 모 장관상을 탄 경일의 그림이 생각난다. 그녀는 그
구성이 참으로 잘 되었다고 다시금 생각한다. 학교의 성적은 진영이 수
석이나, 국전에서는 낙선했던 것이다. 시기와 비슷한 불길이 몸 어느 모
에서부턴지 소리없이 이는 것 같다.
　“그려야 한다.”
　진영은 거리의 책점에 들렀다. ‘고호’의 소묘집(素描集)이 있다. 진영은
책장을 들쳐보았다. 까마귀가 날으고 있다. 사육(死肉)을 파먹고 산다는
날짐승……. 금시에라도 썩은 물이 악취를 풍기며 뚝뚝 떨어질 것 같다.
진영은 자기 자신이 까마귀 같다는 느낌이 온다. 팁으로 해서 살아 있는
그녀의 살이 까마귀의 살만 같다. 진영은 진저리를 치며, 몸을 흔들어본다.
볼통한 젖가슴이 육중하게 흔들린다. 진영은 다만 그녀의 실존을 재확인할

따름이다.

진영은 위스키를 한 병 사들고 호텔로 갔다. 더블 베드는 지나치게 호화로웠다. 그녀는 일주일 여기서 홀로 사는 것이다. 고요 속에서 붓을 들 수 있는 것이다. 그러나, 그 청년이 온다면? 돈으로써 안 되는 일이 있겠는가고 하였는데……. 오면 오는 것이고, 그때 일을 지금 생각지 말자.

진영은 위스키를 더블로 해서 마셨다. 이내 몸이 상쾌해진다. 푹신한 베드에 엎드려본다. 기분이 여간 좋지 않다. 그녀는 귀신이라도 농락해 보고 싶을만치 삶에 대한 자신이 강력히 솟구친다. 무서울 것도 꺼릴 것도 없다. 오로지 그려야 한다는 의욕만이 파아랗게 불탈 뿐이다.

진영은 준섭에게 편지를 썼다. 베드가 부드러우니, 그 색시와 하룻밤 자러 오라는 얘기를 썼다. 그저께 한 밤 따뜻이 재워준 은혜를 갚기 위해서이다. 다음은 경일에게 글을 썼다. 사랑해요——하고 쓰기 시작하였으나, 도시 펜이 움직여지지 않는다.

사랑 사랑……진영은 그 말의 감각을 느껴보려 하였으나, 그 추상명사가 마치 숫자(數字)처럼 그녀의 머리 속에서 나열될 따름이다.

사랑이라는 말은 필요치 않았다. 다만, 진영은 지금 경일을 포옹하고 싶을 뿐이었다. 그래서 진영은 경일씨 어서 오세요, 보고 싶어요 라고 편지의 끝을 맺었다.

진영은 베드에서 일어나서 높은 창가에 스케치북을 들고 앉았다.

창 밖은 밤이었다.

무수한 불빛이 어둠 속에서 별빛처럼 명멸하고 있다.

장 마

　나흘째 비가 쏟아지더니, 내가 넘어서 논밭이 모두 흙탕물에 뒤덮여버렸다. 앞으로 사흘만 이대로 비가 계속한다면 태식의 집도 홍수에 휩쓸릴 것 같다. 태식은 툇마루에 서서 윗 마을이 홍수에 떠내려가는 것을 보고 있다. 흙탕물 위를 초가 지붕이 둥둥 떠간다. 벌레먹은 나무기둥도 떠간다. 모두 같은 방향으로 세차게 구비치며 흘러간다. 농짝, 문짝, 나무솥뚜껑…….

　태식은 아무 말도 없이 그것들을 보고만 있다.

　부뚜막에 앉아서 태식의 뒷 모습을 바라보고만 있는 새댁도 말이 없다. 그들은 엊저녁에 첫날 밤을 지낸 사이였다. 아침도 함께 먹었으나 새댁은 아직까지 한 번도 남편을 정면으로 본 일이 없다. 그녀는 부끄러워서 남편을 볼 수가 없었다. 태식도 부끄러워서인지 통히 말이 없다. 밥 먹을 때에 그는 제 밥을 듬뿍 숟갈로 퍼서 두 번 새댁의 밥 그릇에 보태어주었을 뿐이다. 두 술을 주어야만 정든다는 말을 생각하고 새댁은 뺨이 화끈 달았다.

　쥐가 댓 마리 우— 몰려서 부엌에서 툇마루로 달려갔다가 기둥에 기어오르더니 다시 툇마루 밑으로 찍쩍거리며 부산하게 달음질을 친다. 홍수에는 쥐가 가장 예민하다고 한다. 물이 쥐 구멍을 막는 탓이리라.

　새댁은 집이 홍수에 휩쓸릴지도 모른다는 불안도 없었다. 그녀는 부뚜막에 앉은 채 남편을 관찰하기에 골똘하고 있다.

　결혼하기 전에 그들은 꼭 한 번 만나본 일이 있으나, 새댁은 태식의 발만 보고 있었다. 엊저녁에도 새댁은 남편을 보지 못했다. 때문에 새댁은 함께 한 밤을 보냈으나 남편이 어떻게 생겼는지 모른다. 키는 중이고 건장한 몸집임은 짐작할 수 있으나 눈이 어떻고, 코가 어떻게 생겼는지는 모르는 것이다. 중매노인의 말에 의하면, 어떻든 그만치 '사나이답게' 생긴 남자도 보기 드물 것이라 했다.

태식은 어릴 때부터 윗 마을 이 지주댁(李地主宅)의 머슴으로 있었다. 부지런하고 곧아서, 주인이 각별히 아껴주었다.

새댁은 살결이 검고, 예쁜 편은 아니었으나, 마을 남자들은 그녀의 젖은 듯한 검은 눈만 보면, 왠지 몸이 째릿하고, 숨이 턱 막힐 것 같다는 말을 듣던 처녀이었다.

그들의 혼인은 말이 있은지 열흘만에 간단히 성취되어버렸다. 태식은 새댁을 본 일은 없으나 고를 것 없이 첫번째의 통혼이니 한다는 것이었고 새댁은 집이 어려워서 하나라도 식구를 빨리 덜어야 하는 급한 사정에서였다.

태식의 주인은,

"앗다 그놈, 끔찍이도 장가가고 싶었던 모양이구나."

하고 웃었다. 주인집 산지기가 살던 초가 한칸 방에 주인은 부랴부랴 신문지로 도배를 해주었다.

비가 쏟아져서 혼인식인데도 별다른 음식도 못하고, 태식과 새댁은 주인집 대청에서, 상 위에 떡 한 접시, 쌀밥 두 그릇, 국 두 그릇을 올려놓고, 맞절을 두 번씩 했을 뿐이다. 손님도 없었다. 그래도 태식은 좋아서 어쩔 줄을 모르는 것 같았다.

새댁은 혼수라고는 넝마 한 조각도 없었다. 식이 끝나자, 태식은 솥에 숟갈 둘, 젓갈 네 자루, 밥그릇 둘, 고추장 한 깡통, 간장 한 깡통을 넣고, 그것을 등에 지고, 산을 넘어서 산지기가 살던 초가로 갔다.

새댁은 주인집에서 준 유일의 침구인 모포 두 장과 베개 하나를 똘똘 뭉쳐서 머리에 이고 주인집의 우산 하나를 중매노인과 함께 쓰고 새집으로 온 것이다.

빗줄기가 조금 가늘어진 듯하더니, 다시금 후다닥 쏴—하고 퍼붓기 시작한다. 그 빗소리에 새댁은 흠칫 놀랐다가 홀로 미소를 짓는다. 그녀는 놀란 것을 남편에게 들키지 않아서 다행이라고 여겼다.

천정에서 노래기가 한 마리 부엌바닥에 뚝 떨어지더니 흰 뱃가죽을 홀렁 뒤집는다. 그놈이 수십 개나 되는 발로 다시 지격지격 기어가려고 할 때 새댁은 신발로 꽉 눌러서 죽여버렸다. 그러자 또 한 마리가 새댁의 어깨 위에 뚝 떨어진다. 그녀는 그것을 손으로 털어내려 역시 꽉 밟아버린다. 날이 습하니까 지붕의 짚 사이에 노래기가 우물우물한다.

한 여름 내내 매미 소리 한번 먼 귀뜸으로로라도 들을 수 없는 벌거숭이 산이고 보니, 물의 피해는 맡아놓은 고장이기는 하나, 숲이 없는 탓으로 뱀이 없는 것만은 천만다행이다. 물에 못 견디면 뱀은 사람에게 감기기가 일수다. 때문에 홍수도 무서우나 한층 더 두려운 것은 홍수 때의 뱀이다.

"뱀 없는 것만은 다행이어."

하고 새댁은 생각한다.

쥐가 댓 마리 우—몰려서 찍쩍거리며 부엌에서 툇마루 아래로 달음질을 쳤다.

새댁은 툇마루 끝에 버티고 선 남편의 굵직한 검은 정갱이를 보니 왠지 든든하다. 그녀는 엊저녁을 생각하고 얼굴을 붉히고 오늘 밤을 생각하고 수줍음에 가슴이 뛴다.

세차게 흐르는 홍수에 아까보다도 떠내려가는 물건이 훨씬 많아졌다. 장독이 떠가다가 흙탕물 속으로 푹 가라앉는다. 옷보따리, 베개, 갈쿠리, 냄비……, 양은 솥이 뒤집힌 채 떠내려간다.

태식이 가지고 싶은 것만이 유독 그의 눈에 뜨이는지도 모른다.

태식은 눈을 점점 더 크게 뜨고 상류로부터 하류로 시선을 옮기고, 그의 시선이 쫓는 대상물이 안 보이게 되면 다시금 상류로 눈을 돌린다.

허여므리한 것이 떠내려왔다. 그 뒤에 울긋불긋한 것도 보인다. 이불하고 요다. 새끼로 동여맨 것이 풀어졌는지 언저리에 새끼가 너절하게 흩어져서 떠내린다. 이불과 요! 이불과 요…… 태식은 마음속으로 몇 번이나 이 말을 되풀이해본다. 이불과 요…… 그것은 참으로 그에게 필요한 것이었다. 이불과 요는 차츰 태식의 집 앞으로 흘러온다. 태식의 커다란 눈에 빛이 번쩍였다. 그는 고개를 획 돌려서 새댁을 보았다. 그 찰나 새댁의 젖은 듯한 검은 눈이 그의 시선과 마주쳤다. 태식의 몸이 째릿 하고 재렸다.
새댁은 두 손으로 얼굴을 가렸다. 새댁의 얼굴이 불덩이처럼 탔다. 새댁은
지금 처음으로 남편의 시선과 마주친 것이다.

　이불과 요. 태식은 이불과 요가 서로 가까워졌다 멀어졌다 하며 하류로
멀리 사라지자 다시금 상류로 눈을 돌렸다.

　새댁은 부끄러움에 깜빡 숨이 막힐 것 같았으나 이번에는 한층 대담히
남편의 뒷 모습을 바라볼 수 있었다. 그리고 입 속으로 말해본다.

　"내 서방님……."

그때 갑자기

　"히──."

하고 태식이 괴상한 외마디 소리를 지르더니 쿵 소리를 내며 툇마루에서
뛰어내려 빗속을 달음질 친다. 새댁은 깜짝 놀라 벌떡 일어섰다.

　태식은 불과 열 걸음도 뛰기 전에 흙탕물 속으로 풍덩 뛰어들어갔다.

　새댁은 툇마루 끝에서

　"여보 !"

하고 불렀으나, 그것은 말로 되어 나오지 않았다. 그녀는 어떡할까 어떡할까
하고 가슴만 조인다.

　쏴─ 하고 빗줄기가 다시 퍼붓기 시작했다.

　태식은 순식간에 물 한가운데까지 헤엄쳐가서, 서너간 남짓한 돼지우리를
붙들고 있다. 새댁은 비로소 남편의 행동을 이해했다.　　차차 돼지 새끼
한 마리를 줄테니 먹여보라──고 하던 태식의 주인의 말이 생각키었다.

　새끼 돼지는 여섯 달이면 새끼를 낳는다. 한 번에 대 여섯 마리를 낳기도
한다. 그것들이 반년이면 또 새끼를 낳는다. 암놈은 두고, 숫놈은 판다……
암놈은 두고 숫놈은……적어도 만 환에서 만오천 환으로 나간다. 뿐 아니다.
돼지의 거름은 비료중에서도 가장 좋은 것이다. 내 논에는 돼지 거름만
주어야지, 돼지 거름만 ! 그러나 태식은 돼지우리를 장만할 수 없었다.
웬만치 튼튼한 것이 아니면 돼지가 밖으로 뛰어나간다. 밖으로 나가다니 ?
안 되지, 안 되어 ! 잃어버리면, 애초 없는 것만도 못 되어 ! 태식은 돼
지우리의 한 모퉁이를 움켜쥐고 기슭으로 끌기 시작했다. 물결이 세어서

우리는 끌어도 도로 내려간다.

우리는 두 자 남짓한 단단한 나무 토막으로 되어 있다. 그 나무 토막을 철사가 잇고 있다. 게다가 넓이가 서너간 남짓하니 돼지 열 마리는 넉넉히 기를 것 같았다. 우리로서는 다시 없이 좋은 것이었다.

"이눔, 이눔"

하며 태식은 있는 힘을 다 짜내어 기슭으로 끌었다. 태식의 머리에서 빗물이 줄줄 흘러내렸다. 눈과 코에 마구 흐르는 빗물을 태식은 굵직한 손등으로 쓱쓱 닦아내었다.

물이 허리까지 찬다. 빗발이 세어서 흙탕물의 수면은 들끓고 있다.

어쩌다가 파도가 밀리는 통에 우리가 제절로 기슭에 올라간다. 태식은

"허어—이."

하고 홀로 환성을 올리며 기슭으로 뛰어올라 우리를 끌었다. 그러나 다시 물결이 와싹 밀렸다가 나가는 통에 우리는 흙탕물 속으로 스르르 미끌어져 들어간다.

"어, 어. 이눔이, 이눔이"

하고 태식은 당황하며 우리를 잡았다. 우리는 덥썩 한번 물결을 타더니 세차게 흐르기 시작한다. 태식도 우리와 함게 떠내려갔다. 태식은 우리를 놓을 수도 잡을 수도 없게 되었다. 놓으면 물이 깊어서 익사할지도 모르는 일이었다. 그러나 잡고 있으려니까 어디까지 떠내려갈지 막연하고 기막혔다.

태식은 살려달라고 고함을 치려고 했으나, 그것은 헛수고임을 알았다. 기슭에는 인가도 없고 빗속에 나다니는 사람도 없다. 태식의 집도 안 보인다.

태식은 혹시 뗏목이 없을까 하고 물 위를 두리번거려보았다. 뗏목은 홍수 때에 한목 보는 일이 많았다. 물건을 건져두었다가 팔아서 곧잘 사는 사람도 있었다.

빗발이 가늘어져서 강 위는 훤히 보이나, 뗏목은 안 보였다.

우리는 세차게 굽이치며 떠내려갔다. 우리가 물결 위에 굽이칠 때마다 태식은 흙탕물을 머리로부터 뒤집어썼다. 그럴 때는 태식은 흙탕물이 들어 갈까보아 눈을 질끈 감고 입을 꽉 다물었다. 우리가 잠잠해지면 비가 얼굴의 흙탕물을 씻어내렸다. 그렇게 하여 얼마를 표류했는지 모른다. 기슭에 있는

얕은 산들도 도무지 눈에 익지 않다. 태식은 그가 어디쯤에 있는지조차 몰랐다. 그는 차차 불안해졌다.

태식은 이제 돼지우리를 생각할 여유는 조금도 없었다. 어서 기슭으로 올라가서 집으로 가야겠다는 생각뿐이었다. 물은 가슴까지 찼다. 태식의 피부에 소름이 쭉 끼쳤다. 태식은 무엇보다도 추워지는 것이 곤란한 일이었다. 떨리면 헤엄칠 수가 없기 때문이다. 그는 이제 초조해졌다.

그는 다시금 물 위를 두루 살폈다. 그는 고개를 한 번 돌리자,

"어—이, 사람 살려——."

하고 소리쳤다. 그의 눈에서 광채가 번득였다. 불과 50 미터도 안 되는 곳에 뗏목이 보였기 때문이다. 남자가 둘이 타고 있다.

뗏목은 태식의 소리를 듣고도 모른 체하는지, 못 들었는지 태식을 구하려는 눈치가 없다. 뗏목은 사람에게 냉정하다는 말을 들어온 태식은 분개했다. 아무리 돈이 좋기로서니 사람을 구하지 않는다니! 태식은,

"어—이, '이 엠병해서 고꾸라질 놈들아' 사람살려—."

하고 소리 치며 돼지우리를 놓고 뗏목 쪽으로 헤엄쳐 갔다. 물결을 거슬러 오르기 때문에 헤엄치는 데 여간 힘이 들지 않는다. 흙탕물이 눈으로 귀로 코로 사정없이 들어온다. 태식은 코를 풀고, 고개를 들고 헤엄쳐 갔다.

한참 헤엄치다보니까 뗏목은 도리어 하류쪽으로 내려가고 있다. 태식은 화가 바짝 치밀었다. 그는 뗏목만 붙들면 거기에 탄 두 놈을 당장에 물속에 꺼꾸로 집어넣을테니 두고 보리고 단단히 마음먹었다.

태식은 뗏목을 향해 도로 물결을 타고 내려가는데, 물에 파묻혀서 위만 조금 남은 둑이 보였다. 태식은 그 위에 올라섰다. 물에서 나오니까 그는 살 것 같았다. 그는 두 손을 벌리고 몇 번이나 심호흡을 했다. 팔도 흔들어 보고, 고개도 돌리고 허리도 굽히며 운동을 했다. 둑이 홍수의 한가운데쯤 있으니 홍수의 넓이가 내의 두 배는 되는 성싶다.

빗줄기는 한결 가늘어졌다. 태식은 뗏목을 향해 다시 소리쳤다.

"사람 살려——'이 물 귀신에 잡혀갈 놈들아' 사람 살려——."

그러나 뗏목에서는 아무런 반응도 없다. 뗏목에 탄 사람이 갈쿠리 같은 것으로 물 위의 무엇을 건지고 있다.

42

"사람 살려——."

태식은 분해서 숨이 막힐 것 같다.

빗발이 굵어지더니 쏴— 하고 퍼붓기 시작한다. 그러자 태식의 발 밑의 뚝이 우르르 무너지며 물 속으로 꺼져버렸다. 태식은 깜짝 놀라 헤엄치기 시작했다. 눈겨냥으로 재어보니 기슭보다는 뗏목이 훨씬 가깝다.

태식은 맹렬히 헤엄을 쳤다. 그는 기어이 뗏목을 붙들고 말았다. 뗏목 위의 사람이 놀라며 그를 잡아 올려준다.

"어, 이 웬일이여? 이영감댁의 새신랑 아니어?"

하며 또 한 남자가 태식에게 다가온다. 태식은 그들이 누구인지 모른다. 아마도 윗 마을 사람인 것 같다.

태식은 아무 말도 없이 심호흡을 몇 번 하고는 뗏목 위에 누워버렸다. 그는 기진맥진해버린 것이었다. 그는 뗏목만 붙들면 거기에 있는 사람을 물 속에 거꾸로 집어 넣겠다던 생각은 까맣게 없어졌다.

태식은 한참동안 눈을 감고 누웠다가 일어났다. 일어나서 몸을 살펴보았다. 윗 옷은 오른편 소매만 어깨에 붙어 있고 나머지 부분은 어디로 갔는지 없다. 물결에 찢기어 흘러간 모양이다. 즈봉 역시 한가지다. 몸에 붙어 있는 것은 가죽 혁대와 혁대 근처에 떨어져 나간 즈봉의 남은 헝겊이 나불나불 달려 있을 뿐이다. 그는 전연 벌거숭이였다.

뗏목 위에는 솥, 냄비, 괭이, 삽 같은 것이 건져져 있다. 그러나 태식의 몸을 가릴만한 것은 없다. 태식은,

"여기가 어드메쯤 되어?"

하고 물었다. 한 사람이

"당 고을 조금 지났어."

한다. 그렇다면 태식의 집과는 얼마 안 떨어진 셈이다. 그러고 보니 기슭의 산이 바로 그의 집이 있는 산임을 그는 짐작할 수 있었다. 태식은 지금 그 산의 남쪽에 있고 그의 집은 산 고개 너머에 있는 것이다. 태식은 조금 마음이 놓이었다.

날이 어둑어둑하다. 저녁때도 넘은 것 같다. 태식은 거의 반나절을 물에서 보낸 셈이다.

"그런데, 어저께가 날잡은 날이라던데, 장개는 갔어?"
하고 뗏목사람이 태식에게 묻는다.
태식은,
"야."
하고 대답했다.
"비가 오는디?"
"야."
뗏목은 기슭으로 가까워갔다. 태식을 내려주고 그들은 좀더 일을 한다고
한다.
뗏목이 거의 기슭에 가까워갔을 때 태식은 흙탕물 속으로 풍덩 뛰어
들었다. 그는 아까 그 돼지우리가 기슭에 걸려 있는 것을 보았기 때문이다.
그의 얼굴에 기쁜 빛이 가득 퍼졌다.
"고마워유—."
태식은 놀라서 눈만 휘둥그렇게 뜨고 있는 뗏목 사람들에게 한마디를
던지고 기슭으로 뛰어올라갔다.
그는 돼지우리를 끌었다. 우리는 물에 젖어서 여간 무겁지 않다. 그대로는
도저히 집까지 끌고 갈 수 없을 것 같았다.
그는 나무토막을 잇고 있는 철사의 마디를 찾았다. 철사를 푸니까 돼
지우리는 이내 부서졌다. 그는 나무토막을 가지런히 쌓고 철사로 동였다.
무겁기는 하나, 운반하기 쉽게 되었다. 태식은 벌거벗은 채 그것을 끌며
집으로 향했다. 그러나 그는 추워서 견딜 수가 없었다. 빗줄기는 가늘지만
반나절을 물 속에서 언 몸에는 얼음같이 차다. 비가 다시금 쏴— 하고
쏟아지더니 태식의 몸의 흙탕물을 깨끗이 씻어내린다.
태식을 보자, 툇마루 끝에서 홍수만 보고 섰던 새댁이 눈물을 확 쏟는다.
무척 울었는지 눈등이 부어 있다. 태식은 새댁을 보고 웃으려고 했으나,
그만 방 바닥에 쓰러져버렸다.
태식의 전신이 와들와들 떨렸다. 새댁은 모포를 깔고 또 하나의 모포로
태식을 덮어주었다. 그러나 태식은 여전히 떨었다. 더 이상 덮어줄 것이
없었다. 새댁은 울고 싶었다. 방에 불을 때려고 해도 땔 것이 모두 젖어서

타지 않는다. 새댁은 도로 방으로 들어갔다.

모포가 들썩거렸다. 태식이 몹시 떨고 있는 것이다. 태식은 아무 것도 모르는 것 같았다. 어떻게 하면 춥지 않게 해줄까 하고 새댁은 가슴을 조였다. 새댁은 남편의 손을 잡아보았다. 부끄러운 것 같았으나 하는 수 없었다. 손이 싸늘했다. 그녀는 깜짝 놀라 태식의 손을 부벼주며 몸을 남편의 몸에 바싹 대었다. 그녀의 가슴이 조금 두근거렸다. 그녀는 체온으로 추위를 덜어 줄까 하고 생각한 것이다. 그러나 태식은 점점 더 떨었다.

새댁은 당황하여 손으로 태식의 몸을 여기저기 마구 쓸기만 하다가 저고리를 벗고 남편의 가슴에 몸을 대어주었다. 남편은 그래도 떨었다. 새댁은 초조해졌다. 그녀는 치마도 벗고 속옷도 벗었다. 새댁은 이제 부끄러움을 느낄 겨를이 없었다. 어떻게 해서든지 남편을 따뜻하게 해주어야겠다는 생각뿐이었다. 새댁은 벗은 몸을 남편의 언 살에 밀착시켰다.

새댁은 온몸으로 태식의 몸을 포근히 쌌다. 꽁꽁 언 어깨와 팔꿈치와 무릎은 겨드랑과 오금으로 싸주었다.

새댁은 태식의 새파란 입술에 입술을 갖다 대었다.

태식의 입술은 얼음 같이 차다. 태식은 눈을 감은 채 인사불성이었다.

태식의 입에 입을 대고 있노라니까 그의 인중이 빳빳이 굳어가는 것을 새댁은 느꼈다. 새댁은 깜짝 놀랐다. 사람이 죽을 때에는 인중이 굳어진다는 말을 들은 적이 있기 때문이다.

새댁은 남편의 인중이 굳지 않도록 인중과 콧날을 빨기 시작했다. 그리고 한편, 손으로 남편의 몸을 쓸었다. 그녀는 그녀의 몸 외에는 남편을 위한 다른 아무런 수단이 없다. 약도 없고, 불도 없고, 이불도 없었다. 도움을 청할 이웃도 없었다.

한밤중이었다. 비는 부슬부슬 내리고 있다.

"죽지 말아유, 죽지 말아유"

새댁은 속으로 말했다. 눈물이 그녀의 젖은 듯한 검은 눈에 하나 가득 고이었다.

새댁은 팔이 떨어져나갈 듯이 아팠다. 입술도 아팠다. 그러나 그녀는 빨기를 멈추지 않았다.

이윽고 태식의 몸이 더워지기 시작했다. 그리고 점점 뜨거워갔다. 나중에는 불덩이처럼 끓었다. 태식은 무엇인지 자꾸만 헛소리를 했다. 그의 입술이 바지직 바지직 탔다. 새댁은 이제 그의 입술을 빨았다. 태식의 입술은 고열에 자칫하면 말라버리려고 한다.

비는 밤새도록 그치지 않았다.

날이 샐 무렵에 비로소 태식의 열이 내렸다.

새댁은 미음을 끓였다. 태식은 얼굴을 씻었다. 하룻밤 사이에 그의 얼굴은 축이 났으나 여전히 씩씩했다.

새댁은 그 얼굴을 사랑스러운 듯이 보았다. 태식은 씩 웃고 밥상에 앉았다.

쏴— 하고 비가 퍼붓기 시작했다.

천정에서 노래기가 한 마리 상 위의 간장에 뚝 떨어진다. 남편이 먹기도 전에…… 새댁은 울상이 되었다.

태식은 굵직한 손가락으로 간장 종지에서 노래기를 집어서 방 밖으로 휙 내던진다. 그리고 그 간장을 미음에 쭉 붓고 미음 한 그릇을 단숨에 마셔버렸다.

태식은 밥상을 들어서 툇마루에 내놓고, 일어서려는 새댁의 치마를 불끈 잡고 끈다.

새댁의 그 젖은 듯한 검은 눈이 활활 타며 태식의 눈에 감기고, 입술에 감긴다. 태식은 숨이 턱 막히는 것 같다.

쥐가 댓 마리 우— 몰려서 방으로 들어와 태식의 등 위를 시나서 들창문 밖으로 주르르 달음질쳤다.

비가 다시금 쏴— 하고 쏟아진다.

노파와 고양이

바람에 몰려서 빗발이 쏴— 쏴— 하고 소리를 치며, 창유리에 흩어진다. 방 안에는 벌써 어둠이 깃들었다.

"겨울에 눈은 안 오고, 비는 무슨 비야! 밤 새 오고 또 진종일 퍼부으니, 어어……."

그녀는 보료밑으로 파고들어가며 진저리 치는 듯이 머리를 내흔든다. 온몸이 축축하고 찌뿌드드하다. 까닭도 없이 기분이 좋지 않다. 할 일도 없다. 손등으로 쪼글쪼글한 가죽이 축 늘어진 눈등을 쑥 훑는다. 촉감이 꺼칠하다. 그녀는 몸을 일으켰다. 꿍! 하고 목에서 저절로 힘 주는 소리가 난다. 그녀에게는 그런 간단한 동작을 하는 데도 여간 힘이 들지 않는 것이다.

그녀는 머리맡에 있는 머릿장 문을 연다. 그것은 그녀가 시집 올 때 가지고 온 것이다. 자개가 떨어져서 군데 군데 검은 나무 바탕이 드러나 보이기는 하나, 아직도 화려한 머릿장이다. 그녀의 어머니의 유물이다. 그 속에 쌓은 옷 갈피 사이에 그녀의 어머니는 푼푼이 엽전을 모아두었던 것이다. 그녀의 아버지 몰래, 찬거리를 절약하며 모은 것이었다. 그 돈으로 그녀의 어머니는 그녀에게 '박래품' 가루분이나 값진 비단댕기 같은 것을 곧잘 사주곤 했었다. 지금은 그 속에는 옷도 돈도 없고, 엿이나, 인절미 같은 물렁한 간식(間食)감만이 들어 있다.

그녀는 자그마한 항아리를 꺼내었다. 둘째 손가락을 푹 찔러넣어서 누긋이 고은 엿을 코 위까지 추겨올린 다음 길게 내민 혓바닥 위로 운반한다.

찌—ㄱ 하고 늘어진 엿이 툭 잘려서 도로 스르르 항아리 속에 미끄러져 내려간다. 그녀의 엉덩이에 등을 딱 붙인 채 자고 있던 누런 늙은 고양이가,
　이야—웅
하고 기지개를 키며 길게 울더니 다시금 그녀의 엉덩이에 등을 붙이고 눈을 감는다.
　"오—냐."
하고 그녀는 우물거리던 입 속의 엿을 꿀컥 삼키고 나서 말한다. 그 까칠한 윤기없는 소리가 고양이의 소리와 거의 흡사하다. 그러나 그녀는 고양이에게 엿을 주지 않는다.
　고양이는 그녀의 단 하나의 벗이다. 늙은 육체의 소유자인 그들은 한 방에서 기거했다. 아들도 며느리도 손녀도 손자도 부엌사람도 그녀와 이렇다 할 말을 나누지 않는 것이었다. 혹 몇마디 오가면 거의가 귀찮은 듯이 눈살을 찌푸렸다. 그래서인지 그녀는 마치 사람에게 하는 것처럼 고양이에게 말하는 것이 일쑤다.
　고양이도 새끼를 많이 낳았으나, 며느리의 학교 때 친구니, 계 친구니 하는 젊은이들이 서로 다투어 뺏어가고, 때로 남겨둔 것이 있어도, 제 힘으로 먹을 것을 찾을 만하면, 어디론지 달아나버려서, 남은 것은 한 마리도 없다.
　엿 항아리를 머릿장 속에 도로 넣고 그녀는 방을 나섰다.
　옆 방이 식모의 방이다. 까닭도 없이 들여다보고 싶다. 문이 얼른 열리지 않는다. 안에서 잠갔나? 그렇다면 왜? 대낮에 잠글 까닭이 있을까? 남자라도 찾아온 것인가? 그녀는 궁금증이 왈칵 치민다. 그녀는 핸들을 필사적으로 좌우로 비튼다. 그러는 통에 어쩌다가 문이 활칵 열려서, 하마터면 그녀는 앞으로 고꾸라질 뻔했다. 눈에서 불이 번쩍 나는 것 같다. 그러나 문이 열리는 소리나, 문지방에 발이 걸렸을 때 천정까지 들썩하고, 울리던 소리에 비하면, 그녀는 조금도 놀라지 않는 셈이다. 하루에도 그런 일이 한두 번이 아니기 때문인지도 모른다.
　그녀는 허리가 한아름이 넘도록 비대하다. 게다가 발의 감각이 둔해져서인지 디뎌도 안 디딘 것 같아서 다시 한 번 꽝! 하고 내디디다가 넘어지는 일이 예사이다. 그리하여 머리카락이 빠져서 반들반들해진 앞 가리마 중간

쯤에서 가마에 이르는 정수리 부분에는 문에나 장 모서리 같은 데 부딪쳐서 생긴 딱지가 두어 개쯤은 항상 붙어 있는 것이다.

방 안에는 식모가 김이 나는 미제 다리미로 양복을 다리고 있을 뿐이다. 그녀의 그토록 서두르던 호기심은 싹 식어버렸다. 무언지 열적어서 딴 소리를 해본다.

“저녁은 안 하니?”

까칠한 어성이 높다. 말할 때에 쭈글쭈글한 살가죽이 늘어진 목이 위로 조금 추켜지며 가운데에 심줄이 선다.

“저녁은 벌써 해서 무엇해요!”

하고 식모는 눈을 내려깐 채 소리를 지른다. 식모는 보통 말 소리로 대답해서는 그녀가 못 알아듣는 줄 잘 알고 있다.

그 뿐 아니다. 식모는 그녀가 진종일 집 안을 쏘다니는 것이 정말이지 밉살스럽고 귀찮다. 쿵쾅거리고 시끄러울 뿐더러, 쭈글쭈글한 얼굴에 윤기없는 눈동자를 뽀—얗게 뜨고, 흡사 고양이같이 까칠한 어성으로 엉뚱한 말을 불쑥 하는 것이 딱 질색이었다. 게다가 하루에 한 번은 반드시 꽃병이나 유리창 같은 것을 깨뜨리거나 그렇지 않으면 그녀 자신의 정수리에 딱지를 붙이는 것이 이를 데 없이 보기 싫은 것이었다.

그녀는 변소의 문을 열어본다. 이렇다 할 목적은 없다. 오로지 심심하고 지루해서이다. 아무도 없다. 목욕실 문도 득—하고 열어본다. 공기가 차다. 흰 타일. 어어 춥다. 그녀는 며느리 방에 들어간다. 며느리는 없다. 비 오는데 어디로 갔담! 텔레비전을 켜놓은 채 두었는지 텔레비전에서는 불빛이 번쩍거린다. 그녀는 또 벌거벗은 양녀(洋女)가 춤을 추는 것인가 하고 가까이 가서 자세히 보니까 양팔에 울퉁불퉁 알이 배긴 젊은 남자 둘이 머리통만한 장갑을 손에 끼고 웃통을 벗어 붙인 채, 턱을 치고 가슴을 치고, 가슴을 치고⋯⋯가슴을 치고, 어어⋯⋯자빠진다. 자빠져⋯⋯어어⋯⋯쾅! 키가 큰 쪽이 바닥에 나자빠졌다. 스피—커에서 와— 하고 떠들썩한 소리가 나나, 그녀는 왜 그러는지 알지 못한다.

“지랄이야!”

그녀는 도무지 마땅치 않다. 치고 받는 것도 눈에 거슬리나, 아무리 남자라

해도, 빤쓰 바람으로 사람들 앞에서 그게 웬 미친 짓이야! 대관절 텔레비전 자체가 마땅치 않다. 저까짓 것을 무엇하러 사왔담! 에미의 조바위나 사지 않구! 나다니지 못한다구 아주 송장 다 된 줄 아나? 그녀는 아들이 불만이다. 텔레비전을 확 꺼버렸으면 좋으련만 그녀는 끌 줄을 모른다.

그녀는 거의 한 간(間) 남짓한 체경이 달린 장문을 열어본다. 체경이 열리며, 거기에 비추어졌던 경대랑 어항이랑 액자가 비ー ㅇ 돌아가는 통에 그녀는 아찔하고 현기증이 나서 눈을 감고 선 채 손으로 이마를 짚는다. 장 안에는 양단 치마가 오색 찬란하게 죽 걸려 있다. 그녀는 그녀의 회색 비단 치마를 거울에 비추어본다. 그것은 그녀의 혼수감의 하나다. 그녀의 외숙이 청국(淸國)에 사신으로 갔을 때 가지고 온 것이다. 여지껏 아껴서, 큰 나들이 때에나 입었으나 죽을 날도 머지 않았는데……싶어서 요즈음은 집에서도 곧잘 꺼내어 입는 것이다.

그보다도 옛날 물건이라면 무엇이든 그까짓 것 하는 며느리가, 그녀가 죽은 후에 이토록 귀중히 여기는 치마를 또 얼마나 천대할까 하고 생각하니 차라리 나나 실컷 입어두자고 마음 먹어서인지도 모른다.

그녀는 물론 그 치마도 머릿장과 함께 대(代) 물릴 작정이다. 요새 것과는 비할 수 없을 만치 좋은 비단이라고 그녀는 생각한다. 요새 사람들이 이런 것을 걸쳐볼라구? 어림도 없지! 이것은 청국에서 가져온 것인데! 하고 그녀는 자랑스럽게 여기나, 왠지 기분이 좋지 않다. 그 방 안에 있는 모든 것이 마음에 들지 않는다. 장농도 텔레비진도 사람인지 도깨비인지 알아볼 수 없는 그림뿐 아니라 불긋불긋한 리노륨 장판도 아예 질색이다.

그녀는 방 한가운데 서서, 이라고는 부서진 조각도 없는 뺀들한 윗 잇몸으로 아랫 입술을 꽉 깨물며 가만히 생각을 한다. 이층에 올라갈 때가 되었을까 하고 생각해보는 것이다.

며칠 전에, 손녀 방에서 어떤 청년을 발견한 후로, 그녀의 온갖 신경은 모두 그 방으로만 집중되어버렸다 해도 과언이 아닐 것이다.

그 청년은 손녀의 약혼자라는 것이었다. 그는 오후면 반드시 왔다. 따라서 그녀도 점심 후로는 부쩍 이층으로 오르내리는 것이었다. 숨이 차고, 허리가 아픈 것도 그다지 개의치 않았다. 오로지 붙들어야 한다. 붙들어야 한다

하고 속으로 서둘러대는 것이다. 남녀가 한 방에서 있다니……하며, 그녀는 머리를 절절 내혼들었다. 안 되지, 안 돼! 그녀는 어떤 불순한 장면을 상상하고 속으로 펄쩍 뛰는 것이었다. 처음에는 손녀에게 무슨 실수나 있으면 어쩌나 해서 불안했다. 그러나 날이 지남에 따라 어떤 호기심이 동하였다. 그러다가 차차로 반드시 그 장면을 내 손으로 잡아야만 되겠다는 생각에 사뭇 조바심 치는 것이었다. 젊은이들한테서 꼬리를 잡을 수 없으면 없을수록 그녀는 더욱 더 초조해지는 것이다.

언제 보나, 손녀는 피아노를 치고 있고, 청년은 책을 들고 있다. 그렇지 않으면, 테이블을 사이에 두고 서로 마주 보고 앉아 있는 것이다. 손녀가 수상쩍은 옷 차림을 했다거나, 청년이 당황한 눈치를 보인 적은 한 번도 없었다. 나무랄 데도 트집 잡을 것도 었었다. 완전했다. 그러나, 그녀에게는 그 완전성이 도리어 답답하고 꺼림칙한 것이었다. 그 완전한 것 뒤에, 헤아릴 수 없을만치 숱한 고약한 일이 밀폐되어 있는 듯만 싶었다. 그녀는 초조했다. '안 돼, 안 돼'하고 속으로 뇌까렸다. 그러나, 왜 안 될까 하고 생각하지는 않는 것이다. 그녀는 왜라든가 어째서라든가 하는 따위의 사고방식은 일찍이 가져 본 일이 없는 것이다.

그저께 저녁에 밥을 먹으면서 그녀는 아들에게,

"그 놈팽이는 왜 내버려두니."

하고 말하였더니,

"염려 마세요!"

하고 아들은 얼굴을 찡그리며 소리를 꽥 질렀다. 그 소리가 어찌나 컸던지 그녀는 머리가 윙 하고 울리는 것 같았을 뿐, 무슨 말인지 알아들을 수는 없었다. 그래도 그녀는 아들이 그녀를 핀잔준 것을 짐작했다. 만일 손녀를 야단친다면, 아들의 얼굴이 손녀에게로 향해 있어야 할 것인데, 분명히 그녀 쪽을 보고 있었기 때문이다.

"두고 봐라."

하고 그녀는 속으로 분개하였던 것이다.

너무 자주 오르내리면 도리어 기회를 주지 않는 것이 아닐까 하여, 그녀는 지금 알맞은 때를 생각하고 있는 것이다.

아까, 가보았을 때도 언제나와 한가지로 테이블을 사이에 두고 손녀와 청년은 마주 보고 앉아 있었다. 아무런 얘기도 없었다. 그런데도 어딘지 아늑하고 포근한 공기가 느껴졌으며, 그녀가 모르는 비밀이 무언중에 젊은이들 사이에 오가는 것만 같았다. 그것이 그녀를 초조하게 하는 것이다.

그녀는 제딴에는 소리없이 층계를 올라가는 것이었으나, 층계는 쿵쾅거리며 요란스레 소리를 내었다. 아랫방에 있는 식모도 그녀가 올라가는 것을 알았으니, 하물며 이층에 있는 젊은이들이야……!

그녀는 층계를 올라가자마자 황급히 방 문을 잡아당겼다.

새빨간 치마를 입은 손녀가 피아노를 치던 손을 멈추고,

"또 왜 그러세요!"

하고 톡 쏘아붙인다. 그 말이 너무 크고 재어서 그녀의 귀에는 음절(音節)이 잘 분절(分節)되어 들리지 않기 때문에, 무슨 뜻인지 알아들을 수가 없다.

"갔니?"

하고 그녀는 방 안을 휘 둘러보며 말한다.

"그러믄요! 아까!"

손녀는 야무지게 쏜다. 방에는 청년은 없다. 그녀는 맥이 확 풀리는 것 같다. 그녀는 반침 문을 획 열어본다. 없다. 이불 하나, 요 하나, 베개 하나뿐이다. 그녀는 이불과 요를 왈칵 잡아내렸다. 베개가 댕그르르 굴러 내렸다.

"아유—— 할머니는 아무것도 모르면서 그린 데만 눈이 빌개……."

하고 손녀는 건반을 부서져라 두드리며 몸부림을 친다.

"퇴, 퇴."

그러나, 그녀는 이불을 도로 개어 올리는 데 여념이 없어서 손녀를 도무지 보지 못한다. 피아노 소리가 요란하나. 그녀에게는 곡(曲)을 치는 소리나 홧김에 두드리는 소리나 시끄럽기는 매 한가지인 것이다.

방 바닥이 배겨서 등이 아프나, 그녀는 일어나는 것이 성가시다. 그녀는 어쩐지 허전하고 울적하다. 틀림없으리라 여겼던 일이 어긋난 탓 때문은 아니었다.

"그것이 벌써……."

하고 생각하니, 그녀는 손녀가 어느새 혼기에 이른 것이 도리어 대견하게 여겨지기도 하는 것이었다. 어언 그 아들이 커서 자식을 두고, 또, 그 자식이…… 남편이 있었다면 얼마나 좋아할까. 손자를 봐야지 하던. 그는 죽었다. 겨울에 비가 내리고 있었다……그녀는 이를 악물고 창가에 엎드려서 소리없이 울었다. 장독대에 쏟아지던 빗줄기……몇 배나 자식을 낳았는지 쭈글쭈글한 뱃가죽이 축 늘어진 늙은 고양이가 어슬렁 어슬렁 그 빗속을 걸어갔다……다음 날 그 고양이가 옆집 마당에 뻗어 있었다…… 젖은 털이 엉긴 채 얼어붙어 있었다. 비. 비. 겨울에 무슨 빌까! 그때도 비가 내렸었다. 그녀의 젊었었던 때다. 남편의 시체가 바로 옆 방에서 차디찼다. 그녀는 울었다. 그리고……그러나 지난 날은 그녀의 기억 속에 흔적만을 남길 뿐, 그때의 정감은 다시는 되살아오지 않는다.

비는 끝없이 죽죽 내리고 있다. 오금이랑 겨드랑 밑까지 축축히 젖어드는 것 같다. 그녀는 온몸이 찌뿌드드하고 을씨년스럽다.

축 늘어진 윤기없는 뱃가죽을 아랫목에 납작 붙인 채 자고 있던 늙은 고양이가

이야—웅

하고 길게 울음을 뺀다. 그 까칠한 소리가 비 속으로 질적하게 사라진다.

어느 여인의 하루

"현숙아!

영애 편지로 네가 순산한 것을 알았다. 아직 백일도 못 되었으니 몸조리 잘 해야겠지. 벌써 세 아기의 어머니가 되었구나……."

기옥은 역시 달필이다. 무슨 사연인지 여섯 장이나 빽빽히 써 보냈다.

"어저께는 무슈 보나르하고 드라이브했어. 전에도 몇 번 말했지만, 그들의 아름다움, 그 숲의 울창함이란! 어찌 글이나 말로써 다할 수 있겠니…… 그런데 무슈 보나르는 차츰 좋은 점을 많이 발견할 수 있는 사람이야……."

무슈 보나르는 소르본느 대학을 나온 빠리장인데, 기옥이 함부르크에 가자마자 알게 된 사람이였다. 기옥은 거기서 남성 간에 인기가 있는 편인 짓 같았다. 그녀의 편지에 이국 남성의 이름이 서너 명은 나오고 있는 것을 보아도 짐작이 간다. 매사 신중하고 허용이 없는 여자라 그 쪽에서 프로포즈해왔다는 말을 착각이라고 웃어넘길 수는 없었다. 이혼하고 아들 둘까지 버리고 간 유학이니까 기옥의 결심은 보통이 아닐 줄 안다. 가자마자 몇 명의 남성이 청혼했는데도 다 뿌리치고 공부만 해서 곧 박사 학위를 얻게끔 되어 있었다. 그런데 무슈 보나르하고 드라이브까지 했다니, 이제는 긴장이 풀렸는지? 학위는 얻었는지? 현숙은 편지를 읽으면서도 앞이 궁금해서 마음이 급하다.

"무한이라는 말은 과장 표현인 단어 같지만 사실상 이 울창한 숲은 무한히 계속되는 것이다. 현숙아, 그 숲속에 이따금 옛 성이 보인단다. 가지가지

로맨스와 또 소름끼치는 괴기담이 수백 년 전해져 내려오는 그런 성이다. 영화에서나 소설에서만 읽고 아는, 그 꿈 같은 풍경 속을 자동차로 달리며, 나는 또 '트리스탄과 이졸데'의 슬픈 사랑의 얘기를 생각했었지……."

태호가 어느 틈엔가 현숙의 손에서 편지를 홱 잡아당긴다. 편지 한 장이 삼분지 이쯤에서 동강이 나버렸다.

"얘!"

하고 소리치며 현숙은 태호의 손에 쥐어진 부분을 빼앗으려고 하나 태호는 안 놓으려고 점점 더 움켜쥔다. 현숙이 곧 빼앗았으나 편지는 꼬기꼬기 구겨져 있다. 그것을 손바닥으로 펴면서,

"맴매할 테야!"

하고 소리치다가 현숙은,

"아이구!"

하고 애란의 이마에 입맞춤을 하고 있는 태섭에게로 뛰어간다. 태섭은 잘 돌아가지도 않는 혀로,

"엄마 미워."

하면서 애란의 손을 만지고 귀를 잡아당긴다. 애란은 다칠세라 무수히 눈을 깜짝거리고 있다. 현숙은 애란을 안으면서,

"아주머니, 애들 좀 보아요!"

하고 소리쳤다. 스스로 모르는 사이에 화난 목소리가 된다. 꼿꼿이 안으니까 애란은 목이 앉지 않아서 고개가 이리저리 기우뚱거린다. 애란은 생후 두 달밖에 안 되고 태호가 네 살, 태섭이 세 살이니, 아이들만 셋을 두면 무슨 일이 일어날지 모르지 않는가 하고 누누이 현숙은 아주머니한테 조심을 시켰다. 어른이 옆에 지키고 있어도, 큰 아이 둘이 서로 애란의 눈도 만져보고 머리도 잡아당긴다. 애란의 눈을 찌를까, 입에 무엇을 넣지나 않을까 여간 걱정이 아니다. 태호, 태섭은 한참 장난칠 때라, 뛰며 놀다가 누워 있는 애란을 밟을까 해서 며칠 전에 애기침대를 사다 놓았더니 침대 난간에 서로 매달려서 하마터면 침대가 뒤집혀서 애란이 떨어질 뻔했다. 그래서 침대는 치워버리고 도로 요에 뉘어두나 그런 대로 조심스럽기 짝이 없다.

아주머니는 뛰어오면서 전화 받으라고 한다.

"선생님 원고 마감은 벌써 지났고 인쇄도 오늘로 마지막입니다."
숫제 우슨 소리다.
"미안해요. 내일 꼭 드리지요"
"오늘 오후까지 안 될까요 ?"
"내일 오후 다섯시까지 틀림없어요. 가지러 오세요."
가지러 오라고 하면, 믿고 안심할 것 같아서 덧붙인다.
"또 야간 작업입니다."
야간 작업한다고 잡지사에서 별도수당을 줄 리도 없다.
"미안해요. 다음부터는 틀림없게 해드리지요."
연재소설 원고의 독촉이다. 연재니까 거를 수도 없다. 매달 백 매씩 쓰는데 칠십 매밖에 안 쓰고 있다. 내일 다섯 시까지 삼십 매를 더 써야 한다. 써진 것을 베끼기만 하는 데 한 시간에 이백자 원고 용지로 여덟 장 정도다. 삼십 매 쓰려면 세 시간 반, 추고까지 합해서 다섯 시간은 잡아야 한다. 잘 안 써질 때는 하루도 가고 사흘도 간다. 대충 구상이 되어 있을 때는 쉬우나 그마저 되어 있지 않을 때는 한밤중에 원고지와 마주앉아 초조하게 시간만 보낸다.
경대 위에 있는 현숙의 팔목 시계를 태호가 귀에 갖다 대더니 초침 소리가 잘 안 들리는지 장지에다 홱 내던진다. 탁 소리를 내며 창호지가 찢어진다. 현숙이 전화를 놓고 얼른 시계를 귀에 대보았다. 이상은 없으나 현숙은 화가 치밀어서 견딜 수가 없다.
"정말 맴매할 테다 ! "
하고 눈을 크게 뜨고 째리나 태호는 들은 척도 않고,
"산토끼 토끼야."
하며 두 손을 머리 위에 얹고 뛴다. 태호는 찢어진 문구멍에 손가락을 넣고 아주 창살까지 찢어버렸다.
현숙은 더 참을 수 없어서 터리갯대를 가지러 달려갔다. 학교 시간까지 삼십 분 있으니까 아이들하고 십 분쯤 승강이를 할 여유가 있다. 그녀는 터리갯대로 방바닥을 치며,
"알겠어 ? 엄마 말 안 듣는 사람은 맴매할 테야. 문 찢는 사람, 시계

던지는 사람, 아기한테 뽀뽀하거나 아가 만지는 사람, 모두 다 맴매할 테야!"

하고 태호, 태섭을 째려본다.

"때려야지, 말을 해서 들어먹간요?"

아주머니가 애란을 안으며 몇 번이나 하던 말을 되풀이한다.

"미국 아이들하고 종자가 다르니깐요. 거기 아기들은 너 착하지! 하면 혼자서 잠자리에 가서 자기도 한다지만, 여기 아이들은 착하다고 하면 더 뛰고 장난하려고 드는 걸요?"

"맞아서 말만 듣게 되면 큰일이에요"

현숙은 때렸으면 성이 가시겠는데 꾹 참는다.

그녀는 기옥의 편지를 가방 안에 넣었다. 학교 가는 차 속에서 읽으려는 것이다. 손을 씻으러 목욕실에 갔다. 위를 보니까 천장에 거미줄이 그대로 있다. 어저께 주의시켰는데 순이가 소제할 때 잊었는 모양이다. 현숙은 걸어 두었던 터리개를 다시 꺼내어 발판을 놓고 올라서서 거미줄을 치웠다.

"순아, 너는 위는 볼 줄 모르는구나."

부엌을 지나며 한마디 하고 방으로 와서 옷을 갈아입는다.

"전기세 주고 가세요."

아주머니 말에 현숙은 참! 하며 찬값과 전기세를 내놓았다.

현숙은 가방을 들고 나오며 애란의 뺨에 입맞춤을 했다. 애란은 이불 속에서 잠들어 있다. 뺨이 불그스레하고 향내가 난다. 어린아이한테서 나는 독특한 향기다. 현숙의 입가에 부드러운 미소가 인다. 태호와 태섭이 저마다 현숙에게 매달리며 뽀뽀하라고 한다. 현숙은 그들의 뺨에 한 번씩 입맞춤을 해준다. 그들은 다른 쪽 뺨을 내밀며 거기도 해야 한다고 떼를 쓴다. 현숙은 시간이 없으나 급하게 한 번씩 더 입맞춤을 해주어야 했다. 신을 신는데 전화의 벨이 울린다. 현숙은 귀찮은 용건의 전화 같은 예감이 들어서

"나 없다고 해요."

하고 댓돌을 뛰어간다.

"단편 소설인가 어떻게 되었느냐고 해요."

아주머니가 소리친다. 아참! M지만은 써주기로 했었는데…….

“다음 달에는 꼭 쓴다고 해요. 미안하다는 말 잊지 말아요.”

현숙은 말하며 댓돌을 돌아 대문께로 가다가,

“애기 우유 시간은 한시예요.”

하고 소리친다.

“알아요. 고모님 병원에 가시는 것 잊지 마세요. 세시에 방송국에 가신다고 하셨지요?”

아주머니는 현숙에게는 좋은 비서 역할도 한다. 하마터면 잊을 뻔했다. 시골에서 시고모가 올라와서 종합 진찰을 하느라고 입원 중이다. 원고 독촉은 그녀를 채찍질해주는 것 같아 고맙게 여기나, 시고모 문병에는 무거운 의무감만 느껴지는 것은 어쩔 수도 없다. 몇 번 본 일도 없는 시고모라 정들 리도 없고, 병세도 위급하지 않으니까 마음도 안 쓰이지만 만일 문병 가지 않는다면 시가 일족에게서 거만하다느니 무례하다느니 하고 손가락질당하게 되어 있다. 아무리 바빠도 가야 한다. 강의가 끝나고 방송국에 가는 사이에 잠깐 들를 수밖에 없다. 입원한 지 사흘이나 되는데 오늘도 안 오나 하고 속으로 꽁 하게 여기고 있을지도 모른다. 더구나 시고모는 팔순이 가까운 노인이니 이해성이 있을 리도 없다. 애정도 흥미도 없는 모든 인간과 나와의 관계는 무엇인가. 어째서 그들 때문에 나는 나의 신경을 한 치라도 더 깎아야 하는가. 나는 또 무엇 때문에 라디오 방송을 거절하지 않았는가. 현숙은 마치 연단에 서서 강연이라도 하는 것 같은 기분으로 이런 말을 속으로 외쳐본다. 대학 때의 은사와 대담하게 되어 마지못해 응낙했으나, 원고가 급하니까 그 시간도 아깝다. 방송국까지 가고 오는 시간을 사십 분 잡고, 녹음 시간 십오 분 가량 여유를 두면 대체로 한 시간 반은 허비하는 셈이다.

현숙은 택시에 오르자 기옥의 편지를 꺼냈다. 찢어지고 구겨진 데를 손으로 펴다가 도로 가방에 넣는다. 원고 쓸 것을 생각해야 하기 때문이다. 편지는 궁금하나 원고가 다 된 후 읽어도 별 지장은 없는 것이다. 창 밖을 스치는 거리가 번거로웠다. 그녀는 눈을 감았다―홍지호가 일어서고, 학교 운동장, 저녁, 어둠, 옥회, 창에 머리를 대고……. 대충 분위기를 그려본다. 정 안 써지면 써놓은 칠십 매만 넘길 수밖에 없다. 그렇게 생각하니 현숙은 조금 마음이 가라앉는다.

강의를 하지 않으면 그만큼 시간이 생기겠으나 현숙은 무리하면서 시간 강사를 그만두지 못하고 있다. 집에만 있으면 늙어버리는 것 같아서다. 늙는다는 것은 식견이나 감각이 줄어든다는 뜻이다. 가르치면 자연 공부를 하게 되고, 젊은 세대와도 접하게 되니, 그녀는 일거 양득이라고 생각하고 있었다. 별 소득이 없다고 생각될 때 그녀는 사직할 것이다.

강의가 끝나니까 한시다. 병원 면회 시간이 두시까지니까 현숙은 점심 먹을 사이도 없이 병원으로 직행해야 했다.

505 호실은 잠겨져 있었다. 간호원실에 가서 물으니 심장 X레이 찍으러 갔다고 한다. 현숙은 낭하의 긴의자에 앉아 또 눈을 감았다. ——홍 지호가 일어선다. ……옥희가 창에 이마를 대고——자꾸만 같은 장면이 되풀이될 뿐 앞으로 나가지 않는다. 면회 시간이라 문병객들이 복도에 소요스럽다.——옥희를 뛰어나가게 할까? 아니……여기가 중요한데——. 수면부족이 오후면 반드시 효과를 발휘한다. 머리가 아프고 전신이 노곤하다. 눈을 감아도 잠도 오지 않는다. 몸이 앉은 자리에서 그대로 바닷속 깊이 한없이 가라앉아가는 것 같다. 애란이 낮에는 잘 자고, 밤이면 울기 때문에 현숙은 요 며칠 거의 밤잠을 설치고 있었다. 엊저녁에는 태섭이 오줌을 싸서, 자다 일어나 잠옷 갈아 입히느라고 일 한 가지가 더 생긴 것이다.

"너 왔구나."

시고모가 현숙을 불렀다. 현숙은 깜짝 놀라 눈을 뜨고 일어서서,

"네."

했다. 일어서는 찰나 현기증이 나서 얼른 인삿말이 이어지지 않는다.

"좀 어떠세요?"

하고 겨우 입을 떼나 시고모는 안 들렸는지 대답하지 않고, 간호원과 그녀의 손녀의 부축을 받으며 침대에 올라 눕는다. 어쩐지 기분이 안 좋은 것 같다. 서 있는 현숙에게 의자에 앉으라고도 하지 않는다. 몸이 좋지 않아선지 현숙이 늦게 와서 못마땅한지 알 수 없다. 현숙은 될 대로 되라 하고 생각한다. 더 이상 타인에게 신경을 쓸 여유가 없어진 것이다. 두시 십오 분이다. 점심을 간단히 하고 방송국에 가야 했다. 그녀는 사가지고 온 사과

바구니를 내놓으며 손녀에게 즙 내드리라고 하고,
 "시간이 없어서 가보아야겠어요. 또 들르겠어요."
했다. 시고모는 현숙의 하직 인사에 대해서 만나는 인사를 시작한다.
 "아이들 다 충실하니? 애비도 잘 있니? 아이구, 이번에 아들 낳아서 삼형제 채웠으면 좋았지."
 딸 낳은 것을 나무라는 투다. 현숙은,
 "네."
해둔다.
 "너의 시고모부는 또 해소증이 도져서 못 오시고……."
 그 안부를 여쭙지 않았구나 하고 생각이 들었으나 이미 때가 늦었으니 현숙은,
 "조카님들 다들 안녕하시지요?"
했다. 시고모는 한마디 하는 데도 몇 분씩 걸린다. 생각하며, 한숨 쉬며, 더러 앓는 소리까지 섞기 때문이다. 현숙은 언제 끝날지 모르게 전개되는 대화에 미간이 찌푸려지는 것을 누르며 천천히 일어섰다. 시고모는 선 것이 마땅치 않은 지 눈을 내리깔며,
 "늙은이는 어서 죽어야지. 입원이니 무어니, 이게 다 젊은이 귀찮게 구는 일이지."
 현숙은 그것이 비꼬는 말이건 그녀 나름의 철학이건 귓전으로 흘리며,
 "몸조리 잘 하세요."
하고 문 밖에 나왔다. 엘리베이터까지 반 뛰는 걸음으로 가서 버튼을 눌렀다. 인삿말 주고 받느라고 점심 먹을 시간이 없어졌다. 지금부터 음식점에 가서 주문하고 또 먹는 시간까지 모두 적어도 삼십 분은 있어야 했다. 세시부터 녹음이니까 두시 오십 분까지는 방송국에 가야 한다. 대담할 스승하고 녹음 전에 약간의 의견은 교환해야 하기 때문이다. 무턱대고 녹음을 시작하면 두서가 없어 횡설수설하다가 십오 분이 지나간다. 귀중한 방송 시간을 잡담하고 마는 것은 청중에게나 방송국에나 미안한 일이다. 점심 먹기는 다 틀렸다. 현숙은 병원을 나와서 택시에 오르자 쿠션에 몸을 내던지며,
 '나와 이 모든 타인과의 관계는 무엇인가?'

하고 가슴에서 외쳐본다. 그리고 싸구려 연사가 우매한 청중 앞에서 동정을 호소하는 것 같아 그녀는 혼자서 웃었다.

녹음이 끝나자 사례금 계원이 자리에 뜨고 없으니까 잠깐만 기다리라고 한다. 사례금을 받으러 훗날 또 오느니 지금 받아가는 것이 편리하다. 현숙은 낭하의 긴의자에 앉아 기다리기로 한다. 현숙은 피로와 시장기가 겹쳐서 눈이 저절로 감겨진다.

"이 여사는 작품 활동도 여전하고, 애기가 셋이나 되고, 학생 간에 강의평도 좋고 하니……참, 그…….."

은사의 말이 아니면 화장실에라도 가는 체하고 자리를 떠서 다른 데서 구상이나 계속하고 싶으나 현숙은 그대로 앉아 있다.

"내 제자로서는 이 여사를 제일로 치네. 국회의원도 있고 장관도 있지만 말이지. 예술과 가정 생활을 병행하기는 참 힘들 텐데……대개 보면 예술가의 아내는 불행하고, 예술을 하는 여성은 가정을 이루지 못하고들 하는데……참 남달리 고충이 많겠어."

"별 고충은 없어요. 아무튼 하루가 사십팔 시간이면 좋겠어요."

현숙의 말이 끝나는데 직원이 사례금 봉투를 내놓으며,

"오래 기다리셨습니다. 감사합니다."

한다.

현숙은 택시 안에서 또 눈을 감았다──홍 지호는 체념하고 문 밖으로 나가고, 뒤돌아다 보면 안 된다. 하늘을 보게 하자. 그리고 장(章)을 바꾼다──구상은 조금 진전되었다.

어떻든 펜을 들어야 했다. 원고의 독촉을 받아서가 아니다. 현숙은 쓰고 싶기 때문에 쓴다. 이것이 그녀가 창작을 하는 첫째 이유였다.

"아이들 잘 있었지요?"

현숙은 문을 열어주는 아주머니한테 언제나처럼 같은 말을 묻는다.

"네, 잘 놀았는데 태호가 콧물이 나고, 안 좋은개비요."

아주머니는 태호를 데리고 자기 때문에 태호가 감기 들거나, 체하거나 하면 유달리 걱정을 한다. 현숙이 손을 씻고 와서 태호의 이마에 이마를 대어보니까 적어도 8도는 있을 것 같다. 태호는 태섭과 그림책을 보며 놀고는 있으나 눈 뜨기가 힘들어 보인다. 체온계를 넣어보니 8 도 3 부다. 아이들은 갑자기 열이 올랐다 내렸다 하기 일쑤다. 기침을 안 하니까 아스피린만 먹여둔다. 열이 안 내리고 계속 컨디션이 나쁘면 내일은 병원에 가야겠다고 현숙은 생각한다. 이불을 깔고 누워 있으라고 하니까 엄마가 같이 가자고 한다. 현숙은 아픈 아이를 불안하게 해줄 수 없어서 그러마 하고 태호 옆에 누웠다. 어언 네시 사십 분이다. 그녀는 머리가 무거워서 삼십 분쯤 자 볼까 생각했다. 우유 한 잔으로 시장기는 가셨다. 밥이 되는 대로 저녁을 먹고 바로 쓰기 시작해야 했다. 태섭이 엄마하고 공부한다고 떼를 쓴다. 아주머니가 다짜고짜 그를 등에 업고 나갔다. 태섭은 마루에서,

“꽁무(공부)할 테야.”

하고 악을 쓴다. 아주머니가,

“아야!”

하고 소리를 친다.

“머리끄대길 다 잡아댕겨!”

현숙이 일어나서 마루에 나가보니까 등에 업힌 태섭이 몸부림을 치며 아주머니의 파마머리를 잡아당기고 있다.

“엄마하고 그림택(책) 꽁무해(공부해). 그림택 꽁무해.”

“너 이 손 안 놓을 테냐? 응?”

현숙이 태섭의 손가락을 하나씩 아주머니의 머리카락에서 떼놓고,

“맴매한나!”

하고 무섭게 소리를 쳤다. 태섭은 현숙의 치마를 움켜쥐고 물어뜯으려고 한다.

“넌 바보다. 엄마가 밉다고 할 테야!”

현숙이 태섭의 손을 풀으려고 하나 태섭의 조그만 손은 놀랄 만큼 힘이 세다.

“엄마하고 꽁무할 테야, 엄마 미워.”

태섭은 지지 않는다.

“아줌마하고 해.”

“엄마하고 할 테야.”

태섭은 화가 바짝 나서 현숙의 머리를 움켜쥐려고 덤빈다. 현숙이 그 손을 꼭 붙들었다. 태섭은 발버둥을 치며 악을 쓰고 운다. 현숙은 순간 태섭에게 미안한 생각이 든다. 그림책 가지고 엄마가 하는 얘기를 듣고 싶은데 왜 야단을 쳐야 하는지 모르겠다. 나쁜 것은 엄마다. 그녀는 태섭을 안고 달래기 시작한다.

"태섭이 착한 아이지? 엄마하고 공부하자."

태섭의 뺨에 입맞춤을 해준다. 태섭은 금방 울음을 그친다. 그러나 워낙 야단스럽게 울던 후라 가끔 목에서 끼룩끼룩 소리가 나며 흑흑 하고 숨을 몰아쉰다. 현숙이 그의 얼굴을 쓰다듬고 손등에 입맞춤을 해주다가 갑자기 안고 있던 태섭을 마루에 내려놓았다. 태섭의 손가락 사이에 아주머니의 흰 머리가 두 가닥 쥐어져 있어서다. 아주머니는 소년 과부로 남의 집에서만 살아서 고생이 심해선지 오십도 안 되었는데 흰 머리가 많았다. 젖먹이딸 하나를 친정에 맡기고 식모살이로 청춘을 다 보냈는데 흰 머리가 나니 아주 늙기 전에 파마라도 한번 해보아야겠다고 며칠 전에 생전에 처음 미장원에 갔다 왔었다. 제 자식은 길러보지도 못하고 남의 자식한테 머리만 뜯기누나 생각하니 현숙은 태섭이 녀석 단단히 깨닫게 해야지 싶어 터리 갯대를 거꾸로 들고 태섭의 종아리를 한 번 따끔하게 쳤다.

"너 아줌마 머리 잡아다니면 안 된다. 또 잡아다니면 또 맴매한다." 하고 다시 한 차례 때렸다. 태섭은 뜻밖인지 한참 멍하니 있다가 마루에 벌렁 누우며 아야 아야 하면서 발버둥을 친다.

"아가를 왜 그러세요? 겨우 두 살 난 도령님이 무얼 알간디요?"

아주머니가 화를 벌컥 내며 태섭을 업고 길 밖으로 뛰어나간다. 아주머니는 때려야 한다고 말만은 큰소리를 하나 막상 태섭이 맞으니까 안절부절한다. 그녀는 태섭의 바짓가랑이를 내려주고 맞은 데를 쓰다듬어 준다.

"아가 아프지? 엄마 밉지! 아빠 오면 일러주자 응?"

현숙은 그런 말 아이 듣는데 하는 게 아니라고 하려다가 태섭이 없을 때 말하려고 잠자코 방으로 들어갔다. 아주머니 말 때문에, 때린 엄마가 틀린 것으로 알면 안 되기 때문이다. 그러나 아이들을 정말 표리없이 사랑해 주는 아주머니가 새삼 고마워서, 그녀의 딸이 데려가지 않는다면 늙어서 죽을 때까지 내 식구처럼 데리고 있어야겠다고 현숙은 생각한다.

태호의 이마에 땀이 조금 배어 있다. 열이 내리기 시작하는 모양이다. 이제 조리만 잘 하면 나을 것이다.

"너 마루에 나가서 놀면 태섭이처럼 엄마한테 맴매 맞는다."

하고 현숙은 미리 일러둔다. 태호는,

"아니야."

한다. 나가 놀겠다는 말인지 엄마가 안 때릴 거라는 뜻인지 모르겠다.

"너 그럼, 병원에 가서 주사 꾹 맞는다."

태호는 주사는 싫은지,

"안 나가."

한다.

"그래, 엄마하고 코자자."

현숙은 이불까지 덮고 누웠다. 정말 좀 자야지 하고 마음이 조급해진다. 아무것도 생각지 말고 자야 했다. 신경이 피로해서다. 그녀는 눈을 감았다. 잠은 안 오나 눈만 감고 있어도 신경의 피로는 조금 가셔진다. 한참 그러고 있노라니 잠도 솔솔히 오는 것 같다. 그대로 잠들었으면 하는데 전화가 온다.

"이 선생님이세요? 여기는 BK 텔레빕니다."

현숙은 거기까지 듣자,

"텔레비전에는 안 나갑니다."

하고 미리 잡아뗐었다.

"왜 그러세요? 각계에서 한 분씩 오시는데요?"

"절대 거절합니다. 더 이상 말씀하시지 마세요."

현숙의 목소리가 딱딱하다.

"왜 이렇게 시빗조로 나오세요?"

그 쪽에서도 불쾌한 말투다.

"벌써 여러 번 사절했고 그 이유도 명확히 해두었어요. 제게 더 이상 말은 시키지 마세요. 미안합니다."

현숙은 딸그락 하고 수화기를 놓았다. 겨우 잠이 들까 하는데, 깨어져서 그녀는 기분이 상했다. 게다가 얼굴 알려지는 것은 질색이라 텔레비전은 줄곧 사절해왔다. 몇 년 전에 한 번 무심코 문학에 대한 좌담회라고 해서 나갔는데, 그 다음 날 백화점에 물건을 사러 갔더니 숍걸들이 이 선생님 이 선생님 하면서 특별 취급을 하려고 해서 그 즉시로 텔레비전에는 나가지 않기로 결심한 것이다. 특별 취급은 잘 당하건 잘못 당하건 부자유스럽다.

현숙이 도로 자리에 누우려는데 또 전화가 온다. K잡지사에서 현대 한국 문학의 방향이라는 주제로 토요일에 좌담회를 할 테니 꼭 참석해달라고 한다.

"나는 아무것도 모르니까 그만두겠어요."

현숙은 까닭도 없이 목소리에 가시가 박힌다. 피로한 신경이 엉뚱한 데 가서 폭발하려고 한다. 그녀는 조금 자신을 억제하며,

"미안합니다. 나는 아무것도 모르니까 거기 가 앉아 있어도 바지저고리예요. 여자니까 참 치마저고리군요."

"그러면 양복을 입고 나오세요."

저쪽에서 농을 치려고 한다.

"여보세요. 지금이 농담할 때예요?"

현숙의 목소리에 가시가 다시 꽂힌다.

"선생님 오늘은 왜 이러세요. 나와줍시사고 했는데 잘못되었습니까? 멤버들도 다 그만하면 선생님께 실례되리라고는 생각 안 되는데요?"

그의 말은 옳았다. 현숙은 시간이 없다고 설명하려다가 그것도 성가셔서,

"싫으니까 싫다는 겁니다."

하고 전화를 끊었다. 그리고 수화기를 내려놓았다.

그녀는 누웠다가 바로 또 일어났다. 수화기에서 삥 하고 소리가 나서 담요로 둘둘 말아놓았다. 그녀는 자리에 다시 누우며, 나는 신경질이 되는구나 하고 생각했다.

애란의 기저귀 갈아주고, 아이가 울면 남편이나 태섭, 태호가 잠 못 잘까 보아, 조금만 칭얼대도 애란을 안고 서서 다니고 하니, 이십 분, 십 분, 오 분 정도로 자는 잠을 모두 합쳐도 하루에 다섯 시간도 채 못 자는 셈이다.

'나를 괴롭히지 마라'

하고 속으로 외쳐보나 그 말을 들을 대상이 없다. 아이들도 그 대상이 안
된다. 엄마가 된 이상 아이를 위해서 잠 못 자는 것은 보통이다. 전화가
와서 낮잠을 방해하는 것은 문학하는 탓이다. 아무도 그녀에게 문학을
강요한 적은 없다. 그러나 온 세상이, 사람도, 해도, 달도, 바람도, 공기도,
온갖 눈에 보이는 것 안 보이는 것, 귀에 들리는 것, 안 들리는 것, 모두가
다 현숙을 잠시도 쉬지 못하게 들들 볶는 것만 같다. 뇟속이 바싹 말라
가루가 되어, 바람에 날려서 산산이 흩어지는 것 같다.
  '이렇게 신경이 닳리는 대로 버려두면 정신 위생으로나 생리 위생으로나
좋을 게 없어'
  현숙은 스스로 타이른다. 앓거나 죽거나 하면 큰일이다.
  '아이들이 성인이 될 때까지는 절대로 죽을 수 없다'
  '기왕 문학을 한 이상 대작도 못 쓰고 죽는다는 것은 슬픈 일이다. 작품은
보잘 것 없는 자가 이름만 퍼뜨리고, 얼굴만 팔고 다니는 것은 초라한
풍경이다. 나는 그런 구경거리는 되고 싶지 않다'
  말투가 과격했으나 좌담회를 사절한 것은 잘한 것 같았다.
  '자, 한잠 자자!'
  현숙은 관객도 라이트도 없는 무대에서 혼자서 대사를 읽고, 혼자서
몸짓을 하고 있는 자신을 보고 있는 것 같은 생각이 난다.
  "엄마, 나 밥 먹을 테야."
  태호가 누워서 말한다.
  "응, 밥 끓여서 먹자."
  현숙은 태호의 이마며 목에 흠뻑 난 땀을 타월로 훔치고 속옷을 갈아
입혔다. 땀이 많이 나서 속옷이 물에 담근 것처럼 젖어 있다. 이마를 만
져보니 서늘하다. 열은 내렸다. 순이가 진짓상 들일까 한다. 벌써 일곱시
반이다. 집에 와서 세 시간 남짓 아무것도 한 일 없이 낭비한 것이다.
  태호는 열이 났던 뒤라, 소화가 안 될까 해서 생선하고 김칫국물만 먹자고
하니까 그러겠다고 한다. 태호는 아프기만 하면 현숙의 말을 잘 듣고 얌
전해지기 때문에 귀찮게 장난을 하는 편이 현숙에게는 오히려 다행이었다.
  현숙은 남편을 기다리지 않고 밥을 먹었다. 성준은 연회가 있다고 했

었으니까 필경 저녁은 먹고 올 것이다. 저녁 후는 세수를 하고 바로 서재에서 원고를 쓸 계획이었으나, 아주머니가 애란의 우유 타는 사이, 현숙은 태호와 태섭이 밥 먹는 것을 보아주게 되었다. 태섭은 혼자서 먹느라고 에이프런에 밥풀 투성이고 국물이 흘러서 바지까지 엉망이다. 현숙이 먹여주려니까 제손으로 먹는다고 한사코 숟갈을 놓지 않는다. 여느 때라면 태섭만 엄마가 먹여주누나 하고 태호가 샘이 나서 젓가락이라도 내던지며 울 텐데 오늘은 몸이 괴로우니까 잠자코 끓인 밥만 먹고 있다. 그러나 속으로는 안 좋은지 눈빛이 새침하다.

"태호는 이쁜 아이다. 엄마는 태호가 이 세상에서 제일 좋아."

현숙은 태호의 뺨에 가볍게 입맞춤을 해주었다. 태호는 금방 눈빛이 밝아지며,

"엄마 나 밥 먹고 방에서만 놀게."

"그래. 엄마는 공부할 테니까 태섭이하고 싸우지 말고 놀다가 코자거라."

현숙은 종일 쓴 먼지를 씻어낼 겸 피로도 풀겸 해서 목욕하지 않는 날은 세수하고 손발을 씻는 습관이 있다. 씻으면 기분도 새로워지고 밤에 공부하거나 작품 쓰는 데 여간 도움이 되지 않는다. 그래서 그녀는 아무리 바쁘고 고달파도 밤세수는 거르지 않는다.

로션을 바르고 서재로 가는 길에 태호의 이마를 짚어보았다. 또 미열이 있는 것 같다. 체온계를 넣으려고 하니까 안 넣겠다고 고집을 부린다.

"어 아까는 넣더니 왜 그러지 ? "

아까는 열이 많으니까 말을 들었으나 지금은 미열정도니까 떼쓰는 것을 알면서도 현숙은 태호를 째려본다.

"싫어, 태온기(체온계) 싫어. 그럼 나 마루에서 놀 테야."

태호는 사뭇 위협을 한다. 현숙은 달래는 수밖에 없다고 체념하고,

"엄마가 안아줄게."

했다. 태호는 좋아라고 현숙의 품에 안긴다.

"체온계 넣어볼까 ? "

"응."

태섭이 집짓기로 집을 짓고 놀다가 갑자기 태호의 팔을 잡아당기며,

“나 안어, 나 안어.”
하고 소리를 친다.
“체온계 깨진다!”
하고 현숙은 아주머니를 부른다. 순이가 빨래하다 말고 뛰어왔다.
“아줌마는 아가 재워요.”
하고 순이가 태섭을 안고 가려고 한다. 태섭은 순이의 머리를 잡아당기려고 덤빈다.
“너 머리 잡으면 맴매한다. 아까 맴매 맞았지.”
태섭은 아까 맞아서 분했던 것까지 함께 느껴지는지 와 하고 울음을 터뜨리며 현숙에게로 덤빈다. 순이가 다짜고짜로 태섭을 업고 나가버렸다. 태호는 더욱 만족한 얼굴로 현숙의 품에 몸을 붙인다.
‘하필 오늘 왜 아프니’
현숙은 속으로 짜증이 난다. 그러다가,
‘문학하는 엄마 만나서 너희가 고생이구나. 엄마한테 안기면 이렇게 행복한데 안아주는 것, 그처럼 간단한 것을 못 해주는구나’
하고 미안한 생각도 든다.
태호는 7도 3부였다. 아스피린을 한 번 더 먹였다. 벌써 아홉시 오분이다.
아주머니더러 아이들 씻기고 재우라고 이르고 현숙은 서재로 간다. 순이는 빨래하고 있으니까 아주머니 혼자서 갓난아이하고, 한참 장난 심한 아이 둘까지 셋을 한꺼번에 보기는 힘드는 줄 아나 하는 수 없다.
서재에 가자마자 쓰려고 했으나 여러 가지 상황에서 받은 신경의 혼란 상태가 갑자기 단절되지 않는다. 현숙은 여느 때처럼 써둔 것을 읽기로 한다. 그것을 읽는 사이에 차츰 창작의 세계로 들어갈 수 있기 때문이다.
현숙이 넉 장을 썼을 때 전화 받으라고 한다.
“나 없다고 하랬지 않아?”
순이는,
“계시다고 했는 걸요? 돈암동인데요.”
한다. 큰댁에서 하는 전화도 안 받느냐는 뜻이다.

“여보게, 오랫만이네. 태호 아빠 오셨나 ? 늦으시는게로군. 다름 아니고, 내일 영희 아빠 생일이니 내외 아침이나 먹으러 오게.”

큰동서다.

“내일 밤에 가지요. 오전 오후는 시간이 없어요.”

“왜 학교 가나 또 ?”

“네.”

“자넨 학교는 무엇 하러 나가나. 태호 아빠 돈 잘 벌겠다. 참, 나…….”

그녀의 음성이 새침하게 변한다.

“그러면 그만두게. 내일 밤에는 친구들하고 모두 워커힐에 가기로 해서 안 되겠네.”

“모레 아침에 가지요.”

“모레가 생일인가 ? 모레는 음식도 없어요. 자네는 못 오더라도 태호 아빠나 오시도록 하게. 청운동에서도 내외가 오시기로 했으니까.”

청운동은 시뉘댁이다. 현숙은,

“네, 그러세요, 안녕히 계세요.”

하고 전화를 끊었다. 동서가 불쾌하게 여기건 말건 그녀의 감정에 참여하고 싶지 않다.

‘내가 남에게 해를 주지 않는 이상 나를 버려두라. 아, 나를 버려두라 ! ’

현숙은 노래하듯 속으로 말하며 한숨을 쉬었다.

아주머니가 애란에게 우유를 먹이고 있는데 태섭이 우유병을 잡은 그녀의 팔꿈치를 잡아당겼다 밀었다 해서 우유꼭지가 애란의 입에서 빠졌다 들어갔다 한다. 그럴 때마다 아주머니가 소리를 빽빽 지르고 있다.

현숙은 태섭을 웃목에 세워놓고,

“엄마도 사람이야 ! 엄마도 감정이 있어. 맴매할 테다. 열한시다. 너 왜 안 코자니 ? (자지 않니)”

했다. 태섭은,

“엄마하고 노애해(노래해), 나 엄마하고 노애해.”

하고 제소리만 한다.

“코자 ! 엄마는 공부해 ! ”

현숙은 차게 말하고 일어섰다.

"엄마하고 노애해."

태섭은 지지 않는다. 현숙은 한풀 꺾인다. 노래를 같이 해주면 태섭은 얼마나 좋아할까.

"너 자고 일어나면 하자."

현숙은 태섭의 뺨에 입맞춤을 해주었다. 태섭은 혼자서,

"산토끼야, 어디로 간다."

하고 뛰고 있다. 태호의 이마를 짚어보니, 땀이 흐르고 차다. 열은 없는 것 같다. 현숙은 우유병을 씻어 냄비에 넣어 연탄 위에 놓았다. 그리고 순이에게,

"우유병 올려놓았으니까 조금 있다가 보아라. 태우지 말구."

하고 일러둔다. 순이는 애란의 기저귀를 개며 졸고 있다.

"애, 다 고만두고 어서 자거라."

현숙은 말하고 부엌방을 나와서 곧장 부엌으로 갔다. 우유병을 몇 번 태운 일이 있으니까 지키고 있다가 끓으면 내 손으로 내려놓아야겠다고 마음먹는다. 태우면 표가 나니까 채 끓기 전에 내려놓을지도 모르기 때문이다.

'오늘 밤 새워서 쓰지.'

하고 현숙은 초조한 마음을 스스로 달랜다. 불이 괄해서 우유병은 오 분도 못 되어서 끓는다.

"아주머니 우유병 끓여놓았으니까 애들하고 주무세요. 대문은 내가 열지요."

"애기가 자야 자지요."

태섭은 집짓기를 가지고 집짓느라고 혼자서 바쁘다. 태호는 잠들어 있다. 끓인 밥도 잘 먹고 잠도 잘 자니까 감기는 쉽게 나을 것 같다.

현숙은 서재로 갔다. 밤이 깊어가니까 춥다. 산후 두 달밖에 안 된 탓인지 조금만 기온이 차도 허리와 어깨가 시려서 견디기 힘들다. 겨우 가을에 올라섰는데 기름 난로 놓기도 우습다. 내일은 지하실에 있는 전기 히터나 내놓아야겠다고 생각한다.

현숙은 원고지를 들고 안방으로 간다. 애란과 태섭이 잠들고 있다. 삼면경의 거울을 접어 닫고, 경대 위에 원고지를 놓았다. 건넌방에서 아주머니가 발자국 소리를 죽이며 오더니,

"아까 영식 엄마한테서 전화 왔었어요. 동창회에도 안 나오고 친구들하고도 통 만나지 않는다고 너무 그러지 말래요."

현숙은 쓰게 웃으며 고개를 끄덕였다. 유명해지니까 친구들도 안 만난다고 쑥덕대고 있는 것을 그녀는 안다. 그러나 시간이 없으니 하는 수 없다.

현숙이 몇 장을 열심히 써내려가는데 초인종 소리가 난다. 두 번 났는데 아무도 나가는 기척이 없다. 다들 잠든 모양이다. 현숙은 허리가 시릴까 해서 가운을 입고 대문으로 나간다. 성준은 문 밖에서 콧노래로 유행가를 하고 있다. 술을 마시면 으레껏 부르는 〈목포의 눈물〉이다. 가사는 '목포의 사랑' 밖에 모르고 곡조도 엉망이다. 여느 때면 유행가라면 질색하는 사람이 술만 마시면 흥얼대는 것은 모를 일이다.

"당신 기분 좋은가 보아?"

현숙은 성준을 놀린다. 놀리는 이면에는 부러운 생각도 없지 않다. 무의미한 웃음을 웃고 곡조도 안 맞는 유행가를 소리높이 부르는 시간이 그녀에게도 있었으면 하는 것이다. 항상 뚜렷한 자의식과 성가신 남의 간섭에 쫓기어 잠시도 신경이 풀리지 않는 그녀에게는 필요한 시간인지도 모른다. 그러나 과연 그 시간에도 뜻없이 웃고 나를 잊을 수 있는지는 의문이다.

성준은 계속 〈목포의 눈물〉을 콧노래로 하며 방으로 간다. 방의 전등을 켜니까 스위치 소리에 태섭이 잠이 깨었는지 눈을 반짝 뜨고,

"아빠다!"

하고 누운 채 웃는다. 성준이,

"자, 씨름하자."

하고 태섭을 일으키더니 이불 위에서 둘이 엎치락 뒤치락 씨름을 시작한다. 태섭은 좋아라 소리를 빽빽 지르고 깔깔대고 웃는다.

"속상해 죽겠어! 걔는 한번 깨면 좀해 자지 않아요!"

"걱정 말어."

"열두시예요. 당신이 재우세요, 그럼!"
"알았어, 알았어."
현숙은 뛰고 있는 태섭을 안아다 이불 속에 넣고,
"안 코자면 맴매할 테다!"
하고 소리를 친다. 태섭은 워낙 밤이 늦어서 졸린지, 현숙의 기세가 무서웠는지 두말도 않고 눈을 감는다. 성준은 양치를 하고 와서 이불 속으로 들어가며,
"내일 밤 여섯 시에 미스터 브라운 내외를 청하기로 했어."
"저녁 식사로?"
현숙은 거의 비명이 된다.
"응, 모레 떠난대. 내일밤에 시간이 없어. 신선로나 하고 간단히 하지."
간단히 하더라도 시장 보느라 요리하느라, 몇 시간은 버려야 한다. 내일 낮에 글쓰기는 아예 글렀다.
"내일 아침에 큰 시숙 생일이라 당신 오시랬어요."
현숙의 말이 퉁명스러워진다.
"안 가."
"왜 안 가세요. 내가 전하지 않았나 할 테니까 못 가겠으면 전화라도 하세요."
"당신이 해."
"전화하기도 귀찮아!"
현숙의 음성이 한 옥타브는 올라간다.
"왜 그래 공연히."
"말도 시키지 말아요!"
현숙은 전등을 껐다. 잠시 후에 성준이 잠든 것 같아 전기 스탠드를 켰다. 그리고 보자기로 스탠드를 덮고 원고지에만 전등이 비치게 했다. 성준이
"불 꺼, 못 자겠어."
한다. 현숙은 틀렸구나 여기며 스위치를 눌렀다. 그녀는 어두운 속에서 원고지를 들고 방문을 가만히 열었다.
"글을 써서 무얼 하느라고 그래. 잠이나 자!"

현숙은 잠자코 서재로 갔다.

책상 앞에 앉으니 허리며 어깨, 팔다리가 쑤신다. 몸살이 나려나 보다. 오전 한시다. 그녀는 잠시 눈을 감았다. 조용하다. 딱다기 소리도 안 들린다.

그녀는 펜을 들었다. 그러나 한 자도 써지지 않는다. 머리 속이 뒤죽박죽이다. 가슴에서 뜨거운 것이 치밀며 폭발할 것 같다.

'어째서 써야 하나?'

'너 때문이다'

'어째서 쓸 수 없는가!'

'네 탓이다'

그녀는 자문 자답한다.

'속세와 영의 세계를 함께 살려고 하는 네가 원인이다. 히히.'

누가 웃는 것 같다. 현숙은 거기에 대해서 그래서 나는 만족한다느니, 그러기에 불만이라느니 하는 대답을 할 자신은 아직 없다. 어떻든 지금 쓰고 싶으니 써야 했다.

펜은 좀해서 움직여지지 않는다. 그녀는 펜을 놓고 아침에 읽다 만 기옥의 편지를 읽어본다.

"현숙아, 저 성 안 어딘가에서 이루지 못할 사랑에 슬퍼하던 '트리스탄'과, 사랑한 죄로 방랑의 길로 나서야 했던 '이졸데'를 생각하니 내 나이 다웁지도 않게 눈에 눈물이 고여오더구나……. 내 큰 아이는 국민학교에 들어가고 작은 아이는 유치원에 잘 다닌다는 소식 들었다. 에미 없어도 다들 잘 자라고 있다. 미스터 백(기옥의 남편)은 아주 미인 마누라를 얻었다더라. 헌데 나는 학위는 곧 나올 모양이다. 그리고 장편을 하나 썼는데 지금 내손으로 독역(獨譯) 중이다. 이곳 출판사에 일부 보냈더니 완성되는 대로 출판해준다고 했어. 이혼하고 아이들까지 버리고 왔으나 더 큰 일 두 가지는 해놓은 기분이다. 이번 크리스마스에는 일주일 예정으로 무슈 보나르하고, 헤르반스타인들과 같이 스위스 알프스로 스키하러 갈 계획이다……."

현숙은 기옥의 편지를 읽자마자 답장을 쓰고 싶은 충동을 누를 수가 없다. 펜을 드니 물 흐르듯이 사연이 쏟아진다.

"기옥아! 너 정말 부럽구나, 부럽다는 말밖에 딴 말이 생각키지 않는다. 나는 언제나 너처럼 될지 생각하니 한숨만 나올 뿐이다……."

안방에서 애란이 응아 하고 운다. 그 소리에 현숙은 깜짝 놀랐다. 지금까지 편지에만 열중했다가 갑자기 꿈에서 깨어난 것 같다. 애란은 계속 운다. 현숙은 애란에게로 가느라고 일어섰다. 그리고 아무도 보지 않는데도 책상 밑에서 답장을 살그머니 찢었다.

상   처

"내일 비행장에 가세요?"

정서는 물으면서 기석을 빤히 쳐다본다.

기석은,

"물론이지."

했다. 정서는 한참 동안 눈을 내리떴다가,

"진오씨는 조건이 좋더군요. 〈까뮈론〉 쓴 것도 거기서 출판 예약이 돼 있대요."

"……."

"김사장께 여러 가지로 감사한다고 합디다."

그녀는 오렌지 소다를 한 번 마시고 다시, 기석을 쳐다본다.

'이상하다…… ?'

기석은 어두운 조명 속에서 정서의 강렬한 눈길과 부딪치자 얼른 마티니를 입으로 가지고 갔다.

'알았나? 진오한테서 들었을까? 그렇다면 진오는 알고 있었나?'

기석은 잠자코 정서를 보았다.

정서는 이제 무표정으로 창 밖을 보고 있다. 창 밖은 까만 하늘에 멀리 전등불이 뿌려져 있다.

'정서는 늙지 않는구나'

하고 그는 생각했다. 어깨서부터 호릿하게 떨쳐진 하얀 팔이 분홍빛 손톱 끝에서 산뜻하게 맺혀서, 마치 맑은 물 속에서 물고기가 비늘을 반짝이며

힘차게 뛰놀고 있는 것 같다. 신선하다. 까만 스커트에 흰 블라우스를 입고
무거운 듯이 가방을 들고 학교에 다니던 그 때는 대학 신입생이었다. 고등
학생처럼 단발을 하고 있었다. ──지금은……머리를 길게 커얼하고 입술
연지를 발랐구나……그러나 조금도 세월의 자국이 없어. 기석은 입을 한
일자로 다물고 이럴 때마다 나오는 깊은 한숨을 입 속에서 깨물어버린다.
 "저도 김사장 덕이 많습니다."
 정서의 시선이 다시 돌아왔다.
 "왜 이래. 기석이라고 불러요."
 "사장은 사장인 걸요?"
 "그러면 진오도 엄 교수라고 해야지."
 무의식 중에 말이 나온 것을 기석은 아차! 하고 스스로 놀랐다. 비교하는
데 진오를 끄집어내는 것은 속을 드러내는 것이다. 실수를 깨닫자, 정서가
어떻게 나오나 긴장하며, 또 당황하는 것을 그녀가 알아차릴까 해서 그는
담배에 불을 켜대고, 한 모금 천천히 빨았다.
 "피워보겠어?"
 기석은 정서에게로 담뱃곽을 내밀었다.
 "피워도 괜찮지 않아? 유명 시인이겠다, 누가 흉볼 리도 없을 테고……."
 기석은 건달패처럼 흐늘쩍 흐늘쩍 말하고 손톱 끝으로 탁자를 두어 번
쳤다. 그리고 그런 제스처가 얼마나 그에게 어울리지 않는가를 느끼자
새빨리 담배를 입으로 가지고 갔다.
 "담배는 싫어요."
 정서는 보이를 불러서 위스키를 가지고 오라고 한다.
 "안 돼!"
 기석이 반 허리를 일으키며 소리쳤다.
 "돈은 내가 냅니다."
 정서는 차분하게 자른다. 정서는 분명 이상하다. 오늘 만났을 때부터
기석은 그것을 느꼈다. 왜 그럴까 알고 싶기도 하고, 한편 두렵기도 하다.
그러나 기왕 정서가 열전(熱戰)의 '불길을 터뜨렸으니까 거기에 말려드는
것도 좋을지도 몰랐다. 도대체 열전이 일어나서 무아무중으로 속을 털어

내야지, 그렇지 않으면 현대인은 모두가 기만 속에서 살고 있는 것이니까. 기석은 생각하며, 딴 사람들은…… 아니, 나 자신도 반드시 그렇지 않을지도 모르지 하고, 또 생각해본다.

정서가 날려온 위스키를 대뜸 한 번 마셨다. 기석은 그 글라스를 뺏어서 내던져버릴까 하다가——그것이 열전일 것이다——다만 음성만 굳히면서,

"이제 그런 수단에는 안 넘어가, 그러지 말어, 나는 결심했……(하다가, 오늘은 자꾸만 실수를 하는구나 하고 생각하며) 적어도 나는 피동적으로는 되고 싶지 않아!"

했다. 정서는 조금 웃었다.

"먼저 가시지요."

'이상한데?'

기석은 같은 말만 되풀이했다.

"그런 유혹에는……다시는……."

"유혹이라구요? 그렇게 메스꺼운 말은 쓰지 마세요. 오늘은 기석씨다웁지도 않아요."

'오늘이라고? 아까부터 내 속을 들여다보고 있었구나!' 기석의 미간이 조금 흐려졌다.

"하고 싶은 말이 있으면 솔직하게 해. 사람을 그렇게……."

짜릿하게 감미로운 애수 같은 것이 순간 그의 몸을 스쳐 지나갔다. 십년 남짓을 사랑해온 여자가 무방비 상태로 그의 몸을 원하는데 거절하기란 정말 힘드는 일이었다. 그 때 기석은 문자 그대로 이를 악물고 돌아섰었다. 그녀를 이해 못하는 것은 아니다. 그러나 두 번 다시 그런 괴로움을 당하기란 단연코 싫다. 대관절 나는 불구가 아니다. 한참 나이인 건장한 청년이다.

정서는 핸드백을 열고 종이 한 장을 꺼내어서 테이블 위에 놓고, 손가락 끝으로 그것을 기석에게 밀었다.

"라이트가 어두우니까 잘 보세요. 사르트르의 (자유에의 길) 번역 계약금이 삼십만 원, 장도를 축하한다는 것이 십만 원, 그것도 함께 영수증에 써 달라고 했어요. 이만하면 사장출장 중에 심부름 잘 했지요?"

정서는 영수증을 도로 그녀 앞으로 가지고 가서, 눈 높이 만치 올리더니

서슴지 않고 이등분해서 찢고, 또 찢고 다시 찢어서 재떨이에 쓸어넣었다.

"영수증 있으나마나지요? 사장은 출장 가니까 서무한테서 돈을 받아서 엄 교수한테 전해달라고, 하필 저를 왜 시켰지요? 하기야 K출판사의 고문이니까 연관이 없는 것도 아니지만, 출장도 안 가면서 가는 척하고까지……."

"대구에 갔었어, 사환 아이가 표 사 온 것 보구서두?"

"표 까짓것 버리면 그만이에요!"

다행히도 전축소리가 커서 정서의 목소리가 옆 테이블까지는 들리지 않았다. 그녀는 속의 것을 한 번 터뜨리더니 잠잠해진다.

"시는 그만 쓰고, 장편 소설 하나 쓸까 해요. 출판해주시겠죠?"

기석은 평범하게,

"하지."

했다.

"어떤 얘긴지 궁금하지 않으세요? 얘기를 알아야 팔리나 안 팔리나 타산해보실 게 아니겠어요?"

"언제는 팔릴 듯해서 출판했던가?"

"……."

"……."

"이번 얘기는 재미있을 것 같아요. 잘 나갈 겁니다. 〈두 사나이에게 우롱된 여자〉 어때요? 대중성이 있을 것 같지 않아요? 살 팔릴 듯하지 않으세요?"

기석은 꼼짝도 하지 않았다.

"듣고 싶으면 들으세요. 알고 싶으면서 안 들었으면 하지 말구요. 가장 알고 싶은 것이 진오씨 얘기지요? 그러면서도 제발 끝내 모르고 지냈으면 하시는 거지요?"

정서는 위스키 대신 냉수를 마셨다. 올 것은 다가오는 모양이로구나. 기석은 마티니 속에 시선을 떨어뜨렸다가 한 모금 마셨다.

"저는 오늘로 기석씨하고는 그만두겠습니다."

그녀는 조금 웃다 말았다.

"하기야 그만둘 만한 것도 없기는 하지요. 동거한 것도 아니고, 금전 관계가 있는 것도 아니고, 가끔 그렇지요, 키스는 했으니까, 그만둔다는 것은 그런 것을 뜻하는 것이라 해둡시다. 그리고 사무 이외에는 만나지 않는다는 것도 덧붙입시다."

"제가 지껄이니까 좋으시지요? 설전(舌戰)에서는 방어전이 승산(勝算)이 많은 법이니까요. 남이 공격해오는 동안 달아날 길을 마련해둘 것이고, 남이 말하지 않은 데는 쓱싹 덮어둘 수도 있으니까요. 그러나 저는 이제 그만 그치겠어요."

정서는 냉수가 든 글라스와 위스키가 든 글라스를 떼었다 붙였다 하기 시작했다. 기석은 창 밖으로 시선을 돌렸다가 말하는 대신 담배를 피워 물었다.

"이제 기석씨 차례라고 생각하지 않으세요? 그렇게 시치미 떼고 계셔도 저는 다 알고 있어요. 다만 기석씨의 입에서 듣고 싶을 따름이에요. 마지막이니까요."

정서는 계속 글라스를 떼었다 붙였다 하고 있다. 그를 독촉하는 것이다.

기석은 계속 담배만 피웠다.

"끝내 그러시는군요?"

정서는 발딱 일어섰다. 기석이 깜짝 놀라 정서의 팔을 문득 잡았다.

"왜 이러세요. 놓으세요."

"오해 말아."

"오해라는 것은 무슨 뜻이지요?"

'지난 일주일 사이에 진오하고 분명 무엇이 있었구나'

기석의 가슴에 무엇인가 납덩이처럼 무겁고 써늘한 것이 덜컥 들어박힌다.

"완전히 오해야. 도대체 말할 것이 있어야 하지 않겠어?"

"말할 것이 없는 분이 왜 그렇게 입술이 바짝바짝 타실까? 놓으세요, 김 사장님!"

정서는 기석에게 잡힌 어깨를 힘껏 뿌리치며 몸을 빼냈다. 기석은 그녀의 반대편 팔을 잡았다.

"가는 사람 붙잡지 않겠어. 그러나 이렇게 헤어지고 싶지는 않아."

"그러면 어떻게 헤어지고 싶으셨어요? 장미꽃을 가는 길에 뿌려놓고 싶으셨어요? 기석씨는 저와 헤어질 것은 애초 한 번도 상상한 일조차 없으신 거예요. 그렇다고 저를 자기 것으로 만들고 싶지도 않으셨어요. 그리고 또 그 둘을 다 간절히 원하고 있었어요. 더 자세히 가르쳐 드리지요."

그녀는 도로 의자에 앉았다. 그리고 사무적인 말투로 정확하게 천천히 시작했다.

"저는 옛날에, 다시 말하면 사변 전, 거의 십 년 쯤 되는군요. 진오씨를 사랑했어요. 기석씨도 좋은 분이라고 호감은 가지고 있었지만 워낙 저를 가까이 하시지 않았으니까 그 이상의 아무것도 생길 수가 없었을 거예요. 전쟁이 끝나고 인민군의 의용군으로 나갔던 두 분이 며칠 사이로 돌아오셨어요. 두 분이 다 포로로 있다가 대한민국의 애국 청년으로 석방되어 오신 거예요. 여기까지 틀림없지요? 돌아오신 후 진오씨는 저를 회피하는 것 같았어요. 그런데 도리어 기석씨는 적극적으로 나오셨어요. 저는 기석 씨의 매력에 정신없이 끌려갔어요. 약혼식 날을 고르고 있던 어느날 기 석씨가 갑자기 진오씨가 다리를 저는 이유를 저에게 얘기해주셨어요. 저는 약혼을 단념하고 진오씨를 찾아가서 그를 위해 일생을 바칠 각오를 했지요. 저 때문에 불구가 된 사람이 그 불구 때문에 저를 멀리 한다고 생각했기 때문이지요. 직접 책임은 아니나 가해 의식에서 오는 가책과, 그이가 저를 멀리 하려는 심리에 대한 연민은 어떠한 사랑보다도 강력한 것이었어요. 어리석게도 기석씨의 트릭에 넘어갔지요. 참, 이런 코멘트는 그만둡시다. 저는 사실만을 말해서 충분하니까요. 그이가 원치도 않는데 제쪽에서 적 극적으로 가까이 했어요. 그러나 끝내 그이는 옛날처럼 대해주지 않았어요. 연구실에만 묻혀 있었어요. 받아들이지도 않았고 거절도 않는 그런 태도는 여자에게는 참을 수 없는 모욕이에요. 나를 생각하지도 않는 사람을 생각해 준다는 것은 헛된 희생이에요. 저는 서슴지 않고 그이를 버렸지요. 저는 기석씨에게로 돌아갔어요. 지금 솔직하게 말하지요. 그때, 기억나시는지? 오랫만에 기석씨 방에 찾아갔을 때 저는 벼름빡에 머리라도 부딪쳐 죽고 싶었어요. 억눌렀던 그리움에 미칠 것 같았으니까요. 그리고 꽤 긴 세월이 갔지요……."

　정서의 음성은 차다. 기석은 눈도 깜짝하지 않았다. 진오의 얘기를 할 줄 알았더니 그와 그녀와의 지난 날을 서술하고 있는 것이다. 그러니까 할 얘기는 따로 있는 거다. 그는 긴장을 풀어볼까 해서 다시금 담배에 불을 켜댔다.

　음악이 소란하게 들려왔다.

　그녀의 눈 속에서 착잡한 것이 엇갈렸다.

　정서는 한참 동안 시선을 창 밖에서 떼지 않았다. 그러다가 불쑥,

　"어저께 그 발을 보았어요."

했다. 기석은 움찔 놀라며 입으로 가지고 가려던 담배를 재떨이에 문질러 끄고 일어섰다. 그러리라 했다. 쏟아져야 할 물은 쏟아져버리는 것이 자연일지도 모른다. 아까보다 오히려 속이 후련해진 것을 느꼈다. 그녀는 불덩이를 내던지자 그것이 어느 모양으로 타는가 보려는 듯이 눈을 아래로 깔고 글라스 둘을 서로 붙였다 떼었다 하고 있다. 그녀는 기석이 일어선 것을 묵살했다.

　"나갑시다, 이 여사."

　기석이 위에서 정서를 내려다보았다. 정서는 거절하지 않고 선뜻 일어선다.

　스카이 라운지 전용 승강기를 타고 내려와서 그들은 택시를 잡았다.

　벌써 열시 반이다. 기석은 어디로 갈까 망설였다. 이대로 정서를 아파트로 데려다주고, 그는 집으로 가면 그만이기도 하다. 그러나, 이렇게 꺼림칙한 채로 그녀와 헤어지고 말 수는 없다. 기석은 목이 타는 것을 느낀다. 어떻건 진오의 다리 얘기는 해야 했다. 그러려면 성당 같은 데가 좋을 것 같다. 아무도 없는 성당 안에서 정서의 발밑에 엎드려 다 털어놓는 것이다. 아니 갑자기 무슨 성당이야. 아무 데서고 말하면 그만이지. 그렇게 장소를 가린다는 것도 아직 네가 솔직치 못한 증거다. 고우 스톱에서 차가 서자, 운전수가,

　"어디로 가실까요 ? "

한다.

"아무 데나 멀리 좀 돕시다."

이럴 때마다,

"센티멘탈이셔?"

하고 반대하는 정서는 한 마디도 않는다. 아무래도 해야 할 말은 해야만 할 모양이었다. 그러나 이렇게 빨리 그 때가 올 줄은 몰랐다. 아니, 너무 늦었어. 석방되고 와서 바로 말해야 했을 것이다. 늦었지. 그러나 말을 했다고 해서 무슨 수가 있었을 리도 없지 않아? 말은 해도 안 해도 내게는 매 일반이었으니까. 다만 묵묵히 진오에게 정성을 다한 것에 무슨 틀림이 있었을까? 도대체 진오의 다리에 대해서 내가 아는 것은 무엇이냐? 알지도 못하는 것을 정서한테 어떠쿵 하고 말하는 것도 우스운 일이 아닌가? 뭐라구? 네가 어디로 달아날거야. 그가 발을 저는 원인은 의학적으로는 모를 테지. 뼈가 어떻게 되어선지, 신경성인지. 즈봉을 걷고 본 일이 없으니까, 물론 분명치 않아. 그러나 아무튼 그날 밤 린치가 있었고, 밤중에 드리쿼터가 공포를 쏘며 포로수용소에 휩쓸어 들어와서……들것에 진오가 실신한 채 실려 나간 것만은 지금도 뚜렷하게 기억하지? 멀쩡하던 진오가 그 후로 다리를 전다. 그러니까 원인은 그 린치다.

덤비지 말아. 너는 설마 잊지 않았겠지. 서로 생사를 모른 채 헤어졌다가 일 년 후에 처음 진오를 교정에서 만났을 때 그는 말해주었다.

"그때 실신하구선 쭉 병원에 있었다. 너는 캠프에서 고생 많이 했겠구나."

진오는 눈을 몇 번 깜박였었다. 생각하는 듯이 아니 무언가 감추려는 것을 너는 직감했다.

"병원에? 왜?"

다급하게 묻자, 진오는 조금 망설이다가, 이 말까지는 말해두는 것이 좋으리라 여겼는지,

"린치 때문에 말이야."

했다.

그 후로는 둘이 다 한 번도 그의 다리에 관한 말을 한 일이 없고, 포로수용소의 얘기도 하지 않았고 전쟁 얘기도 일체 하지 않았다. 서로 의식적으로 그러는 것을 십분 의식하면서도 어쩔 수 없이 그 얘기를 피해왔다.

"네가 불어서 다리 병신이 되었다."
고 노골적으로 저주하지 않는 것은 진오가 양식있는 지성인이기 때문인가? 아니면 그리스도 같은 마음으로 나를 용서하고 있는 건가? 피해자가 순결할수록 가해자의 가책은 큰 법이니까, 모르는 체함으로써 내게 더한 가책을 주려는 저의(底意)인가? 스스로 죄가 있다느니 없다느니 하고 번뇌하는 것을 녀석은 무지를 가장하고 은근히 즐기고 있는 것이 아닌가? 그 이유가 무엇이건, 진오가 모르는 체하고 가면을 쓰고 있는 것은 확실한 것 같다.

도대체 '린치 때문'이라는 말까지는 내게 해둔 것은 무엇을 뜻하는가?

국민학교 학생이라면, 린치 때문이었다고 하면 '이녀석은 내 죄를 모르는구나' 하고 좋아할 것이다. 그러나 조금 더 크면 '녀석이 은근히 내 죄를 고발하는구나' 하고 의심할 것이다. 더 큰 사람은 '린치 때문에 말이야' 하면, '녀석은 아무것도 모르는구나' 할 것이다. 결과적으로 국민학교 학생과 같다. 그러나 그 결론의 과정에서는 상당한 거리가 있다. 왜냐 하면 만일 그가 '전쟁 갔다 온 몸인데 성할 리가 있겠어?' 등속의 말로 얼버무렸다면 내 죄를 알고 하는가 하고 내가 의심을 할까 해서 순백 단순하게 그냥 원인만을 보고해둔 것이다. 녀석은 모르는 척하고 싶으니까. 진오! 네가 거기까지 생각하고 있는 것도 나는 안다. 그러나 또 내가 불어서 린치당한 줄을 정말 모르고 있는지도 모른다. 나 혼자서 전전긍긍하는 것은 도둑이 제 발이 저린 격인지도 모르지. 창 밖의 풍경이 질주한다.

진오는 알고 있어. 내가 불어서 그렇게 된 것을 알고 있는 거다. 너만 공연히 혼자서 고민할 건 없잖아? 가서 말해. 용서를 빌어. 아니 왜? 나는 죄가 없다. 나는 그의 이름을 대지 않았다. 옳지 옳아, 때린 것은 빨갱이들이고, 너는 절대로 그의 이름을 대지는 않았어. 그것은 누구도 부정 못할 사실이다. 그러나 너는 같은 값이면 남태준보다는, 양효석보다는, 또 이기민보다는 엄진오, 그 엄진오를 대고 싶었다. 그랬다고 말해, 아주 털어버리라구, 그것이 편할 거야. 설사 그렇지 않았다 하더라도 그렇다고 하는 편이 나을 거다. 네 마음 속에 진오에 대한 질투라도 좋다. 증오라도 좋다. 또 그것을 사랑이라고도 해두자. 그 모든 것을 잠재의식이라 해도 좋다.

그런 의식은 없었다고 네가 펄쩍 뛰어도 좋다. 또 네가 지금까지 진오에게 번역이니 감수니 하는 명목으로 필요 이상으로 경제적으로 도와온 것을 네가 그에 대한 속죄 행위였다고도 하지 말자. 그러나 작년 겨울 네가 대학 이학년 때부터 아프도록 사랑하던 여자를 왜 네것으로 만들지 못했던가? 그 한 번으로 너의 성이 영영 다시는 타지 못할 만큼 불붙던 것을 왜 무참히도 꺼뭉갰을까? 정서의 몸을 안은 순간 진오가 다리를 절며 걷는 뒷모습이 너의 뇌리에 떠올랐기 때문이다! 그러니까 역시,

"나는 진오의 다리를 모릅니다!"

고 하는 편이 속이 편할 것이다.

"운전수, 어디 아무도 없는 데, 벌판 같은 데 없을까?"

기석이 열띤 목소리로 운전대로 허리를 기울였다. 운전수가

"워커힐 가까이 왔습니다."

한다.

"다 왔으면 그리로 가지."

기석은 내뱉듯이 말하고 쿠션에 등을 기대었다.

'정서, 너는 돌아가라. 나는 생각 좀 해야겠어. 아니! 잠깐'

그들은 차에서 내렸다.

빌라에 돌아온 그들은 리빙룸에서 원탁을 가운데 두고 마주앉았다. 정서가 처음으로 입을 떼었다.

"집에다 전화하세요. 운전수하고 아주머니가 언제 오시나 하고 잠도 못 잘테니까요."

기석은 참 그렇지 싶어 집에 전화를 했다. 정서는 오늘 밤을 새워서라도 알 것은 알아낼 속셈인 것 같았다. 전화를 하고 의자에 돌아와 앉자 정서가,

"계속합시다."

한다. 기석은

"무얼 말이야?"

했다.

"진오씨의 발 얘기."

'그렇지 참, 아까 스카이라운지에서 발을 보았다는 말로 대화가 끊겼

었지'

　기석은 그녀의 말을 들어볼 양으로 마음을 길게 가지고 담배에 불을 켜댔다. 정서가,

　"기석씨 차렙니다."

했다. 기석은,

　"발을 보았다고 했지. 그러니까 본 사람이 더 잘 알지 않겠어?"

했다. 그는 정서를 비꼬는 것이 아니었다. 진정으로 진오의 발이 어떻게 되어 있나 알고 싶었다. 진오가 린치당한 것이 나 때문이라 하자, 가정이 아니고 나 때문이다. 그것으로 그쳤으면 문제는 훨씬 가벼웠을 것이다. 그러나 그 린치 때문에 그는 다리를 전다. 이것은 그의 죄가 명백한 증거를 남긴 것이다.

　그는 진오가 막연히 다리를 전다는 것으로는 성이 가시지 않았다. 범인은 반드시 현장을 돌아보고 싶어한다는 학설이 이미 낡은 것인지도 모르나, 그는 진오의 다리를 알고 싶었다. 잔인한 빨갱이들이 흉기로 찔러서 흉터라도 있는 것인지, 또는 좌골신경을 건드려서 저는지, 그 진상을 뇌리에 뚜렷하게 박아두고 싶었다. 그것은 뚜렷할수록 좋다. 모호하거나 그럴 듯한 상상으로서는 안 되겠다. 그래서 죽어서 그것을 잊을 때까지 마음속 깊이 박아두어야 했다. 그러나……

　기석은 허리를 펴고 담배 연기를 천장으로 내뿜었다.

　'그러나 내가 무슨 죄가 있어?'

　캠프 안에서 빨갱이들이 폭동을 일으키고 미군인을 죽이려는 음모를 안 것은 나와 진오와 남 태준과 양 효석과 이 기민, 모두 다섯이었다. 다섯 중에 누구든지 놈들의 틈을 타서 미군에게 밀고를 하기로 했다. 캠프 안에서는 누가 빨간지, 누가 하얀지, 겉 보아서는 분간할 수 없다. 캠프 내에 빨간 세력이 큰 것 같으면 흰 자들도 빨간 척해야 했고 반공 세력이 강한 캠프에서는 빨갱이들은 또 흰 척하고 보호책을 썼다. 그 안에서도 경찰이니 중대장이니 이를테면 질서 유지에 힘쓰고 가장 반공처럼 구는 사람들도 뜻밖에 빨갱이 세포일 수가 있어서 누구도 안심할 수 없었다. 통역조차도 믿을 수 없었다. 그래서 직접 미군에게 밀고하기로 했다. 누가 밀고를 하지

않았더라도 우연히 폭동 조직의 장본인인 중대장이 다른 캠프로 옮겨갈 수도 있었고, 또 전격적인 수사에서 가마니 요 밑에서 드럼통을 잘라서 만든 일 미터 남짓이나 되는 칼이 나올 수도 있는 일이었다. 사실 갑자기 캠프 안이 수사당하는 적도 많았고, 중대장뿐 아니라 어떤 포로든지 아무런 기준도 이유도 없이 다른 캠프로 옮겨지기도 했다. 기준이라면 빨가니까 빨갱이들끼리 한 캠프에 넣어둔다거나, 반공이니까 반공끼리 넣어둔다든가 하는 기준이다. 하기는 그렇게 나누어두었다 하더라도 공산 세포가 침투해서 어떻게 뒤집어놓을지는 모르는 일이었다. 어떻건 그 폭동의 발각은 성공했고, 반공이나 회색이라고 여겨지는 포로는 모조리 죽을 뻔한 것을 면했다. 그것이 우연인지, 진오의 공인지, 혹은 기석을 제외한 그들 중의 누구의 공인지는 아직도 모른다.

진오였다면, 아니 태준, 기민, 효석이었다면 내가 취한 방법 외의 어떤 방법으로 살아날 수 있었을까? 진오가 린치당한 것은 우연일 수도 있으나, 일의 당연한 귀추랄 수도 있다. 발각당한 빨갱이들이 평소 눈여겨둔 진오와 나 둘 중에 하나를 가루로 만들려고 이를 갈았을 것이다. 나보다는 진오를 더 주목했을지도 모른다. 그는 한때 통역이었으니까 나보다 밀고의 가능성이 많은 것도 그들이 안다. 그렇다면 내가 불어서 그들이 진오를 린치한 것이 아니라, 어쩌면 두 패로 나뉘어서, 각각 다른 천막에서 동시에 두 사람 턱 밑에 칼끝을 들이대었을지도 모른다.

"무얼 밀고했단 말이야."

"잔말 말아!"

"헛헛, 그 칼 말인가? 나는 알지도 못했어."

나는 웃는 줄 알았다. 그러나 내 목에서 나온 것은 두려워 허덕이는 동물의 거친 숨결이었다.

"닥쳐! 누구누구야, 불어!"

"……."

흉기는 가늘고 짧았다. 그러나 그 끝은 예리하고, 그리고 이미 그 끝은 그의 턱 밑 살갗에 살짝 닿고 있었다. 푹 내리꽂히면 그만이다. 소리도 없이 간단했다.

　기석은 빨갱이들이 그런 것을 얼마나 간단히 해치우는가를 수없이 보아왔다. 숨이 가빴다. 태연한 척해도 눈앞이 흐려왔다.
　"양키한테 했다면……나보다 더 가까운 놈이 있지 않아!"
　그 말. 그래서 그는 살았다. 그리고 그 때문에 그는 지난 팔 년 남짓 이렇게 외치면서 살아왔다.
　'나는 죄가 없다.너희 같으면 어떻게 했을 거야? 그것도 죄냐?'
　'나는 죄인이다. 나는 친구를 불었다. 나는 죄없는 자를 유죄라고 불었다'
　'나는 무죄다!'
　"본 사람이 더 잘 알 거라고요? 그렇다고 합시다."
　정서가 팔짱을 낀 팔을 탁자 위에 놓으며 미동도 않는 얼굴로,
　"진오씨의 발등에는 총알 맞은 흔적은 없었어요. 혹시 발가락에 맞은 것을 발등으로 아신 것 아니에요?"
　"발가락의?"
　양말을 벗기고 보았구나. 기석은 벌써 거짓말은 완전히 탄로난 줄 알자 오히려 침착해진다.
　"발가락에 총알이라도 박힌 줄 아세요?"
　정서는 계속 표정이 없다.
　"왼쪽 발톱 다섯이 모조리 뒤틀리고 퍼렇고 검고 울퉁불퉁합디다. 발톱이 빠졌다 다시 나면 그런가 보죠. 발가락 끝은 불꼬챙이로 지져서 타서, 흉칙하고 사람의 살가죽 같지도 않게 이상한 검은 무늬로 되어 있더군요."
　기석은 순간 감전한 듯이 몸이 떨렸다.
　"그만해 그만!"
　그는 일어섰다.
　"가시겠어요?"
　정서는 팔짱을 낀 아까의 자세로 탁자 위를 응시하면서 묻는다. 그녀는 차고 미동도 않는다. 기석은 한참 만에 도로 앉았다.
　"저는 무릎을 꿇고, 경건한 마음으로 진오씨의 발가락에 키스했어요. 수난자에 대한 신성한 찬양의 뜻이라고 할까요? 어떻든 진오씨의 발에 총상이 없는 것을 보자 저는 갇혔던 골방에서 햇빛 쪼이는 들판으로 날

아나온 것 같은 기분이었어요.”

  그녀는 잠시 말을 끊어 안락의자에 등을 기대고 편한 포즈를 취한다.

  “그리고 말했어요. 진오씨가 포로 캠프에 있을 때, 밤중에 철조망 밖에서
제가 서 있어서 저를 만나려고 달려가는데 탈주인 줄 알고 파수병이 총을
쏘아서 쓰러지고, 의식을 회복했을 때는 저를 본 것은 꿈이었었다고. 그
총알이 신경을 건드려서 다리를 저신다고 들었다고 했지요. 지금까지 꼬박
그런 줄만 알았다고 했죠.”

  “…….”

  “진오씨는 ‘글쎄 하기는 늘 꿈에 정서를 보았으니까, 그런 얘기가 있을
수도 있겠지’ 하더군요. 그러나 그이는 끝내 누가 그러더냐고 묻지 않았
어요. 그 엉터리 얘기를 만들어낸 장본인이 누구며, 무엇을 위해 한 거
짓인가를 말이지요. 그것이 가장 궁금할 텐데. 제가 말하지 않아도 기석씨인
줄 그는 알고 있는 거예요.”

  “…….”

  “아무것도 모르고 있는 것은 저 혼자며 그래서 두 사람에게 줄곧 우롱당해
온 것을 알자 저의 얼굴은 불덩이처럼 빨개졌어요. 아무 말도 않고 이국
가서 성공하시라고 형식적인 인사만 하고 방을 나오려는데 진오씨는 잠자코
고개를 돌리고 의자에 앉아 있었어요. 그이 어깨가 들먹이는 것 같아서
발길이 얼른 돌아서지지 않았어요. ……이해하시겠죠? 이미 원한도 애정도
없으나, 인간다운 감정은 흐를 수 있으니까요. 솔직히 말씀드리지요. 기
석씨를 몰랐다면 저는 진오씨만으로 일생을 보냈을 거예요. 어딘지 조금
충만되지 못하는 것을 느꼈을지도 모르지만요. 그냥 문을 닫고 나올 수는
없었어요. 저는 도로 그이에게로 갔어요. 진오씨는 짐작대로 울고 있었어요.
‘이런 꼴은 정서에게 안 보려고 했다. 그러나 눈물은 참아도 안 되는데?’
그이는 눈을 깜빡거리며 눈물을 막으려고 애를 썼어요. ‘정서, 이제 마
지막일지도 모르니까 말을 해두는 것이 나을 것 같다’ 그이는 한숨을 내
쉬었어요. 한참 후에 ‘나는 정서를 사랑했지. 이 말이 정서에게 어떤 영향을
줄지 모르나 지금도 사랑해. 사랑 안 한다고 하면 거짓말일 테니까. 정서는
나의 젊은 때의 꿈이었어, 그러니까 내 생애의 꿈이었다. 사람은 태어나서

커서 살다가 보면 또 죽게 마련이다. 삭막한 얘기지. 현대인은 꿈을 잃었다고도 하고 꿈이 없다고도 하나, 없는 사람일수록 더욱 꿈이 큰 거야. 다만 자기의 꿈이 너무 커서 무엇인 줄을 모를 따름이다. 그렇지 않으면, 시시한 꿈이라는 걸 알고 더욱 자기 자신에 실망하고, 그러니까 거칠어지고 자기 자신을 회피하고 싶고, 자기 자신을 버리며 사는 거야. 그런데 나는 꿈을 갖고 있었어. 그게 정서야. 사변 전 연구실에서 우리 처음으로 키스했을 때, 알고 보면 그것은 키스가 아닌지도 몰라. 우리는 서로 입술을 살짝 대고 한참 동안 눈만 감고 있었으니까. 나는 꿈을 잡았다는 행복감에 전신이 마비되는 것 같았어. 어쩌면 정서의 그 향긋한 냄새가 사실상 내 육체를 마비시킨지도 몰라. 정서는 내 꿈일 뿐 아니라 내 꿈은 정서를 원점으로 해서 더욱 원대히, 한없이 뻗어나갈 거라는 것을 알았지. 꿈이라는 말은 확실히 잠꼬대 같은 말이야. 그러나 달리 좋은 표현이 없구먼. 어떻건 그것 없이는 누구도 한시도 살지 못할 거라고 생각해’”

정서는 탁자 위의 콜라를 한 번 마셨다.

“진오씨가 한 말을 정확히 다 옮기지 못했는지 모르지만, 적어도 제가 덧붙인 것은 없어요. 지루하세요? 그러나 다 들으셔야 해요. 이제 또 다른 시간은 없으니까요.”

기석은 고개를 끄덕였다. 시계가 친다. 벌써 한시다.

“진오씨는 조용히 계속했어요. ‘전쟁에서 돌아와서 정서를 만났을 때, 나는 왜 죽지 않고 살아왔나 싶었어. 사실 죽어버릴까 했지. 왜라고? 하필 정서가 불구자의 아내가 되는 것은 견딜 수 없는 일이니까. 비록 정서가 아닌 다른 여성이었더라도 내 꿈에 상처를 입히고는 살 수가 없을 것 같았다. 그러나 또 죽을 수도 없었어. 생에 미련이 있어서는 아니고 내가 자살하기 때문에 이 세상 누군가가 더 고통을 당할 것 같아서다’”

‘알고 있었구나! 녀석은 알고 있다!’

기석은 속으로 신음소리를 질렀다.

“저는, 누가 왜 고통하느냐고 다급하게 물었어요. 그것이 기석씨인 것 같았어요. ‘내가 달리 죽는 것이 아니라 불구 때문에 자살하니까 말이지’ 하지 않아요? 저는 그렇게 동문서답하지 말라고 했죠. 진오씨의 불구에 관계없는 사람이 자살한다고 고민할 이유가 어디 있겠느냐고 했지요. '하기는 그것은 내 오산인지도 모르나 내가 불구인 까닭에 자살한다면 그는 더 괴로워할 거라고, 내가 살아야, 내가 행복해야 그의 고민은 덜어지는 거라고 아직도 생각하고 있을 뿐이야' 그이는 같은 말만 되풀이했어요. 저는 그 사람이 누구냐고 물었어요. 그이에게 매달리며 애원했지요. 정 말을 않길래 '그 사람은 기석씨지요?' 하며 그의 어깨를 흔들었어요. 그이는 끝내 대답하지 않았어요. 그리고 일어서서 문을 열고 저더러 나가라는 눈치였어요. '알고 싶으면 말하지. 그 사람은 정서야!' 그이는 차게 말하고 저를 밖으로 내밀고 문을 잠가버렸어요. '거짓말!' 저는 어두운 계단을 내려오며 소리를 질렀어요. '못난이!' 저는 또 소리쳤어요. 물론 혼잣말이죠. '내가 불구가 된 것은 기석이 때문이다!' 하고 왜 말을 못해! 저의 외침에는 어느덧 경멸이 섞여 있었어요. 어떻건 솔직히 말해서, 저를 보고 싶은 나머지, 그 이미지를 좇다가 총에 맞아서 다리를 절게 된 것이 아닌 줄 안 것만은 고마운 일이었어요. 그이를 사랑할 때 사랑보다도 미안한 감이 더 강렬하고, 그 미안감이 애정을 눌러서 저는 하마터면 일생을 미안하다는 죄의식으로 그치고 말았을 거예요. 나는 가해자가 아니었다는 마음에 제 발길은 날듯이 가벼웠어요. 그 골목을 빠져나오며 저는 뜻없이 그의 방을 쳐다보았더니⋯⋯갑자기 커어튼을 치며 그이의 그림자가 돌아서고 있었어요. 그이는 제가 걸어가는 뒷모습을 지켜보고 있었던 거예요. 그렇게 알자, 진오씨는 나를 원하고 있다. 나를 거절하는 것은 기석씨에 대해 복수하기 위해서다고 저는 속으로 뇌었어요. '내가 행복하게 사는 것을 그 사람이 원하고 있으니까' 그래서 자살을 안 했다고 한 말이 생각난 겁니다. 그이는 정말은 기석씨를 괴롭히고 싶은 거예요. 기석씨가, 우리들이 옛날처럼 되는 것을 원하기 때문에 그이는 저를 거절한 겁니다. 없는 얘기를 꾸며서까지 제가 진오씨와의 지난날의 추억과 나 때문이라는 가해 의식으로 진오씨에게 달려가게 한 까닭도 이제 알았어요. 만일 진오씨가 저를 갖는다면 기석씨의 비밀은 용서받은 것이 될 것이고, 그렇지 않으면 최소한 진오씨가 그 비밀을 모른다는 심증을 얻을 수 있으니까요. 어떻건 저는 기석씨의 좋은 시금석이었지요. 출장을 가장하고 저에게 큰 액수의 돈을 진오씨한테 전하게 한 까닭도 알았어요. 언제 올지도 모르게 국외로 떠나는 진오씨가 긴장이 풀릴 가능성도 있고, 그런 경우에 알맞게 돈도 있으면 어쩌면 그가 정서를 그의 것으로 할지도 모른다는 희망에서였죠?"

정서는 의자에서 일어섰다.

"두 분에게 비밀이 있어요. 그 비밀을 없애기 위해서, 가장하기 위해서 두 분이 다 저를 이용해온 거예요. 두 분이 다 사랑해주신 줄은 알아요. 그러나 사랑만은 아니었어요."

정서의 음성은 점점 커갔다. 그녀는 괴로운 듯이 머리를 내저었다. 그리고 갑자기 애원하듯이 기석의 어깨를 잡고 흔들었다.

"저를 그냥 내버려두세요. 남자들 세계에 저를 휘몰아넣지 마세요. 그 비밀이 전쟁 때문이라고 합시다. 그러니까 당신들이 직접 책임이 아니랄 수도 있겠죠."

정서는 숨을 가쁘게 쉬며 열변가처럼 두 팔을 폈다가 이마로 가지고 간다. 그녀는 긴 소파에 다리를 얹고 앉았다.

"저는 정말 전쟁과 상관이 없어요. 당신네 남자들이 총을 쏘고, 당신네들이 포로가 되고 당신네끼리 서로 어긋나서 친구 간에 균열이 생긴 거예요. 제가 간섭할 이유가 있어요? 제가 무슨 책임이 있어요? 제가 당신네들을 배반했던가요? 저는 사랑했을 뿐이에요. 지금도 사랑하니까 이렇게 괴로워하는 거예요. 저는 여자예요. 사랑하는 남자의 아이를 낳고 조용히 살고 싶은 거예요. 아주 간단하고 어렵지 않은 일이죠. 그런데 당신네 남자들은 그 소박한 소원은 아랑곳 없이 너는 나의 꿈이라느니 내 생명의 의미라느니…… 청순하여라, 영원하여라, 하고 미사여구만 늘어놓습니다. 저는 꿈도 아니고 식물성도 아니에요. 저를 똑바로 보세요. 저는 여자예요. 남자들의 괴로움을 덜기 위해서 이용당할 의지도 감정도 없는 물질이 아니란 말예요. 저는 결심했어요. 더 이상 기석씨를 사랑하지 않겠어요. 더 이상 망설이지 않겠단 말이에요."

"……."

"그 사이 좋은 결혼 상대자가 더러 있었어요. 저를 정신적으로나 물질적으로나 부드럽게 감싸줄 수 있는 남성이었어요. 공연히 나는 남의 꿈이 되기 위해서 구름 위를 이리저리 옮겨다니다가 이제 땅에 떨어져버렸어요.”

“그만 해 !”

기석이 소리를 치며 일어서더니 갑갑한 듯이 이리저리 걷기 시작했다.

“내가 얼마나 괴로운지를 모르니까 하는 말이야. 내가 얼마나 사랑하는지 알고 있으니까 그렇게 대담한 거야. 정서, 아, 나는 말을 말자.”

기석은 의자에 털썩 주저앉았다. 그는 손으로 이마를 괴고 눈을 감았다. 온갖 상념이 머리에서 엇갈려 어떻게 생각해야 하며, 어떤 행동을 취해야 할지 몰랐다. 정서는 긴 소파에 자세를 고쳐앉았다. 억눌린 침묵이 흘렀다. 한참 후 그녀의 입에서 조용히 말이 흘러나왔다.

“벌써부터 두 분 사이에 심상치 않은 흐름이 있음을 느꼈어요. 점점 그것이 웬만해서는 가셔질 수 없는 것이라는 것도 알았어요. 기석씨에게 물어볼까고도 몇 번 마음먹었으나, 묻는다고 대답하실 것 같지도 않았어요. 저는 기석씨가 괴로워하는 것을 방관할 수 없었고 그 괴로움을 덜어볼까 하고 저나름으로 애를 써보았어요. 묘안도 안 떠오르고 무엇보다도 그 괴로움을 제가 아는 것을 눈치채실까 보아 무척 애썼어요. 제가 의심하는 것을 아신다면 더 큰 사태랄까, 지금보다도 훨씬 다루기 힘든 사태가 벌어질지도 모르니까요. 생각한 끝에 기석씨에게 지금과는 전연 다른 세계를 전개시켜 드리리라는 생각이 떠올랐어요. 즉 제가 기석씨의 애기를 낳는 거지요. 두 분이 저를 사랑하면서도 결정적인 단계에 가서는 무슨 터부처럼 뒤로 물러서시니까. 숫제 무지한 사람들처럼 일을 한번 저질러버릴까 한 거예요. 아이가 생기면 진오씨도 기석씨도 둘 다 저를 체념하실 거라구. 진오씨는 영영 가버린 것으로, 기석씨는 진오씨에게 영영 줄 수 없게 되었다는 체념이죠. 작년 겨울 어느날이었던가요 ? 저희는 술을 마셨어요. 기석씨가 말리는 것을 저는 위스키를 연달아 한 글라스 반 마셨지요. 다리가 조금 말을 안 듣더군요. 머리가 멍해졌으나, 그렇다고 의식이 없어질 정도는 아니었어요. ‘걸을 수 있겠어 ?’ 기석씨가 걱정스럽게 저를 들여다보셨어요. 그때 저는 이야말로 좋은 기회라고 생각했지요. 저는 그 말조차도 못 알아들을 만치 취한 척해버렸어요. 기석씨는 저의 겨드랑 밑으로 팔을 넣어 안고 승강기를 타고 내려가서, 자가용의 뒤 소파에 저를 길게 뉘였어요.

저는 외투를 입었는데도 추울까 하셨는지 웃도리를 벗어 저의 다리께를 덮으셨어요. 운전을 하시면서도 제가 밑으로 떨어질까 해서 연방 뒤돌아보시곤 하셨지요. 그러더니 아무래도 안심할 수 없었는지, 차를 세워, 뒷자리에 있는 저를 안아서 운전대 옆에 앉히고, 오른팔로 저의 어깨를 안고 한 손으로 운전을 하셨어요. 아파트에 오자, 저를 어린아이처럼 옆으로 안고 계단을 올라가서 제 방문 앞에서 저를 세웠어요. 쓰러지는 저의 몸을 붙들고 '열쇠 좀 내야겠어' 하시며 저의 백을 열고 열쇠를 내셨어요. 저를 침대에 눕히자, 힘드셨는지 후, 하고 한숨을 쉬고, 침대 발치께에 앉아 한참 무언가 생각하고 있더니 저의 외투를 벗기고 슈우트의 위아래, 그리고 슈미즈까지 다 벗기셨어요. 저는 눈을 가늘게 뜨고 기석씨가 하는 것을 하나 놓치지 않고 다 관찰했지요. 기석씨는 장을 열고 저의 네글리제를 꺼내서 입히기 시작했어요. '정서 좀 깨나!' 하고 크게 한 번 소리치셨지요. 저는 안 들리는 척하고 있었어요. 네글리제를 입히고 나더니 기석씨는 벌떡 일어서서 저를 위에서 한참 내려다보셨어요. 숨결이 거칠은 것이 귀에 들려왔어요. 저는 무섭고 불안해서 가슴에서 쿵쿵 소리가 났어요. 그래도 잠든 것처럼 가만히 있었어요. 제 몸은 차갑게 긴장하고 있었지만 마음은 간절히 기석씨를 바라고 있었지요. 갑자기 저의 손목을 으스러지도록 잡으며 바닥에 주저앉으셨어요. 그리고 쫓기는 사람처럼 저의 방을 뛰쳐나가셨어요."

정서는 몸을 고쳐 앉았다.

"문이 탕 하고 닫기자 저는 벌떡 일어나며 '짐승만도 못한 사람!' 하고 소리 높이 웃었지요. 저는 계속 크게 웃었어요."

정서는 소파 밑으로 미끄러지더니 쿠션에 얼굴을 파묻고 전신을 떨며 울기 시작했다. 눈물이 번져 흐르는 정서의 뺨에 긴 머리카락이 헝클어졌다. 기석은 그녀의 얼굴을 미친 듯이 키스했다. 키스라니보다 거의 질겅질겅 씹고 있었다. 그는 무언가 속으로 헛소리를 하며 정서를 으스러지도록 안고 침실로 갔다. 그의 성은 억지로 막혔던 둑을 한꺼번에 왈칵 무너뜨리며 쏟아지는 홍수처럼 무섭게 뻗어나갔다.

"싫어요!"

정서는 몸을 잽싸게 돌리며 기석의 포옹을 벗어났다.

"지금은 싫어요!"

그녀는 리빙룸으로 뛰어나갔다. 기석은 아무것도 들리지 않았다. 이제 그의 몸보다도 그의 마음이 더욱 간절히 정서를 그의 것으로 만들고 싶었다.

"싫어요!"

정서는 기석의 뺨을 쳤다. 기석은 정서의 허리에 둘렀던 팔을 풀고 일어섰다.

"여자를 아무 때나 마음대로 거절할 수도 있고 마음대로 요구할 수도 있는, 감정도 의지도 없는 물질인 줄 아세요?"

정서는 소파에서 꼼짝도 하지 않았다.

"너는 남자를 몰라."

기석은 의자에 앉자 창 쪽으로 몸을 돌렸다. 기석은 지금까지 두 번 밤의 여자를 알았다. 처음의 기억은 불쾌했다. 여자의 몸은 좋았으나 후회만 남겨주었다. 그때의 심리 상태가 좋지 않았을까 하고 두 번째는 자신을 테스트할 겸 모험을 한 것이다. 두 번째 여자는 나무랄 데 없는 미인이었다. 그러나 역시 후회만 남았을 뿐이다. 그리고 다시는 어떤 여자도 가까이 하지 않았다. 결국 그는 정서 외의 어떤 여자도 원하지 않았다는 것을 확인한 것이다.

"기석씨가 싫은 건 아니에요."

"위로해주지 않아도 좋아."

"위로하는 게 아니에요. 이제 정신적으로나 물질적으로나 저를 행복하게 안정시켜줄 남성을 찾아가야 할 것 같아요."

"정신적으로?"

기석은 멍하니 정서의 말을 되풀이했다.

"그렇게 하는 편이 좋을 거야. 그런 남성이 있겠지."

"찾아볼까 해요. 어느 정도에서 타협해보는 거지요."

"누구하고 타협해?"

"제 자신하고요."

"성공하기를 바래."

기석은 담배를 다시 피웠다. 연기를 천장으로 향해 뿜어내고 몸을 돌려 재떨이에 그것을 천천히 문질러 껐다.

“진오 얘기 듣고 싶지 않아?”

정서는 움찔하며 기석을 응시했다.

“듣기 싫으면 안 들어도 좋아. 나는 누구한테라도 한 번은 해야 했어. 이런 얘기는 성당 같은 데서 하는 것이 좋았을 거야. 신이 있는지 없는지는 몰라도 신이라면 다 알고 있을 테니까 고백하기가 수월하지. 또 바위나 벽 같은 전연 알지 못하는 것이 대상이 될 수 있겠지. 어떻건 전연 관계가 없는 대상이 고백의 대상이 될 수 있지. 이렇게 말은 하지만 나는 사실 무엇을 고백해야 하는지 모르고 있어. 즉 내 죄가 무엇인가를 모르겠단 말이야. 과연 내가 죄인인가 가책을 느끼니까 죄는 지었을 테지만, 그 가책도 내가 남달리 양심이 있고, 남달리 복잡한 두뇌의 소지자라는 특권 의식에서 오는 것일지도 모르니까. 나는 오만하고 싶지는 않아. 정서한테 내가 내 얘기를 해야 할는지, 다시 말하면 정서가 알아서 좋을지 나쁠지조차도 판단 못하고 있어. 그러나 기왕 말은 시작한 거고, 정서는 알다가 만 것이니까, 끝까지 그 진상을 모르면 오히려 해로운 게 아닐까 해서 얘기한다.”

기석은 의자의 쿠션에 등을 기대고 얼굴을 천장으로 올렸다.

“내가 중학교 삼학년 때에 우리 나라는 해방되었다. 나는 해방의 감격이라는 것을 어른들처럼 절실히 느꼈다고는 할 수 없어. 그것이 아마 정직한 말일 거다. 우리 또래들은 모두 일본 교육을 받고 조국을 모르고 자랐어. 어째서 밖에 나가면 일본말을 쓰면서, 집에 들어오면 한국말을 쓰는가, 미처 거기까지 파고들어 생각하지 못했다. 부모들도 아이들이 나가서 철없이 조국운운 할까보아 일본에 빼앗긴 조국의 이야기는 삼갔다. 그래서 특별한 혁명 투사의 집 자식 외에는 아이들은 아무것도 모르고 일본의 황국신민이 된 거지. 해방되고 날이 감에 따라 조국의 해방이 얼마나 거대한 일인가를 알게 되었다. 나는 허수아비 일본의 황국 신민에서 열렬한 애국자가 되어, 반일의 사상이 가슴속 깊이 뿌리를 박았다. 우리 나라는 정부가 서고 이승만 초대 대통령이 취임했다. ‘리퍼블릭 어브 코리아’라고 선언됐을 때 나는 혼자서 감격에 겨워 태극기를 안고 울었다. 그러나 나의 순수한 감격은 무참히도 짓밟혔다. 도처에서 테러가 있었고, 인물들은 암살되었다. 고관, 장교들은 날마다 요정에서 주연에 잠겼고, 댄스홀을 메우고 다녔다. ‘사바사바’라는 새로운 단어가 나돌았다. 즉 뇌물만 주면 안 되는 일이 없다. 심지어 학생들의 성적순까지도 좌우되었다. 나라가 두 쪽으로 나뉘었는데, 국민들은, 또 위정자들은 그것을 망각하고 있는가? 삼팔이북에서는 어떻게 살고 있을까? 자연, 공산주의는 어떤 것인가 알고 싶었다. 마르크스의 저서를 도서관에서 혼자 읽어보았다. 그러나 그것은 의문점만 남겼고 그것만으로는 공산주의가 무엇인가 알 수 없었다. 그렁저렁 하는 사이에 셰익스피어가 나를 사로잡았고, 도스토예프스키에 몰두했다. 이학년이 되던 봄 정서를 교정에서 보았다. 순간 나는 이상한 전율 같은 것이 전신을 스침을 느꼈다. 그 날부터 식당이건 교정이건 강의실이건 어디서든지 정서를 한 번이라도 보는 것이 즐거움이 되었고 눈에 안 띄는 날은 일부러 이 교사 저 교사로 찾아다녔다. 그러다가 서로 얘기를 하게 되고 노트를 빌려주고 빌려 보게 되었다. 정서도 나를 좋아하는 것 같았다. 나의 나날은 찬란했다.”

그는 자세를 고쳐서 팔걸이에 몸을 기대었다.

“갑자기 빨갱이들이 서울로 들어왔다. 사변이 터진 것이다. 중앙청에 붉은 기가 꽂힌 것을 보았을 때 나는 본능적으로 분노를 느꼈다. 그러나 빨갱이도 사람들이니까 죄없는 사람들을 어떻게 하랴 하고 되어가는 것을 관망하고 있었다. 그러나 열흘이 못 가서 빨갱이가 무언가를 완전히 알았다. 무모한 약탈과 살인, 마치 미친 살인귀처럼 죄없는 시민들을 쏘아 죽였다. 그것을 뒷받침이나 하는 듯이 라디오에서는 ‘잔인하게 무찔러라, 죽여라’를 연방 고무적인 음성으로 짖어대었다. 적어도 인간이 사는 사회는 아니있다. 김일성의 초상화가 곳곳에 대문만치 크게 세워졌다. 이런 등속은 사람의 비위를 거슬리게 마련이다. 학교 담이나 교실에서 ‘공산주의는 자유주의를 배격한다’는 벽보가 나붙었다. 어느 한 구석 희망을 걸어볼 데라고는 없었다. 어떤 사람들은 우리를 가리켜 역사를 창조한 세대라고도 하지만 우리 세대는 너무나 박복한 세대지. 나는 남쪽으로 달아날 것을 궁리했다. 그러나 다락에 숨어 있던 나는 의용군으로 끌려가고 말았다. 세상사에는 괴상한 일도 많지만, 내가 따발총으로 내 부모 형제 친구들을 겨누어야 하는 것처럼 괴상한 일도 그렇게 흔하지는 않을 것이다. 의용군이 되어 진오와 나는 같은 분대원이 되었다. 그와 나는 그때까지는 별달리 친한 사이는 아니었으나 나쁜 사이도 아니었다. 서로가 그 재주를 인정하고, 존경하는 사이랄까, 그렇게 말하는 것이 정확할 것이다. 둘은 점점 친밀해 갔고 자나 깨나 같이 있게 되고, 자나 깨나 서로를 생각하게 되었다. 그것은 확실히는 모르나 어느 치열한 전투 끝에 참호 속에서 우리는 우연히 정서의 얘기를 했는데, 그 후부터라고 생각한다. 내가 정서를 칭찬하면 그는 좋아했고 그가 정서를 아름답다고 하면, 나는 그가 고맙고 좋아서 어쩔 줄을 몰라 했다.

'노트도 꼼꼼하게 했던데?'

'다리도 날씬해'

'눈이 이지적이야'

'이마가 수재형이야'

'코가 귀엽지?'

'피부가 그만이야'

이런 말을 나누며 전투도 하고 작업도 했다. 비행기 폭격을 당할 때도 둘은 서로 떨어지지 않았다.

'어저께 정서를 꿈에서 보았어'

'나도……'

그러던 어느날 나는 단도직입으로 물어보았다.

'너는 정서를 사랑하니?'

진오는 나를 한참 보더니,

'너는?'

했다.

'짝사랑이지, 그러나 그쪽에서도 좋아하는 것 같아. 너는 사랑하지 않아?'

나는 또 물었다. 진오는 무언가 생각하더니 한참 만에야,

'사랑하구말구'

했다. 그 때 나는 내가 정서를 사랑하는 것하고, 그가 사랑하는 것과는 무엇인가 그 질에 있어서 다른 것을 직감했다. 그것이 무엇일까 하고 생각해 보았으나, 나로서는 알 수 없었다. 폭격은 나날이 심해갔다. 우리는 폭격이 있을 때마다 내 죽음보다 유엔군의 승리를 뜻하는 것이니까 오히려 그것을

목마르게 바라고 있었다. 낙동강까지 밀려간 괴뢰군은 쫓기고 쫓겨 올라
갔다. 그런 어느 전투에서 폭격이 멎고, 총성도 멎고, 잠시 휴식이 있었다.
우리는 정서의 얘기를 하고 있었다.
 '폭격 맞지는 않았겠지?'
 '설마 민가에 폭격하리라고?'
 '빨갱이한테 잡혀가지나 않았을까?'
 둘은 이 말이 나오자 갑자기 안절부절하는 심정이었다.
 '그렇다면, 그래서 정서가 이 세상에서 없어진다면 절망인데?'
 진오가 신음소리를 냈다. 나도 동감이었다. 나는 한숨을 쉬었다.
 조금 있다가,
 '나도 죽는다'
 진오가 그랬다.
 '삶이 죽음만 못할 때에는 죽는 거다. 빨갱이한테 끌려가서 욕이라도
당하고 무참히 죽어버린다면, 그 애처로운 이미지를 안고 살아간다고 무슨
수가 있겠어?'
 그 말을 들었을 때 빨갱이에 대한 분노가 내 몸 속에서 용솟음치는 것을
느꼈다. 진오는 한숨을 내쉬었다. 그러더니,
 '나는 정서하고 키스한 일이 있어'
 겸손하게 미안한 듯이 말했다. 그 말에는 승자의 우월감도 섞여 있는
것 같았다. 순간, 나는 눈앞이 아찔했다. 내 총의 개머리판으로 그 녀석의
얼굴을 콱 찍어 죽이고 싶었다. 나는 앉았던 자리에서 일어섰다.
 '왜 그래, 벌써 소집이야?'
 진오의 말에 정신이 돌아온 나는,
 '아니'
 하고 힘없이 궁둥방아를 찧으며 앉았다. 그리고 입에서 나오는 대로
말했다.
 '허리가 아파서 좀 펴보느라고'
 진오가 너를 사랑한다고 했을 때, 그의 사랑과 나의 사랑에 이질(異質)을
직감했던 것이 생각켰다. 그 이질은 바로 그것이었다. 진오는 내가 못한

것을 했던 것이다. 우리는 서로 그 후로는 정서의 얘기를 하지 않았다. 서로가 그것을 회피하고 있는 것을 알고 있었으나 다시는 하지 않았다. 나는 폭격이 있을 때나, 싸움이 있을 때나 그의 곁에서 그가 쓰러지면 부축도 해주고, 다쳤을 때는 약도 발라주고, 먹을 것이 있으면 내가 주려도 나눠먹곤 했지만 가끔 이 녀석이 폭격에라도 죽었으면, 총에라도 맞아 죽었으면 하고 바랐다. 어떤 때는 정말 절실히 바랐다. 그러던 중 둘은 다 포로가 되었다. 포로가 되자 살았다는 감격에 일시는 정서도 아무것도 머릿속에 없었다. 그러나 차차 살리라는 희망이 굳어지며, 나는 다시 정서를 생각하게 되었다. 빨갱이 세포는 반공을 가장하고 캠프에 침투해왔다. 자칫 잘못하면 언제 목에 칼이 박히어, 변소 속에 처박혀질지 모르는 살벌한 때가 있었다. 진오는 처음 통역으로 있다가 나중에 그만두었다. 나는 애초부터 아무 직도 갖지 않았다. 주목당하고 싶지 않아서다. 몸깨나 튼튼하고 글이라도 아는 사람은 더러는 경찰이 되기도 하고 더러는 소대장, 중대장이 되기도 했다. 나는 가만히 있는 편이 위험이 덜할 거라고 판단했다. 어느날 작업하러 나갔다가 물리과에 다니던 남태준한테서 빨갱이들의 음모를 들었다. 수일 내에 감 독하는 미군을 찔러 죽이고 흰 자들을 한껍에 모조리 죽인다는 것이다. 그 주모자가 바로 가장 반공인 척하고 있는 중대장이라는 것도 알려주었다. 우리는 즉각 이 사실을 미군에게 알리려고 결심했다. 그래서 양 효석과 진오에게 알리고 이 기민에게도 알렸다. 누가 빨간지 흰지 겉만으로는 알 수 없는 속에서 아무도 모르고 밀고하기란 거의 목숨을 거는 일이다. 누가 성공적으로 밀고를 했는지 또 우연히 그렇게 되었는지는 모르나, 다음날 중대장은 다른 캠프로 옮겨갔고 저녁 무렵에 전격적인 수사에서 칼은 발 견되었다. 그날 밤 자고 있는데, 갑자기 내 귀에 대고 누가 소근거리는 것 같아 눈을 떠보니 살기 등등한 두 놈이 누워 있는 나를 위에서 누르고 이미 칼 끝은 내 턱 밑에 겨눠지고 있었다.

'나는 몰라, 양키한테 가까운 놈이 했겠지'

그 말. 그래서 나는 지금 이렇게 멀쩡히 살아있는 것이다."

기석은 기대었던 허리를 일으키고 콜라를 마셨다.

"나는 살았다. 얼마 후에 몇 시간이나 지났을까? 시계는 없으니까 알 수 없었다. 드리쿼터가 공포를 쏘며 들어왔다. 캠프 안에는 감시원도 들어오지 못했다. 포로들이 덤벼서 그를 죽일지도 모르니까. 또 아무도 무기를 들고 들어가지 못했다. 역시 무기를 빼앗길 염려가 있으니까. 그래서 폭동이나 큰 사고가 나면, 드리쿼터나 탱크가 들어오는 수가 있었다……들것에 사람이 실려서 나가는 것을 보자 나는 왠지 그것이 진오임을 직감했다. 나는 이미 ‘나 때문인가?’하는 가책이 있었는지도 모른다. 그러나 죽을 고비를 갓 모면한 나는 곰곰이 생각할 정신적 여유가 없었다. 또 캠프에서의 험악한 생활이 나에게는 그런 여유를 주지 않았다.——기왕 말이 났으니 숨겨서 무엇하겠어? 나는 그것이 나 때문이라고 생각하고 싶지 않았던 것이다. 그래서 그럴싸한 이유, 우연이라든가, 흔한 일이라든가 따위 이유를 내 자신에게 일러주고 있었던 것이다. 그 후 진오는 우리 캠프에 돌아오지 않았다. 나는 가끔 그가 살았으면 제발 살아라고 기원했다. 그 사이 나는 무척 그와 정이 들어 있었으니까, 정말 간절히 살아 주기를 바랐다. 시일이 감에 따라 나는 그를 잊어갔다. 포로 교환에서 석방되어 서울로 돌아온 나는 부랴부랴 학교에 갔다. 물론 정서를 보려고……. 정서는 살아 있었다. 나는 무어라고 그랬던가? 첫마디,

‘노트 좀 빌리세요’

했다. 전쟁도 안 갔던 놈처럼, 포로도 안 되었던 놈처럼, 갑자기 이 세상에 불쑥 태어나온 놈처럼! …… 진오가 오면 페어플레이를 할 양으로, 녀석이 올 때까지 나는 정서와 데이트도 삼가기로 했다. 그리고 딴놈이 혹시 접근할까 해서 은근히 정서의 주위를 살폈다.”

“…….”

“여자라는 것은 아무 가치도 없는 거라고, 때로 나는 절실히 느낀다. 인생은 짧고, 할 일은 너무 크니까 말이다. 그러나, 그러니까 오히려 그 어느 것보다도 여자한테 끝없는 가치를 기대해본다고도 할 수 있다. 깊은 바닷속에 무엇이 있는지 보이지 않으니까, 있을지도 모른다고 생각하는 것처럼, 이른바 환각이다. 포로수용소 이후 일 년 만에 처음 진오를 보았을 때 그가 다리를 심히 저는 것을 알았다. 나는 맹연히 너를 내게로 잡아 다녔다. 불안해서다. 페어플레이하려던 것이 유치한 계산이란 것을 알았던

것이다. 너는 내게로 쉽게 끌려왔다. 나는 승자였다. 내가 승리를 확신했을 때 무엇이 그 계기가 되었는지 모르겠으나, 마치 경주에서 나 혼자서 달려온 것 같은 느낌이 들었다. 즉 진오는 애초부터 이 경주를 포기하고 있었다. 무슨 까닭일까? 나는 그 어떠한 이유보다도, 그가 불구라서 피하는 걸로 단정을 내렸다. 그리고 그것이 나 때문인 줄 알자, 나는 죽고 싶도록 내가 미웠다. 더럽고, 치사해서 나는 내 자신에 노했다. 괴로웠다. 나는 생각한 끝에 너를 진오에게로 보냈다. 웬만해서는 돌아갈 것 같지 않아서, 그의 다리를 저는 까닭을 그럴싸하게 얘기했다. 너는 갔다. 그때의 쓸쓸함이란! 정서, 너는 나의 시금석이었다고 화내지만, 그럴테지 물론, 그러나 이 세상에 제 애인을 남에게 주고 싶은 미친 놈이 어디 있겠어? 진오는 죽었으면 했다지만, 나는 죽음을 몇 번 심각히 생각했었다. 죽지 않는 이유는 물론 진오와 다르다. 나는 내가 죽음으로 해서 내 죄가 진오에게 발각되는 것이 싫었다. 그가 자식, 네가 살면 얼마나 살려고……하고 비웃을 것을 상상하니, 피가 거꾸로 뒤끓는 것 같았다. 나는 승자며 동시에 패자였다! 나는 그의 이름을 대지는 않았다. 그러나 왜 하필 '양키에게 더 가까운 놈'이라는 말을 했을까? 폭동의 음모를 안 사람은 진오 외에 셋이 있었다. 그 셋 중의 누구가 아니고, 왜 하필 진오를 은근히 시사했을까. 그가 이 세상에 없었으면 하고 원했기 때문이 아닐까?"

그는 조금 쉬었다가

"그러니까 역시 나는 죄인이다!"

말을 마치자 기석은 벌떡 일어섰다.

그리고 멍하니 창 쪽으로 향해 한 발자국 내디디다가 도로 의자에 털썩 주저앉고 눈을 감았다. 긴 얘기에 자못 지친 것 같았다. 다섯시가 친다.

"아무것도 아닌 일이구먼요?"

정서가 밝게 말하고 소리를 내어 콜라를 글라스에 따랐다.

"저 같으면 진오씨한테 이렇게 말하겠어요. '너는 아무래도 나 때문에 다리를 저는 것 같은데 너는 어떻게 생각하니? 너도 그때 밀고자는 김기석이라고 말했으면 이 꼴이 안 되었을 지도 모르잖아? 괜스리 나를 괴롭히려고 너는 그리스도도 아니면서 그리스도 노릇을 했지? 나는 너를 원망한다. 너 때문에 나는 일생 고칠 수 없는 병신이 됐다. 미안하지 않나?’”

기석은 정서를 왈칵 껴안고 그녀의 가슴에 얼굴을 비볐다. 정서, 너는 참 좋겠다. 너는 꿈도 아니고 식물성도 아닌 여자라고 했지만, 너는 역시 꿈이다, 향기다.

“그렇게 말하지.”

그녀의 가슴에서 얼굴을 들고 그는 즐겁게 웃었다. 정서도 소리를 내어 웃었다. 그들은 잠시 즐거웠다. 어린아이들이 소꿉장난할 때, 너는 의사구, 나는 엄마구 하며 배역을 정해놓고, 애기가 아파요. 네? 이런, 더러운 손가락을 빨아 먹었구먼요! 하며 맞장구를 칠 때와 같이 즐거운 것이다. 정서가 한 말이 뻔한 허세인 줄 알았고, 기석의 대답이 또 거짓말인지 너무 잘 알고 있기 때문이다. 그러나 터무니없는 거짓은 아니었다. 정서는 기석이 어떤 형식이건 표현이건, 솔직히 그 심경을 진오에게 말하는 것이 그가 구제되는 길이라 생각했고, 기석은 진오가 떠나기 전에 한 마디라도 사죄를 할까고 생각하고 있었다.

그들은 웃고 나자, 간밤을 새웠으니 조금이라도 잠을 자야 할 것 같아 서로 다른 침실로 돌아갔다.

정서는 침대에 누웠으나, 잠이 오지 않았다. 일어서서 커튼을 걷으니까 날은 환히 밝다. 기왕 잠도 안 오니, 집에 가서 번역하던 것이나 손댈까 하고, 리빙룸으로 나갔다. 나가자 그녀는,

“어머나!”

하고 자그맣게 소리쳤다. 긴 의자에 기석이 앉아 있었다.

“잠이 안 와서.”

“저두요.”

그녀는 목욕실로 가서 세수를 하고 나왔다. 경대 앞에 앉아서 핸드백에서 휴대용 크림통을 꺼냈다. 조금 남은 콜드크림을 얼굴에 발랐다. 로션도 바니싱도 없으니까, 콜드로 닦아내면 피부가 조이는 것은 면할 수 있다.

“결혼해요. 싫으세요? 싫으면 그만둡시다. 강요는 좋지 못하니까요. 하지만 저를 사랑한다면 애기 낳게 해주세요. 그리고 저를 버리세요. 저는

애기하고 아름답게 살 테예요. 아주 썩 낭만적이지요? 얼마나 멋있을까?"

정서는 종달이 모양 재잘대며 머리를 빗었다.

'같이 살자. 둘이 다 함께 살고 싶어서 죽겠을 바에야, 사는 것이 원칙이다. 살자, 같이 살자'

기석은 창 밖으로 새벽 노을을 보고 있었다. 그는 눈을 감고 뱉아내듯이 말했다.

"아들은 낳고 싶지 않아."

정서는 거울을 보던 얼굴을 기석에게로 획 돌렸다. 그녀의 눈은 한참 동안 반짝였다.

"그러면 누가 전쟁을 해요?"

'뜻을 아는구나'

기석은 쓰게 웃었다. 내 아들은 절대로 나처럼 되어도 안 되겠고, 진오처럼 되어도 안 된다.

"전쟁은 싫어."

"저도 싫어요."

"여자는 상관 없겠지."

"싫어요. 남자들이 죽는데……."

"하기는 더 싫겠지. 여자들은 아늑하게 사는 것만이 원이라니까."

"무엇 때문에 전쟁이 일어날까요?"

"살아보려고 그러는 것이지."

"살려다가 죽는군요. 싱거워라."

"그렇게 다 싱거운 거야."

"달관하신 것 같아."

"마치 인생을 포기한 것 같은 말투셔."

"포기했으니까 열심히 살려는 것인지도 모르지."

정서는 머리를 빗다 말고 불안한 눈으로 그에게 다가갔다. 기석은 그녀를 보며,

"아무것도 아니야, 키스하고 싶다는 말이야."

정서는 잠자코 다시 빗으로 머리를 빗어내렸다.

아파트에 돌아오자, 번역하던 것을 펴보았으나 일은 되지 않았다. 정서는 잠깐 동안 눈을 감고 잠을 청했다. 머릿속이 텅 비었다 뒤범벅이 되었다 한다. 그녀는 혼자서 속으로 되뇌었다.

'나는 아무 능력도 없다!'

사랑하는 사람이 피를 흘리는데 그 피를 멈출 힘도 재주도 없다. 다만 흐르는 피를 보며,

"사랑해요, 죽도록 사랑해요!"

하고 외칠 뿐이다. 그녀는 처음으로 사랑이 얼마나 무력한가를 뼈아프게 느꼈다.

기석이 마중온 차를 타고 정서는 비행장으로 향했다. 진오는 정각 두 시 반에, 제자들과 동료 교수들에게 둘러싸여서 비행장으로 들어왔다.

"바쁜데 여기까지. 참, 여러 가지로 고마웠어. 가서 편지 자주 하지."

진오가 기석에게 말하고 정서에게도 잘 있으라고 인사를 했다. 기석은 둘만의 기회를 가지려고 애썼으나, 좀해서 틈을 잡을 수가 없다. 기석은 진오가 다리가 부실해서 가방을 들어다 준다는 명목을 세워, 개찰구를 통과했다. 여러 전송객들과 하직하고, 진오는 기석과 둘이서 계단을 내려 갔다. 다른 여객들 사이에 끼어 여권 조사를 마치고, 트렁크의 검열도 끝났다. 마지막 문을 열고 진오가 나가려는데,

"진오!"

하고 기식이 불렀다. 한참 동안 그는 진오의 손만 움켜잡고 있었다. 그러다가 겨우 입을 열었다.

"알고 있었지?"

가석의 눈은 진지했다. 진오는 단념한 듯이,

"음, 알고 있었다."

무엇을 알고 있는가 서로 말할 필요도 없었다. 진오는,

"내가 알고 있는 것을 네가 아는 것도 알고 있었어. 기석, 제발 잊어버리자. 나도 한때 너를 저주한 적도 있었다. 그러나 병원을 나올 때 이미 완전히 잊어버렸다. 나는 네가 어쩔까 보아 끝까지 모른 체하려고 했다. 그러나 그것이 도리어 네게 해로웠지 않았나 지금 의문스러워진다."

　진오는 고개를 조금 흔들었다.

　"미안하다. 확실히 내 생각이 잘못되었던 것도 같다. 어쨌든 그런 경우 너의 태도를 누가 나무랄 수 있겠어? 나도 너와 다를 바 없는 놈이다. 다만, 내가 안 당하면 누군가가 또 그 아픔을 당할 거라고 이를 악물었을 뿐이지. 내가 실신하면서 누구의 이름을 댔을지도 모르지 않나? 아무튼 나는 살았지 않아? 죽은 놈도 수도 없는데 말이야. 고마운 일이 아닌가."

　진오는 기석의 어깨를 치며, 씩씩하게 말했다. 너무 씩씩해서 마지막 말은 진심 같지 않았다. 기석은 진오의 손을 잡고 놓치지 않았다. 그는 무슨 말이건 해야 할 것 같았으나 아무 말도 나오지 않았다. 그는 초조해지며 더욱 진오의 손만 움켜쥐고 있었다.

　"아직도 안 풀리나? 사실 우리 나라의 청장년 치고, 그 몸에 상처없는 사람이 어디 있겠어? 몸이 아니면 가슴에라도 있다. 내 다리는 결코 네 탓이 아니다. 내가 때도 장소도 잘못 태어난 탓이지. 그러니까 또 살맛도 나는 게 아니겠어? 넓게 생각하자. 참, 마지막 소원이다. 정서하고 결혼해 주어. 정서는 너를 사랑한다."

　진오는 돌아섰다.

　"아니!"

　기석은 깜짝 놀라며 진오를 잡았다.

　"그럴 수는 없어. 네가 올 때까지 정서는 기다릴 거다. 정서는 너를 사랑했었다. 그리고 지금도 사랑해."

　진오는 발길을 되돌렸다. 그리고 나직하게,

　"나는 불구야. 결혼할 수 없어."

　"정서가 그래도 좋다면?"

　진오의 시선은 잠시 밑으로 떨어졌다.

　"다리뿐 아니야."

　말하자 진오는 얼른 몸을 돌려서 문을 열고 나갔다. 기석은 눈앞이 캄캄해지며 미친 듯이 그의 뒤를 뛰어나갔다.

　"진오, 진오!"

　그는 진오를 뒤에서 덥석 안았다. 그는 울고 싶었다. 목에서 꺽꺽 하고 야릇한 울음이 나오는데 눈물은 한 방울도 흐르지 않았다. 경비원들이 그를 진오에게서 잡아떼었다. 진오는 비행기에 올랐다. 기석은 담벼락에 얼굴을 대고 서서, 목에서 꺽꺽 하고 소리가 나는 대로 내맡기고 있었다. 눈물이 흐르면서 가슴의 것이 조금은 배설될 것 같았다. 그러나 눈물은 끝내 한 방울도 흐르지 않았다.

'내가 살려고 한 것이 반드시 남의 죽음을 의미해야만 하는가? 이것은 도대체 누구의 기율이냐?'

기석은 처음으로 보이지 않는 것에 대한 불길 같은 분노를 느꼈다. 그리고 그가 그것에 대해 얼마나 약한 자인가를 가슴이 아프도록 깨달았다. 비행기의 한쪽 날개에 태양이 반사해서 눈이 부셨다. 기석은 터지듯이 나오는 한숨을 어금니로 깨물었다.

'역시 내 탓이다. 누구의 탓도 아니다. 진오는 절망에서 정서를 단념한 거다. 나 때문에 병신이 되고 나 때문에 절망하게 된 거다. 나는 살인자보다도 더한 놈이다'

비행기가 폭음을 내며 뜨기 시작했다. 기석은 고개를 수그린 채 밖으로 나왔다. 공항 현관문에 정서가 서 있었다. 그녀는 무엇을 느꼈는지, 그를 뚫어지게 보며, 못박힌 듯이 선자리에서 움직이지 않았다. 기석은 그녀를 보고 땅으로 깊숙이 고개를 떨어뜨렸다. 그의 가슴에서 또 한 번 한숨이 터져나왔다. 그는 이윽고 뒤도 돌아보지 않고 고개를 수그린 채 그의 차가 있는 곳으로 걸어갔다.

초설(初雪)

주환과 근호는 나란히 교문을 나서고 있었다.

"곰이 너하고 꼭 한번 오라고 한다는데 어떡할까?"

주환이 말했다.

"사회 공부 좀 시켜야 한다고 구라깨나 풀드래지? 짜식!"

근호가 씩 웃었다.

"짜식……."

주환도 소리 없이 웃었다. 갑자기 차가운 것이 근호의 뺨에 살짝 닿았다. 올 들어 첫눈이다. 첫눈을 맞으면 행운이 있다든가……? 근호는 하늘을 쳐다보았다. 하늘 가득히 조그만 눈송이가 조용히 흩어지며 내리고 있다. 주환이,

"야 눈이다. 첫눈이지?"

하고 뜬 목소리로 소리쳤다. 근호는 그의 말이 안 들리는지 잠자코 걷다가 한참 만에,

"응."

하고 대수롭지 않은 듯이 대꾸한다. 주환은 눈 따위 가지고 떠드는 것은 아직 어린 탓일는지도 모른다고 생각이 들자, 첫눈에 대한 환성은 순간적이었음을 강조하기 위해서 대뜸 전의 화제로 돌아갔다.

"한번 가기는 해야 할 모양이다."

자그만 눈송이들이 그들의 머리 위에 잠잠히 내려앉는다. 주환은 맏형이

쓰던 낡은 가방을 겨드랑 밑으로 추켜올렸다. 그는 근호보다 일센티 가량 더 큰 일미터 칠십육센티의 장구다. 어머니가 입학 축하로 맞춰준 외투가 눈에 띄게 멋있어서 안 입으려고 버티었으나 결국 그녀의 달변에 지고 말았다. 그래서 낡아버린 손잡이도 없는 가방을 굳이 겨드랑 밑에 끼고 다녔다. 멋진 외투를 입은 거북스러움을 그 가방 때문에 다소는 완화하고 있었다. 주환과 근호는 외양을 남의 눈에 띄게 사치스럽게 하는 것은, 건달패 내지는 속물(俗物)이고, 외양이 수수할수록 그 내용이 빠르나시엥이라고 믿고 있는 것이다.

"한번 가자."

근호가 몇 발자국 옮긴 끝에 대답했다. 그는 대답을 늦게 함으로써 그의 위신이 서는 줄 알고 있는 것 같았다. 그는 눈송이가 머리에 앉는 대로 내버려두고 다만 외투깃만 손으로 고쳐 올렸다. 그의 아버지의 물림으로 삼십 년 전 유행인 영제 낙타지 외투다. 넓은 깃과 더블 프론트가 완연히 고풍이나, 늘씬하게 큰 키와 앳된 얼굴에 한층 귀공자다운 품격을 준다. 곧은 자세나 당당한 걸음걸이가 그 물림을 자랑스럽게 여기고 있는 것도 같다. 어쩌면 그 고풍의 외투 때문에 나이보다 어른으로 보일 듯이 혼자 착각하고 만족하고 있는지도 모른다.

"술집 한다고 무시하나 보다고 그러더라나? 어저께 기택이를 만났더니 그래."

"기택이 누구더라?"

"말코 말이야."

"참 그렇지."

"어떻건 서울 있는 놈 치고 우리 반 놈들은 다 갔대. 안 간 치는 너와 나뿐이라나?"

주환은 거칠은 말을 의식적으로 쓰고 있었다. 그러나 그의 흰 살결과 지성적인 눈매에는 어울리지 않았다. 그들은 '곰'이 경영하는 바에 우연히 못 가게 된 것이다. 입학하자 신입생이어선지 대학 생활이 몸에 배지 않아 서성대는데 어느 틈엔가 중간 고시가 있었고 또 학기말 고시가 있었다. 시험이 끝나자 아버지 어머니와 함께 제주도로 해서 동해안을 한바퀴 돌고 오니까 주환은 빠듯이 2 학기 첫 강의 시간에 닿았다. 근호는 강릉에서 방학 한 달을 보내고 나니 바로 2 학기가 시작된 것이다. 그렁저렁 가을도 가고 지금에 이르렀다. 술집 한다고 멸시한다니 천만의 말씀이었다. 오히려 그래서 '곰'을 존경까지는 안 가더라도 소위 '난놈' 이라고 경탄하고 있는 편이다.

고등학교를 졸업하고 거의가 다 일류건 삼류건 대학에 진학해서 교수의 펜촉 밑에서 되도록이면 A 라는 학점을 따려고 전전긍긍하는 처지였고, 그나마 합격 못한 사람은 또 한 번 쳐보려고 노란 얼굴로 자나 깨나 입시 준비에 혈안이고, 돈만이 제일이다 하고 선견지명을 가진 듯한 극소수가 무슨 기술 견습생 정도로 빤하게 낙찰된 판인데, '곰'은 명동에서도 가장 유명한 바아 '레또왈르'의 주인인 것이다. 사십대의 노련한 마담을 셋이나 밑에 거느리고 육십 명의 호스테스와 이십 명의 남자 고용인을 지휘하며, 술 사들이기, 안주감 고안, 쇼의 효과 등 '레또왈르'의 안팎 일체를 그의 총지휘 하에 두고 흔든다고 한다. 한 학급에 칠십 명씩 모두 일곱 학급, 사백오십구 명 가운데, 졸업 후 구개월 만에 보스가 된 사람은 통틀어 '곰' 뿐이다. 구멍가게 주인 노릇도 어려운데…….

"야, 그 녀석!"

하고 고개를 저을 만도 했다. 그럴 때마다 성적은 꽁지서부터 세는 편이 빨랐던 그를 또한 생각하지 않을 수 없었다. 사람은 역시 학교 성적으로 평가하지 못한다는 말은 옳은 말이다.

"언제 갈까?"

"오늘 갈까?"

근호가 말했다. 그리고 내일부터 학기말 시험이 있는 것을 생각하고 잠깐 속으로 망설였다. 주환도 시험을 생각했으나 사내놈이 시험이라고 움츠리고 달싹도 못해서야 하고…….

"오늘 가자."

했다. 근호도,

"그래."

했다.

‘레또왈르’는 그들이 한 번 가본 일이 있는 음악 다방 근처에 있었다.

“몇 시쯤 갈까?”

주환이 말했다.

“바니까 여덟시를 넘어야 기분이 나겠지?”

근호는 주도(酒道)에 익숙한 것처럼 목소리도 거칠게 말했다.

“그렇지.”

하고 주환이 시인했다. 어디서 만나서 같이 갈 건가, 따로따로 가서 거기서 만날 건가, 그 방법이 둘이 다 궁금하나 둘이 다 굳이 입을 떼지 않으며 혜화동 로터리 쪽으로 걸어갔다. 혼자서 바의 문을 열고 들어가는 것이 두려운 것 같기도 하고, 겸연쩍은 것도 같다.

주환은 선거권도 없는 미성년자이나, 대학생이 되고 나니까 남들이 어리게 보는 것이, 마땅치 않았다. 사실 그의 육체나 지성의 발달은 어리다고 할 것은 못 된다. 그는 사회에 구르고 닳고 해서 남들이 넘겨볼 수 없는 이를테면 ‘굴러먹은 놈’처럼 타인이 보아주기를 바랐다. ‘굴러먹은 놈’이란 주환의 견해에 의하면 밀수자, 강도, 뇌물 먹기, 사기, 돈환 등속의 인간이 아니라, 어떠한 난경이나 어떠한 종류의 사람과 맞서도 능히 이겨낼 수 있는 담력을 가진 남자였다. 근호도 주환과 매한가지 심경이라 할 수 있다. 주환과 근호는 좋은 가정 환경이나 성적의 우수한 면 등이 국민학교 때부터 지금까지 별다른 변동이 없는 사람들이었다. 집에서도 학교에서도 꺼리는 점이 하나도 없는 처지였으나 다만 남들이 ‘온실의 꽃’ 취급을 하는 섯 같아 그것이 불만이었다.

그들은 기회 있는 대로 얼마나 그들이 ‘굴러먹은 놈’인가를 과시하고 싶은 충동을 억누를 수가 없었다. 오늘 밤 바에 가는 것이 그 좋은 기회인 것도 같아, 둘은 바에 가기로 한 것에 흡족함을 느꼈다.

이윽고 그들은 혜화동 로터리까지 왔다. 주환은 명륜동으로 근호는 혜화동으로 갈라서야 했다. ‘레또왈르’에 가는 방법에 대해 합의한 것은 없으나 주환은 ‘첫눈’을 묵살당한 보복으로,

“그러면 여덟시에.”

하고 잘라 말하고, 하직 인사로 손을 들었다. 물론 따로따로 가자는 뜻이다.

근호가 당황했는지 동그란 눈을 두어 번 껌벅이더니 갑자기 쾌활하게,

　"응, 팁값이나 두둑히 부탁한다."

했다.

　"오우 케이."

둘은 그 길에도 능한 양 기름지게 웃어보이고 돌아선다.

　팁 운운까지 하고 나니까 갑자기 남자로 태어났다는 야릇한 자부심 같은 것이 뿌듯이 그들의 두 어깨를 펴주는 것 같다.

　주환은 그 사이 이발이나 할까 하다가 근호가 비웃을까 보아 곧장 집으로 향했다. 바라고 하니까 술보다 바걸이 먼저 생각키는 것은 웬일인지 몰랐다. 이발을 생각한 것도 거기 있는 여자들에게 실례될까 하는 의식에서였다. 바걸 따위 정말 여자로는 하지하다. 그까짓 '크리에이츄어(생물)'를 머릿속에 넣다니, 그러나 주환은 여지껏 실지로 바걸을 본 일은 없다.

　그는 저녁 밥을 먹고 시험칠 두 과목을 대충 훑어보았다. 철학개론은 다시 볼 것이 없겠으나, 나전어는 한 번 더 보아야 할 것 같았다. 어느덧 일곱시가 넘었다. 그는 옷을 무엇으로 할까 생각했다. 허름한 잠바로 할까. 넥타이를 매고 외투를 입을까, 스웨터 바람으로 갈까 하다가 아까와 다른 옷차림으로 가면 그가 그만치 바에 가는 것에 신경을 쓴 것으로 근호가 알아차릴까 해서 여느 때처럼 곤색 넥타이에 슈우트를 입고 외투를 입었다. 외양이 일단락지니까 다음에는 돈을 생각해본다. 호주머니에 삼백 몇 십원이 있다. 술을 좋아하는 것도 아니고, 고작 맥주 한 컵 정도 마실 테니까 넉넉할 것 같다. 물론 팁까지 포함해서다. 맥주 한 컵에 얼마 할라구? 그러나 혹시 모자라면 신사 체면이 어떻게 되는가 해서, 엄마 맥주 한 컵에 얼마지요? 하고 이층 난간에서 아래층을 향해 소리쳤다. 한 컵이라니 글쎄 한 병이면 보통 두 컵하고 삼분의 일컵쯤 될까? 하기야 컵 크기 나름이지. 그러니까 네가 계산해보렴. 어머니는 중학 입학 시험 무렵에 암산 능력을 기르느라고 옷감을 사도 찬거리를 사도 일단 그에게 암산을 시키던 버릇을 못 고친 모양이다. 아니 한 병에 얼마냐 말이에요. 갑자기 맥주 값을 알아 무엇하니? 손님 청할 테냐? 참 1학기 수험료 면제된 것 아직 한턱 안했지? 한다 한다 하고 엄마가 바빠서 그만 못하고 말았어. 언제 동무를

청할 테냐? 너 걸프랜드라는 것 있니? 청하려면 미리미리 말해두어. 참 엄마두, 한 병에 얼마냐니까요? 쟤가 갑자기 왜 야단이야? 가만 있자…….
한 병에 백이십 원이니까, 궤짝으로 사면 좀 싸지. 한 달 전에 아버님 손님 청할 때 그 값이었으니까 지금은 올랐는지도 모르지만, 저녁 화장을 하며 내리 물쏟듯이 말하는 어머니를 내버려두고 주환은 밖으로 나갔다.

한 병은 두 컵하고 삼분지 일쯤 되니까, 한 병에 백이십 원이면 한 컵에 오십일 원쯤 된다. 삼백 몇십 원으로 충분할 것 같다. 그는 바에서 파는 맥주는 갑절이나 비싼 것을 알지 못하였다. 팁을 포함하더라도 돈이 모자랄 것 같지는 않았다. 애초 술을 마시기 위한 것도 아니고 바걸을 보러 가는 것도 아니었다. 다만 바라는 데 가보기 위해서 가는 것이다. 주환은 그렇게 속으로 뇌이며 한길로 나왔다. 눈이 멎은 밤거리는 추웠다. 외투를 입고 오기 잘 했다.

바라는 데는 다방처럼 의사가 있고 ‘서양 영화에서 보아서 그다지 서투른 곳은 아니었다’ 여자가 있는데 거기서 여자한테 인사를 했던가? 이럴 줄 알았으면 영화에서 그 장면을 눈여겨 둘 걸, 하지만 서양 바에 여자가 있었던가? 그러고 보니 모두 애인과 함께 가서 오손도손 얘기나 하고 있었던 것 같다.

주환은 합승에서 내려서 명동으로 들어섰다. 네온사인의 야비한 빛깔이 그의 기분에 거슬렸다. 발을 옮길 때마다 지나는 사람과 부딪친다. 그는 빠른 걸음으로 ‘레또왈르’로 꺾이는 골목으로 들어섰다. ‘레또왈르’의 검은 문자가 언저리에 로코코식 장식을 한 붉은 전등 속에서 잔잔히 떠올라 있다.

‘근호 녀석 먼저 왔을까?’

주환은 팔목 시계를 보았다. 정각 여덟시다. 그는 앞뒤를 살폈다. 근호 비슷한 그림자도 없다. 그는 걸음을 늦추며 다방에라도 있다가 갈까 망설였다. 근호가 먼저 와서 앉아 있으면 일이 수월할 것 같았다. 녀석이 안 왔다면 주인을 찾나? 공연히 바 얘기는 왜 시작해 가지구……흥미도 없는데……. 생각이 엇갈리니까 자연 걸음걸이도 느려진다. 몇 걸음 옮기는데 사람의 머리가 겹겹이 겹친 저만치 앞쪽에 그는 근호를 발견했다.

그러자 그는 재빨리 '레또왈르'의 하얀 문을 밀고 들어갔다. 문은 보기와는 딴 물질로 되어 있는지 종잇장 모양 홀렁 안으로 열려서 하마터면 앞으로 넘어질 뻔했다. 그의 뒤에서 문이 채 닫히기 전에,

"어."

하며 근호가 마주섰다.

"막 왔니?"

"음 막……."

주환은 입 속이 씁쓸했다. 일이 썩 잘된 것 같지 않았다. 조금만 서둘렀으면 자리잡고 앉아 있을 수도 있었는데……하는 아쉬움이었다.

"오서 오십쇼"

하고 보이들이 저마다 한 번씩 소리치는 소요 속에 그들은 거의 중앙에 자리를 잡았다. 구석 자리에 숨어 앉아서 눈치나 보는 축이 아니라는 것을 무의식 중에 나타내고 싶었는지 모른다. 그러나 어두운 구석 자리에는 소위 '은근자'들이 가는 수가 있는 것은 꿈에도 몰랐던 것이다. 보이가 외투를 벗겨 의자에 건다.

다른 보이가 오더니,

"몇 번 부를까요?"

한다.

'몇 번이라니?'

'몇 번……?'

그들은 영문을 모르니까 못 들은 체하고,

"맥주!"

했다. 눈 깜짝할 사이 맥주 두 병과 안주감이 나왔다. 다른 보이가 펑하고 마개를 따서 거품이 넘쳐 흐르도록 맥주를 글라스에 따른다.

주환은 속으로 마땅치 않았다. 한 병만 가져올 일이지 두 병씩이나 무슨 짓일까. 그리고 과자를 튀긴 것 같은 안주감 따위는 애초 예산에도 있지 않았다. 다른 보이가 와서 담배 두 갑과 성냥을 놓고 간다. 주환은 숫제 기가 찬다. 그러나 담배 누가 시켰어? 가지고 가슈 하는 말이 입에서만 뱅뱅 돌지 밖으로는 안 나온다. 그는 그들에게 어느 모로 보나 압도당할

리는 없었다. 그는 손님이지 구걸하러 온 것은 아니니까. 그리고 그들에게 체면을 차리려는 것도 아닌데 할 말을 왜 못 하는지 몰랐다. 이것이 바라는 데의 현상인지? 맥주건 담배건 안주건 획 던지는 것 같은데 쓰러지지도 않고 별달리 소리도 나지 않으며 알맞은 자리에서 사뿐 멈추는 것은 확실히 기술이다.

“몇 번 부를깝쇼?”

또 다른 보이가 와서 묻는다. 누가 누군지 올 적마다 딴 사람이라 분간할 수가 없다. 꽉 메어진 테이블마다 여자들이 끼어 앉아 술을 따르며 웃고 있다.

‘하하—’

비로소 몇 번의 뜻을 안 근호가

“일번하고 이번.”

했다.

“미안합니다. 벌써 나갔습니다.”

“그러면 주인 불러!”

근호가 허리를 뒤로 젖히며 담배에 불을 켜댔다. 담배를 잡은 손가락의 모양만 그럴듯 했다면 근호는 제법 바 통(通)이라고 할 만도 했을 것 같았다. 담배 피는 솜씨가 무척 서투르나 저래 뵈도 너덧 번은 연습한 것으로 주환은 간주한다.

“주인이 오셔도 그 번호는 안 됩니다.”

“잔말 말고 주인 불러.”

보이가 근호를 곁눈질로 훑어보며 얕잡아보는 듯이 빙그레 웃었다. 주환과 근호는 약간의 모욕을 느꼈으나 개의치 않은 양 금방 막을 올린 무대로 시선을 돌렸다. 가수가 이상야릇한 영어 발음으로 노래를 부르는데, 테이블에서,

“잘 한다. 사십오번 잘 한다!”

하고 소리를 친다. 45 번이란 것은 무언가. 그러고 보니 그녀의 이브닝 드레스의 허리께에 똥그란 배지가 달려 있고 숫자로 45 가 적혀 있다. 가수는 텔레비젼에서 본 일이 없는 얼굴이다. 바의 전속 가수일지도 몰랐다.

가수까지 몇십 명씩⋯⋯? 주환은 새삼 놀라며 홀 안을 둘러보았다. 그는 '레또왈르'를 감정하기 시작했다. 음악 50 점. 물론 차이코프스키 콩쿨 대회가 아니니까 바라는 것을 염두에 두고 하는 채점이다. 실내 장치 60 점. 서비스 제로(청하지도 않은 것을 가지고 온다. 이것은 타인의 자유를 박탈하는 행위다). 맥주 맛 모르겠다. 안주감 맛은 모르겠으나 접시에 담긴새는 70 점. 총 평균 45 점. 낙제다. 그런데, 어째서 손님이 이렇게도 많을까? 걸들이 다른 데보다 예쁜가?

무대에는 다른 가수가 올라가서 '목포의 눈물'을 부르기 시작했다. 두 팔을 벌렸다 가슴께에 모았다 한다. 가끔 떨리는 듯이 몸을 틀었다가 또 체념한 듯이 긴 머리채를 흔들었다. 그러나 목소리며 노래는 엉망이다. 주환과 근호는 아까부터 줄지 않는 맥주 글라스를 들어서 한 모금씩 목 너머로 넘겼다. 주환은

"바라고 별 것도 아니다."

했다.

"술 파는 데가 다 그렇지."

근호는 바라면 안 가본 데가 없는 듯이 말했다. 미량이나마 알코올이 몸을 도는 탓인지, 혹은 유흥장에 온 흥분이 변해서 대담해지는지도 몰랐다. 여자의 하나 둘쯤 너끈히 나꾸고도 남을 것 같다. 게다가 자줏빛 노타이를 입은 '곰'이 뚱뚱한 몸집을 앞으로 조금 굽히는 듯한 자세로 성큼성큼 나타나자 그들은 완전히 자기 집에 앉은 기분이 들었다.

'곰'은 손을 들고 그들을 반겼다.

그소리와 제스처에 십분 보스의 풍격이 갖추어져 있다. 그는 테이블에 앉아 손뼉을 탁탁 쳤다. 보이 한 사람이 뛰어왔다.

"미자하고 혜자 불러."

그는 고개는 근호들 쪽으로 돌린 채 말한다.

"나갔습니다."

'곰'은 여전 고개를 돌린 채,

"오라고 해."

하고 보이를 무시한다.

“처음에는 술집 하는 것 싹 속였지. 외상술 처먹고 삼십육계할까봐 말이야. 맨 처음 ‘말코’가 왔다 가더니 막 모여들지 않아? 이크, 호호호 (톱으로 나무를 베는 것 같은 괴상한 마찰 소리와 함께 배와 등을 흔들며 웃었다) 우리 반 놈들은 다 왔지. 생각한 것보다 외상은 안 먹었다.”

미자하고 혜자라고 하는 여성이 와서 주환과 근호 옆에 앉았다. 둘 다 짙은 화장이라 자세히는 모르겠으나 콧날이며 눈매가 예쁜 편인 것 같다. 나이는 주환들보다 훨씬 위인 성싶다.

“잘 들어. 이 분은 치안국의 과장이시고, 이 분은 모방직의 전무시다. 서비스 잘 해.”

주환과 근호는 웃을래야 웃을 수도 없어서 눈을 깜빡거리며 ‘곰’만 쳐다본다.

“야, 너 무엇하니? 술 따러. 이것들이 미남들한테 홀딱 반했나?”

‘곰’에게는 여자들이 사람이 아니고 기계나 물건으로 보이는 듯했다. 역시 ‘곰’은 ‘난놈’이었다. 보이가 와서 ‘곰’의 귀에 대고 무어라고 소근거렸다. ‘곰’이 고개를 여유 있게 끄덕이며 일어섰다. “맘껏 마셔. 오늘은 내 서비스하지. 자, 잘 놀아. 좀 바빠서⋯⋯.”

주환과 근호의 어깨를 툭툭 치고 카운터로 사라졌다. 장내는 무르익는 밴드와 함께 여자의 환성이 엇갈리고 웃음소리가 밴드보다도 더 크게 귀를 찌른다.

“여기 처음이시죠?”

미자가 고개를 갸우뚱하더니 주환의 귀에 대고 속삭였다. 주환은 깜짝 놀라 반사적으로 몸을 옆으로 피하며,

“응, 여기는 처음이지.”

했다. 처음입니다. 하고 존대가 나오려는 것을 겨우 ‘지’로 바꾸었으나 ‘지’자는 확실히 발음되지 않았다.

근호가 넌지시 웃으며,

“손이나 만져보자.”

하고 그 옆에 앉은 혜자의 손을 익숙한 듯이 덥석 위에서 덮어 잡았다. 주환은 근호를 속으로 놀라고 있었다. 짜식 나보다 선밴가? 그러나 근호의

손등은 잘게 떨고 있었다. 혜자가

"아이구, 이 손 좀 보아!"

하고 근호의 손을 장난감처럼 그녀의 드러낸 가슴팍 근처까지 가지고 가서 관찰하더니,

"얼굴만 여자같이 예쁜가 했더니 손도 어쩌면!"

하고 소리친다. 담배까지 피우며 치안국 모처의 과장답게 위풍을 떨던 근호는 얼굴이 불그락 푸르락 한다. 창피하기도 하고 화도 나는 모양이다. 그는 혜자에게 잡힌 손을 재빨리 테이블 밑으로 넣고 둥근 눈을 더욱 둥그렇게 뜨고 주환만 뚫어져라 본다. 주환이,

'날더러 어쩌라는 거야, 짜식!'

하고 속으로 웃는데 미자가,

"어머! 이 사람두우, 어쩌면 이렇게 이쁘게 생겼어?"

하고 그녀의 뺨을 주환의 뺨에 맞비빌 듯이 가지고 갔다. 주환은 반사적으로 몸을 옆으로 피한다.

"전무님, 왜 이러세요?"

미자가 주환의 등을 부둥켜 안아서 제자리에 앉혔다. 그들은 주환이 전무가 아니며 근호가 과장도 아닐 줄 환히 알고 있는 것 같았다. 뿐더러 진짜 애숭이로 얕잡아보고 있는 것 같다.

"미자야, 어쩌면 이렇게 두 분이 다 여자 같니?"

"글쎄 말야. 진짜 미남이야."

여자들은 그들을 아주 깔아뭉갤 작정 같다. 그들은 화를 내도 지는 것이고 잠자코 있으면 여자가 되는 수밖에 없었다. 주환은 이런 경우는 넘겨잡는 것이 상책이라고 생각하고,

"내가 여자지 남잔가?"

했다. 그러자 혜자가,

"아이구, 얌전하신 줄 알았더니, 말도 잘 하셔!"

한다. 주환의 얼굴이 벌개졌다. 완전히 어린아이 취급이다. 근호가 얼른,

"잔말 말고 술이나 마셔."

했다. 주환이 근호 녀석 썩 잘 한다고 생각하는데 뜻밖에도 여자들은 허리를

잡으며 웃는다.

“저희가 술을 먹으면 놀랄 걸요.”

하고 미자와 혜자는 고개를 까딱거리며 다시 한바탕 웃는다.무엇이 우스운지 주환은 알 수 없다.

“마시면 얼마나 마셔.”

근호가 지지 않았다. 혜자가,

“정말？”

하고 맥주를 글라스에 따라 단숨에 마셨다.

맥주는 글라스의 三분의 一 정도밖에 안 찼다. 어디서 보았는지 보이가 번개처럼 나타나서, ‘캔 오우푸너’가 주렁주렁 달린 뭉텅이를 요란하게 소리를 내며 펑하고 다른 병의 마개를 뽑았다. 그러자 시키지도 않았는데, 또 다른 보이가 맥주 두 병을 날라온다. 근호가 손을 내저으며,

“그만 그만.”

한다.

“괜찮습니다. 계산할 때 빼면 됩니다.”

보이가 눈을 아래로 내리뜨고 냉정하게 돌아선다. 그리고 보니 보이들은 이쪽을 볼 때와 돌아섰을 때와는 얼굴이 전혀 달라지는 것 같다.

──맘보 맘보 맘보오──

밴드에 맞추어서 전신을 사시나무 떨 듯이 흔들며 가수가 악을 쓰듯이 재즈를 부르고 있다.

“오 선생님, 애인 있으세요？”

미자가 긴 속눈썹을 깜짝거리며 주환을 쳐다보았다. 아까 성을 대라고 해서·주환은 오고 근호는 배가라고 해둔 것이다. 주환은 말만 듣던 가짜 속눈썹이 바로 이것이구나 하고 위서부터 관찰하면서,

“애인？ 한 서넛 되지.”

했다. 미자는 그의 말은 숫제 듣지도 않는다.

“나 이쁘지 않아요？”

그녀는 턱을 위로 올리며 마치 영화에서 키스를 청하는 것 같은 포즈를 한다. 주환은 무의식적으로 상반신을 옆으로 피했다. 미자는,

“그만두세요.”

하고 뾰로통히 틀어지는 시늉을 한다. 주환은 미안했다는 말이 앞니까지 나온 것을 가까스로 막으며, 금방 울 것 같은 낯으로 테이블만 보고 있는 미자를 어떻게 할 수도 없어 일어서서 화장실로 갔다.

그가 용변을 보고 나오니까 조그만 소년이 물수건을 주며

“감사합니다.”

한다. 주는 것이라 거절하면 무안해 할까 보아 받아서 손을 닦는 시늉을 했따. 소년은 옷솔로 그의 등을 슬슬 턴다. 외투 속에 입은 옷에 먼지가 있을 리가 없다. 보니까 거울 앞에 백 원짜리가 쌓여 있다. 이것이 목적이었구나 생각하며 주환은 십 원을 내어서 그 위에 얹었다.

“감사합니다.”

하고 소년이 뒤에서 소리친다. 그 소리가,

“바보 녀석아!”

하는 것 같다. 무엇 때문에 돈을 냈는지 그도 알 수 없다. 무슨 마술에 걸린 것 같다. 아무도 돈내라고 요구하지는 않았었다. 그는 미자한테도 그렇고, 보이한테도 또 소년한테도 슬슬 기는 위치에 서 있는 것 같아 스스로 어처구니가 없다. 학교서나 집에서나 그가 누구의 비위를 맞추려고 한 적은 여지껏 한 번도 없었기 때문이다.

홀에 들어가니까 스테이지에서 혜자가 ‘동백 아가씨’를 부르고 있다. 혜자도 전속 가수였던가. 주환은 자리에 앉았다. 혜자는 스테이지에서 근호에게 연방 추파를 던지고 있다.

노래는 신통치 않으나 주환은 다른 가수 때보다도 열심히 손뼉을 쳤다. 한 자리에 있었던 동료 의식의 발동인지도 몰랐다.

“잘 하는데?”

근호가 의자를 끌어주며 말했다.

“영광입니다.”

혜자가 어깨에서 궁둥이까지 뭉클뭉클하게 비틀며 앉았다.

“술이나 마시지.”

주환도 말했다. 그리고 미자한테도 한마디 해주어야 할 것 같아,

“미자도 마셔.”

했다. 혜자가

“오 선생님, 미자 노래시키세요.”

주환은

“해보아 참.”

하고 손뼉을 쳤다. 미자가 담담한 듯이,

“출장비를 주어야 하지 않아요?”

한다. 순간 주환은 기분이 획 틀린다. 노래를 부르고 나서 기분이 나는 김에 줄 수는 있을지는 모르지만, 미리 돈 내라는 것은 아무리 돈에 미친 사회라지만…….

“백 원만 주세요. 밴드에 돈을 주어야 반주를 해주지 않아요!”

그녀는 그것도 몰랐느냐는 듯이 요염하게 눈을 흘기며 주환의 손등을 살짝 꼬집었다. 불과 삼백 몇십 원 중에서 백 원을 덜컥 내놓고 나니 주환은 갑자기 허전해지는 것 같다. 돈이 모자라면 야단인데……. ‘곰’이 서비스한다고 했으니까 개의치 않아도 좋은 것도 같고, “생각했던 것보다 외상술 먹는 놈이 적더라.”는 그의 말이, 그러니까 너도 다른 동창처럼 외상 먹지 말라는 은근한 위협처럼 느껴진다. 근호가 넉넉히 가졌을지도 모르니까 ‘더치 트리트’하고도 모라자면 근호한테 꾸는 수밖에 없다고 주환은 마음을 먹었다. 다른 테이블에서는 손님들이 즐거운 듯이 여자들과 웃고 소리치고 마시고, 더러 여자를 껴안고 있는데 주환은 즐겁기는커녕 머릿속이 어수선할 뿐이다. 그렇다고 벌떡 일어서서 나가지도 못하고 있다. 왜 나가지 못하는지 따지고 보니까 그다지 이곳이 싫은 것은 아닌 것 같다. 이대로 가면 누가 나가라고 명령하기 전에는 싫지도 좋지도 않으며, 싫기도 하고 좋기도 하며 통금 시간까지는 앉아 있을 것 같다. 이를테면 그는 전연 그의 의지를 갖지 못한 허깨비가 된 것 같다. 분홍빛 라이트와 송두리째 넋을 빼는 것 같은 시끄러운 밴드와 부산한 보이들의 오감과 여자의 환성, 그리고 알코올이 그를 그렇게 만드는지도 모른다.

미자는 ‘파리의 하늘 밑’을 불어로 불렀다. 비음이 서투르나 대체로 좋은 발음이었다. 제스처며 목소리가 마음에 든다. 노래가 끝나자 사방에서 앙콜이 나온다. 보이가 밴드에 누가 준 돈인지 백 원을 갖다주니까 미자는 다시 '한 떨기 장미꽃'을 곱게 불렀다.

"미자는 대학에서 성악 공부를 했었어요. 돈 때문에 이런 데 나왔지요."

혜자가 주환의 귀에 대고 말하고 한숨을 내쉬었다. 말마다 귀에 대고 하는 것이 불쾌했으나 주환은 무대에서 노래하는 미자가 갑자기 측은해진다. 그러자 그는 퍼뜩 정신을 차렸다. 이것이 바로 듣던바 유혹이라고 생각했기 때문이다. 그런 직업 여성은 걸핏하면 대학생들인데 돈 없어서 운운한다고 들었다. 그럼으로써 그녀의 평가를 높이고 싶은 저의일 것이다. 대학에 다니던 재원이 돈 때문에 사회의 밑바닥에서 짓밟힌다고 하면 확실히 동정의 여지가 있을 법도 하나 지금의 주환으로서는 미자가 성악 전공의 대학생이기는 커녕 미모와 천재를 겸한 세계적인 프리 마돈나라 하더라도 마음이 동할 것 같지는 않았다.

미자는 무대에서 오더니 침울한 얼굴로 맥주를 마셨다. 주환은 바에 관해서는 알 것은 이제 다 안 것 같았다. 그는 시계를 보았다. 아홉시 오십분이다.

"더 놀다 가세요."

미자가 팔목 시계가 있는 그의 손목을 덥석 잡았다. 그리고 취기가 돈 눈으로 한참 동안 주환을 뜨겁게 응시한다. 이윽고 그녀는 입을 주환의 귀에 바짝 대었다.

"오늘 밤……우리 집에 가요."

그녀의 입김이 귀에 뜨끈뜨끈했다. 주환의 가슴이 소리를 내며 뛴다.

'집에 가? 집에 가서 무엇 하려구?' 미자는 주환을 잠잠히 쳐다보고 있다. 그 눈길이 슬픈 것 같아 오히려 더욱 뜨겁게 느껴진다. 주환은 얼굴이 화끈 달아 올랐다. 그는 그녀의 눈을 피하려고 엉겁결에 안주감을 입에 집어넣었다. 달고 찝찔하고 괴상한 맛이다. 입 속이 바짝 말라버린 탓인지 안주감은 씹었는데도 목을 꾹꾹 찌르며 넘어간다.

근호는 손끝에서 담배가 타는 대로 내버려두고 스테이지서 노래하는 여자를 보느라고 여념이 없다. 지금 노래하는 여자는 조금 이상하기는 했다. 가슴의 융기나 엉덩이의 곡선은 여자 같았으나 얼굴이며 몸짓이 어쩐지

남자 같다. 아이섀도우도 바르고 아이 라인도 물론 그렸지만 눈매가 미
자처럼 은은히 윤기가 돌지 않는다. 남자가 여장을 했나? 하고 생각하니까
주환은 무서워졌다. 어느 영화에선가 살인범이 여장을 하고 나이트 클럽에서
노래를 하던 것이 지금도 뚜렷이 기억에 있다. 끝장에 가서 발각은 되었으나
그때까지의 수사대의 애로란 이만저만한 것이 아니었다. 갑자기 카운터
쪽에서

"악!"

하고 외마디 소리가 귀를 찌른다. 주환은,

"익크!"

하며 벌떡 일어섰다. 살인 사건이라도 났는가 해서다. 그러나 살인 사건은
아니었고, 저고리 위에 스웨터를 입은 여자가 '곰'의 멱살을 잡고 그를
끌어내고 있었다.

"웬일이야?"

근호도 벌떡 일어섰다.

"이 새끼, 내 돈을 떼어먹을 상싶어……? 응? 너 영업시킬 줄 알간?
이 간나 새끼. 이게 사람을 어드렇게 보고 이래. 나와! 이 새끼……."

여자의 입에서 침이 툭툭 튄다. 그녀의 저고리는 브로우치가 떨어져나
가고 그 속에 뻘건 속옷이 드러났다. 치마가 흘러내리는 것을 한손으로
추켜올리며 한손으로 '곰'의 멱살을 잡아당긴다. 속치마는 안 입었는지
흘러내린 치마 속은 바로 털바지다. '곰'은 홀 쪽으로 안 나오려고 버티고
있었으나 결국 여자에게 끌려서 나왔다. '곰'을 끌어내는 것을 보니 여자의
힘은 비상한 성싶었다. 여자는, 중년이며 중키고 뚱뚱한 편도 아닌데 당수
같은 것이라도 익혔는지? 놀라서 눈을 휘둥그렇게 뜨고 있는 주환의 앞을
'곰'은 여자에게 끌려갔다.

보이들이 서넛이 여자의 손을 '곰'의 멱살에서 떼어내느라고 애를 쓴다.
여자는 누런 이를 드러내서 보이의 팔을 물고, 가까이 오는 보이를 발로
찬다.

"야, 도둑놈의 새끼, 내 돈 내놔라!"

여자는 문자 그대로 소리를 고래고래 질렀다. 손님들이 하나 둘씩 이쪽을

처다보고, 더러는 자리에서 서서 더욱 자세히 보려고 고개까지 빼는 축도 있다. '곰'은 몸을 돌려서 뒷걸음으로 문 쪽으로 간다. 여자는 그의 멱살을 잡고 매달려서 어떻게든 밖으로 안 나가려고 한다. 여자의 의도는 수선을 피워 손님을 내쫓거나 '곰'을 손님들 앞에서 모욕하려는 것이고 '곰'은 손님들의 흥을 깰까 해서 밖으로 나가려는 것이다.

"깐나아 새끼, 이 도둑놈의 새끼야!"

여자는 양철을 찢는 것 같은 소리를 짜낸다. '곰'은 정말 곰처럼 말 한마디 없이 여자를 문 밖으로 끌고 나갔다. 주환과 근호가 허둥지둥 따라나갔다. 사태가 악화되면 둘이서 말려주어야 할 의무를 그들은 느꼈던 것이다. '곰'은 그들의 친구니까. 사태의 악화라는 것은 여자가 '곰'을 어떻게 하는 것이 아니라, '곰'이 여자를 때리기라도 한다면 '곰'이 불리하게 되는 경우의 뜻이다. '곰'은 남자고, 젊고, 체격으로 보더라도 이 싸움의 결과는 누가 보나 빤한 일이었다. 그들이 문 밖으로 나가려는데 미자가 주환의 팔을 잡아당긴다. 그러고보니 지금까지 미자는 주환의 팔을, 혜자는 근호의 팔을 잡고 그들에게 몸을 기대고 서 있었던 것이다.

"가지 마세요. 내버려두어요."

미자가 주환을 올려다보며 코에 걸린 소리를 한다.

"가보아야 되겠어."

주환이 그녀의 팔을 뿌리치며 '곰'의 뒤를 눈으로 좇았다. 미자는 갑자기 얼굴이 굳어졌다.

"우리 택시 값이라도 주셔야죠?"

목소리만은 여전 상냥하다. 돈 내라는 말인 성싶었다. 주환은 백 원을 내서 미자에게 주고 '곰'의 뒤를 뛰어갔다. 근호도 혜자에게 돈을 주었는지 포켓에서 손을 빼내고 있었다. 그들이 막 문을 나서려는데 뒤에서 여자 목소리가 났다.

"계산하셨어요?"

뚱뚱한 여자가 치맛자락을 팔꿈치로 살짝 누르고 서서 눈을 아래로 한번 내리떴다가 그들을 쳐다본다. 말로 듣던 사십대의 노련한 그 마담이었다. 어디가 예뻐서 저 여자 때문에 손님이 많다는 말일까? 주환은 마담이 예쁘기는 커녕 무서웠다. 그의 미에 대한 눈은 상당히 예리한 것으로 자처하고 있었으나 아무리 보아도 미와는 먼 여자였다. 계산은 팔백 원이나 나왔다. 맥주 두 병과(그것도 그들은 꼭 한 모금밖에 안 마셨다) 담배와 안주 한 접시가 팔백 원이라? 주환은 소매치기 맞은 것보다 더 햇적했다. 그는 통틀어 백이십 원밖에 없다. 노래 값과 팁을 백 원씩 냈기 때문이다. 근호가 넉넉히 가지고 오지 않았었으면 나는 대체 이 무시무시한 마담한테 어떻게 당할 뻔했을까! 생각하니 주환은 머리가 절절 내흔들어진다. 마담은 차게 가라앉은 눈이며 뚱뚱한 몸집이 폭탄이 터져도 눈 하나 까딱도 안 하게 생겼다. 맥주가 얼마며 담배가 얼마며 하고 따지고 싶었으나 잘못 비위를 거슬리면 이쪽이 망신만 당할 것 같아 꺼림칙한 채로 계산을 마치고 미자가 내놓는 외투를 받아 들고 그들은 문 쪽으로 나갔다.

“또 오세요.”

“안녕히 가세요.”

미자하고 혜자가 소리친다.

“헤! 오늘 공쳤다!”

“재수 드러.”

그녀들은 돌아서서 서로 주고받는다.

문 밖에서 신문팔이, 껌팔이, 구두닦이 조무래기들이 까맣게 모여서 ‘곰’을 둘러싸고 있었다. 앞에 선 아이는 자리를 뺏길세라 가끔 좌우를 살피고 있고 뒤에 신 아이는 발돋움을 하고 혹은 남을 물리치고 앞으로 나오려다가 저희끼리 툭툭 때리고 싸우기도 한다. 그 조무래기들이 겹겹이 싼 둘레를 행인들이 서서 ‘곰’과 여인의 격투를 구경하고 섰다. 주환과 근호도 거기에 끼어 섰다. 여자는 ‘곰’의 멱살을 잡은 채 이로 물고, 발로 차고 마치 광란의 클라이맥스 같은 감이 든다. 여자의 파마 머리는 헝클어지고 치마도 스웨터도 벗겨졌다. 고무신도 한짝은 벗겨져 나갔다. 이것은 주환들이 절대로 증명할 수 있는 일지만 ‘곰’이 손을 댄 것은 아니다. 여자 자신이 몸을 뒤틀고 그녀의 앞가슴을 그녀 자신이 쥐어뜯고 하는 통에 그렇게 된 것이다. 여자는 위아랫니를 드러내서 부득부득 소리를 내어 갈면서 가끔,

“도둑놈의 새깨! 사람 잡는다아!”

하고 소리쳤다. 차차로 소리치는 회수가 적어지는 것은 목이 아픈지 아니면 소리치는 데 사용되는 에너지를 물어뜯는 데 쓰려는 속셈인 것 같다.

‘곰’은 아까부터 방어 태세다. 그녀가 물려면 그녀의 머리를 잡아당기고, 멱살을 잡으면 그것을 떼내려는 정도다. 그러나 그녀의 팔을 잡은 손만은 결코 놓지 않으며 충무로 쪽으로 조금씩 그녀를 끌어가고 있었다. 여자는 ‘레또왈르’ 쪽으로 끌려고 엉덩이를 그쪽으로 향해 그의 멱살을 끈다. 그녀가 몸부림치는 순간 어쩌다가 ‘곰’의 손이 미끄러져 나가자 그녀는 ‘레또왈르’의 문으로 뛰었다. 그러나 문은 안에서 잠겼는지 열리지 않는다. 여자가 문을 주먹으로 두드리고 머리로 받고, 발로 마구 찬다. 여자의 형상은 아무래도 사람의 그것이라 볼 수는 없었다. ‘곰’이 그녀를 잡아 끌었다. 그녀는 ‘곰’을 물어 뜯기 시작했다. 한군데를 물고 늘어지는 것이 아니라, 여러 군데를 이리저리 문다.

마치 짐승이 미친 것 같다. 옷 위를 무니까 속살이 어떻게 되었는지 알 수 없으나, 속옷을 입었을 테니까 멍은 들어도 대수로운 상처는 아닐 것 같았다. 주환은 조무래기들을 물리치고 들어가서 여자를 ‘곰’에게서 떼어낼까 했으나 첫째는 여자가 무서웠고, 둘째는 ‘곰’이 창피해 할까보아 용기가 나지 않는다. 그러나 다음 순간 근호와 주환은 무아무중으로 조무래기떼를 비집고 ‘곰’ 쪽으로 달려 갔다. 곰의 손등에서 피가 철철 흘렀기 때문이다. 돈을 안 갚은 ‘곰’이 나쁜지 갚으라고 행패를 부리는 여자가 나쁜지를 생각하고 있을 때는 아니었다. 둘은 여자의 팔을 하나씩 눌렀다. 여자는 팔을 휙 빼내더니 주환의 뺨을 철썩 친다. 주환의 눈에서 불꽃이 번쩍 튀는 것 같다. 근호가 뒤에서 여자의 두 팔을 꽉 누르고,

“달아나, 야! 달아나!”

하고 ‘곰’에게 소리쳤다. ‘곰’은 피 나는 데를 손수건으로 누르며,

“괜찮다, 가, 가.”

한다. 그 순간 여자가 땅바닥에 벌렁 자빠졌다. 그리고 눈까풀을 뒤집으며 입에서 거품을 내뿜었다. 조무래기떼 가운데서 누가,

“사람 죽었다!”

하고 흥분된 음성으로 소리쳤다. 그러자 조무래기떼들은 저마다 한 번씩,

“사람 죽었다아!”
하고 소리를 친다. ‘곰’이 병원으로 갈 양인지 실신한 여자를 등에 업었다.
조무래기떼들이 우우 그의 앞뒤를 포위해서 따라간다. ‘곰’은 그들 때문에
앞으로 나가지도 못한다. 한 아이가 여자의 속옷 속으로 등에 손을 대어
보더니,
“차다,차다, 진짜 죽었다.”
하고 외쳤다. 그러자 조무래기들은 서로 등을 만져보려고 아우성을 치기
시작했다. 주환은 정말인가 싶어 훤히 드러난 여자의 등에 손을 대어보았다.
써늘하다. 그의 눈이 둥그래졌다.
“야 가자, 만일 그렇다면 증인으로 서랄지도 몰라.”
근호가 고개를 끄덕였다. 그들은 ‘곰’의 뒤를 따라가다가 발길을 돌려
급히 명동을 빠져나갔다.
“정말 죽었을까?”
“글쎄, 왜 죽었을까? 누가 때린 것도 아닌데?”
그들은 버스에 오르자 한결 머릿속이 정리되었다. 네온사인이 부산한
거리를 버스는 달렸다.
“거품을 뿜었으니까 간질병인지도 몰라.”
“그렇다면 손발을 경련할 텐데…….”
“그렇지 참……. 그러면 심장마빌까?”
“내일 신문에 엉상히 나겠다. 곤란한데…….”
주환은 아침에 눈을 뜨자 바로 조간 신문을 펴들었다. 그 여자가 죽었으면
‘명동 한가운데서 살인’이라고 삼면에 대서 특필되었을 것 같아서다. 그
러나 기사는 없다. 여자가 죽지 않았더라도 사람이 사람을 물어서 피를
흘리고 또 사람이 실신해서 쓰러지고 온 명동 바닥의 조무래기떼가 까맣게
모여든 사건이 신문에 나지 않을 것 같지는 않다. 그러나 H 신문이나 C
신문이나 모두 그런 기사는 없다.
함박눈이 급속도로 내려쌓인다. 주환은 어머니가 주는 우산을 들고 학
교로 갔다. 어쩌면 그 정도의 사건은 기사거리가 못 되는지도 몰랐다. 나만
넋이 빠졌는지 남들은 그런 것쯤 다반사라 여기고 있는지 그는 어째서

신문의 기사거리가 안 되는지 궁금하기도 하고 한편 그가 목격한 일대 사건이 아무것도 아닌 일이었다는 것이 서운하기도 했다. 그러나 곰이나 그 여자나 모두 그 정도로 무사했던 게 아닐까 하는 생각도 들어 마음이 편해지기도 한다. 누가 죽었던가 전치 몇 주 정도의 부상을 입었다면 기사가 나왔을지도 모르기 때문이다.

교정에서 그는 근호를 만났다. 근호는 그를 보자 눈 속에 신을 푹푹 넣고 걸으며 아무 말도 없이 씽긋 웃었다. 웃고 그는 눈을 함참 내리뜬 채 걷는다. 그는 무엇인가 말하고 싶은 기색이었으나 끝내 잠자코 있다. 주환도 가슴 속에 만 가지 말이 엉키었으나 역시 씽긋 웃어만 보였다. '곰'이며 그 여자며, 또 '레또왈르'에 대한 얘기를 하면 애숭이의 탈을 벗지 못한 듯이 보일 것 같아서다. 술집의 인상이 밤새 남아 있었다는 것은 체면 문제일 것 같았다.

둘은 한 마디도 않고 의젓한 걸음걸이로 시험장으로 들어갔다. 그들 뒤에서 하얀 눈이 교정에서 펑펑 내려 쌓였다.

우울한 청춘

"물론 기분좋은 일은 아니지만 그래도 한국적 현실은 무시할 수 없지 않아?"

상수는 말하면서 성북동 큰 길로 접어들었다. 한국적 현실이라고 할 때 저절로 음성이 작아지는 것을 그는 의식했다. 아홉시가 조금 넘었는데 가게들은 거의 문을 닫고 있다. 열한시 가까이까지 가게의 전등불로 훤하던 거리가 오늘은 벌써 어둡고 한산하다.

"한국적 현실?"
하고 열규는 한참 걸어가다가,

"학술어 같지? 돈, 빽, 피아노, 올빼미, 쌍가락지……헛헛."

"야!"
상수가 그의 팔꿈치를 잡아낭겼나.

"걱정 말어. 최소한 데모는 아니니까."

열규는 상수의 등을 두들겼다.

그들은 십자로에서 서쪽으로 꺾어졌다. 영어 개인 교수를 마치자 열규는 상수를 찾아갔다. 그는 H 은행의 행원 모집 시험의 필기 시험에 합격은 했으나 이미 소위 빽쓰고 돈쓴 사람이 정해져 있고 내일의 면접 시험은 형식에 지나지 않는다는 말이 돌고 있었다. 있을 법한 일이라 상수에게 혹시 빽쓸 사람이 있을까 하고 간 것이다. 상수의 아버지가 이름 있는 부호라 어쩌면 연줄이 있을 것도 같았다. 상수는 열규의 말을 한 마디 듣자,

"그때 가정 교사로 있던 집 주인 있지 않아?"

하며 대뜸 일어서서 그를 끌다시피 하여 문 밖으로 나온 것이다.

"김 명식이었지? 짜식 한 마디면 될 거야!"

여느 때 신중한 상수가 서두르고 장담을 칠수록 열규는 마음이 내키지 않는다. 김 명식의 이미지는 그에게 결코 좋게 남아 있지 않았다. 상수는 열규가 은행에 되지 않는다면 그의 아버지의 공장에 부탁해볼 생각도 있으나 자리가 있을지 의문이고, 또 기왕 필기 시험에 합격했으니까 그것을 밀고 나가는 것이 좋을 것 같았다.

"틀림없이 자유당 아니야?"

"그야 그럴지도 모르지. 하지만 돈을 쓰지 않는데 짜식이 움직일까? 문제는 그거야."

열규는 말을 하고 나자 더욱 그 말이 옳은 것 같다. 상수도 열규의 말이 옳은 것 같았다. 정말 돈도 쓰지 않는데 그가 추천할 것 같지 않았다. 그러나 여기까지 왔는데 물러서는 것도 미련이 있었다. '에잇, 되나따나 한번 부딪쳐보자.'

"너 같은 녀석을 추천한다면 짜식한테는 일생 일대의 영광일 거다. 짜식도 돈보다 좋은 것이 무언지 하나쯤은 알고 있을 거야."

했다. 열규는 상수의 말에 대꾸하지 않고 소리 없이 고소했다. 그의 웃음을 눈치챈 상수는 '또 비현실적이란 말이지?'하고 그 말을 들을 때마다 착잡하게 엉키는 불쾌감이 순간 울컥 치민다. 그는 토론에서 이론으로는 이겨도 결국,

"옳기는 해. 그러나 네 말은 비현실적이야."

하는 식으로 처리될 때는 소외되어진 것같이 불쾌하고, 남은 아는데 나만 모르는 것이 있는가 하는 초조감도 있었다. 상수는 오늘은 그냥 물러서지 않을 생각이었다. 그러난 그는 열규가 웃은 것을 모르는 척했다.

"우리 나라는 지상의 낙원이다. 만일 이것이 한국이 아니라면 그따위 개 같은 것들이 그런 자리에 앉아서 큰소리를 치겠느냐 말야. 정말 우리가 돼지한테 영광을 주는 거지. 안그래?"

열규는 잠자코 걷기만 한다.

상수는,

"내 말에 틀린 데가 있어?"
하고 재우쳐 물었다. 열규는 입가에 퍼지려는 웃음을 누르고,
"알았어, 알았어."
했다. 그것이 아이 달래는 투 같아 상수는 기분이 나쁘다.
"아는 것만으로는 안 돼. 용기를 내라구."
열규는 하는 수 없이 속마음을 턴다.
"네가 몰라서 그래. 물론 용기가 없는 것은 아니야. 그러나 목적이 달성되나 안 되나를 계산해보는 거야. 하기는 녀석이 학교에 붙어만 주었으면 문제는 훨씬 간단하지. 이차에도 미끄러졌잖아? 개네 엄마왈 선생이 잘못 가르쳤다는 거야. 저희 자식은 머리는 좋은데 말이야 헷헷. 아이의 사상이 어떤가를 전혀 모르고 있어. 녀석은 제 애비는 공부 못해도 고관 자리에 앉아 척척 돈을 잘 버는데 수재라는 대학생은 저희 집의 가정 교사밖에 안 된다. 그러니까 공부할 필요 없다는 투철한 사상이거든."
열규는 스스로 진정하는지 혹은 이미 그런 따위의 불쾌감을 극복하고 있는지 말투에 비해 음성은 부드러웠다.
"자식은 책임이 없지. 당장 보이는 현실이 어딘가 비뚤어져 있는 게 나쁠 따름이다. 문제는 이차에도 미끄러진 게 이학기부터는 일류 학교에 다니거든?"
상수가 재빨리 그의 말을 가로챘다.
"것 보아, 그러니까 짜식 한마디면 넌 틀림없어."
열규는 우뚝 걸음을 멈추었다. 김명식 집의 높은 담이 멀리 보이기 시작했다. 여기서부터 길은 조금 언덕이 된다. 양쪽에 높은 담들이 계속하고 드문드문 외등이 희미하게 비치고 있다. 오가는 사람은 아무도 없다. 열규가,
"아무래도 관두는 게 낫겠어."
한다. 상수는 고개를 저었다.
"한 번뿐이다. 해보아."
그는 열규의 등을 떼밀었다. 열규는 잠자코 밀리는 대로 다시 발을 떼어놓는다. 그들은 한참 동안 말없이 걷기만 했다. 어두운 길에 그들의 발자국 소리가 건조한 음향을 퍼뜨린다.

고등과 때도 열규는 고학했으나 언제나 상수와 수석을 다투었고, 태도가 항상 당당하고 표정이 침착해서 남을 감복시키는 데가 있었다. 그러한 열규가 취직하는 데 청을 넣으려고 마음먹은 것도 석연치 않지만, 망설이면서도 역시 김 명식의 집으로 가고 있는 모습이 속으로 무엇인가 커다란 것이 좌절되어가는 것 같아 상수는 그가 측은한 감도 든다. 개인 교수로 생계를 잇느니 H 은행 같은 데 취직이 된다면 상과를 전공한 열규에게는 가장 좋은 취직일 것 같다. 김명식의 차고 앞에 오자 상수는 열규의 팔을 불쑥 잡았다.

"잘 해보아. 사실 아무치도 않은 일이다."

자유당 ○○ 위원장, 서울특별시×× 국장 김명식의 집 속에서는 아무 소리도 들리지 않는다. 대문은 이년 전과 다름없고, 남쪽으로 양옥을 증축했는지 못 보던 이층 창문에 녹색 커튼이 가리워져 있다.

열규가 부탁하고 나올 때까지 상수는 문 밖에서 기다릴 생각이었다. 열규는 잠시 잠자코 서 있다가 짧게 한마디,

"그만두자."

하고 몸을 획 돌려 걷기 시작한다. 상수는 미처 그를 잡을 사이가 없었다. 그는 뛰어서 뒤따라갔다.

"야! 그게 무어 큰 잘못이냐?"

상수는 어떤 말을 해야 할지 언뜻 생각이 들지 않아 그렇게 말했다.

"생각을 잘못했어. 나는 학생이야. 요즘 학생의 학자만 들어도 머리끝이 곤두설 거야, 개네들……."

상수는 열규의 꼿꼿한 뒷모습을 보고 있다가 그의 뒤를 따랐다.

'네 말이 옳다. 옳아'

그는 오히려 잘 되었다는 안도감이 퍼지는 것을 느꼈다. 열규가 부탁하는 것도 치욕적인 일이지만 그것이 거절된다면 아무 이득도 없이 그놈의 더러운 오만심만 돋구어주는 셈이 아닌가?

'잘 됐어. 잘 됐어'

상수는 속으로 되뇌었다.

그들은 전찻길로 나왔다. 파출소 앞을 지나자 보초 선 경찰이 그들을

위아래로 훑어본다. 청년들만 보면 반(反) 자유당으로 보이는지 경찰은 살기를 띠운다. 그들은 일부러 천천히 경찰 앞을 바싹 당겨 걸어갔다. 파출소 안에는 서너 명의 경찰과 평복을 입은 청년이 더러 서고 더러 앉아서 얘기를 하며 가끔 흘깃흘깃 밖으로 시선을 던진다. 여느 때 한가한 파출소와는 달리 긴장하고 있는 것 같다. 상수와 열규는 한마디도 하지 않고 동숭동 길로 들어섰다. 책방 앞을 지날 때 상수가 비로소 입을 열었다.

"내일도 데모가 있을까?"

"희생만 당할 뿐이야……."

열규가 한숨과 함께 토해낸다. 학생 데모에 대해서 간단하게 왈가왈부할 심정이 아니었다. 그들은 또다시 말을 잇지 않았다. 그들은 갈림길에서 멈춰 섰다.

"미안했어. 시간만 뺏었다."

기분을 바꾸느라고 열규는 의식해서 명랑하게 말했다.

"관둬, 관둬. 내일 학교 같이 가."

상수가 손을 흔들며 돌아섰다. 그들은 Y자로 된 길을 서로 나누어서 걸어갔다. 상수는 고시 공부하느라고 집을 두고 조그만 하숙에 나와 있었다.

열규는 태기와 함께 있는 하숙으로 향했다. 한칸 방에 둘이 있어서 불편하지만 독방에 있을 재력이 없으니 하는 수 없는 일이다.

대문을 열어준 하숙집 할머니는 열규를 보자 반색을 한다.

"데모 나가서 붙들려 간 줄 알았지……."

열규는,

"저는 데모 반대하는 학생이에요."

하며 뜰아랫방으로 갔다. 할머니는 고무신으로 댓돌을 탁탁 구르며 대청으로 올라가더니 마당에다 대고 소리쳤다.

"오늘은 중학생도 나갔는데 어쩌자고 그놈의 죽일 놈들이 남의 멀쩡한 자식을 토끼 잡듯 몽둥이로 후려 때리느냐 말이야. 제 할애비가 소잡는 백정이었나? 제 애비가 개잡는 개백정이었나? 엉? 저희는 자식도 없나? 씨 다 말려버렸나? 아이구 하늘이 무섭지 않아? 김주열이 시체가 바닷속에서 나올 줄 누가 알았어? 그 다 하늘이 시킨 거야, 하늘이!"

할머니는 안방문을 드르르 요란하게 열고 들어가더니 조금 있다가 대청으로 다시 나왔다. 3미터 평방도 못 되는 좁은 마당을 사이에 둔 뜰 아랫방에서는 할머니의 목소리는 귀에 대고 소리치는 것 같다.

"누구 들으라고 저럴까?"

태기는 조그만 소리로 말한다. 할머니의 기세에 조심하는 것 같다.

"몰라. 글쎄……."

하고 열규는 말했으나, 아무래도 할머니가 그에게 들으라고 하는 것 같다. 데모는 반대한다고 하자마자 갑자기 고무신발을 구르며 소리치기 시작했으니까. 그녀의 목소리는 너무 높아서 쉰 데다가 갈라진다. 그래도 발음은 확실하다.

"육이오 때는 서울 사람들 감쪽같이 속이고 저희끼리만 도망쳐서 빨갱이한테 별의별 고생 다 시키더니 이제는 무엇이 어쩌고 어째? 군대를 서울에 데리고 와서 데모 못하게 한다나?"

열규와 태기는 눈이 휘둥그래졌다.

"계엄령을 내릴 건가?"

태기가 조그만 소리로 말했다.

"데마겠지 설마……."

열규는 눈만 깜박거렸다.

"군대를 서울로 데리고 와서 어쩔 셈이야? 응? 내 아들보고 부정선거마다한다고 이 에미를 쏘아 죽이라는 작정인가? 그래 우리 종덕이가 에미한테 총을 쏠 것 같애? 엉? 능지처참할 놈들! 빨갱인가? 제 에미 제 동생을 쏘아 죽이라고 하니. 에끼, 하늘이 무섭지 무서워!"

할머니는 댓돌 아래로 카악 하고 침을 한번 뱉고 창문을 와르르 소리를 내어 닫는다. 이윽고 잠잠해졌다.

"무식한 것 같은데 정의감이 여간 아니야. 게다가 대담하지, 한길이 여기인데 말이야."

하며, 태기가 어깨를 움츠러뜨린다.

열규는 읽던 카로사의 《아름답고 방황하는 시절》을 펴들었다. 태기는 원고 용지에 무언가 부지런히 펜을 움직이기 시작했다. 장편 소설인가 보다.

대청에서 시계가 열한시를 친다. 열규는 벽에 걸린 와이셔츠에 눈을 돌렸다. 그리고 태기를 홀깃 쳐다보았다. 태기는 여전히 쓰는 데 골몰하고 있다. 열규는 망설이다가,

"태기."

하고 불렀다. 태기가 멍하니 얼굴을 든다.

"미안한데, 정말, 내일 면접 시험이 있어서, 이 꼴로는 안 될 것 같아. 와이셔츠 좀 빌려줄 수 없을까?"

그는 마지막 말은 단숨에 해버렸다.

"면접 시험이야?"

태기는 손가락 끝으로 이마의 구석 쪽을 긁는다. 난처한 때에 하는 버릇이다. 열규의 두 뺨이 화끈 닳았다. 사내 놈이 돋보이려고 옷을 빌리다니! 그는 직장을 얻기 위해서 지금 안간힘을 쓰고 있누나 하고 생각했다. 입맛은 쓰나 그는 그것을 자조할 만한 마음의 여유는 없었다.

'하는 데까지 최선을 해보는 거지.'

태기는 단벌 와이셔츠를 비닐 종이로 싸서 양복걸이에 걸어두었다가 미스 리를 만날 때만 입었다. 미스 리가 선사한 넥타이를 매기 위해서 그는 와이셔츠를 샀다. 그것을 사느라고 점심으로 먹는 삼십 환짜리 국수를 보름 남짓이나 굶었다. 엷은 잿빛 잠바 속에 짙은 잿빛 넥타이를 매고 갔더니 미스터 민은 그렇게 입으니까 딴사람 같다고 그녀가 좋아하더라 하며 태기는 몇 번이나 되풀이 얘기를 했었나. 그리고 미스 리가 그렇게 부드리운 눈길로 그를 본 일은 없었다고 하며 점심은 커녕 일생을 굶어도 좋다고까지 했다. 태기는 손가락 끝으로 다시 이마를 긁었다.

"입고 가. 내일 일곱시까지는 돌려주어."

미스 리와 일곱 시에 약속이 있는 모양이다.

"틀림없어. 면접 시험이 열한시부터니까 늦어도 오후 한시까지는 갖다 놓을게."

"괜찮아, 일곱시까지면……."

잠시 둘은 말이 끊어졌다. 은행은 외모도 중요시한다니까 은행 시험만 아니었더라도 태기가 그렇게 소중히 하는 와이셔츠를 빌릴 리는 없었을

것이라고 열규는 속으로 스스로 변명했다.

그는 변명은 했으나 기분이 개운치 않았다. 그 기분을 바꾸느라고,

"미스 리하고 잘 되어가?"

하고 활달한 음성으로 물었다.

"십중 구는 틀렸어."

하며, 태기는 머리를 흔든다.

"때려치워, 야."

"그래야 하지, 물론, 워낙 같으면 말야. 그런데 그렇게 되면 나는 어떡하니?"

"너 그 모양이니까 그쪽에서 아주 깔아 뭉갤려는 거야. 뻣뻣하게 굴어 좀."

"너도 당해보아"

태기는 매번 똑같은 말로 열규의 화살을 피한다. 열규는 미스 리를 교정에서 몇 번 본 일이 있다. 그녀는 키가 크고 눈이 이지적이었다. 전체적으로 풍기는 분위기가 안하무인격인 데가 있었다. 아무리 깎아 말헤도 남을 끌 만한 매력이 있는 여성이었다. 그러니까 선병질적이고 남학생들 간에도 호인으로 통하는 태기가 그녀에게 마구 휘둘리는 것은 상상하고도 남음이 있다. 태기는 미스 리한테 뻣뻣하게 굴지 못하는 자신을 한탄하면서도 그녀의 이름만 나오면 갑자기 경건해지고 행여 누가 그녀를 나쁘게 말할까 마음을 쓰는 것이 남보기에 딱할 정도다. 한때 그들은 절교했다가 요즈음 다시 만나기 시작했다. 절교하는 동안은 태기는 멍하니 겉만 남은 사람 같았다. 장편 소설을 시작하고부터 눈에 겨우 빛이 돌기 시작했는데 미스 리와 다시 만나고부터는 태기의 온몸에 활기가 넘치는 것 같았다.

"그쪽에서 사랑하지 않는다면 일찌감치 때려치워."

"그게 잘 모르겠어. 사랑하는지 안 하는지……."

"너는 어때?"

"나도 모르겠어."

"모르기는? 사랑하지 않으면 사랑하지 않는 거고……."

"사랑 이상이다."

열규는 태기의 울음섞인 것 같은 말투에 웃음이 터지려는 것을 참았다. 그는 웃는 대신 한숨을 내쉬며 책장을 닫고 벌떡 일어서서 자리를 깔았다. 남에게는 우스우나 본인은 목숨을 걸고 있다. 그것도 좋아하고, 그는 생각했다. 그러고 보니 열규는 아직 마음을 사로잡힌 여성이 없었다. 좋은 여성이 가까이 있었는 지도 모르나 생활에 쫓기고 공부에 쫓겨서 여성이 눈에 보이지 않았는지도 모른다.

'밥 걱정이나 없어지고 나면 나도 연애나 해보나?'
하고 그는 자리 속에서 생각해보았다. 대청에서 시계가 열두시를 친다. 그는 눈을 감고 잠을 청했다.

면접 시험에는 어떤 문제가 나올지 궁금하기도 하다. 어떻든 인상이 좋아야 할 것이다. 잠은 안 온다. 전등이 켜 있으면 잠들기 힘드나 밤새 우다시피 하여 원고를 쓰는 태기더러 자자고 재촉할 수도 없다. 태기는 소설이 끝나는 대로 그것을 신문 현상에 던져본다고 했다. 당선되어 돈이 생기면 맨 먼저 미스 리한테 불란서제 최고급 화구 일체를 선사하고, 이차로 멋있는 넥타이와 수를 맞춰 입고(물론 미스 리에게 보이기 위해서다) 빨아서 갈아 입을 수 있도록 와이셔츠도 두 개만 더 산다고 벼르고 있었다. 그 나머지 돈을 시골의 어머니에게 부치고, 그 나머지로는 전셋집을 얻을 계획이었다. 전세를 얻으면 물론 열규에게도 독방을 무료로 제공한다는 약속이 있다. 그의 공상은 날개를 돋혔고 그럴 때 태기는 한없이 행복해 보였다.

열규는 누워서 벽에 걸린 와이셔츠를 한 번 쳐다보고, 태기의 목 뒤를 흘깃 보았다. 와이셔츠를 한 번도 입어본 일이 없기 때문에 열규는 입어서 어울릴지조차 의문스럽다. 태기의 가늘고 긴 목을 보니까 그는 아무래도 마음이 놓이지 않았다. 조금 작으면 넥타이로 조절할 수 있으나, 지나치게 작으면 입을 수 없다. 진작 상수한테 부탁할 것을……하고 생각하니 그는 스스로 혐오증이 치민다. 맞지 않으면 노타이째로 가지, 하고 그는 마음 먹는다. 그러나 그의 노타이는 너무 남루했다.

'외양 때문에 이렇게 긴 시간을 궁리하는 것도 한국적 현실이다'
하고 생각하니까 그는 기분이 홀가분해지기도 한다. 책임을 딴 데로 전

가했기 때문이다. 그렇게 깨닫자 그는 아까보다 더욱 기분이 침울해진다.

"우리 학교도 데모가 있을까?"

태기가 펜을 놓고 열규 쪽으로 몸을 돌렸다.

"글쎄, 내일은 없었으면 좋겠어……."

"만일 있으면 어떡헐래?"

"면접 시험이 있으니까 못 나갈 것 같아."

"내일은 없겠지."

태기는 그것을 바라고 있는 듯한 얼굴이었다. 미스 리와 약속이 있어서 꺼리는 모양이다.

"어떻게 알아?"

"우리 학교는 아직 사전 연락은 없지 않아?"

"모르지……."

"없을 거야. 데모는 혼자는 못해. 누구든 이니시어티브를 끊어야 해."

"만일 있다면 어떡할래?"

태기는 담담하게,

"나가지. 마음은 같아, 할머니하고……."

한다. 열규는,

"희생만 있을 뿐이다."

했다.

"친구들이 사라지는데 나만 앉아서 구경꾼이 될 수 없어. 나는 그런 이유야. 미스 리도 분개하고 있더라. 미술대학에서 데모했었는데 몇 학생 연행해 가서 아직 감감 소식이래. 여학생들도 일어난다고 벼르고 있어."

태기의 용기도 반은 미스 리 때문임을 열규는 짐작했다.

"미스 리가 너더러 데모하지 말라고 하면 안할 테지?"

태기는 또렷이 말했다.

"미스 리는 그럴 사람이 아니야. 그러니까 나는 그 사람이 좋아."

"난 누가 무어래도 반대다. 희생뿐이다."

열규는 눈을 감았다.

'희생은 싫다. 그리고 나는 내일 중대한 일이 있다…….'

그는 이불을 어깨까지 덮고 몸을 벽으로 돌렸다.

아침에 열규는 라디오 소리에 눈을 떴다. 안방에서 할머니가 볼륨을 한껏 돌려놓았는지 아나운서의 목소리가 귓전에 왱왱 울려온다.

"어저께 오전 열시 대전에서 K 고교생 삼백 명이 데모에 나섰다가 강력한 경찰의 제지를 받고 오후 두시에 해산, 학생대표 김기석 이하 육십구 명이 연행되었습니다. 대구에서 역시 어저께 오전 열시를 기해 A 고교, Y 여고, B 고교, K 여고생 약 이천 명이 부정 선거 규탄 데모를 했습니다. 경찰과 충돌한 학생 중 부상자를 이백여 명 내고 해산, 백오십 명이 연행되었습니다. 학생들은 부정 선거 다시 하라, 자유당 정부 물러가라 하고 외쳤습니다. 정읍에서 어저께 오후 네시……."

아나운서는 사뭇 흥분하고 있는 목소리다. 여섯시 십오분이다. 아침 뉴스인가 보다(기독교방송이구나) 하고 생각하며 열규는 자리에서 일어났다. 중앙방송에서는 데모에 대한 보도가 상세하지 않았다.

간혹 빨갱이의 선동으로 학생이 움직였다는 방송이 있을 뿐이다. 그리고 3·15 선거는 정당하고 평화적이었다고 했다. 그래서인지 할머니는 기독교방송만 틀어놓고 있었다.

열규는 세수할 때에 목을 몇 번이나 비누로 잘 씻었다. 태기의 와이셔츠에 때를 묻히지 않도록 조심하는 것이다. 와이셔츠는 이상하게도 그에게 꼭 맞았다. 태기의 목이 보기보다 굵은 모양이다. 곤색 양복에 잿빛 넥타이는 파히 나쁜 배색은 아니었다. 그는 벽에 걸린 깨어진 조그만 거울 앞에 서서 넥타이를 매느라고 십오분이나 걸렸다. 옷은 낡았으나 넥타이가 쌕쌕해서 얼굴도 한층 생기가 도는 것 같다. 태기는 늦잠이 들었는지 곤하게 자고 있다.

열규는 혼자서 밥을 먹고 집을 나섰다. Y 자로 된 길에서 상수의 하숙이 있는 쪽으로 올라갔다. 채 몇 발자국 가기 전에 저쪽에서 상수가 한손에 우산을 들고 한손에는 가방이 터질 듯이 책을 넣어 들고 내려온다.

"야, 심상치 않아."

하며, 상수가 열규와 나란히 되자 말한다.

"데모 말이야?"

“음.”

그들은 말을 잇지 않았다. 하늘은 흐렸으나 바람이 불고 서늘해서 비는 올 것 같지 않다. 열규가 생각난 듯이,

“우산 이리 내.”

하고 빈손으로 가느니 상수의 짐을 덜어줄까 하고 그의 우산을 받아들었다.

그들은 학교의 뒷담을 돌아갔다.

상수가,

“강의 있니?”

하고 묻는다.

“면접이 열한시니까 열시 반까지 도서관이야.”

열규는 교사(校舍) 쪽을 보며 대답했다.

테니스코트의 모퉁이를 돌아가는데 울타리 속으로 보이는 교정에서 학생들이 대여섯이 동쪽으로 뛰고 있는 것이 보였다. 제이(第二) 교사에서도 학생들이 하나씩 뛰어나와 동쪽으로 달리고 있다. 심상치 않았다.

“왜 저럴까?”

“데모하나?”

그들의 발걸음이 저절로 급해졌다. 교문에 들어서니까 사오십 명 되는 학생이 잔디밭에 모여 웅성웅성하고 있다. 벤치 위에서 어떤 학생인지 외치고 있다.

그들이 화단 가까이 갔을 때 울타리 하나 건너에 있는 대학 쪽에서 남녀 학생이 엇섞여서 와 하고 밀려왔다. 그 선두에서 뛰어온 학생이 벤치에 단숨에 뛰어오르자 주먹을 휘두르며,

“우리 학교의 한 시준 교수가 경찰의 곤봉에 방금 맞았습니다.”

그는 말을 그치자 어헝 하고 울음을 터뜨렸다. 그는 서너 번 흐느끼더니 양복 소매로 눈물을 닦고 다시 외쳤다.

“이래도 우리는 참, 참아야 하겠습니까?”

그의 말끝은 울음과 함께 터졌다.

“참을 수 없다.”

“나가자!”

"부정 선거 다시 하라!"

학생들은 저마다 열띤 소리로 외쳤다. 순식간에 소식이 퍼졌다. M 대학에서 데모에 나섰는데 교문도 나가기 전에 학생들은 경찰의 곤봉에 맞아 교사 쪽으로 달아나는 것을 경찰은 교정에까지 난입해서 학생들을 때렸다. 한시준 교수가 그것을 만류하니까,

"너는 무어야. 늙은 놈이 분가루나 처먹고 있지……."

하며, 어깨와 등을 곤봉으로 후려갈겼다는 것이다. 누군가 한 사람이 벤치에 뛰어올랐다.

"여러분, 잠깐 분을 참읍시다. 진정합시다……부정 선거를 감행한 자유당 정부는 이제 드디어 우리의 은사를 곤봉으로 때리고 말았습니다. 그들은 이미 우리들 학생들을 때리고 마산에서 김주열을 죽여 바닷속에 넣었습니다. 경향 각지에서 일어나는 그들의 만행은 우리의 아버지, 우리의 형, 누나, 동생을 불법 납치, 살해한 공산당의 수법을 닮고 있습니다. 오늘 이때에 우리들 지성인이 이것을 좌시한다면 마치 이조 때에 사색 당쟁으로 동포를 서로 살육한 그 과오를 여기서 또다시 되풀이하여, 자손 만대에 우리 민족에는 오로지 암흑이 있을 뿐입니다. 나갑시다. 지성인답게, 우리는 조국의 횃불입니다."

"가자!"

하고 합창처럼 몇몇이 소리쳤다. 어느 사이엔가 학생의 수는 배가 넘은 것 같다. 한 사람이 벤치에 뛰어올랐다.

"친애하는 우리 학생 여러분! 지금 자유당의 만행은 극도에 달해 있습니다. 지금부터 십오분 전에 M 대학생들이 이를 규탄하느라고 데모에 나섰습니다. 그러나 남은 것은 오로지 곤봉에 맞아 흘린 피요! 우리의 존경하는 은사를 감히 때려서 피를 흘리게 했다는 사실 뿐입니다. 여기서 우리가 데모를 한다면 결과는 되풀이될 뿐입니다. 진정합시다. 우리는 참고 공부합시다. 우리가 사회에 나가서 이 원수를 갚읍시다."

"때려치워라!"

하고 학생들이 아우성치는 소리에 그의 뒷말은 들리지 않았다.

"치워라! 자유당이 매수한 놈이다!"

그러나 그는 벤치에서 꼼짝도 하지 않았다. 그는 남이 듣건 안 듣건 외쳤다.

"나를 자유당이 매수했다고 하는 것은 학생들이 공산당의 사주를 받고 있다고 하는 말과 조금도 다름이 없습니다. 만일 우리가 데모에 나가서 경찰이 난동을 하여 그리하여 사회질서가 문란해지면, 자유당은 그 문란을 틈타 그의 만행은 극도에 달할 것입니다."

학생들은 차츰 조용해졌다. 상수는 그의 말이 옳다고 생각했다. 또 다른 학생이 벤치에 올라가서 그와 나란히 섰다. 상수는 어디서 본 얼굴이라고 생각했다. 이윽고 생각이 났다. 그는 전교생 야유회 때에 토스카의 〈별은 빛나고〉를 불러 인기를 독차지한 수학과의 학생이다. 사형 직전에 토스카를 부르는 마리오의 노래는 그 감미롭고 애절한 멜로디와 더불어 젊은이의 가슴을 뜨겁게 흔들었었다. 같은 곡만 세 번이나 앙콜로 부르고 나자 모두들,
"짜식 과(科) 잘못 갔지."
하며, 감탄했었다. 그는 벤치 위에서 조용하게 말을 시작했다.

"저는 말이 서툽니다. 그러나 끝까지 들어주십시요.(그는 노래할 때처럼 두 손을 가슴께에서 맞잡았다) 우리 나라 사천 년 역사는 실로 강대국에 예속했던 치욕적인 일이 대부분이었습니다. 그러나 우리의 을지 문덕 장군, 우리의 정 몽주 선생, 우리의 세종 대왕, 그리고 아아, 그 이 순신 장군 또 퇴계, 율곡 선생, 우리의 안 중근 의사, 삼일운동, 광주 학생 사건, 신의주 학생 사건, 이 찬연히 빛나는 역사를 지금 이 시점에 선 우리가 자유당과 타협해서 부정을 묵인한다면 그것은 우리 민족과 국가의 내일의 암흑을 위한 것이오. 지금 우리가 우리의 의사를 표시한다면 그것은 내일의 우리 민족과 국가의 광명을 위한 것입니다."

그의 음성은 넓고 굵고 얕고 부드러웠다.

"나가자!"

학생들은 소리쳤다. 성급한 사람은 교문으로 몸을 돌려 스크럼을 짠다. 누구의 명령도 없는데 뒤에 선 학생들이 앞줄의 그들과 똑같이 스크럼을 짠다.

"지성인답게 질서 정연히 합시다."

누가 소리쳤다. 어느 사이엔가 학생들이 플래카드를 들고 앞에 섰다. 플래카드에는 ‘부정선거 원치 않는다’ ‘경찰은 국민의 공복이다’고 먹글씨로 써 있다. 아무도 신호를 하지 않았는데 강의를 듣고 있던 학생들이 가방을 든 채 교실에서 우우 뛰어나오더니 다짜고짜 스크럼을 짠다. 그들은 무엇이 어떻게 되었는지 묻지도 않았다.

“부정 선거 다시 하라!”

한 사람이 외치자 모두가 따라서 복창한다. 그 복창은 마치 노도처럼 하늘과 땅을 휩쓰는 것 같다.

열규와 상수는 화단의 울타리 곁에 서서 꼼짝도 하지 않았다. M 대학교와 K 대학교가 섞인 데모대는 정연한 대열로 K 대학교의 정문을 나섰다.

“부정 선거 다시 하라!”

데모대는 다시 한 번 우레같이 외쳤다.

“짜식들 순진하지.”

상수가 이맛살을 찌푸렸다.

“누가 모르나? 저희들이 그런다구 돼?”

상수는 마지막 스크럼의 줄이 교문을 나가는 것을 보며 중얼거렸다. 열규는 아무 말도 하지 않았다. 상수의 말이 옳기는 했다. 그러나 교수까지 구타당했는데 학생들이 잠자코 있다면 이것이야말로 정말 암담한 일이 아닐까? 하고 생각했다. 그는 속으로 초조했다.

‘쟤들이 내 대신 나가주는구나. 하시만 그런다고 돼? 아니 최소한 의사표시는 해야 하지. 너는 왜 구경만 하니? 나? 나는……나는 열한시에 면접 시험이 있어’

그는 도서관 쪽으로 발을 내디뎠다.

‘그렇다. 나는 취직해야 한다’

상수는 도서관 쪽으로 돌아섰다. 그들이 두어 발자국도 떼기 전에 펑 하는 소리와 함께 그들의 뒤에서 와 하고 함성이 일어났다. 뒤돌아보니까 자욱한 안개 속에서 학생들과 방석(防石) 망을 얼굴에 쓴 경찰들이 엇섞여서 옥신각신하고 있다. 열규의 눈이 따끔따끔 하며 눈물이 줄줄 쏟아진다. ‘최루탄이구나!’ 눈물 사이로 경찰이 곤봉으로 달아나는 학생들을 잡아서 마구 후려때리고 있는 것이 보인다. 학생도 가방이나 주먹으로 경찰을 치고 있다. 옥신각신하는 그들의 커다란 덩어리는 교문 쪽으로 서서히 움직이고 있다. 학생들이 학교 쪽으로 달아나려는 것이 분명하다. 비명이 여기저기서 들려온다. 상수와 열규는 선 자리에서 꼼짝도 하지 않았다. 그들은 서로 말이 없었다. 흘러내리는 눈물을 씻으며 커다란 덩어리의 움직임만 눈으로 쏘아보고 섰다. 한 학생이 달려오더니 열규의 옆을 지나 교사 쪽으로 뛰어갔다. 머리는 헝클어지고 이마에서 뺨으로 피가 흐르고 있다. 그 뒤를 경찰 둘이 쏜살같이 쫓아가서 피 흘리는 학생의 어깨며, 허리며 다리를 마치 마른 북어 두드리듯이 후려때렸다. 학생은 단번에 땅바닥에 쓰러졌다. 쓰러진 위에서 다리며 배며 두 개의 곤봉이 내리쳤다. 갑자기 상수가 열규의 손에서 우산을 획 잡아채더니 그쪽으로 달려갔다. 열규도 그의 뒤에서 뛰었다. 그의 눈에는 아무것도 보이지 않았다. 그의 입 속에서 우두둑 하고 저도 모르는 사이에 이가 갈렸다. 먼저 뛰어간 상수가 가방을 화단 속에 던지고 우산대로 경찰의 등을 후려쳤다. 열규는 다른 경찰을 뒤에서 왈칵 끼어 안았다. 어째서 그렇게 해야 할 생각이 들었는지 스스로도 알 수 없었다. 경찰은 그의 팔에서 빠져나오려고 뒷발질을 하고 전신을 흔들었다. 그러는 김에 그의 손에서 곤봉이 떨어졌다. 열규는 곤봉을 발로 힘껏 찼다. 곤봉은 데그르 소리를 내며 본관 쪽으로 굴러갔다. 둘은 서로 주먹으로 쳤다. 열규는 경찰의 얼굴을 치고 싶었으나 경찰은 방석망을 쓰고 있기 때문에 얼굴은 칠 수가 없었다. 그는 경찰의 가슴과 발밖에는 치지 못했다. 갑자기 귓전이 화끈하며 눈앞이 아찔했다. 이놈이 귀를 쳤구나 하고 그는 생각했다.

　‘정신 차려, 정신 차려’

하고 그는 스스로 타일렀다. 그는 주먹에 힘을 모아 다시 덤벼오는 경찰의 왼편 가슴을 힘껏 쳤다. 경찰이 저만치 땅에 나가 자빠진다.

　“빼자!”

　상수가 열규의 옆에서 급하게 말했다.

　‘그렇지!’

하고 생각하며 열규는 상수와 같이 교사 쪽으로 뛰었다.

‘빨리 빨리’

그는 그 스스로를 응원하듯이 속으로 외쳤다. 경찰의 곤봉에서 빠져나온 학생들이 우우 몰려서 교사 쪽으로 뛰고 있다. 열규와 상수도 그 속에 섞여 같이 뛰었다. 빠른 학생은 벌써 교사 속으로 들어가고 있었다. 누군가 열규를 뒤에서 왈칵 부둥켜 안았다. 경찰에 붙들린 것이다. 순간 그는 몸을 비틀었다. 그러나 그의 두 팔이 하나씩 경찰에게 잡혀 어쩔 수 없었다.

그는 끌리는 대로 잔디밭을 지나 교문 밖까지 나왔다. 교문 밖에 나오자 눈물이 한결 더 쏟아졌다. 최루탄의 발사 지점이 가까운 까닭인 것 같다. 트럭에는 학생들이 가득 실려 있었다. 그의 뒤에서 여남은 학생이 경찰에게 끌려와서 트럭에 탄다. 상수도 끌려왔다. 트럭이 만원이 되자 경찰은 짤그락 짤그락 소리를 내며 체인으로 문을 닫는다.

“오라잇.”

하는 소리와 함께 트럭은 한 번 덜컥 흔들리더니 속력을 놓는다. 무개차라 거리가 보였다. 지나는 사람들이 모두 그들이 타고 있는 쪽으로 얼굴을 돌리고 있는 것이 보인다. 트럭은 아스팔트 위를 달리는데도 몹시 흔들렸다. 화물 실은 데에 사람이 탄 탓도 있겠지만 스피드를 내기 때문에 동요가 한층 더한 것 같다. 트럭이 흔들릴 때마다 열규는 허리에 심한 통증을 느꼈다. 허리뿐 아니라 전신이 쑤신다. 상수는 입술이 터졌는지 아랫 입술에서 턱밑까지 피가 흘러서 말라 붙어 있다. 열규는 손수건을 내어 상수의 턱을 훔쳤다. 그러나 마른 피는 지워지지 않는다. 열규는,

‘상수야 수고했다. 나는 피는 흘리지 않았어’

하고, 속으로 말했다. 그러자 그는 갑자기 생각이 나서 와이셔츠를 내려다보았다. 피도 없고 흙도 없었다. 그는 옷깃을 벌려 더욱 자세히 보았다. 넥타이가 비뚤어졌을 뿐이다. 그는 후 하고 한숨을 내쉬었다. 조였던 가슴이 확 풀어지는 것 같다.

트럭은 T 서 앞에서 멈추었다.

“개놈의 새끼들!”

서의 현관 계단에 서서 경찰 한 사람이 담배를 피우며 트럭 위의 학생들을 향해서 소리를 쳤다.

학생들은 대개 머리가 헝클어지고 옷이 찢기고 더러는 얼굴에 피가 흐르고 대부분이 다리를 저는지 걸음이 정상이 아니다. 그들은 형사 대기실이라고 표지가 붙은 방에 넣어졌다. 연행된 학생이 많아서 아무데나 빈 데에 일단 수용하는 것 같았다. 학생들을 방에 넣자 입구의 문을 닫고 밖에 경찰이 하나 보초를 섰다. 방은 교실 만한 넓이다. 테이블이 여남은 개 ㄷ자로 놓여 있다. 학생들은 마룻바닥에 주저앉았다. 모두 사오십 명 되는 것 같다. 책을 펴보는 사람도 있고 둥그렇게 둘러앉아 얘기를 하는 사람도 있다. 어떤 학생은 발을 뻗고 누워 있다. 아픈 모양이다.

"부정 선거 다시 하라!"

하고 누가 외쳤다. 여럿이 그것을 복창했다. 경찰은 아무런 반응도 없다. 절반 위만 유리창으로 된 입구의 문 밖에서 보초 선 경찰이 무표정으로 방 안을 들여다보고 벽 뒤로 사라졌다. 여러 곳에서 데모가 나서 경찰의 손이 모자라는 모양이었다.

상수는 벽에 기대어 눈을 감고 있다. 열규도 그렇게 했다. 조금 전에 지나간 일이 꿈만 같다.

"악마라는 게 어떤 건지 오늘 보았다."

상수가 말했다. 아까의 피 흘리며 쓰러진 학생을 때리던 경찰의 얘기다.

"그래도 우리가 그 자리에서 붙잡혔으면 큰일 났을 거야."

"공무 집행 방해죄? 나도 그 생각이 나서 우산 내던지고 뺐다. 그렇지만 그건 절대로 공무 집행은 아니었어. 그러니까 죄가 될 수 없어. 다만 현장이 법 같은 것은 가릴 형편이 아니니까 뺏지."

"실컷 쳤다 나도."

"나두……."

둘은 통쾌한 듯이 소리내어 웃었다.

"배고프다, 밥 내라!"

하고 누가 소리쳤다. 모두 와—하고 웃었다.

"변소 갈 사람 나와."

누가 입구 쪽에서 서서 말했다. 여남은 명이 일어서서 나간다.

"낙화〔大便〕냐, 유수〔小便〕냐?"

누가 노란 목소리를 지르자 와—하고 웃음이 터졌다.

"내놓든가, 재판을 하든가 해!"

"네시가 넘었다. 밥주어!"

가끔 누군가가 야유조로 소리를 쳐서 침울한 기분을 가볍게 한다. 열규는 허리가 아파서인지 배고픈 것은 느낄 수 없었다. 앞으로 어떻게 되려나 하는 불안도 없었다. 그는 다만 시간이 지남에 따라 와이셔츠 때문에 안절부절해졌다.

'태기 녀석 소설 쓰기 잘 했지'

그는 얻어 맞고, 붙들려 와서 먹연히 앉아 있는 상태보다는 아무것도 모르고 소설을 쓰고 있는 태기가 자연스럽게 여겨졌다. 그렇다고 그는 그가 한 일과 그의 현재의 위치를 후회하지 않았다.

창문 밖에는 해가 떨어졌는지 흐린 하늘에 어둠이 깃들기 시작한다. 여섯시 가깝다. 열규는 앉은 자리에서 일어섰다.

'좌우간 해보자……'

그는 속으로 말했다. 보초한테 잠간 집에 보내주든가 아니면 와이셔츠를 전해달라고 부탁해볼 생각이었다. 도저히 승낙될 것 같지 않았지만 잠자코 앉아 있는 것은 더욱 괴로운 일이었다.

그는 유리창을 노크해서 보초의 주의를 끌었다. 경찰이,

"무어야?"

한다. 열규는 문을 열어달라는 시늉을 하며 핸들을 잡고 흔들었다.

"변소야?"

열규는 고개를 옆으로 저었다.

"무어야?"

그러는 동안에 위층 계단에서 뚱뚱한 경찰을 가운데 두고 양쪽에서 호위하듯이 경찰 둘이 내려와서 이쪽으로 온다. 그들은 열규 앞의 문을 열고 들어왔다. 학생들이 일제히 시선을 그들 쪽으로 돌렸다. 방에 전등불이 켜졌다. 뚱뚱한 경찰이 구석 테이블에 가서 앉자, 나머지 둘은 그 뒤에 가서 섰다.

"K 대학 법과 사학년 김상수 있어?"

뚱뚱이가 소리를 쳤다. 상수는 앉은 채로 고개를 뺐다.

"K 대학 법과 사학년 김상수 여기 없나?"

뚱뚱이가 또 소리를 쳤다. 상수가 일어서서 걸어나갔다.

"무얼 우물우물하고 있어!"

뚱뚱이가 회전의자에 허리를 기대며 상반신을 뒤로 젖혔다.

"학생증 내놔."

그는 학생증을 자세히 들여다보더니

"데모는 무엇하러 해?"

했다.

"데모는 안 했습니다. 다만 몇 사람 경찰과 사디즘에 항거했을 뿐입니다."

"사디즘?"

"피 흘리며 쓰러진 학생을 경찰은 또 때렸습니다. 그들은 악맙니다. 변태적 잔학성 소유잡니다. 사회 질서를 위한 경찰이 아닙니다. 저는 누가 무어래도 이것만은 고발하겠습니다."

상수는 눈을 똑바로 뜨고 또렷하게 말했다.

"닥쳐!"

뚱뚱이는 테이블을 꽝 치며 반허리를 일으켰다. 그는 도로 앉자 조그만 소리로 말했다.

"아버지한테서 연락을 받아서 특별히 보아주는 거야. 도대체 그만한 집 아들이 무엇이 답답해서 데모를 해?"

상수는 아버지며, 그만한 집 아들 따위 어휘가 모두 비위에 거슬렸으나 한편 갑자기 마음이 든든해지는 것은 어쩔 수도 없었다.

"이것은 임금 인상이라는 노동자의 데모가 아닙니다."

그는 뚱뚱이를 쏘아보며 말했다.

"닥쳐! 나갓!"

뚱뚱이는 소리치고 입이 귀까지 째지도록 한일자로 다물었다. 열규는 그것을 보자 선 자리에서 급히 넥타이를 풀고 와이셔츠를 벗어서 깃을 안으로 넣고 조그맣게 개어 문 밖으로 나가는 상수의 손에 쥐어주었다.

"태기한테……부탁한다."

그러자 뚱뚱이 옆에 섰던 경찰이 뛰어와서,

"무어야?"

하며, 와이셔츠를 상수의 손에서 획 뺏었다. 그는 와이셔츠를 펴서 전등불에 비쳐보더니 깃에서부터 짝하고 찢어서 마룻바닥에 내던졌다. 열규가 미처 달려가서 줍기 전에 경찰은 구둣발로 와이셔츠를 밟아 뭉갰다. 순간 열규는 눈앞에 아무것도 보이지 않았다. 그는 경찰의 가슴을 향해 머리서부터 전신으로 부딪쳐갔다.

"쏜다! 쏜다!"

열규의 귀에 멀리서 뚱뚱이의 소리가 들려왔다. 열규의 뺨이 화끈하며 무엇인가 뜨거운 것이 머릿속에서부터 콧구멍으로 흘러내리는 것을 그는 느꼈다.

"우—."

하고 학생들이 일제히 일어서는 것을 열규는 의식했다. 그리고 그는 누군가 나를 업었구나 하고 생각했다.

'분명히 총에 맞지는 않았어'

그는 속으로 말했다. 코피가 심하구나. 짜식이 뺨을 쳤나부지. 괜찮다 괜찮다. 그는 그가 업힌 채 계단을 내려가는 것을 알았다. 경찰서 밖에 나와서 차에 탄 것도 알았다. 구급차는 아니었다. 그는 침대가 아니고 누군가의 무릎에 누운 것을 알았기 때문이다. 눈을 떴으나 눈앞이 빙빙 돌아서 모든 것이 확실히 보이지 않았다. 상수하고 또 한 사람이 가물가물 보인다. 누구더라? 무슨 과의 누구더라? 낯은 익은데…… 그의 두 코에서 코피가 연방 흘러내리고 있었다. 더러 피가 목 너머로 넘어가서 비리다. 그는 눈을 감았다.

"취직도 틀렸다. 태기, 미안하다. 짜식아, 넌 사랑도 틀렸구나……."

그는 상수의 무릎 위에서 흔들리고 있었다. 흔들리면 피는 더 흐를걸…… 빨리 병원에 가야지. 그는 웬일인지 맞은 것이 분하지 않았다. 정신은 맑고 마음은 가라앉아 있었다.

"열규, 열규!"

상수가 열규의 머리를 붙들고 소리쳤다.

"괜찮아, 걱정 말아, 다만 우울할 뿐이야."
열규는 입을 벌려 대답했다. 그러나 상수는 한마디도 알아들을 수 없었다.

한 잔의 커피

빗소리에 혜영은 잠이 깨었다. 커튼이 훤하다. 날이 새었나 보다. 침대 서랍에서 팔목 시계를 꺼내었다. 아홉시 반이다. 벌써 그렇게 되었나 하며 그녀는 귀에 시계를 갖다 댄다. 시계가 잠을 자나 해서다. 시계는 정확히 똑딱이며 가고 있다. 혜영은 침대에서 일어나서 커튼을 걷었다. 창 밖은 소나기가 쏟아지고 있다. 요즈음은 줄곧 비다.

혜영은 잠옷채로 부엌에 가서 포코레이터에 커피를 넣고, 세수를 하고 화장대에 앉았다. 간단한 화장이 끝날 때까지 십분 남짓 걸린다. 이 무렵부터 커피가 끓기 시작하여 그 향기가 침실겸 서재겸 거실의 이 방까지 은은히 흐르기 시작한다. 커피에는 입이 까다롭기도 하지만, 마시는 것 중에는 커피를 가장 좋아하기 때문에 혜영은 팔천 원이나 하는 커트글라스로 된 포코레이터를 쓰나가 아무래도 맛이 신통치 않아, 드립 커피로 해보았다가, 프로판가스를 사용해서 주전자 같은 포코레이터도 써보곤 했는데 역시 오인용 .전기 포코레이터가 가장 나은 것 같아 그것을 쓰고 있다. 물을 여분있게 붓고, 그라인드 커피를 테이블 스푼으로 꼭 두 숟갈 넣어서 끓 였다가, 마실 때에 인스턴트 커피를 티스푼으로 하나 넣고 크림을 약간 쳐서 은은한 다갈색이 되었을 때 마시면 별미다. 오래 끓이면 많은 물이 졸아서 7 온스 들이 컵 한 잔에 알맞게 부어지는 셈이다. 어떻든 찻물은 끓여질수록 차맛을 발휘한다. 혜영은 밖에서 맛있는 커피를 마셨을 때는 그 끓이는 법을 물어보는데, 청기와 장수의 욕심들인지 선뜻 가르쳐주는 찻집이 드물고, 그보다도 지금 보아서 혜영이 끓이는 것보다 맛있는 커피를 파는 데는 없다.

차맛은 그 담기는 그릇에도 판이하게 좌우된다. 그래서 혜영은 아침에는 보통 7 온스들이 하얗고 투박한, 손잡이도 없는 원통형 잔이고, 낮이나 밤에는 데코레이션 화려하고 섬세한 데미타스로 하든가, 산뜻한 주홍빛 찻잔을 사용한다. 반드시 주홍빛만일 수 없고, 올리브빛과 은행빛깔 찻잔도 쓰지만, 데미타스 외에는 무늬 있는 잔은 일체 쓰지 않는다. 언제부터 아침 저녁으로 찻잔을 구별하게 되었는지 그녀 스스로도 확실치 않으나, 아파트로 온 후부터 그런 습관이 들어버린 것 같다. 투박한 흰 잔은 양도 많이 들지만, 직선적이고 건전한 기분을 풍겨 출근하는 아침 기분에 맞고, 화려하고 섬세한 데미타스는 부드러운 감각을 일게 하고, 산뜻한 무늬없는 단색잔은 기분을 맑게 가라앉혀주어서 취침 전에 마시기에 아주 좋다. 혜영은 백 화점이나 시장의 그릇 파는 데를 곧잘 들르는데, 좀 나은 찻잔이 나왔나 보기 위해서다. 외래품 판금 후로는 눈에 드는 것이 없어서 경제적으로 생각할 때 다행이기도 하다. 쓰던 것에 싫증이 나지 않더라도, 좋은 것이 있으면 꼭 사야만 성이 가시기 때문이다.

토스터에 식빵 두 쪽을 넣고, 휴대용 냉장고에서 치즈를 꺼내서 접시에 담고, 계란 하나를 반숙하는 사이, 커피의 향기는 한층 훈훈히 혜영을 감싸준다.

도어 하나 사이의 부엌이지만 거기서 먹는 적은 한 번도 없었다. 그녀는 노르스름하게 구워진 빵과 치즈와 커피포트와 하얀 찻잔을 쟁반에 담아서 거실의 티 테이블에 올려놓고 시계를 보았다. 열시 십분 전이다. 약속한 열시 반까지 충분히 닿아 갈 것 같다.

윤선생이 이별의 선물로 준 연한 물빛 레이스 원피스에 자수정 브로치를 다니까 갑자기 로맨틱해진 것 같다. 불란서제 실크 레이스인데 꽃무늬로 된 데는 손으로 짜서 붙인 거라나 해서 특히 고급이고, 감이 감이니만치 바느질도 일류 양장점에서 일일이 손으로 홈질을 해서 만들어선지 몸에 감기는 맛이 부드럽고 감미롭기까지 하다. 혜영은 거울 속에서 혼자서 웃었다. 로맨틱이라든가 감미로운 따위 분위기는 그녀와는 거리가 먼 듯 해서다.

‘포플린 노타이칼라 블라우스에 타이트 스커트가 내 옷은 내 옷이야’

혜영은 속으로 말하며, 월급 봉투에서 오천 원을 세어서 핸드백에 넣었다. 틈 나는 대로 서점을 둘러볼 셈이었다. 거울 앞에서 우비를 걸치는데 거울 속의 자신이 딴 사람 같다. 옷 하나로 저렇게도 달라지는가 여기며 기분 전환도 될 겸 가끔 이런 옷도 입을 만하다고 그녀는 생각했다. 언제나 고등학교 선생이라는 노동자 의식을 가질 필요는 없다. 우산을 들고 나가려는데 전화가 온다.

"혜영이지? 윤선생이 어저께 미국으로 갔다며? 나는 올 가을에는 그 사람과 결혼이 되는 줄 알았지!"

어머니는 왜 놓쳤느냐는 듯이 사뭇 원통한 말투다.

"누가 결혼한다고 했었나요? 어머니두 참. 그보다 어머니 건강은 어떠세요?"

어머니는 좋은 기회라 여겼는지,

"혈압이 높은데다 허리까지 아프니 암만 해도 얼마 못 가겠어."

혜영은 그 말은 묵살하고,

"아버지도 오빠도 언니도 아이들도 별일 없지요? 방학했으니 한번 가겠어요."

전화를 끊으려니까,

"애 애, 김치는 떨어지지 않았니?"

하며 어머니는 다급하게 소리친다. 혜영이 결혼하도록 반 위협으로 아프다고 푸념은 했으나 그것이 안 통하는 줄 알자 김치 걱정이다. 김치는 떨어졌으나 혜영은,

"아직도 멀었어요. 혼자 먹는걸요."

했다. 혜영은 자립한다면서 늘 부모한테 폐만 끼치는 것이 꺼림칙했다. 아파트 세도 아버지가 반을 도와주셨다. 혜영은 그것을 갚기 위해서 아무도 모르게 매월 조금씩 정기 예금을 하고 있다. 월급과 영어 개인 교수와, 가끔 선배나 대학의 스승이 나눠주는 영문 번역일 따위를 해서 들어오는 원고료로 생활은 충분히 할 수 있었으나, 김치나 빨래 같은 것은 어머니가 해다 주고 계신 것이다. 얼마 전부터 빨래는 혜영이 스스로 하고 있지만

김치도 앞으로는 어머니의 신세를 지지 않을 생각이었다.

전화를 끊고 나가려는데 또 벨이 울린다. 정희다.

"혜영아, 이번은 꼭 해. 돈 많고 사람 착실하면 되잖니? 결혼해보아, 내 몸 아껴주고 돈 넉넉한 남편이 제일이다."

정희는 음성은 젊은데 말투는 어머니 같다. 결혼하면 저렇게 지레 늙어버리는 걸까?

"그래 고마워. 알았어."

정희가 소개한 미스터 김은 오늘 여섯 시에 만날 예정이었다. 맞선보고 이번이 두 번째 만나는 것인데 완곡히 거절해버릴 생각이다.

혜영은 밖으로 나오자 택시를 잡았다. 버스로는 삼십분까지 닿아갈 것 같지 않았다. 거의 팔년 만에 만나는 미스터 박이다. 근간 모 여성과 약혼을 하니까 마지막이라 여기고 한 번만 만나달라고 한다. 약혼하고는 다른 여성과는 만나지 않겠노라고 마음먹은 모양인가 본데 우직하다고 할까 순박하다고 할까 어떻든 혜영은 그런 미스터 박이 싫지는 않다. 학생 때 혜영을, K 호텔의 그릴에서 놀랄 만큼 호화로운 점심을 대접한 일이 있었다. 아무 이유도 아니고, 전날 밤 꿈에 혜영을 보았는데 그녀의 용모나 언행이 하도 마음에 들어 잠을 깨니 마치 이상경에 있는 것과 같은 느낌이었다는 것이다. 그렇다고 미스터 박은 그 후 혜영에게 추근추근히 군 일도 없고, 서로가 여느 때처럼 공부만 하다가 졸업했다. 그래서인지 마지막이라고 만나달라는 데에 조금도 어색한 느낌이 없다.

쏟아지던 비는 멎었으나 하늘은 역시 검게 찌푸리고 있다. 동쪽 어딘가에서는 소나기가 내리고 있는지 하늘이 새까맣다. 택시의 미터가 짤깍 소리를 낸다. 오원이 올랐다.

미스터 박을 만나 요즈음 대 인기라는 스파이 영화를 보고, 세시에는 경숙의 결혼식에 가고, 거기서 서용을 만나 서점과 데파아트에서 쇼핑하고, 여섯시에는 미스터 김을 만나……방학 첫날인 어저께부터 줄곧 쉬지를 못하고 있다. 어저께는 윤선생 배웅하러 김포까지 택시로 달렸다. 대나무가 쪼개지는듯한 소리를 내며 비가 무섭게 쏟아졌는데도 비행기는 유연히 떴다. 현대 문명이 예까지 왔는가 하고 혜영은 새삼스레 감탄했었다. 몇 년을

꾸준히 만나온 윤선생이었으나, 결국 헤어지는 순간까지 악수 한 번 안
하고 말았다. 윤선생도 가족들과 따로, 혜영하고만 택시에 타서 비행장까지
갔으니, 그쪽 가족이나 혜영의 어머니가 애인끼리려니 여기는 것도 무리는
아니다. 그러나 두 사람은 아직 애인이라고 할 수는 없는 것 같았다. 혜영은
윤선생이 좋았고, 윤선생도 혜영을 좋아하고 있는 줄 아나, 연애라면 적어도
《죽음의 승리》의 입보리타나 죠르지오의 사랑과 같은, 아니면 《백치》」의
나스타샤나 라고진의 사랑이라든다 《부활》의 카추샤의 사랑 정도가 아니면
연애라고 생각할 수 없는 혜영이었다. 그런 인물들의 연애 감정 같은 것을
그녀는 경험하지 못한 것이다. 윤선생이 값진 선물도 가끔하고 데이트도
늘 혜영과 하고, 혜영이 결혼하는 날은 먹지 못하는 술에 흠뻑 취해 있을
거라는 따위, 어찌 보면 사랑의 고백 같은 말도 하나, 결혼이라는 말을
한 일이 없으니, 혜영이 넘겨짚고 한 발을 더 내디딜 필요는 없었다. 그들은
어디까지나 '친한 사이'를 유지하고 있을 따름이다. 혜영의 친구들은,
콧대가 서로 높으니 무엇이 되겠느냐는 둥, 혜영이 너무 세어서 퇴짜 맞을까
보아 남자들이 그녀의 주위를 빙빙 맴돌고만 만다느니
　"제아무리 잘나도 나이가 나인 걸 뭐."
　"팔자가 센 탓이야."
하며 흉도 보고 딱하게 여기기도 했다.
　극장 가까이의 다방이어선지 시간이 이른데도 자리가 거의 차 있다.
미스터 박이 가운데 자리에서 벌떡 일어섰다. 학생 때의 모습 그대로다.
달라졌다면 살이 좀 쪘다 할까.
　"미스 리, 그냥 그대로세요. 조금도 안 변하셨습니다."
　미스터 박이 반가움을 온몸에 감추지 못하고 손을 내밀었다. 혜영도 얼른
악수를 나눴다. 그리고 아차 미스터 박은 악수를 청할 만큼 달라졌구나
생각하며 속으로 웃고, 또 그녀 스스로도 윤선생과는 한 번도 악수를 하지
않았는데도 딴 사람들과는 예사로 그럴 수 있는 점에 생각이 미쳤다. 역시
윤선생이 좋은가 보았다.
　1 회째인데도 영화관 밖은 관객들로 북적대고 있다. 벌써 두 달 계속하는
것으로 보아 인기가 대단하기는 한 모양이다. 미스터 박이 암표를 사두어서

그들은 곧장 관내로 들어갔다. 계속하는 우천으로 가뜩이나 습기가 많은데, 바람기 하나 없이 밀폐된 극장 안은 냉방장치가 피부에 불쾌했다.

화면은 스릴의 연속으로 죽느냐 죽이느냐의 긴장이 계속하고, 애석하게도 제2주인공이 악한의 총에 쓰러지는데 주인공은 아슬아슬하게 빠져나가고 있다. 만화의 연속 같아 혜영은 지리해진다. 좌우를 돌아보니 스크린의 빛을 받는 얼굴들이 모두 눈을 똑바로 뜨고 열중하고 있다.

"나는 왜 열중 못하는지? 그래서 연애도 못하나봐"

혜영은 속으로 생각했다. 영화는 결국 해피 엔드로 끝났다. 해피 엔드는 기분에 부담을 주지 않아 좋다.

극장에서 나오자 그들은 서로 보고 정답게 웃었다. 어느 쪽도 영화에 대해서는 말을 하지 않았다. 열두시 오십분이다.

"세시까지 시간이 있다고 하셨지요? 점심 같이 해주시겠어요?"

혜영은 그러겠노라고 하고 우산을 펴 들었다. 가랑비가 내리기 시작했다. 그들이 한길가에 나오자 까만 세단이 그들 앞에 미끄러지며 선다. 운전수가 내리더니 정중히 문을 연다. 미스터 박의 자가용인가 보았다. 혜영에게는 뜻밖이었다.

차가 잔잔히 달리는데 창 밖은 금방 폭우로 변한다. 경숙의 결혼식이니까 세 시부터는 비가 멎었으면 하고 혜영은 생각하고 있었다. 웨딩드레스에 빗방울이 떨어지면 어떡하나……식장도 좋은 데가 아니고 조그만 교회라는데…….

경숙은 대학은 다르나 중학이 혜영과 같고 또 같은 학교의 무용 선생이었다. 연애 끝에 하는 결혼이 아니고 그냥 해본다고 했다. 살다 싫으면 그만둘 작정이라고 하루에도 몇 번씩 되뇌이고 있었다. 어떻든 올드미스 생활에 싫증이 나서 결혼해보노라고 한다. 신랑감도 역시 남자 고등과의 선생에 불과하고, 교외에 후생 주택 하나는 가지고 있을 정도의 재력이며 생김새나 체격, 성격 모두 두루 합쳐서 65점밖에 안 된다고 했다. 그러니까 낙제점을 면하고 겨우 5점을 딴 셈이다. 호화롭게 결혼식을 올릴 처지도 아닐 뿐더러 기분도 나지 않아 방학을 이용해서 간단히 식을 해치운다는 이유로, 하필 덥고 비오기 쉬운 한여름날에 식일을 정한 것이다. 그렇게

성실치 않은 마음으로 무엇하러 결혼하느냐고 정색을 하면 그냥 해본다는
지론으로 그녀는 여간 태연하다.

차가 K 호텔 앞을 지났다. 미스터 박이,

"저기 기억하세요?"

한다. 대학생 때 혜영을 꿈에 보았다고 점심 대접을 한 것을 말하는 것이다.
혜영은 고개를 끄덕였다. 미스터 박의 얼굴에 어린아이 같은 웃음이 퍼졌다.
혜영이도 티없이 기분이 밝아진다.

"지금은 은행이 되었답니다. 증축하고……."

"참 그렇다지요."

"변화가 빠르지요?"

그들은 다시 웃고 있었다. 혜영은 잠시 학생 시절로 되돌아간 것 같다.
빗발이 조금 조용해졌다. 차가 K 호텔 앞에서 멎었다.

"요즈음은 여기 그릴의 음식이 제일 좋다고들 해서요."

미스터 박이 한마디 하며 내린다. 신장 개업이라고 신문 광고에 크게
났던 것을 혜영도 본 일이 있다.

아침에는 토스트, 점심은 학교 근처의 국수, 저녁에는 혜영이 스스로
하는 밥이나 반찬도 힘들여 만들지 못한다. 그런 입에는 이처럼 맛있는
프라이드 치킨은 처음일 수밖에 없다. 어쩌다가 윤선생의 대접으로 일류
양식점에서 먹은 일도 있으나 그 맛이 이만하려면 어림도 없다. 아마도
기름 따위 재료기 일등 좋은 모양이다. 그래선지 테이블이 거의 메워져
있다.

"미스터 박은 무얼하세요?"

혜영이 아까부터 궁금하던 것을 물었다. 미스터 박은 거북한 듯이 한참
만에

"취직 자리도 없고 해서 아버지 일이나 거들어드리고 있습니다."

"아버지는 무얼 하시는데요?"

혜영은 공연히 묻는구나 했다. 거기까지 알 필요는 없는 것이다.

"A 물산입니다."

혜영은 속으로 놀랐으나,

156

“그러세요 ? ”

하고 덤덤히 넘겨버렸다. A 물산이라면 너무도 유명한 재벌이다. 데이트가 끝나니까 두시 십분이다.

“미스 리, 한 가지 부탁이 있는데…….”

“…… ? ”

“약혼자가 대구서 교편을 잡고 있어서요. 약혼 선물을 좀 골라주셨으면 합니다.”

혜영은 무엇인가 좀 이상한 느낌이 들었으나,

“그러지요.”

했다. 다이아몬드 반지 등 귀금속을 산다는 것이다. 생각하면 이상할 것은 없다. 친구로서 좋다 그르다 하고 말로 도와주지 못할 것은 없지 않은가. 그들은 혜영의 어머니의 단골로 곧장 가기로 했다. 귀금속은 단골이 아니면 물건이나 가격이나 믿을 수 없기 때문이다. 여러 곳에 다녀보아서 여러 가지를 보는 것이 좋은데 경숙의 결혼식에 닿아 가려면 시간이 없기도 했다.

비는 멎었으나 하늘은 또 쏟아질 것 같다.

둘째 번 카운터의 비취빛이 혜영의 눈을 사로잡는다. 그녀는 단골은 아니나 거기서 발을 멈추고 두터운 유리 속을 들여다보았다. 다이아몬드, 사파이어, 루비, 오팔, 가아넷, 아레끼산, 토파즈, 터마린, 자수정, 비취, 호박, 진주……등속이 인공 보석과 함께 갖가지 세팅으로 눈부시다. 얼핏 보기에 찬란하나 자세히 보니까 비취는 깨끗지 않고, 다이아몬드는 세팅이 세련되지 못하고, 대지의 어머니의 마음의 핏방울이라는 사랑의 상징인 루비도 다만 흐릿한 분홍빛이다. 오팔은 여러 가지 빛이 점을 뿌린 듯 얼룩져서 혜영의 취미에 맞지 않는다. 다음 진열장도 거의 비슷하나 옥가락지가 좋은 것이 있다. 신록빛이다. 아마도 속옥인가 보다. 그러나 가락지는 손가락에 맞지 않으면 아무 소용이 없는 것이다.

‘비취에 그만한 빛이 있으면 얼마나 좋아 ? ’

혜영은 속으로 말했다. 다음 진열장으로 옮겨가는데 미스터 박이,

“시간 괜찮으신가요 ? ”

한다. 혜영은 깜짝 놀라 미스터 박을 돌아다보고 눈을 깜박이다가 한 번 미소했다. 그의 존재를 잊고 있었던 것이 우스웠다. 두시 사십분이다. 이십분남짓 보석에 열중한 셈이다.

'역시 나는 여자는 여자인가 봐'

뜀질이 빨라, 아무도 이기지 못하는 여신이 있었는데 어느 날 경주에서 한 가지 아이디어를 짜낸 남신이, 뛰는 길에 황금을 뿌렸더니, 그것을 줍느라고 그 여신은 그만 지고 말았다는 희랍의 신화 이래로 황금에 매혹되지 않은 여자는 없는 모양이었다. 혜영은 다시 속으로 웃었다.

'아름다움에 열중한 것이지, 그 값어치에 열중할 리야 없지……그렇게 꼬치꼬치 따지고 있으니까 남들 말대로 남성들이 주위를 맴돌고만 마는 게지'

웬만한 일에 열중할 수 없기 때문에 이십분이나 마음이 끌린 자신에 대해서 혜영은 그냥 웃고만 넘길 수 없었던지 이러쿵 저러쿵 혼잣말을 했다.

단골로 가며 찻잔이 있는 진열장에 곁눈질을 보냈다. 눈에 뜨이는 것이 없다. 단골에는 스퀘어로 된 다이아몬드가 마음에 들었다. 데코레이션이 산뜻하다. 일캐럿 이부다. 삼십팔만 원이나 한다. 미스터 박도 그것이 좋다고 한다. 다른 집에는 없는 에머랄드가 있다. 팔미리쯤의 정사각형 에머랄드에 언저리가 작은 다이아몬드로 장식되어 있다. 삼십육만 원이다. 에머랄드는 맑은 날의 싶은 바다빛 같다고 하지만 정말로 아름답다. 조금 더 컸으면 좋겠으나 작은 대로 또 깜찍한 맛이 한층 사랑스럽다. 혜영은 그것도 추천하고 싶은데 예산이 어떨까 해서,

"저것도 좋지요?"

하니까, 미스터 박은 선뜻,

"사지요."

한다. 모두 칠십사만 원인데 아직도 넉넉한 표정이다. 혜영은 어디까지 가야 손을 드나 싶어 십오만 원 짜리 천연 진주를 가리켰다.

"사지요. 백만 원까지 할랬는데 예산이 조금 넘어도 좋습니다."

'백만 원? 집 한 채다!'

그녀는 속으로 한숨을 내쉬었다.

'나한테는 이런 부자가 안 걸려. 역시 돈과는 인연이 없는 팔자야!'

그러나 그다지 마음 아픈 일은 아니다.

"미스 리 브로치가 참 좋았어요. 자수정으로 세트를 사지요."

미스터 박이 혜영이의 우비의 가슴께를 보며 말한다. 아까 점심 먹을 때에 눈여겨 보았던 모양이다. 자수정은 너무 짙은 것은 숫제 검은 빛이 나서 나쁘고, 너무 엷은 것은 유리 같다. 고상한 감을 줄 만한 보라빛은 팔각으로 커팅한 것이 브로우치만도 이만오천 원이다. 크기는 가로가 3센치, 세로가 1.5센치 정도이나 은장(銀張)으로 된 데코레이션이, 한복에도 양복에도 어울릴 것 같다. 목걸이는 자수정이 큰 것 작은 것이 모두 아홉 개로 된 것이 구만 원이다. 이것은 세팅이 백금이라 비싸다고 한다. 모두 백만 오천 원인데 오천 원을 혜영이 겨우 깎았다.

주인이 반지 셋을 혜영의 손가락에 끼우려고 한다. 사이즈를 맞춰보려는 것이다. 혜영은 얼른 손을 비켰다. 남의 약혼 반지를 끼어볼 생각은 없었다.

"모두 선물할 거예요. 본인이 와서 고쳐달라면 잘 해주세요."

혜영의 말에 주인은,

"나는 미스 리가 약혼하신다고? 그런데 언제 국수 먹일려고 그래요?"

결혼한 사람은 노처녀에게 이런 말을 할 때에 약간의 우월감을 갖는 모양이었다. 혜영은 웃기만 한다. 처음 몇 번 들었을 때는 불쾌했는데 이제 밝게 웃어넘긴다. 결혼해서 파경을 겪은 사람이나, 경제적으로 갖은 고생을 하는 사람도 역시 결혼했다는 사실만으로 우월감이나 안도감 같은 것을 갖는 것을 보면, 혜영은 마치 입학하기 힘든 대학에 시험을 쳐서 불합격한 사람이 응시했다는 사실만으로 우월감이나 안도감을 갖는 것을 보는 것과 같은 기분이 된다.

쇼핑이 끝나자 그들은 급히 차에 올랐다. 세시 오분 전이다. 차는 번잡한 을지로를 피해서 남산 뒷길로 들어서자 스피드를 낸다. 아무래도 십분 안팎은 늦을 것 같다. 청첩장에 식장 약도가 있어서 M 교회는 이내 찾을 수 있었다. 약도 때문에 다른 청첩장처럼 화려하거나 산뜻한 것은 못 되나 이렇게 다급할 때는 여간 편리하지 않다. 경숙은 역시 빈틈이 없는 여자였다. 경숙은 크리스찬은 아니나 신랑이 이 교회에 몇 번 나온 일이 있다는 이유로 잘 되었다고 대뜸 식장으로 정한 것이다.

차에서 내리자 열 댓층 가량의 계단 위에 교회 대문이 있었다. 소나기라도 심하게 왔으면 긴 웨딩드레스는 아무래도 젖고 말았을 것이다. 계단은 시멘트로 되어 있으나 흙물방울이 튀지 않을 리가 없다. 경숙은 결혼에 너무 성의가 없어! 하고 생각하며 혜영은 급한 걸음으로 계단을 올라갔다. 식장 입구에서 사람들이 손에 답례용 상자 비슷한 것을 들고 나오고 있다. 혜영은 얼른 시계를 보았다. 세시 십육분이다. 설마 식이 끝난 것은 아니려니 하고 식장으로 달려가니까 식은 이미 끝나고 신랑 신부의 기념 촬영을 하고 있다. 혜영은 조금 멍해지는 머리를 가다듬으며 플래시가 터지는 것을 기다렸다가 경숙에게로 갔다.

"늦어서 미안하다. 정말 예쁘구나."
하는 말도 어쩐지 건성 공중에 뜬다.

"네가 결혼 선물로 준 인형 현관에 들어서자마자 보이게 놔두었어."
경숙의 음성은 또랑또랑하다. 혜영이 늦은 것을 책하는 티도 없다.

"제 친구 이혜영 선생이에요."
신랑이 고개를 숙여 인사를 했다.

"부끄러워할 것 없어요!"
경숙은 놀리는 투로 신랑에게 눈을 흘긴다. 흘기는 눈매에 애교가 넘치고 있다. 신랑은 결코 경숙이 말하던 대로 육십오 점짜리가 아니었다. 늠름한 태도며, 체격이나 생김새나, 아무리 깎아보아도 팔십점은 넉넉히 받을 자다. 경숙이 너무나 행복하게 보여 혜영은 속으로 당황해지는 것을 어쩔 수가 없다.

"색시라는 게 저렇게도 부끄러움이 없으니 참……."
경숙의 어머니가 한쪽에서 한숨을 쉬고 있다. 경숙은 축하객에게 둘러 싸여 이따금씩 소리를 내며 웃고 있다.

합승 정거장까지 걸어나오며 서용은 줄곧 투덜대었다. 신랑 못났다고 그렇게 야단이더니 저보다는 백배나 났지 뭐니. 누가 새치기해갈까봐 그랬나? 목사가 주례를 하는데 '하나님의 은총으로……'부터 '아멘'까지 이분, 선물 교환이 번개처럼 끝나고, 고 2의 남경자가 피아노 반주까지 모두 삼분쯤 축가라고 빽빽거리고 고만이야. 손님도 노인네 이빨 빠진것처럼 (예배 의자가 텅텅 비어 있었던 모양이다) 청하구선……. 저 혼자 좋아서 어쩔 줄 모르고 있어. 답례도 삼십 원짜리 세수 수건이야. 빛깔도 시퍼렇고……. (서용은 어느 사이에 뜯어보았는지 그것까지 알고 있다) 결혼식 비용 안 들이려고 미리부터 신랑이 어떻다는 둥 그냥 결혼해본다느니 하고 연막을 친 거야. 걘 순 깍쟁이야. 남의 기분은 망쳐놓고 저 혼자만 좋아 야단이야. 그렇게 엉터리로 식을 하려면 사람을 왜 오랜대? 서용은 계속 혼잣말을 하며 흥흥하고 기막히다는 듯 콧숨까지 내쉰다. 꽤는 기분이 상한 모양이다. 매사 사치스러운 것을 좋아하는 서용으로는 당연한 불만일 게다. 그러나 남의 결혼식이 화려치 않다고 불평하는 것도 우스운 일이다. 혜영은 웨딩드레스까지 쎄미쌔크의 외출용 원피스와 다름없이 무릎까지 오게 만들어 입은 경숙을 생각하니, 그 철저한 실제주의에 새삼 놀랐다.

웨딩드레스는 한 번 입고 쓸모가 없어서 일생 농 속에 넣어두거나, 그것을 칵테일이나 외출용으로 개조하느라고 따로 비용을 들여야 하는데, 경숙은 그런 것을 계산에 넣어 애초부터 외출용으로 만들어버린 모양이다.

합승이 세종로에 올 때까지 가랑비는 멎었다 뿌렸다 한다. 백화점에 가서 수용복을 사겠다는 서용을 수영복 고르려면 시간이 걸리고 책은 금방 살 테니까 서점 먼저 들르자고 혜영이 우겨서 그들은 서점으로 먼저 가기로 했다.

천장까지 닿은 책장을 세밀히 살펴보아도 '씽'의 희곡집은 보이지 않았다. 점원더러 물으니까

"씽요? 씽? 씽?"

하면서 고개를 갸우뚱거린다. 씽이 누군지 모르는 모양이다. 그는 계속 고개를 갸우뚱거리며 카운터로 가더니 장부 같은 것을 들춰보고

"하하, 나갔습니다. 주문하시지요."

한다. 며칠이나 걸릴지 하니까,

"글쎄요, 삼주일 잡으실까요?"

한다. 방학 동안에 읽을까 했는데 삼주일은 너무 길다. 혜영은 다음 서점으로 갔다. 서용은 혜영을 재촉하듯이 우두커니 서만 있더니 미술부 책장 앞에 서서 화집이랑 미술 서적을 들춰보고 있다. 이 집에도 씽의 희곡집은 없다. 혜영은 세종로 일대의 서점은 빠짐없이 들를 양으로 다음 집으로 가려니까, 서용이 콧소리 섞인 음성으로

"얘!"

한다. SKIRA 판의 모던 페인팅을 보이며,

"전부터 사고 싶었는데 없었거든? 지금 놓치면 또 언제 만날지 몰라."

한다. 혜영이,

"사지 그래?"

하니까,

"이걸 사면 수용복은 못 사."

하며 서용은 울상이 된다. 혜영은 이때를 놓칠세라 하고,

"수용복 까짓것 사면 무엇 하니? 그것도 오천 원은 주어야 하지? 비싼 것 사도 쓸모가 없어. 내년이면 유행이 바뀌지. 게다가 지금처럼 비가 와서는 올해는 바다 재미도 틀렸지 뭐."

그녀는 어떻든 화집을 사게끔 하느라고 말이 길어진다. 수영복보다 화집을 더 평가해서가 아니라 서용은 쇼핑에 까다로워 옷 한 가지를 사려면, 그 선택에 망설여서 몇 시간을 소비하고 겨우 하나 고르더라도 백화점 문 밖에 채 나오기도 전에 공연히 이걸 샀어, 그것으로 할 것을…… ! 하고 후회하는 것은 물론, 당장이 아니면 다음 날에라도 기어이 바꾸고 말기 일쑤이기 때문이다. 바꾸어도 상관없는데 따라갔던 혜영을 증인겸 빽(?) 으로 삼으려는지 꼭 동반해달라고 조르기 때문에 서용이 쇼핑한다면 혜영은 말리느라고 은근히 애를 썼다.

"돈 모자라면 빌려줄게."

혜영은 이쯤까지 나간다.

"응, 집에 가면 있어. 그렇지만 오늘 꼭 수영복 살려고 했거든."

"오늘만 날이니, 내일 사지 그래. 오늘은 이걸 사."

서용은 겨우 고개를 끄덕였다. 화집은 300 대 1 로 팔천사백 원이나 한다.

혜영이 사년 전에 샀을 때는 삼천오백 원이었다. 그녀는 아파트의 책장에 가득 꽂힌 화집이며 외서를 머리속에 그리며,

'나는 부자구나!'

하고 흐뭇해진다. 서용은 혜영에게서 삼천 원을 빌려서 모던 페인팅을 샀다. 사고도 임프레셔니스트니, 차이니즈 페인팅 등의 화집을 들추어보느라고 여념이 없다. 미술 전공이니 당연한 일이다. 혜영은 미스터 김을 만나기까지 한 시간이나 있고, 명동까지 가는 시간을 십오분쯤 치더라도 앞으로 사십분은 여유가 있었다. 혜영도 서용이 페이지를 넘기는 대로 그림을 보고 있다가 문득 씽의 희곡집 살 것이 생각나서 서용을 재촉해서 다음 서점으로 옮겨갔다. 거기에도 씽은 없다. 두 집이나 더 들려서 겨우 찾았으나 천육백 원이나 한다. 두고 보느니보다 읽기 위한 것이니까, 페이퍼백의 포켓북이면 되는데 제본 때문에 공연히 비싸다. 그러나 페이퍼백으로 된 것은 없으니 하는 수 없이 그것을 샀다.

갖고 싶었던 것을 구하고 나니 마음에 여유가 생긴다. 혜영은 신간이나 혹시 읽고 싶은 것이 없나 하고 책장을 두루 살펴보았다. 서용이,

"얘, 가자 그만!"

한다. 다섯시 반이다. 다방에 먼저 갈 생각은 없어 혜영은,

"기왕 왔으니 조금 더 보고……."

했다. 서용은 기어코 나가자고 팔을 끈다. 서점 밖으로 나오자 그녀는

"아무래도 수용복은 보아두기라도 해야겠어."

한다. 따라가자는 말이다.

"사지도 않을 걸 보기만 해서 무엇 해."

"보고 또 보고 해야 막상 샀을 때 후회가 없어."

혜영은,

"사실은 누굴 만나기로 해서……."

했다. 합승이건 버스건 택시건 타는 거라는 것은 엄두도 못 내게 붐빈다. 하필 러시 아워다. 한 정거장이니 그들은 걷기로 했다.

"좋은 사람?"

"아니 저번에 내 친구가 저희네 시댁 사람이라고 소개했는데……."

"맞선 본 거니?"

"아니 그냥 점심 먹자고 해서 나가니까 그 사람이 있지 않아? 줄곧 나를 관찰하는 걸 보니까 그쪽에서는 맞선 보러 나온 것이겠지."

"기분이 나쁘다 애. 이쪽 의사도 안 묻고……."

"기분좋지는 않지만 그런 데까지 기분 쓸 것은 없을 것 같아."

"응, 애초부터 딱지 놓았구나……."

"그런 셈인데 오늘 또 우물쩍하다가 시간 약속을 해버렸어. 그만두고 너나 따라가야겠다."

"싫어, 싫어. 가보아. 두 번 보면 좋아지는 수도 있고 또 남자들은 많이 사귀어 두면 쓸모가 있는 거다."

혜영은 서용의 말에 웃었다.

"웃을 게 아니야. 나도 이년 전에 맞선 본 사람이 있었는데, 글쎄 내 동생 유학갈 때 잘 써믹있어. 요는 거절할 때 매끈히게 해야 해. 그렇지 않으면 웬수 산다. 그러니까 약속했으면 가야 해."

"이 사람은 유학할 때 쓸모있게 보이지는 않아."

"얘는 꼭 유학할 때뿐이니? 직업이 무언데?"

"제지공장 사장이래. 나이 젊은데 말야."

"잘 됐어, 취직 부탁하기 알맞지 않니?……"

"누구 취직?"

"애가 왜 이렇게 맥혔어. 그래 아무나 네가 보아줄 만한 사람 없니? 친척이나 동무의 남편이나……."

혜영은 또 한 번 웃었다. 서용이 자그마한 데까지 주의가 가는 것이 참말 여자다워 귀엽고, 당장 누구의 취직 부탁이라도 하듯이 심각해지는 말투가 우습다. 소공동 가까이 오니 혜영은 조금 피로해진다. 오버슈즈를 신어 발이 무겁고, 우산도 들은 데다가 아침부터 계속 서있는 셈이니까 그럴 법도 하다. 마음도 안 내키는데 몸까지 피로하니 미스터 김을 만날 생각이 점점 희박해져감을 어쩔 수가 없다.

"네 말 참 옳은데 어떻게 하면 매끈하게 거절하는 거냐?"

"유학 간다고 해. 나는 그림 그리니까 파리로 가게 되었다고 잘 하지"

서용은 까르르 웃었다. 그 말을 했을 때의 상대편의 표정이 생각나는 모양이다.

"대개는 두말도 않고 물러서지만 기다리겠다는 사람도 있어."

"반했구나!"

"그런 사람치고 반 년이 못 가서 결혼하더라 얘!"

서용은 아랫입술을 오므라트리며 멸시하듯이 홍! 하고 콧숨을 내쉰다. 서용은 쓸모가 있을 듯하면 일단 맞선을 보았다고 한다. 그러나 맞벌이해야 할 자리는 싫고 (고추장 된장 속에 손 집어넣는 것이 싫어서 직장을 갖는다면 모르되 결혼해서까지 직업을 갖는 것은 남보기에 창피하고, 제가 번 돈을 제공할 만큼 좋은 남자도 없으니 이런 자리는 싫고) 살기 넉넉해도, 형제가 많아서 이리저리 신경을 쓸 자리는 절대로 싫고, 그렇다고 어디의 말뼈다귄지 소뼈다귄지 모르는 가문은 싫고, 교육 없는 집 아들은 싫고, 양가의 문화가 비슷해야 하고…….

"혼자 사는 게 제일 속 편해. 가사 선생보아. 아이 가져서 배가 동산만 해가지고……얼굴에는 기미가 꽉 끼고 남편은 쥐꼬리만치 버는 주제에 고기 반찬 아니면 밥 안 먹는다지?"

혜영은 그 말에는 고개를 끄덕였다. 정말 그런 처지라면 왜 결혼해야 하는지 모르겠다. 가사 선생은 결혼하고 이년동안 새로 만든 옷이라고는 양단 저고리 하나밖에 없다. 많지도 않은 월급은 살림살이에 몽땅 들어갔다. 남편은 술 잘 마시고 외박도 잦다고 한다. 그녀는 학교에서 일하고 집에 가서는 빨래하고 부엌일 돌보느라 종일 쉴 사이가 없었다. 그만한 희생도 아깝지 않을 만큼 남편을 사랑하느냐면 그렇지도 않은 것 같다. 그런데도 가끔 혜영이들을 보고, 어서 결혼해야지 나이 먹는다고 제법 동정하는 말투다. 서용은 그럴 때마다,

"귀 코가 다 맥혀!"

하고 그녀 뒤에서 야단스럽게 제 가슴을 두들겼다. 혜영도 가사 선생보다는,

"결혼해서 좋은 것은, 비 오고 바람 불 때 혼자 자면 무서운데, 옆에 누가 자니까 아무렇지도 않거든? 문소리가 나도 전에는 도둑이나 아닌가 하고 떨었는데 인제는 쿨쿨 자지 뭐. 좋은 것은 그것뿐이야."

하고 말하는 음악 선생이 훨씬 좋았다.

혜영은 결혼 무용론자도 아니고 서용처럼 조건이 나빠 안 하는 것도 아니었다. 어쩐지 결혼할 염이 나지 않는 것이다. 어떤 친구는 윤선생이 마음을 사로잡고 있어서 그렇다고 하나, 혜영은 그것을 수긍할 수는 없었다. 결혼하고 싶을 만큼 좋은 남성을 아직 못 만났을 뿐이다. 윤선생은 보고 있으면 그 진실성이나 젠틀맨쉽이나, 지성이나, 취미나 외양이나 나무랄 데가 없어 좋았다. 그러나 헤어지고 나면 어딘지 그녀의 마음이 꽉 채워지지 못한 것같은 아쉬움이 있었다. 젠틀맨쉽을 지니느라고 윤선생이 적극성이 없는 탓인지도 모른다.

미도파까지 오자 혜영은,

"너하고 수영복 보기로 했다."

하고 결심한 듯이 말했다. 서용이 고개를 쌀쌀 흔들며,

"글쎄 내 말 들어. 매끈하게 안 하면 웬수 산다. 가서 미국 가게 되었다고 은근히 말해. 글쎄, 내 말대로 하라니까."

한다.

"정말 만나고 싶지 않아."

서용은,

"내 말대로 안하면 수용복 나도 안 볼 테다."

하고 화를 낸다. 혜영은 고소하며 서용과 헤어져서 찻길을 건너갔다.

멍동 입구로 발을 옮기다가 그녀는 갑지기 오른편으로 휙 돌아섰다. 아파트로 가는 합승을 타려는 것이다. 아무래도 미스터 김을 만날 기분이 나지 않았다. 합승은 오는 것마다 만원이고 어쩌다가 자리 하나쯤 있으면 기다리던 이들이 왈칵 몰려가기 때문에 도저히 탈 엄두도 낼 수 없다. 그녀는 천천히 기다릴 양으로 아예 멍하니 서 있었다.

가랑비가 내리기 시작했다. 비닐 우산 파는 아이들이 소리를 치며 다니고, 사람들이 우산을 받으니까 정거장은 한층 붐비는 것 같다. 합승은 잇달아 와서 멎었다 가고, 어떤 것은 멎지도 않고 그냥 질주한다. 혜영은,

"미스 리."

하고 부르는 소리에 깜짝 놀라 뒤돌아보았다. 일주일 전에 다방에서 우연히

만난 최학구씨다. 반짝이는 그의 눈에 반가움이 불길처럼 내솟고 있다. 그는 가까운 과자점으로 그녀를 덮어놓고 밀어넣는다. 자리에 앉자 아이스크림을 시키고,

"미스 리, 얼마나 만나려고 애썼는지요!"
하고 한숨을 내쉰다.

"동창회 명부를 보고 학교에 나가시는 줄 알았지요. 학교에 전화를 하니 할 때마다 수업 중이고, 나가시고……할 수 없어서 엽서를 내었는데 안 받으셨습니까?"

받기는 했으나 혜영은 그가 지정한 날짜를 깜빡 잊고 있었다. 학구는 혜영의 대답을 기다리지도 않고

"'아랑'에서 두 시간을 기다려도 안 오셔서 그저께는 학교로 갔더니 방학이라고 하지 않아요? 주소록을 보아서 겨우 전화 번호를 알았는데 어저께 오전에 아파트로 갔더니 외출중이시고, 밤에는 거기 전화가 고장이고, 오늘은 아침부터 전화를 했는데 내리 통화중이에요. 그 아파트 교환대는 어떻게 된 모양이지요?"

학구는 단숨에 그간에 지낸 일을 쏟아놓더니 전화 얘기를 하며 사뭇 화를 낸다. 일주일 전에 서용이와 저녁을 먹고 다방에서 차를 마시는데 학구가 불쑥 인사를 건네어 왔었다. 과는 다르나 대학의 이년 선배였다. 그의 훌륭한 체격이나 남성다운 생김새가 남달리 눈에 뜨이는 타입이었다. 콤파스가 긴 탓도 있겠으나 허리를 조금 굽혀 성큼성큼 걷는 양이 마치 호랑이라도 잡을 듯이 공격적인 인상을 주었다. 학교 때는 한 번도 말을 나눠본 일이 없으니까 혜영과는 초면인 셈인데도 그는 졸업하자 미국에 유학갔었다는 등 박사 학위를 못 땄으나 여기서 이태쯤 지내다가 다시 가서 학위 논문을 낼 생각이라느니, 지금은 모교에서 시간 강사로 있다는 말까지 했다. 그리고 혜영의 이름을 확인하고 친구들과 같이 왔으니 하는 수 없이 그냥 간다고 하며 아무도 붙들지도 않는데도 혼자 미안한 얼굴로 일어섰다. 문학 강의를 같이 들은 일이 더러 있어서, 혜영의 얼굴만은 뚜렷이 기억하고 있었다고 한다.

폭포처럼 일 초의 여유도 없이 쏟아져 나오던 말이 잠시 뚝 끊어졌다.

의자를 좀더 테이블 가까이로 당기기 위해서였다.

"미스 리! 지금부터 저와 저녁 식사를 같이 하시고, 조용한 데서 주스라도 마시고, 그리고 아파트로 가십시오. 괜찮지요?"

학구는 혜영이 대답할 사이도 주지 않고,

"자!"

하며 혜영을 앞세운다. 그녀는 거절할 겨를도 없이 그의 앞을 걸어 과자점을 나왔다.

빗줄기가 아까보다 세차졌다. 여섯시 사십오분이다.

"양식으로 하실까요?"

혜영은 점심에 양식을 먹었기 때문에

"중국 요리가 좋아요."

했다.

"잘 됐습니다. 차이나 호텔이라는 데에 가보셨습니까?"

"말만 들었어요."

"그러면 거기 한 번 가보십시다!"

그는 빗속을 성큼성큼 걷기 시작했다. 차이나 호텔은 합승으로 한 정거장 거리에 있었고 택시나 합승을 탈 것은 애초 염도 낼 수 없는 러시 아워였다.

음식은 특별히 맛있지는 않았으나 그릇이 다른 중국 요리점에서는 볼 수 없는 것들이다. 사면에 신선이 그려진 중국의 가마 모양의 조그만 전기 스탠드가 테이블 가운데 놓여 있을 뿐 아무런 조명도 없어서 사방이 어둡다. 그 희미한 불빛 속에서도 학구의 눈은 여전히 반짝이고 있다.

"저는 이렇게 어두운 데서 밥먹는 것 질색입니다."

학구가 화난 듯이 큰소리로 성급히 말한다.

"차나 술을 마시는 것은 기분이니까 기분 내느라고 어두워도 좋으나 밥먹는데 깜깜하니 소화가 안 돼요."

혜영은 동감이었으나 잠자코 있었다. 찬성하면 기운이 나서 더욱 투덜댈 것 같고, 반대하면 그의 설에 동의하게끔 어디까지나 설득할 기세여서다. 소화가 안 된다고 하면서도 학구는 혜영보다도 더 맛있게 먹고 있다.

그릴에서 나오자 그들은 팔층의 스카이라운지로 갔다. 창 밖은 폭우가 뽀얗게 쏟아지고 있다. 어두운 불빛 속에서 테이블마다 오손도손 애깃소리가 났다. 혜영은 '엔젤스 키스'를 시키고, 학구는 '맨해턴'을 주문했다. 연분홍에 우유빛을 섞은 듯한 아름다운 '엔젤스 키스'가 이내 날라져왔다. 그들은 서로의 칵테일을 한 모금씩 마셨다.

"미스 리!"

학구가 힘찬 저음으로 한 번 부르고 잠시 침묵한다. 그 침묵은 앞으로 도도히 흘러나올 구변을 준비하고 있는 것 같다.

"미스 리!"

학구는 한 번 더 혜영을 부르자 잇달아 굵직한 음성으로 쏟아놓는다.

"저와 결혼해 주세요. 저는 미혼이고, 연애 같은 것도 진짜로 해본 일이 없습니다. 미국 있을 때 애인을 구하느라고 혈안이 되었지만 허탕치고 귀국해서도 애써 돌아다녔지만 없었어요. 중매 결혼이라고 해서 색시의 사진도 열 장이 넘는데 마음에 안 들어요. 마음에도 없는 색시를 만나보아 무엇하겠어요? 미스 리를 보았을 때 저는 펄쩍 뛰고 싶을 만치 좋았습니다. 미스 리, 저는 미스 리의 환경을 잘 모릅니다. 그러나 전에 결혼한 일이 있으시더라도 현재 결혼만 안 하시고 계시다면 저는 좋습니다. 저의 집은 돈은 없고, 아버지는 Y은행의 전무고, 어머니가 계시고, 시집간 누이가 하나, 대학 다니는 남동생이 하나 있어요. 부자는 아니지만 우리가 결혼하면 살 집은 가회동에 벌써 사두었습니다. 지금 전세 놓아 있지요. 제가 너무 수선을 피워 어리둥절하시겠지만 서로의 부모님께서 찾아보시게 해도 좋고."

학구의 커다란 두 손이 갑자기 테이블 위를 미끄러져왔다. 마치 혜영의 손을 꽉 움켜쥘 것 같다. 그러나 그 손은 도중에서 급정거를 하고 '맨해턴'의 글라스를 왈칵 잡아 쥔다. 누군가가 피아노로 〈쿨재즈〉를 조용히 치고 있다. 이렇게 유치하리만치 솔직한 구혼은 미국의 〈서부의 사나이〉류(流)인지? 설마! 혜영의 얼굴이 뜨거워지더니 그 열기가 차차로 전신에 퍼진다. 미약하나마 알코올이 들어간 탓도 있겠으나 학구의 정력적인 음성과 꾸밈없이 구혼하는 말이 혜영의 몸 속에 질풍처럼 내닫고 있기 때문이리라.

'아, 이 사람이 좋아지겠어!'

하고 혜영은 속으로 외쳤다. 그러나 종내 한마디도 하지 않고 있다가,

"최 선생님, 이제 가시지요. 저는 좀 피로합니다."

했다. 아홉시 십분이다.

"내일 또 만나주시지요?"

하며 학구는 일어설 기색도 안 보인다.

"피로하지 않으면 나오겠어요."

혜영은 일어섰다. 학구도 하는 수 없이 선다.

택시를 잡는데 이십분이나 걸렸다. 세찬 빗발이 창유리를 마구 후려치는 속을 차는 미친듯이 달리기 시작했다.

"아, 참 재수가 좋았어요. 한길에서 우연히 만날 줄이야! 하하하."

학구는 큰소리로 말하고 정말 즐거운 듯이 거리낌없이 웃는다. 학구는 대체로 망설임이라는 것은 없는 사람 같았다. 떼를 쓰지 않으면 명령조다. 대학 교단에서 의젓이 강의를 하고 있는 모습은 아무래도 상상하기 힘들다.

차는 순식간에 아파트에 다다랐다. 학구가 먼저 껑충 뛰어내렸다.

"미스 리, 저를 거절하셔도 할 수 없습니다. 그러나 저는 좋아서 죽겠는걸요! 그것을 말했을 뿐입니다. 내일 또 만나지요. 밤에라도 전화하겠습니다. 자!"

그는 큼직한 손을 벌리며 악수를 청했다. 그리고 내놓은 혜영의 손을 으스러지도록 쉬었다 놓고, 기나리는 택시로 뛰어올랐다.

방에 들어가자 혜영은 커튼을 쳤다. 포코레이터에 커피를 넣고, 목욕실에 가서 샤워를 했다. 수돗물이 미지근해서 무더운 날씨에 몸 씻기 꼭 알맞다. 화장대에 앉아 로션을 바르고 있을 무렵 커피의 향기는 점점 짙어지며 온 방을 감돈다. 혜영은 쟁반에 올리브빛 찻잔과 커피 포트와 크림 포트를 놓아 티테이블에 가져왔다. 그녀는 씽의 희곡집을 가방에서 꺼내어 겉장을 열다가 도로 책상에 갖다놓고, 티테이블에 와서 커피를 찻잔에 따르고 크림을 쳤다. 커피의 향기로운 김이 섬세한 곡선을 그리며 천천히 퍼져올라간다. 방 안은 한없이 고요하다. 커튼 밖의 빗소리가 한층 기분을 고요하게 가라앉힌다.

'책은 나중에 보자'

하고 그녀는 커피의 향기 속에서 생각한다. 그녀에게는 이 시간이 아무도 무엇도 침범할 수 없는 절대적인 것이었다. 결혼한 여성에게는 도저히 있을 수 없는 절대 그녀만의 시간이다. 머릿속에 티만한 잡념도 없다.

커피는 뜨거워서 아직 마실 수 없었다. 그녀는 커피의 향기를 맡으며 그 김이 좌우로 유유히 흩어지는 것을 지켜보았다. 열시 십분이다. 갑자기 전화의 벨이 울린다. 한 번 두 번, 세 번……열한 번……열다섯 번. 잠시 멎었다. 최 학구씬가? 혜영은 얼핏 생각하며 일어서서 수화기를 얼른 들어 책상 위에 살그머니 놓았다. 이제 다시는 벨이 울리지 못할 것이었다. 그것이 누구에게서 걸려오는 전화이건 그녀는 이 행복한 시간을 침범당하기는 싫었다.

티테이블로 와서 혜영은 올리브빛 찻잔을 들어 커피를 천천히 한 모금 마셨다.

별빛 속의 계절

수위실 귀하

305 호 관사 '하우스 보이', 장영식(張榮植),

16 세,

위에 적은 사람은 오늘 한 해고하였으므로 임

시 정문통과를 허가하시기 바랍니다.

×月 ×日 캡틴 포—드

영식은 누운 채 허리를 외로 조금 비틀며 즈봉 뒤 포켓에서 해고장을
꺼내었다. 그것을 얼굴에 하나 가득 대고 코를 풀었다. 엷은 타이프용지가
뺄뺄뺄 하고 소리를 냈다. 그것을 또 꽁꽁 뭉쳐서 빌치께로 힘껏 내던진
다음,

"아아 —."

하고 입을 되도록 크게 벌려서, 하품을 하며, 기지개를 켰다. 산뜻한 기운이
노곤했던 전신에 쭉 끼치는 것 같다. 기분이 좋았다.

"몇 시간이나 잤을까 ?"

잔디가 촉촉히 젖어 있다. 밤이 깊은 듯했다. 새까만 하늘에는 흠뻑 뿌려진
수억의 별들이 수선스럽게 반짝이고 있다.

오른 손 바닥에서 흐르던 피가 자는 사이에 검붉게 말라붙어버렸다.
대수롭지 않은 상처이었던 모양이다.

십미터의 거리와 간격으로 가지런히 늘어 서 있는 미장교관사(美將校官舍)에서는 창마다 불빛이 흘러나왔다. 파란 형광등이 어두운 잔디에 아롱지는 것이 꿈같이 아득하다. 먼 라디오에서 맘보가 은은히 들려온다. 숨 막히도록 길게 빼는 색소폰과 함께 무르익은 앨토가 흘러나온다.

"라라라, 라랄라, 랄라, 맘보 맘보."

여느때 같으면, 영식은 틀림없이 어깨 쭉지쯤 으쓱여지는데 오늘은 도시 흥이 나질 않았다. 그것은 목 잘려서 맥이 풀려버린 까닭이 아니라, 배가 고픈 것이 더 절실한 원인인 상싶었다.

"점심 저녁 두 끼니를 굶었다!"

고 생각하니, 그는 부쩍 시장기가 치미는 것 같았다. 영식은 혹시나 하고 노랑 '첵크'의 아로하 셔츠 호주머니에 손을 넣어보았다. 아무 것도 없다. 즈봉의 옆 주머니에서 꼬기꼬기 구겨진 때묻은 손수건이 하나 나왔을 뿐이다.

"씨양, 비스킷 부스럭지도 없어, 쯧."

영식은 약이 오를 때나 못마땅한 일이 있으면, 으레 씨양……쯧 하고 혀를 차는 것이 버릇이다. 그는 언뜻 생각키는 것이 있어 즈봉 허리 새에 손을 넣어보았다. 딱딱한 것이 만져졌다. 초콜릿이었다. 경자(京子)가 꾹 찔러 넣어준 것이다. 가운데서 두 동강이 난 것은 혁대 새에 끼어서이리라. 포장을 뜯고 보니 체온으로 녹을락 말락한 초콜릿의 향기가 한층 그의 식욕을 돋구었다. 경자가 한없이 고마웠다.

"경자도 목 잘리우고 시장했을 때가 있었는지도 몰라."

영식은 가슴이 콱 메이며 새삼스레 경자가 그리워졌다. 그는 초콜릿을 아끼며 조금씩 한 모퉁이부터 핥기 시작했다.

쨍―.

어디에선가 석수(石手)의 돌 찍는 소리가 났다. 그 단조롭고 깨끗한 소리가, 축축한 밤의 공기를 통해서 영식의 가슴에 싸늘하게 스며들었다. 또,

쨍―.

그 소리가 오늘 따라 유달리 구슬피 울리는 것은, 영식의 잠을 깬 흐릿한

머리에 목 잘리우고, 갈 곳 없다는 사실이 다시금 또렷이 의식되어졌기 때문이다.

코 푼 종이가 뽀—얗게 전등 빛에 떠 보이는 곳은 공교롭게도 305 호 관사의 뒷곁 쯤 되는 것 같다. 그 푸른 창가에, 머리를 길게 흐트린 경자의 그림자가 보일 듯도 했다. 어디선가 가까운 창에서 깔깔하고 자지러지는 웃음이 터져나왔다. 304 호의 하우스걸임에 틀림없다.

"주책 바가지, 쯧."

영식은 핥고 있던 초콜릿을 입에서 잠시 빼물며, 여느때처럼 뇌까렸다. 그는 이영희(英姬)를 미워했었다. 그녀가 걸을 때마다 수선스레 흔들리는 허리통에서부터 흡사히 쇠고깃간에 걸린 고기덩이 같은 엉덩이가 흐느적 거리는 것이, 질색이었다. 한때는 멋진 걸음걸이라고 무척 신기하게 여긴 적이 없는 것은 아니지만. 그보다도 말할 때마다, 생각을 품은 듯이 꿈적이는 젖은 듯한 커다란 눈을 아름답게 여긴 일도 있기는 있다. 그러나 경자의 머리채를 휘어잡고 난리를 핀 후로는 영식은 도무지 그 눈이 구정물에 젖은 유리알같이만 보였고, 더구나 뒤흔드는 엉덩이를 보면 구역이 나올 것 같았다.

그 시뻘겋게 칠한 얄팍한 입술사이로 쏟아지는 욕설 또한 정 떨어지는 것이었다.

"기집애가 입이 험해, 쯧, 기집애는 말이 고아야 이쁜 것이야, 쯧." 하고 영식은 긴 속눈썹을 스르르 내려감으며 제법 어른인 양 속으로 영희를 꾸짖었다.

영식의 욕설로 치면 한국 말 미국 말을 합해서 그 종류가 서른 가지는 예사로 쓰고도 남았지마는 영희의 그것은 영식의 지식외의 것도 하나 둘이 아니었다.

"이 벼락을 맞을 년이, 한 놈만 잡고 있을 것이지, 모조리 집어 삼킬 작정이야, 이 죽일 년이." 하고 영희는 경자의 파란 원피스의 치맛자락을 잔뜩 붙잡은 채, 떠들어 대었다.

이 구내(構內)에서는 흔히 볼 수 있는 양공주들의 싸움인 상싶었다.

장교와 동거하고 있는 어엿한 양공주나, 옆집의 영희처럼 하우스걸인지 양공주인지 알쏭달쏭한 여자들이 다투어서 장교들에게 추파를 던졌다. 그래서 추파를 던지는 대상(對象)이 우연히 같을 때에는, 틀림없이 싸움이 벌어지는 것이다. 그들에게는 미군 장교들은 오로지 '딸라'의 가치밖에는 아무것도 아니었다. 그 '딸라'를 뺏느냐 뺏기느냐 하는 것이 싸움을 자아내는 것이었다.

건너편 204 호의 하우스걸과 그 뒷집 하우스보이와 영식은 파랭이 이겨라 노랭이 이겨라 하고 응원할 만한 아무런 흥미도 솟지 않은 채, 느름한 오후의 햇빛을 등에 흠뻑 쪼이며, 나즈막한 울타리에 걸터앉아서 멍하니 구경만 하고 있었다. 영식이처럼, 낮 익은 이웃집 하우스보이들이, 말 한 마디도 편들지 않고 앉아 있는 꼴에 약이 바짝 올랐음인지, 영희는 한층 어성을 돋구어 악을 썼다.

영희의 말인즉, 이 여자는 106 호의 메―자〔少領〕와 살고 있으면서, 때로 군것질삼아 다른 장교들과도 관계를 맺고 있다는 것이다. 그 집의 하우스걸들이 모조리 이 여자를 진저리치는 까닭은,

"이 년만 왔다 가면, 그처럼 후하던 장교들이 세수 비누 반 쪽이나 눈깔 사탕 한 알갱이도, 싹 줄 생각을 안 한다니, 이년이 필경 저 혼자만 먹어 새우자는 심사야, 우리 집 장교가 요즘 낮에 집에 곧잘 들리기에, 어쩐 일일까 했더니 아 요년이 슬슬 오는 게 아니야?"

영식이들에게 적지 아니 실망된 것은 상대방의 여자가 일언 반구도 없이 옷 자락을 붙잡힌 채 천연스레 서 있다는 것이다. 이런 경우에 서로 쥐어 뜯으며 싸울 때는 영식은 무척 신이 나는 것이다. 영식은 말리는 체하고 양 편을 다 한 주먹씩 먹여 붙임으로써 평소에 꼴 사납던 양공주들에 대한 체증을 단번에 내릴 수 있기 때문이다. 월급 일금(一金) 칠천 환에서 에누리도 없는 영식에게는, 어떻게든지 해서 월급의 갑절이나 넘는 부수입이 있는 여자들이 여간 눈꼴 사나운 것이 아니었다.

그 싸움은, 기어코, 영희가 경자의 머리 카락을 한 주먹이나 쥐어 뜯은 것으로써 끝이 났으나 영희의 히번득이는 눈은 입으로 쏟아지는 욕설보다도, 더욱 밉고 죽이고 싶다는 듯이 독을 품고 있었다. 경자는 머리를 흐트린

채 영식의 집으로 뛰어들어갔다. 라디오에서 흐르는 맘보에 맞추어서 다리가 전후 좌우로 흔들리는대로 내맡기며 멍청히 앉아 구경만 하던 영식은 깜짝 놀라, 울타리에서 펄쩍 뛰어내려서 재빠르게 이 처음 보는 여자를 뒤따라 붙었다.

양공주에 틀림없으리라 생각했지만 싸늘한 눈초리와 어디인지 깨끗한 기품이 어리는 여자와 맞선 영식은, 주춤하며

"누구요?"

하고 물었다. 여자는 알아도 소용없다는 듯이 소파에 걸터앉으면서,

"포드 있어?"

하고 딴전을 치며, 이마에 얽힌 서너가닥의 머리카락을 걷어올렸다.

"'프' 발음이, 좀, 세찬 것으로 미루어 숨 가쁘리라 짐작되었으나, 그토록 봉변을 당한 사람으로서는 놀랄만치 부드럽고 침착한 음성이었다.

"포드요?"

"캡틴 말이야."

"캡틴의 이름이 포드에요?"

"──."

경자는 말하기 귀찮다는 듯이 일어서서 거울 앞으로 갔다.

"아직 안 들어오셨어요."

"음!"

경자는 경대 서랍에서, 빗을 꺼내어 태연하게 머리를 빗기 시작했다. 날씬한 몸집이었다. 어깨부터 드러낸 팔이 매끈하게 희다.

영식은 거의 이태를 305 호의 하우스보이로 있었다. 하우스보이는 집 안을 치우고, 커피를 끓이고, 빨래를 세탁소에 나르는 정도의 잔 심부름을 하는 것이었다.

그 사이 주인이 셋이 바뀌었다. 한 사람이 귀국하면 다른 장교가 잇따라서 들어왔다. 맨처음의 장교는 코넬〔中領〕이었다. 영식은 그 사람의 이름을 몰랐다. 알 필요도 없었다. 그저 코넬 하고 부르면 그만이었다. 다음에 온 주인은 메─자〔少領〕이었다. 이 사람도 메자라고 부르면 '으응' 또는 '예스'로 응해주었다. 이번 주인도 매한가지이었다. 한 지붕 아래 다만

한 쌍의 주종(主從)이 사는 데에는, 이름이 필요치 않았다.

더구나 미국 말을 눈치로 알아차릴 정도의 영식은 그와 마주 앉을 기회도 없거니와, 주인과 마주 앉으면 공연히 없던 힘이라도 드러날 것만 같아서, 되도록이면 캡틴이 그를 부르지 않을 것을 최상의 다행으로 여겼던 것이다. 캡틴은 영식을 '해이'하고 부르고 영식은 그를 이름도 성도 없이, 그저 '캡틴'이라고 불렀다.

"그런데, 이 여자는 어떻게서 캡틴을 알까? 한 번도 본 일이 없는데? 스탠드 바에서 알았을까? 풀에서 만났나? 아니 아니, 내가 곤드레 만드레 잠든 사이에 밤 중에 잠깐씩 우리 집에 왔다 가는 것이 아닐까?"

영식은 아까 들은 영희의 말을 참고삼아 조그만 머리속에 되는대로 상상을 짜내어 보았다. 그러나 샛맑은 경자의 눈이 영식에게 쉽사리 값싼 상상을 허락하지 않았다.

굵직하게 파도치는 머리를 어깨까지 빗어내리고 경자는 오른 발을 왼편 무릎 위에 턱 걸치며 소파에 번듯이 드러누웠다. 그리고 콧노래를 불렀다. 요즘 한창인 미국 유행가이었다. 그 부드러운 음성이 영식의 온 몸을 재릿재릿하게 마비시키는 듯했다. 영식은 어쩐지 엉덩춤도 안 나왔다.

"쯧, 남의 집에 와서 제 집 같이 굴어 씨양, 쯧쯧."
하고, 영식은 속으로 뇌이며, 커피를 끓이러 갔다.

'홀'과 잇닿은 부엌으로 흘러오는 경자의 노랫소리가, 아까 본 그녀의 싸늘한 눈초리와 얽히어서, 영식의 가슴을 조금씩 조아대는 듯이 괴롭혔다. 캇트·글라스 속에서 보글거리는 커피가 오늘 따라 더디 끓는 것 같고 그것을 시간을 재며 섰노라니 더욱 지리한 초조감이 이는 것은 이상한 노릇이었다. 경자가 가까이 와서 영식의 굵직한 팔등을 지그시 눌렀을 때는 영식은 정말 숨이 꼭 막히는 것 같았다.

영식은 제 딴에 제법 어른이 다 된 것으로 생각하고 있었다.

우선 304 호의 영희도 영식을 '미스터' 장(張)하고 간드러지게 부르는 것이 그에게 아양을 떠는 것임에 틀림 없고— 이는 영식을 하나의 남성으로 본 것이 분명하지 않은가! —— 204 호의 하우스걸한테 전 주인인 메자와 똑같은 투로, 농을 걸어본 일도 있었다.

메―자는

"헬로―, 다―링."

하고 오른편 눈을 살며시 감았다가 뜨는 것이었다.

그러나 그 하우스걸은 메―자한테 헬로 하고 머리를 갸우뚱하며 웃어 보였던 대신에 어이 없다는 듯이 노랑 체크의 아로하셔츠와 영식이 제 손으로 줄인다는 것이 지나치게 잘라버려서 얼추 정갱이 가운데까지 다 드러나 보이는 희끗한 퍼런 작업 즈봉을 아래위로 쓰―ㄱ 훑어보고는, 눈을 싹 흘겨뜨고 지나갔다. 그래도 영식은 메―자처럼 휘휙하고 휘파람을 불 어제치는 것까지, 결코 잊지 않았다. 그리고, 멋드러지게 나온 자기의 휘 파람에 적이 만족했었다.

"어떠냐, 미스터 장의 솜씨가."

영식의 팔을 가만히 누르고 있던 경자의 숨결이 그의 뺨에 닿는 듯했다. 불퉁한 젖가슴이 얇은 원피스 속에서 할딱 할딱 뛰는 것도 짐작되었다. 영식은 팔을 뒤로 당김으로서 경자의 손을 그의 팔뚝에서 걷어내기는 했다. 그러나 가슴이 두근댈 뿐 씨양 소리도 윙크도 휘파람도 나오지 않았다. 경자는 잠자코 그 샛맑은 눈동자를 영식의 눈에 잠시 멈추었다가, 천 장으로, 전기 냉장고로, 선반에 있는 위스키병으로, 그리고 부엌 한 구석에 세워둔 졸병용(卒兵用) 베드로 구울렸다. 그러고는,

"싱겁다. 쯧."

하고 혀를 차며, 진정 할일 없다는 듯이 상반신을 설레 설레 흔들다가 어리둥절한 채 서 있는 영식에게 빙긋 웃음을 던지고 홀로 갔다. 웃음이 라느니보다도 그것은 하나의 안면 운동이었다. 아무런 동요도 엿볼 수 없는 싸늘한 눈 망울을 밑으로 쑥 내렸다가 도루 올리며 입술의 양끝이 웃는 듯이 조금 움직였을 따름이다.

남을 조롱하는 것인지 스스로를 비웃는 것인지, 또는 진정 싱겁고 지루한 시간이 속절없다는 뜻인지, 알아차릴 수 없는 표정이었다. 그러나 얄팍한 눈등을 살살 내려감으며 간드러지게 웃는 영희의 웃음보다는 여간 영식의 마음에 드는 것이 아니었다.

캡틴이 퇴근했을 때에도, 경자는 예(例)의 안면운동을 던졌을 뿐, 소파

에서 일어나 그를 맞으려는 기척도 없었다.

경자가 오는 밤이 거듭할수록, 영식은 어쩐지 슬퍼지기만 했다. 그녀가 현관(玄關)에서 빙긋 한 번 예의 그 웃음을 던지고, 홀로 들어서고 나면, 영식은 갑자기 무엇인가 잃은 듯이 마음의 공허를 느꼈다. 그때까지는 경자가 어디에서 어떻게 한 나절을 지내왔건, 지금부터 내일 아침까지는, 캡틴의 경자임을 그의 눈앞에 보기 때문인지도 모른다.

캡틴이 미웠다가 또 그와 정다운 듯 나란히 앉는 경자가 그보다도 열 배나 서른 배나 더 밉살스럽기도 했다. 그래도 그가 늦게 오는 밤이면, 자꾸만 유리창 밖을 슬금 슬금 내다보며 기다려졌다. 캡틴이 기다리는 양은 또한 야단스러운 것이었다. 시계를 몇 번이나 쳐다보고 그 육중한 몸집을 방에서 홀로, 홀에서 또 방으로 부산하게 드나들다가, 그래도 경자가 오지 않으면, 공연히 영식에게 짜증을 내기 시작했다.

“이게 무어야, 이게, 비뚤어졌어.”

하고 싹 누른 듯이 반듯이 다려진 즈봉의 골을 가리키며, 트집을 피려 들면,

“세탁소에서 다린 것이에요.”

하고 영식은 시치미를 뗐다.

“오늘 커피는 잘못 끓였어. 이십분만 끓이랬더니 ! ”

“이십분 간 끓였어요.”

“이십오분이나 끓였다. 틀림없이 ! ”

하고 캡틴은 기름이 흐르듯이 이들이들한 얼굴에 황소같이 큰 잿빛 눈을 부릅뜨며, 테이블을 쳤다.

“아이 암 쏘ㅡ리.”

영식은 그 까짓 말 한마디쯤이야 하며 얼른 항복을 하면서도, 캡틴이 골나는 까닭을 아는 그는, 정말 안 온다면…… ? 하고 한편으로 마음이 내키지는 않으나, 경자야, 오지 마라, 이 황소 속 좀 타게, 경자야 오지 마라 하고, 씨름판에서 응원이나 하듯이 신난 투로, 속노래를 하며 야단맞은 분풀이를 하곤 했다.

쨍ㅡ.

이따금 들리는 돌 찍는 소리가 산울림하여 먼 산에 구슬피 꼬리를 끈다. 밤은 상당히 깊은 것 같았다. 창가의 불빛도 하나 둘씩 꺼져갔다.

그토록 아끼며 핥아 먹던 초콜릿도 어느 틈엔가, 다 먹어버렸다.

쨍…….

깨끗한 밤바람이 영식의 털 구멍 사이 사이로 스며들었다. 어느 때엔가 그를 가만히 안아주던, 경자의 살결처럼, 산뜻한 감각이 난다. 그래도 경자를 꿈 속에 청해서, 잠들고 싶었다.

사실 잠드는 것은 희한한 일이었다. 영식은 언제나 생각이 겹쳐들어 마음이 서성댈 때에는 어김없이 잠으로써 모든 것을 잊어버렸다. 늦게 오는 경자를 기다릴 때에도, 안타까움에 지치면, 소파에서 자는 것이 일쑤였었다. 캡틴이 소제가 잘못 됐느니, 커피를 덜 끓였느니 하고 생 트집을 잡으며, 잔소리를 끓어 부을 때에는,

"아이 암 쏘ー리, 써ー."

하고는 화도 치밀고 캡틴에게 대꾸하는 것이 성가시고 귀찮고 해서, 이불을 머리 끝까지 뒤집어 쓰며 잠을 청했다. 자고 잊어버리고 눈을 뜨면 다시금 곰곰이 생각을 한다. 괴로움은 나중에!

토요일 밤마다 장교 식당에서 열리는 찬란한 댄스 파티를 그의 키의 갑절이나 높은 창턱에 기어올라가서 엿보는 것이 영식에게는 유일한 오락거리라고도 할 수 있었다.

가까스로 창턱에 기어올라서, 자욱이 낀 담배 연기 속에, 파란 불빛이 뽀ー얗게 흐르는 실내를 목을 길게 빼서 들여다볼 때쯤 되면 어김없이 경비원이 온다는 암호의 휘파람이 들리는 것이다. 그러면 여러 창턱에 올라 있던 하우스보이들이 후다닥 뛰어내리며, 걸음아 날 살려라 하고 모조리 제 집을 향해서 뛰는 것이다. 요행히 경비원에게 잡히지 않는 날은(잡힌다 하더라도 한껏 해야, 주인한테 일러서 목 자른다고, 으르릉댈 뿐이지만) 그 아슬아슬한 스릴이 재미나서 영식은 건너편 205 호의 하우스보이와 서로 등을 치며 웃어대었다.

"오늘 밤의 쇼에 나온 여자 말이지, 젖통이가 굉장히 크더라."

"응, 바가지만 하더라."

하고, 그들은 눈을 휘둥그렇게 뜨며 잠시 웃음을 멈추었다가 또 하하하고 웃음을 터뜨리곤 했다.

밥은 세탁소 옆에 있는 한국인 구내식당에서 사 먹고, 속 셔츠 나부라기나 윗옷 같은 것은 주인들의 찌끄러기로써 헐벗지 않았다. 질(質)보다도 양(量)을 위주로 하는 영식의 위장은 장교식당에서 산더미처럼 남아 나오는 빵이랑 고기를 다른 관사의 하우스보이와 같이 쓰고 단 것을 가릴 나위도 없이, 무턱대고 먹어대었던 것이다.

거의 이태 동안, 배가 고프지 않음으로써, 더 바랄 것 없이 만족스럽던 영식의 생활에, 요즘 나타난 경자의 존재는 그에게 또한 기쁨을 갖다주었다. 그녀의 잠잠한 눈동자와 차디찬 웃음이 영식은 얼마나 좋은지 몰랐다.

영식에게는 이 철망 밖에는 도대체 어떤 생활이 있는지 상상할 수 없는 일이었다.

301 호에 요지막 새로 들어온 하우스보이의 말에 의하면, 도저히 하루에 한 끼니를 채우는 것도 힘든 생활난이라 했다.

"도적보담도 깡통을 찬 깍쟁이가 많은 것은 그편이 훨씬 쉬운 노릇이닌게."

그는 침을 꿀컥 삼키며,

"아, 배 고프니, 남의 것이나 먹고 보자는디, 깡통을 차면, 아무리 성가시게시리 졸라대어도 끼껏해야 욕지거리나 얻어 먹지 별 탈은 없지마는 잠간 틈 타서 몸을 날리면, 덜커덕이랑께. 허지만 누구치고 하고파 하는 건 아니니께. 챙피할 건 없고. 없는 게 원수여."

하고, 콧등을 찡긋거리는 것이 마치 그의 체험담 같기도 하고 서울에서 삼 년이나 살았다는 그가 전라도 사투리를 그대로 내 뽑으며, 자못 심각한 표정으로 말하는 것을 보면, 그럴사한 세상(世相)의 설명 같기도 했었다.

새까만 하늘에는 별이 수선스럽다.

밤이 깊어갈수록 영식은 막다른 골목에서 쫓기는 토끼모양 불안감을 느꼈다. 어서 나가야만 했다. 경비원에게 들키면 도둑 취급을 당할 것이다.

"무엇하러 이런 으슥한 곳에서 멈칫거리는 거야? 이자식 아무래도 수상하다. 에— 이름은? 몇 호 관사에 있었다고? ——정말이야?"

숨 쉴 겨를도 없이 몰아 센다. 그것도 목 잘리어서 뻐젓이 내보일 패스가 없는 탓이다. 어서 어서. 그러나 어디로 향해 가야 옳단 말인가? 이렇게 자문(自問)하자 취조당하는 장면을 상상하던 긴장이 금시에 확 풀려버렸다. 영식은 옷꾸러미를 다시 머리 밑에 고였다. 멀리서 취침 나팔이 은은히 흘러왔다. 자정이다. 캡틴이 자는 시간이다. 포장을 친 305 호의 창가에서 푸른 빛이 새어나왔다. 새하얀 비치는 속치마를 입은 호릿한 경자의 허리가 눈시울에 떠오른다.

영식이가 목 잘린 것은 지금부터 꼭 댓 시간 전의 일이다.

경자가 여느 때보다도 좀 일찌감치 왔었다. 캡틴은 무척 기쁜 모양이었다.

"헤이, 커피 좀, 갖다다우."

하고 캡틴은 어성 뿐만이 아니라 말투까지도 사뭇 부드러웠다.

영식은 경자를 본 기쁨과 또한 서운함이 뒤범벅이 되는 얄궂은 기분으로 부리나케 커피를 끓여서, 쟁반에 포트와 찻종과 크림과 설탕 그릇을 놓은 채, 캡틴의 방문을 열었다. 그리고 주춤 멈추었다.

캡틴은 황소처럼 넓적한 등판을 영식에게 비스듬히 보이며, 굵직한 손으로 경자의 허리께를 덥석 잡고, 그녀의 입술을 빨고 있었다. 경자는 샛맑은 눈을 말뚱말뚱 뜬 채 있다가, 영식에게로 눈망울을 굴리더니 빙긋 웃었다. 예의 그 안면운동이었다. 그러나 이번에는 밑으로 쑥 내렸다가 다시 뜨는 눈이 여느때보다도 더 상럴히 냉소를 품은 것 같았다.

현장을 들킨 도둑보다도 그것을 본 주인이 더욱 무서움에 질리듯이 쟁반을 손에 든 채 어리둥절해서 멍하니 서 있는 영식은 어쩐지 부끄러워졌다.

양 쪽 뺨이 화끈 달아올랐다. 그러나 경자의 샛하얀 얼굴에는 붉은 기 하나도 보이지 않았다. 태연했다. 영희에게 머리카락을 한 주먹이나 뜯겨서 이 집에 뛰어왔을 때와 매한가지인 얼굴이었다. 급작한 포옹에 놀랐으나, 이내 멀어지는 경자를 무엇인지 모자라는 마음으로, 바라보는 그에게, 빙긋, 한 번 웃고, 돌아서던 때와 꼭 같은 싸늘한 눈초리이었다.

경자는 부끄럽지도 않는가? 그녀의 생활이 부끄러움을 모르게끔 만들었는지? 또는 그녀의 감정 속에는 애당초에 수치라는 것은 생겨본 일도 없었던 것일까? 그렇더라도 어째서 그런 일이 부끄럽지도 아무렇지도 않단 말인가? 어째서 경자는 부끄럽지 않다는 것이냐 말이다. 영식은 또, 어찌해서 반드시 부끄러워해야 할 까닭은 무엇인가 하고, 스스로 반문해 볼 나위도 없이 무턱대고 화가 머리끝까지 치밀었다.

경자의 얼음장처럼 싸늘한 눈초리는 잠잠히 천장만 바라보고 있다. 영식은 그토록 이끌리던 경자의 차거움의 매력이, 등에 냉수라도 끼얹힌듯 선뜩하게 두려워짐을 느꼈다.

그보다도, 캡틴에 대한 증오감이 더 세찼다. 설사, 그것이 살이 드레 드레 찐 황소같이 비대한 캡틴이 아니래도 한가지이었다. 본능에 도취하고 있는 동물의 꼴이란 차마 보기에 견딜 수 없을만치 흉한 것이었다.

"씨양, 개새끼!"
하고, 속으로 뇌이며, 영식은 손에 들었던 쟁반을 방 바닥에 털썩 내팽개쳤다.

연록색 비닐 장판에, 커피는 검붉은 피처럼 흘러 퍼졌다. 영식은 그래도 여전히 꼼짝 않는 캡틴을 향해서, 발 끝으로 악살이 된 포트를 힘껏 걸어 찼다. 불과 이 삼 미터 저편에 있는 그의 즈봉을 사기의 한 조각이 탁 때리고 떨어졌다.

캡틴은 귀찮다는 듯이, 뒷발질을 하고, 경자의 허리를 힘껏 끌어당겼다. 비치는 속치마를 입은 경자의 허리가, 얇은 종이쪽 모양 그의 팔 속으로 꾸겨져 들어갔다.

영식은 더 이상 그 곳에 머무를 수가 없었다. 영식은 그 방을 후다닥 뛰쳐나와서, 홀을 지나 부엌으로 쏜살같이 뛰어갔다. 그리고 손에 닿는 것은 무엇이든 모조리 내던졌다.

"저 따위 개새끼 밑에서 일은 안 할테다! 할 게 무어야, 할 게 무어야!"
선반에 있던 캇트 글라스와 위스키 병이 탁, 쨍, 탁, 소리를 내며, 속 시원히 깨어져나갔다.

공중으로 마구 휘둘러대던 그의 팔을 지그시 잡아 누르는 손이 있었다. 보기보다는 훨씬 힘이 센 경자의 손이었다. 영식은 어쩐지 그것을 뿌리칠 수가 없었다. 영식이 저항할 힘이 김 빠지듯 없어졌는지도 모른다. 집이라도 두드려 부술만치 온몸에 화가 벅차는 영식은, 다만 거치른 숨결만 씨근대고 있었다.

육중한 캡틴의 몸이 나타났다. 그는 부엌 바닥에 너저분히 흩어진 유리 조각을 쓱 훑어보고는 조용히,

"갯 아우트(나가라)."

하고 돌아서서 홀로 갔다. 이윽고 타이프를 치는 소리가 들렸다. 영식은 그가 치는 것이 무엇인가를 눈치챌 수 있었다. 경자는 나지막히,

"못난이."

하고 돌아섰다.

목 잘리워진 못난이라는 뜻이다. 까닭은 어디에 있든 간에, 쫓겨난다는 것은, 분명히 못난이 부류에 속하는 일인지도 모른다. 못난이건, 목이 잘렸건 영식이는 화도 한숨도 나오지 않았다.

"너희는 키스를 했고 나는 병을 깨뜨리고, 캡틴은 내 목을 자르고, 나는 실직을 했다. 그 뿐이다. 누가 더 못나고 잘났는지 알 게 무어야, 쯧."

그러나 평화로운 것이 더욱 줄기찬 잔인성을 지니고 있음을 영식은 어렴풋이 깨달았다.

경자의 얼굴은 여전히 차겁고 잠잠했다. 캡틴 역시 얼굴에 노기(怒氣) 한 점도 띄우지 않았었다. 커피를 오분간쯤 덜 끓였다고 찻종을 내던지며, 목에 핏대를 세우던 캡틴보다도, 깨끗한 타이프 용지의 해고장을 다정스레 손에 쥐어주는 그가 백 배나 무시운 사람이었다.

어둠의 장막이 잔디에 살며시 스며드는 땅거미 질 무렵이었다. 창마다 재즈가 흘러나왔다. 간드러지는 여자의 웃음소리도 끊임없이 들려왔다.

이태를 살아오던, 305 호의 부엌 문으로 나온 영식은 자칫하면 흘러 내릴 것 같은 코를 훌쩍 훌쩍 들여마시며, 창고 뒤까지 걸어갔다. 마흔다섯 채나 되는 관사에서 겨울에 쓰는 오일스토브를 보관해둔 큰 창고이다. 잔디가 부드러웠다. 거기서 정문까지는 오분 남짓을 걸어야 할 것 같았다. 정문을 나서서 어디로? 그는 잔디에 몸을 내던지며, 조그만 옷꾸러미를 머리 밑에 고였다. 그제서야 오른편 손바닥에서 피가 서너 군데 베어나오는 것을 깨달았다. 위스키 병이 깨어지면서 남긴 상처이었다.

무섭게 둘러싼 철망 밖은 끝없이 어두운 밤이다. 새까만 하늘에 별이 하나 둘씩 반짝이기 시작했다.

하우스걸들은 퇴근해서 돌아갔고 하우스보이들은 부엌 한 구석에서 부스럭 부스럭 베드를 펴며 잠자리를 마련하고 있을 때다. 술도 커피도 마시고 나면, 주인에게는 하우스보이는 한낱 집지키는 개에 지나지 않는다. 이제는 장교들과 그들 색시의 세상이었다.

깔깔깔하고 자지러지는 여자의 웃음이 멀리서 굴러온다. 라디오에서는 재즈가 은은히 흘렀다.

이 구내(構內) 밖은 영식에게 있어 분명히 딴 세상이었다. 어버이도 형제도 없는 영식은 거의 이태 동안 이렇다할 외출을 한 일이 없었다. 고아원에서 임시로 맺어진 형제들이야 수십 명이나 된다. 그러나 그와 한 방에 있던 심술쟁이니, 대머리니, 들창코니, 황여우니 하는 별명을 가진 이름만의 아우 형들을 찾아보고 싶은 마음은 전연 없었다. 더욱이 황여우에 대해서는——날이면 날마다 희멀건 죽만 먹던 영식이 고아원 원장실에서 책상에 놓인 크림빵을 하나 훔쳐내어서 그의 옷 상자 속 깊이, 그야말로 쥐도 새도 모르게 감추어둔 것을 그 별명처럼 여우모양 약삭빠른 황경태(黃敬泰)가 어찌 냄새를 맡았는지, 그것을 찾아내어서 겨우 여덟 살 난 어린 영식의 바로 코 앞에서 어기적거리고 먹던, 그때의 발을 구르고 싶을만치 분하고 원통했던 심경을 영식은 지금도 잘 기억하고 있다.

그들도 역시 영식이처럼 육이오 사변으로 고아원이 경영난에 봉착하자, 참새떼 모양 깡통을 하나씩 허리에 찬 채 뿔뿔이 흩어지고 만 것이다.

영식은 그가 고아원에서 자라기 전에, 네댓 살까지는 어떻게 생명을 이을 수 있었을까 새삼 의아스러워졌다.

뼈도 살가죽도, 굳지 않은 채 이 세상에 홀로 내던져졌을 때에도 그는 살아온 것이었다. 하물며 뼈도 살가죽도 돌덩이처럼 굳어진 지금이야 살아가는 것이 그다지 어려울 것 같지는 않았다.

"어떻든 나는 꼬박이 십육 년을 살아났지 않는가!"

추위와 굶주림만이 고스란히 기억에 새겨진 십여년이라는 오랜 세월을 살아온, 그의 줄기찬 생존력을 상기함에 영식은 힘이 부쩍 솟는 것 같았다.

"제길할 것 못 살 게 뭐람!"

그러나 301 호의 새로 들어온 하우스보이가 하던 말이 다시금 생각킨다.

사층 오층이나 되는 큰 빌딩이 밤이면 쥐새끼 하나도 없이 텅 비이는 데도, 숱한 사람들이 잘 곳이 없어서 거리에서 헤맨다는 얘기이었다.

"그눔의 관청이니 은행이니 하는 집들은 무엇하러 텅 텅 비워두는 것이지?"

형용할 수 없는 불안이 그의 가슴을 차츰 뒤엎어갔다. 오늘 밤은 어디에서? 내일은 또 어디에서 지낼까? 정문을 나서면 오른편 길로 갈까, 왼쪽으로 갈까. 그 길가에 올막 졸막 총총 들이 늘어서 있는 판잣집들. 그 집마다 노란 펭키에다 '오프 리밑'이라고 쓰인 간판들. 빈대떡 사십 환. 찹쌀 막걸리 이십 환. 국수 오십 환이라고 지저분하게 다닥다닥 써붙인 찌그러진 유리창들 ——영식은 머리가 점점 복잡해지는 것이 귀찮았다. 우선 한 잠 자고 보자—.

영식의 뺨을 스치는 바람이 싸늘했다. 초여름이라고는 하나, 삼경(三更)에 접어든 밤바람은 자못 차갑다.

하늘에는 흠뻑 뿌려진 수억의 별들이 서로서로의 거리를 지닌 채, 부산히 반짝이고 있다. 그 서로의 거리가 어쩐지 절대적인 존엄성을 지니고 있는 것만 같았다. 어느 별이 하나 다서 죽어버린다 하더라도, 그들은 모른 체하고 여전히, 더 가까워지지도 멀어지지도 못할, 그 마련된 거리에서, 저마다 혼자서 반짝일 것이다.

'나는 목이 잘려졌고, 캡틴은 경자를 안고 있고, 경자는 속으로 달러를 계산하고, 301 호에 새로 온 하우스보이는 부엌에서 꿈을 꾸고. 라디오는 재즈를 내뿜고. 잔디는…….'

이렇게 생각하니 영식은 사람도 별과 한가지로 이미 마련된 서로의 거리를 지닌 채 꼼짝 못 할 절대적인 위치에서 홀로 살다가 죽는 것만 같았다. 웃음도, 울음도, 저 별들처럼, 소리없는 안타까운 눈짓에 지나지 않는 것 같았다.

이제는, 거의 시꺼먼 덩어리로 변한 관사와 관사 사이를 영식은 이리 저리 뚫고 나갔다.

검둥이 문지기가 우스워 죽겠다는 듯이 무엇인가 껄껄대며 지껄이다가, 영식을 보고 패스를 보이라고 했다. 영식은 턱 바로 밑에 오른손을 갖다 대고 넷째 손가락과 넷째 손가락을 엄지 손가락에다 세게 비벼 붙였다. 딱! 하고 소리가 났다. 목을 잘리었다는 시늉이었다. 검둥이 이등병은,

"오—케."

하고 싱긋 웃으며, 초콜릿을 으쓱하고 한 입 베어물었다.

정문 수위실 라디오에서는 길게 빼는 색소폰과 함께 암 짐승의 울부 짖음과 같은 앨토가 영식의 뒤통수를 마구 두들겼다.

"라라라, 라랄라 랄라, 맘보 맘보."

어떤 죽음

그믐이라 달이 뜨려면 아직도 멀은 것 같았다. 들창 밖으로 멀리 별이 하나 깜박이고 있었다. 새벽 한시쯤은 된 듯했다.

근(根)이 엄마는 가만히 일어났다. 옆에 자는 석(錫)이가 깰까 해서 여간 조심하는 것이 아니었다. 선잠깨서 우는 것이 싫기 때문이다. 그보다도 애가 울면, 남편이 잠을 놓쳤다고 소리를 지르다가 기어코는 애들이나 근이 엄마를 발길로 차든가 해서 한 소동을 일으키고야 말기 때문이다.

캄캄하기는 하나 어둠에 익숙한 그녀는 손으로 더듬어서, 발치께에 있는 보따리를 풀었다. '몸뻬'와 구제품 상의(上衣)가 나왔다. 속치마를 벗고 몸뻬를 입었다. 상의는 후레야식(式)이라 거치장스러워서 소매와 허리를 끈으로 잡아 매었다. 그리고 푸대를 찾았다. 어찌된 일인지 푸대가 손에 낳지 않았다. 그녀는 근이의 발치께를 더듬어 보았다. 없다. 다음에는 동(東)이의 발치께를 만져보았으나 없다. 아마 부엌에 두었는지도 모를 것이라 생각하며 그녀는 아이들의 다리 사이를 디디며 문 쪽으로 갔다.

문이 잘 열리지 않았다. 빽빽해서 세게 잡아당겨야만 열리는 것이었다. 소리를 내지 않으려고 지나치게 신경을 쓰기 때문인지, 손에 도무지 힘이 없었다. 아무리 해도 문은 열리지 않았다. 그녀는 차츰 초조해졌다. 이러다가 달이 나면 어쩌나 싶었다. 그래서 그녀는 왈칵 문을 잡아 당겨버렸다.

"누구냐."

남편이 소리를 지른다. 그리고는 캑캑하고 기침을 한다. 아이들은 넷이 다 곤드라진 모양이었다.

“나에요. 떠들지 말아요.”

그녀가 나즈막히 말하고, 방을 나서려니까, 남편의 손이 왈칵 그녀의 허리를 붙든다. 그리고는 앞으로 잡아 당긴다. 그녀는 싫다고 몸짓을 했다. 그래도 남편은 기어코 그녀를 자리에 끌어 눕힌다.

근이 엄마는 한 번 더 강경히 싫다고 몸짓을 했다. 옷도 입었는데……다시 벗고 입고 하는 것도 성가시고……대관절 시간이 얼마나 지났는데……달이 나면 어쩔려고……. 그녀는 허리띠를 안 놓치려고 있는 힘을 다 해서 움켜 쥐었으나, 하는 수 없었다.

그녀는 어둠 속에서 입술을 깨물고 얼굴을 찡그렸다.

싫다. 싫다. 폐병쟁이가 밥 처먹고 하는 짓이란 이것 밖에 없어. 퇴 퇴.

그녀는 요즈음 남편이 부쩍 싫어진 것이다. 오 하사(吳下士)를 안 후로는 더 그러한 것 같다. 그 전에는 그녀의 생활을 단 한 번도 돌이켜 생각한 일이 없었던 것이다.

도로공사가 있을 때는 괭이도 들고 나섰다. 푸진 일급(日給)이나마 일이 있는 것만도 다행으로 여기는 것이었다. 밤이면 석탄을 훔쳐왔다. 그리해서 여섯 식구가 겨우 밥을 먹는 것이었다.

남편은 날로 기침이 심해가고, 걸핏 하면 손질 욕질이었다. 사흘이면 반드시 한 번 쯤은 자식을 때리든가 근이 엄마를 두드리든가 해서 법석이 나는 것이었다. 게다가 그는 밤낮을 가리지 않고 무시로 그녀를 요구하는 것이었다. 그녀에게는 남편이 원수만 같았다. 그래도 그녀는 이러한 그녀의 생활에 대해서 이렇다 할 비판도, 해결책도 생각하지 않고 지내왔던 것이다.

남편은 무겁고 귀찮았다.

옷을 다시 고쳐 입고 부엌으로 나온 근이 엄마는 석탄 위에 놓여 있는 푸대를 둘둘 뭉쳐서 허리띠 새에 끼었다. 아궁이 앞에 있는 조그만 나무판도 집어 들었다. 웬 일인지 한숨이 흘러 나왔다. 밖은 추웠다.

싫다. 싫다.

하고 속으로 연방 외치면서도 그녀는 군용(軍用)석탄이 있는 곳을 향해서 걸었다.

하늘이 흐려서인지 별이 희미하다. 캄캄하나마 익숙한 길이라 그녀는 조금도 멈추지 않고 곧장 걸어갔다. 발길에 잔돌이 채였다. 그녀는 판잣집을 여나믄 채 지나갔다. 청량리(淸涼里)부근임에 틀림없으나, 번지도 없는 집들이다. 이 근방의 집은 거의가 다 판잣집이고, 그녀처럼 석탄을 훔쳐서 살아가는 사람들이다.

그녀는 밭 이랑을 걸어갔다. 저편 행길 쪽에 서 있는 잎이 다 떨어진 나뭇가지가 어둠 속에서 송장처럼 시커멓다. 그녀는 가을도 다 갔음을 느끼었다.

벌써 내 나이 서른넷이 되는구나——.

그녀가 나이를 생각하고, 계절을 느낀 것도 오 하사를 안 후부터인 것이다.

그녀는 열여덟 살 때에 지금의 남편과 결혼한 것이었다. 그녀는 처음부터 애정을 느끼지 못했었다. 그런데도 자식은 여섯이나 낳았다. 첫 아이는 네 살 때 시름시름 앓다가 죽었다. 둘째 아이도 홍역으로 죽었다. 셋째 아이가 지금 여덟 살, 넷째 아이가 여섯 살, 다음이 네 살, 다음이 두 살, 그리고 또 지금 뱃속에 들은 것이다.

그녀는 자식이 낳기 싫었다. 낳는 것은 오히려 괜찮은 편이다. 낳아서 기르는 것이 큰일이었다. 해산달이 가까워 올수록 그녀는 겁이 댕기는 것이었다. 일은 누가 하고 밥은 어떻게 해서 먹을 것인가? 그보다도 그녀는 자식이 싫었다. 원하지도 않는 자식만 생기고 좋아하지도 않는 남편과 살아야 할 그 무슨 까닭이 있느냐 싶다. 그녀는 이제는 사는 것마저 싫어졌다. 그토록 꺼리는 일이었으나, 배는 점점 불려오는 것이었다. 임신 삼 개월, 사 개월, 오 개월——.

그녀는 오 하사가 생각키었다. 그의 늠름한 모습이 그리웠다. 발길에 자꾸만 돌이 채인다. 그녀는 지금, 그녀가 어디로 가고 있으며, 무엇하러 가는지도 잊고 오 하사를 생각했다.

아아, 한 번 안겨보았으면. 살아보았으면——.

어느 사이엔가 그녀는 개울까지 걸어갔다. 개울에는 물이 없었다. 개울을 건너 서고서는 엎드려서 기어야 한다. 파수병(派守兵)이 쏘는 총이라도 맞는다면 그때는 죽는 것이다. 파수병은 무턱대고 공포이건 실탄이건 한 번 방아쇠를 당기는 것이 보통이다.

근이 엄마는 파수병이 서 있는 반대 쪽에서 석탄이 있는 곳을 향해서 몸을 납작 땅에 붙였다. 땅은 경사가 져서 기어 오르는데 무척 괴로웠다. 몸이 무겁고 숨이 찼다. 임신 오 개월때문인지도 모른다. 빨리 오를려고 할수록 몸은 점점 더 무거워지는 것 같았다. 전 같으면 벌써 철망까지 갔을 텐데——. 진작에 수술이라도 했었으면! ——그녀는 언덕을 기어오르며 새삼스레 또 푸념을 해본다. 돈이 없어서 수술을 못 했던 것이다.

이렇게 몸을 막 구는데도 떨어지지 않으니, 이번도 속절없이 낳아야 하나보다. 죽일 수도 없고——나오자마자 죽어버렸으면——제발 저절로 떨어져라. 떨어져라.

그녀는 바로 철망 앞까지 왔다. 그녀는 몸을 땅에 붙인 채 앞을 살펴 보았다. 파수병은 안 보였다. 흡사히 작은 산만치 큰 석탄더미에 그림자 두 개가 까만 개미같이 붙어 있다. 다 한결같이 바지를 입었기 때문에, 남녀를 구별할 수 없으나, 어쩌면 명순(明順)이하고 그녀의 엄마인지도 모른다고 그녀는 생각했다. 그림자의 하나는 자그마하고 하나는 뚱뚱하기 때문이다.

이곳에서 석탄을 훔치는 것은 모두가 여자인 것이다. 남자에게는 파수 병이 용서없이 총을 쏘나 여자에게는 그래도 좀 너그럽기 때문인지도 모른다. 하기야 여자라도 한 번 훔칠 때마다 돈 백 환이나 쥐어주거나, 낮에는 간혹 집에 청해다가 술이라도 먹이지 않는다면, 총을 겨눌지도 모르는 일이었다.

그녀는 철망을 위로 치켜올려서 조심 조심 안으로 들어갔다. 가슴이 두근대기 시작했다. 명순이와 그녀의 엄마는 저편 철망을 걷어 올리고 막 빠져나가고 있었다.

그녀는 석탄에 몸을 착 붙이고 푸대를 벌렸다. 가지고 온 나무 판으로 석탄을 밀어 넣었다. 득득——사방이 고요해선지 그 소리가 유난히 크다. 그 소리에 그녀의 마음이 졸아드는 것 같다. 득득——그녀는 손을 재빨리 놀리었다. 순식간에 푸대가 가득 찼다. 그녀는 푸대에 달려 있는 끈을 죽

잡아 당겨서, 푸대의 아가리를 잡아 맨 다음 들어왔던 철망 사이로 먼저 푸대를 굴려 보냈다.

그녀는 푸대를 굴리면서 엎드린 채 기어갔다. 숨이 찼다. 몸이 석탄 푸대보다도 무거워짐을 느꼈다. 눈 앞이 아찔거렸다. 임신 오 개월의 몸에는 벅찬 고역이었다. 그녀는 이를 악물고 몸을 움직였다. 그때다.

"누구얏."

쇳덩이같은 소리가 쩽 하고 밤 하늘을 쏜다. 근이 엄마는 딱 멈추어섰다. '오 하사다.' 하고 그녀는 속으로 외쳤다.

처음 날은 그녀는 그 소리에 기절했던 것이다. 그날 뙤약볕에서 종일 도로공사하는데 일을 보고 밤새 남편한테 시달리다가 석탄을 훔치러왔던 것이다.

그녀는 눈을 떴었다. 어떤 남자가 그녀를 안고 있었다. 그녀는 깜짝 놀라 일어나려고 했다. 그러나 몸이 듣지 않았다. 희미한 의식 속에 파수병인 줄 알았다. 파수병인 줄 알고 더욱 놀랐으나 몸은 꼼짝도 할 수 없이 힘이 없었다.

그녀의 의식이 점점 또렷해졌다. 젊은 남자였다. 건강한 살결이 피등피등하였다. 석탄 푸대가 저만치 있고 그녀의 앞 가슴이 헤쳐져 있었다. 답답해 할까 해서 단추를 빼둔 모양이었다. 하늘에는 별이 총총 박혀 있었다. 그녀는 몸을 일으켰다. 정녕 어찌 해야 할 지 몰랐다. 그녀는 우선 '봄뻬' 호주머니에 손을 넣었다. 돈을 집어야겠다고 생각했기 때문이다.

"아주머니 정신 났소?"
하며 파수병은 일어섰다. 키가 큰 편이었다.

"왜 이런 짓을 하시우?"

그는 나무래는 말투였다. 그리고는 돌아서서 가버렸었다. 돈도 주지 않았는데——.

다음날 밤, 그녀는 오 하사한테 붙들리고야 말았다.

"한 번도 아니고 몇 번씩이나 왜 이러시우."

그는 화를 버럭 내었다. 그녀는 돈 백 환을 내놓으며 사정을 하였다.

다른 파수병도 한 번에 백 환씩 받고 눈감아준다고 설명을 했다. 오 하사는 받으려고 하지 않았다. 그녀는 또 집안 사정을 얘기했다.

"훔치는 수밖에는 없어요."

오 하사는 나무 꼬챙이로 땅을 후비며 가만히 있었다.

"석탄을 훔치는 것은 어느 개인 것을 훔치는 것하고는 다른 것 같아서요. 바른대로 말하자면 들킬까 하는 겁 뿐이지, 창피나, 거리낌같은 것은 없어요."

오 하사는 잠자코 머리를 설레 설레 흔들었다. 좋은 일이 아니라는 뜻인상 싶었다.

명순이 엄마도 그랬지만, 그 근처 판잣집에서는 오 하사가 화제에 오르게 되었다. 그 시간은 언제나 오 하사가 파수를 서게 되었으면 하는 사람도 있었다. 그러나 그것은 바랄 수 없는 일이었다. 오 하사가 그때에 파수를 서게 되는 것은, 일 주일이면 한 번 있을까 말까이다. 혹 친구를 대신해서 서는 일도 있기는 있었다. 또 한 번이나 두 번째 여나를 때까지는 오 하사가 있었다가, 세 번째는 벌써 시간이 되어서 다른 사람과 교대하는 수도 있는 것이었다.

들켜도 돈도 안 받고, 내버려둔다면 오죽이나 좋을까마는 필경은 나중에 호되게 한 번 일을 당할 때가 있을 거라는 것이 모든 사람들의 생각이었다. 그녀들은 그것이 걱정이었다.

하룻밤에 한껏 해야 네 번 밖에는 못 하는 일인 것이다. 여자의 힘으로는 두 번째는 벌써 목이 부러지는 것 같다. 몸의 고통도 그렇거니와, 시간도 문제이었다. 달이 있는 밤이면 애당초에 염도 못 내는 것이다. 그믐에서 초순경, 그것도 조각달이나마 나기 전이거나 들어간 후이어야만 했다. 그래서 한시부터 두어 세시 사이밖에는 짬이 없다. 그때는 부대 내도 조용하고 파수병의 긴장도 풀리는 것이다.

집에서 부대까지는 왕복에 거의 삼십분이 걸린다.

개울까지는 달리다시피 한다. 개울서부터 철망까지의 언덕팍은 기어가므로 십분쯤 걸리고, 정작 일을 하는데는 불과 삼 분도 걸리지 않는다. 올 때는 푸대를 굴리며 언덕을 내려와서, 개울을 건너서는 이고 가는 것이다.

개울부터는 길이 험해서 굴릴 수가 없다.

한 번 여나르는 석탄은 대개 삼사백 환으로 팔린다. 훔친 것이라 그녀들은 제값을 부를 수도 없는 것이다. 하룻밤에 네 번 한다 하더라도 천오륙백 환, 한 번 가는데 백 환씩을 파수병에게 쥐어주면 남는 것은 천 환 안팎이다. 그나마 달이 있는 밤을 제외하면 비오거나, 흐린 밤을 합하여도 한 달에 열대엿새밖에는 벌이가 없는 셈이다.

몇 사람이 의론한 끝에, 명순이 집에서 오 하사를 대접하기로 했다. 누가 명순이를 달라면 어떻거나 하고 걱정을 했다. 달라면 주지, 강제로 뺏은 놈도 있는데 하고 명순이 엄마가 대답하였다. 그녀는 암담한 얼굴을 하고 있었다. 지난 겨울에 그녀의 딸이 파수병에게 붙들리어 몇 차례나 강간을 당했던 것이다. 그래도 도적이라고 경찰에 넘기지 않는 것만을 오히려 다행으로 여겼던 것이다.

열 명이 오백 환씩 내어서 술도 받아오고 고기도 사왔다.

오 하사는 밥을 먹으며, 제발 그런 짓은 하지 말라고 했다. 그르고 옳은 것은 그만 두고라도, 총 맞으면 어떻게 할거냐는 것이다. 따분한 사람들이라고 했다.

명순이 엄마는 혹시 오 하사의 환심이라도 사볼까 해서 딸에게 분까지 발라주었는데도, 오 하사는 명순이를 한 번도 눈여겨보지 않았다. 어쩌면 열네 살밖에 안 되는 명순이가 여자라느니보다는 어린애처럼 보였는지도 모른다.

그 후로는 공일이면 으레 그녀들은 추념을 내어서 오 하사를 대접했다. 그녀들은 파수병을 대접하는 것보다도 고적하고 착한 나그네를 위로하는 것 같은 기분을 가지게 되었다.

오 하사는 연전에 상처한 사람이었다. 그에게는 혈육이라고는 하나도 없었다. 이제 스물다섯인데, 장가가야 할 것이 아니냐고 물으면, 그는 다만 쓸쓸히 웃을 뿐이었다.

그가 이 주일 휴가를 얻었을 때도 명순네 집에서 묵었었다. 명순네밖에는 빈 방이 있는 집이 없었기 때문이다.

근이 엄마는 공연히 발길이 명순네로 돌려지는 것이었다. 휴가가 끝난 후로는, 그녀는 공일이 애타게 기다려졌었다. 오 하사를 볼 수 있기 때문이다.

그녀는 처음에는 그것이 연심이라고는 천만 생각할 수 없었던 것이다. 나이도 많고, 자식도 남편도 있고, 게다가 도적이 아니냐. 빈틈 없이 석탄가루가 들어 박힌 시꺼먼 손, 얼굴——무슨 연애를 할까보냐 싶었던 것이었다. 술이나 고기를 대접하는 것은 그녀의 일을 눈감아달라는 수작이려니 했었다. 그러나, 날이 감에 따라 자꾸만 오 하사가 보고 싶어짐에 그녀는 스스로 놀랐던 것이다. 때로 내가 어쩌려고 이럴까 하고 자문해보기도 했다.

그녀는 틈만 있으면, 물을 데워서 몸을 씻었다. 얼굴과 손과 발등같은 데는 직접 석탄가루를 받기 때문인지 좀해서는 검정이 없어지지 않았다. 그녀는 수건에 비누를 칠해서 피부를 비비여만 했다. 살가죽이 얼얼하게 아팠다. 그래도, 그러지 않고서는, 오 하사 앞에 나서지를 못할 것 같았다.

"누구얏."

탕탕…….

공포가 밤 하늘을 뒤흔들었다. 그녀는 총소리에 놀라나 보았으면 하는 것이었다. 혹 유산이 될까 해서다. 그러나, 밤마다 듣는 그 소리에 놀랄 리가 없었다.

탕…….

그녀는 땅에 납짝 엎드린 채 오 하사가 쏜 총이라고 생각했다. 오 하사——그래로 총에 맞아서 죽더라도 좋을 것 같았다. 그녀는 맥이 확 풀리는 것 같았다. 피로가 한꺼번에 온 몸을 뒤 덮는 듯 했다. 임신 오 개월, 과로, 영양부족……근이 엄마는 땅에 엎드린 채 꼼짝도 하지 않았다.

다음날, 아침을 치루고, 근이 엄마는 명순이 집으로 갔었다. 뜻밖에도 오 하사가 있었다. 그녀는 어쩐지 좀 부끄러웠다.

"어제 밤엔 고마웠어요."

하고 그녀는 우물쭈물했다. 오 하사는 아무 말도 없었다. 그 말 없는 것이 근이 엄마는 한없이 좋았다.

"오 하사, 오늘은 쉬는 날인가요?"

그녀가 묻는 말에 명순 엄마가,

"오 하사도 이젠 못 보게 되는가 보우."

한다.

"어째서요?"

"홍천으로 전속되었어요. 모레는 떠납니다."

하고 오 하사가 뒤를 잇는다. 근이 엄마는 가슴속에서 무엇인가 쿵하고
내려앉는 것 같았다. 어쩌나 어쩌나……무엇을 그래?……아, 어떡허
나……그녀는 아무 말도 못 하고 있었다.

"화토나 할까요? 할 일도 없는데."

오 하사가 하는 말에 그녀는 방에 들어갔다. 방에는 짐 두개가 꾸려져
있었다.

화토 세 판을 근이 엄마는 형편없이 내리 져버렸다.

"내기를 할 걸 잘못했어요."

오 하사가 농을 했다. 근이 엄마는 방바닥에 흩어진 화토짝만 만지작
거리고 있었다. 오 하사와 마주 앉아 있으니까, 더욱 야릇하게 그가 그
리위졌다. 도대체 나는 무엇때문에 이 세상에 태어났는가 싶다. 개도, 소도
다 낳는 자식이나 낳고 가까스로 목에 풀이나 해가며 사는 것이, 이것이
산다고 해야 옳단 말인가 싶다. 오 하사도 가고……마지막이니 한 번 안
아라도 주었으면…….

오 하사는 방바닥만 보고 있는 근이 엄마에게,

"좋은 것 드리지요."

하며, 신문지에 싼 것을 내놓는다. 그녀는 그제서야 정신이 난 듯이,

"무엇이에요?"

하고 고개를 들었다.

"나일론 저고리에요."

"나일론……?"

근이 엄마는 너무나 뜻밖이라 말소리가 사뭇 들떴다. 나이롱……게다가

오 하사가 준다니, 오 하사가, 아──그녀는 그 자리에 쓰러져 울고 싶었다. 너무나 기뻤다. 꿈 같았다. 금시에라도 그것을 몸에 걸치고 싶었다. 그러나 근이 엄마는 잠자코 도루 신문지에 쌌다.

"오 하사──."

"── ? "

그녀의 눈에 눈물이 핑그르 고이었다.

"이것 두었다가, 색시나 얻으면 주시우. 나는 이걸 입을 계제가 못 돼요."

"무얼 그러세요. 그까짓 것 얼마나 되는 거라구."

"입을 새가 없어요. 낮에는 통 바깥 구경이란 못 하구. 밤에는 일을 하는데 이런 것을 입어 무엇해요."

이렇게 말을 하고 보니, 그녀는 그러한 자신이 새삼스럽게 서글프기 이를 데 없다. 눈시울이 또 후끈 더워졌다.

"그러면 아주머니, 이것을 입구 내일 구경갑시다."

"구경요 ? "

"네, 모레 아침에는 떠날 것이니 내일 밤은 구경도 하고, 즐겁게 지내 봅시다."

내일 밤을 즐겁게, 내일 밤을──.

근이 엄마는 오 하사와 함께라면 밤새도록 논두렁을 거닐어도 좋고, 길가에 가만히 앉아만 있어도 좋을 것 같았다. 어찌해서 그가 나이롱 저 고리를 사주었을까 ? 왜 하필이면 나하고 내일 밤에 놀러가겠다는 것일까 ? 나를 좋아해설까, 아아, 나를 좋아해선가. 몸을 달라면 어떡할까…… ? 근이 엄마는 집으로 오는 길에 여기까지 혼자서 생각해 보는 것이었다.

그녀는 마치 소녀처럼 가슴이 두근대고, 얼굴이 달아 오르는 것 같았다. 주고 말구 ! 정도 없는 남편한테도 준 몸인데, 하물며 하물며……그런데 그리고는 어떻게 한단 말인가, 오 하사는 가고, 나는 또 여기서 남편과 자식과 석탄과…….

근이 엄마의 검게 찌들은 뺨에 눈물이 주르륵 흘러내렸다. 그녀는 머리를 절절 흔들며 속으로 소리치는 것이었다. 오 하사가 가도 좋다. 나는 여기

남아 있어도 좋다. 아니 설혹 내가 죽더라도 좋다. 어쩔 수도 없는 그런 일은 생각지 말고, 내일 밤은 오 하사와, 오 하사와…….

근이 엄마는 다시금 애틋하게 오 하사가 그리워진다. 그녀는 그러나 불룩이 나온 그녀의 복부가 생각키었다.

임신 오 개월——.

이 배를 가지고 어찌 한담. 아아! 그녀는 그녀의 육체가 한없이 저주스러웠다. 그녀는 배를 아무데나 쾅쾅 부딪고만 싶었다. 그녀의 마음속에서는 싫다! 싫다! 하는 외침만이 연거푸 터져 나왔다.

비쩍 마른 자식들도 싫고, 뼈만 남아 가지고 신경질만 부리는 남편도 진저리 나도록 싫다. 그보다도, 그녀는 불룩한 그녀의 배가 가장 싫었다. 그녀는 마음이 무거워졌다. 임신 오 개월……시커멓게 검정이 배인 살…….

그녀는 물을 데워서 몸을 씻었다. 흰 나이롱 저고리를 생각하니, 팔은 씻어도 씻어도 꺼먼 것만 같다.

캑캑 하고 기침을 하며 누워있던 남편이 요즈음은 왜 저렇게 정성들여 몸을 씻는지 이상하다고 중얼대었다.

"듣기 싫어요. 내 몸 내가 씻는데 무슨 상관이야, 누가 당신한테 예쁘게 보일려고 씻는 줄 아슈?"

근이 엄마는 쏘아 붙였다. 그녀에게는 남편이 전처럼 무섭거나 어렵게 생각이 들지 않았다. 남편은 와락 일어나서 한 달음에 부엌에 뛰어 내려서, 그녀를 걷어 찼다. 그녀는 쿵하고 부엌바닥에 넘어졌다. 남편은 대야의 물을 쓰러진 그녀에게로 확 끼얹었다. 근이 동이 영이가 와—— 하고 울어댄다. 어린 석이도 형들이 우니까 덩달아서 와—— 하고 불 붙은 듯이 울음을 터뜨린다. 그 우는 소리가 시끄러워서 남편은 자식을 두드리기 시작한다. 독이 바짝 오른 남편의 주먹은 사정이 없다. 큰 놈은 재빨리 빠져나가서, 도망쳐버리나, 작은 놈은 목덜미를 붙들리었다. 아이는 한 주먹에 칵 소리를 내며 땅바닥에 나가 자빠진다. 숨이 막혀서 흑흑 할 뿐 울음소리가 터지지 못한다.

저 놈도 제발 떨어져라 했는데, 기어이 살아나더니…….

근이 엄마는 허덕이고 있는 자식이 측은하였다. 그녀는 석탄을 쥐어서는 남편한테로 마구 내던졌다. 남편은 그녀에게로 몸을 돌렸다. 그는 흡사 독을 품은 맹수같다. 근이 엄마도 바짝 열이 났다. 그녀는 이를 악물고 부지깽이건 대야건 아무거나 손에 닿는대로 남편에게로 내던졌다. 우지끈 뚝딱 하고 더러는 맞고 더러는 그대로 땅에 떨어진다. 남편은 그녀의 가슴 허리 배 할 것 없이 수없이 발길로 찬다. 근이 엄마는 몸을 이리 저리 피하다가, 아이구! 아이구! 하며 숨을 몰아 쉰다. 그녀는 이제 부엌 바닥에 쓰러진 채 채이는대로 몸을 내맡기고 있었다. 그래도 그녀에게는 태아가 떨어질지도 모른다는 희미한 의식이 있었다. 그녀는 모진 아픔도 잊고 이통에 숫제 떨어지기라도 했으면 하는 것이었다. 동네 사람들이 몰려와서 그녀의 남편을 뜯어 말렸다.

근이 엄마는 점심도 저녁도 먹지 못했다. 몸이 더웠다. 오싹 오싹 소름이 끼치었다. 몸이 자꾸만 땅 속으로 꺼져 들어가는 것만 같았다. 그녀는 이대로 죽나 싶었다.

들창 밖으로 멀리 별이 하나 깜박이고 있었다. 그녀는 내일 밤을 생각했다.
'내일 밤은 오 하사하고 지낸다——.'

그녀는 기뻤다. 그녀는 전신이 쑤시는 것도 잊었다. 그녀는 자리에서 일어났다. 내일은 일을 못 할 것이니, 몸이 아파도 오늘 해야 한다고 마음 먹은 것이다. 이틀이나 일을 안 하면 여간 큰 일이 아닌 것이었다. 댓새 있으면 달이 커질텐데……이래서는 안 된다. 그녀는 스스로를 채찍질하며, 떨리는 몸을 밖으로 끌고 나갔다.

하늘에는 별이 조용하였다. 바람은 없으나, 늦가을의 밤은 추웠다. 그녀는 개울까지 걸어갔다. 다리가 와들 와들 떨리는 것을 느꼈다. 몸이 불덩이같이 뜨거웠다. 전신이 참나무 꼬챙이로 마구 쑤시고 때리는 것 같았다. 눈 앞이 아찔했다. 그녀는 허공에 손을 내밀었으나 아무 것도 잡히는 것이 없었다.

근이 엄마는 그 자리에 푹 쓰러지고 말았다.
'일을 못하면 어떡하나——.'

그녀는 일어서려고 애를 썼다. 그러나 몸은 꼼짝도 하지 않았다. 배가 찢어지는 듯이 아팠다. 아악! 하는 외침이 그녀의 목청에서 터져 나왔다. 캄캄한 벌판에서 근이 엄마의 조그만 몸이 이리저리 뒤틀리었다. 그녀는 껌뻑껌뻑 까무라쳤다. 그래도 의식이 되돌아올 때는 유산된다는 것을 생각했다. 또 한 번 배에 혹독한 아픔이 왔다. 그녀의 의식이 잠시 멍해졌다. 이내 피가 왈칵 쏟아져 나왔다. 떨어지는구나! 하고 그녀는 속으로 외쳤다. 그녀는 좋았다. 반가웠다. 심한 복통에 몇 번이나 숨이 콱콱 막히었다. 그래도 그녀는 이를 악물고 그 고통을 참으려고 했다. 땀이 온 몸을 흠뻑 적시었다. 유산이다……그녀는 어떤 괴로움도 견뎌낼 것만 같았다.

피는 메마른 잔디 위에 쉴 새 없이 흘러내렸다. 유혈이 심함에 따라 그녀는 차차로 고통도 느낄 수 없어졌다.

'아아, 이제는 홀 몸으로 홀 몸으로 오 하사와……'

그녀는 의식 속에는 기쁨이 감도는 것이었다.

그녀의 몸이 손끝부터 싸늘하게 식어갔다. 그러나 그녀는 그녀의 죽음을 깨닫지 못하는 것이었다.

'내일 밤은 오 하사와——.'

피는 조금도 멈추지 않고 펑펑 쏟아졌다.

먼 하늘에는 별빛이 아득했다. 밤의 벌판에서 근이 엄마는 점점 의식이 멀어져갔다.

귀뚜라미 우는 무렵

달이 동그랗게 떠 있다. 귀뚜라미가 낄낄낄 하고 어디선가 운다. 순기 (筍基)는 E 여대를 지나 호젓한 길을 걸어갔다. 가슴이 두근두근한다. 굉장히 나쁜 것을 본 것 같다.

"김 선생은 나쁜 사람이다. 양갈보하고 같이 가더라."

순기는 속으로 이렇게 말하며 힘차게 걸어갔다. 그는 이 말을 꼭 송미희 (宋美嬉) 선생님한테 말해주고 싶었다. 어서 한시라도 바삐 말해주고 싶었다. 순기는 무슨 큰일이라도 안 것만 같았다.

"양갈보하고 가더라."

순기는 알것은 다 알았다는 듯이 고개까지 끄덕이며 이렇게 중얼거렸다.

김 선생은 삼반의 담임선생이다. 김 선생은 순기의 교실에 잘 드나들었다. 그것도 전의 담임이 아파서 새로 송 선생이 오고부터인 것이다. 순기는 김 선생이 미웠다. 저 키다리 선생은 무엇하러 송 선생하고 얘기를 할까! 아니 그것보다도 우리 송 선생은 왜 키다리 선생과 말을 주고 받는지 몰라 하고 생각하는 것이었다.

순기는 송 선생이 정말 좋았다. 그러나 송 선생은 참 쌀쌀했다. 순기가 어쩌다가 낭하에서 송 선생을 만나게 되면 어찌나 반갑던지,

"선생님!"

하고 불러본다. 그러나 송 선생은 고개만 한 번 끄덕하고는 쓰윽 지나가 버린다. 송 선생은 교실에서도 그렇지만 교실 밖에서도 순기를 조금도 귀여워 해주는 것 같지 않았다. 순기는 내가 옷을 나쁜 것을 입어서 그런가

싶었다. 집에 가서 할머니한테,

"기운 바지는 안 입을테야. 동수(東秀)같이 파란 바지 입을테야."

했다가 종아리만 따갑도록 얻어 맞았다. 아프기는 했지만 송 선생이 나를 얼마나 보기 싫어할까 하고 생각하니 그것이 더 서러웠다. 순기는 런닝 셔츠의 앞 가슴에 구멍 난데에 손가락을 넣고 뱅뱅 돌리면서 밤 늦도록 훌쩍훌쩍 울었다. 손가락이 살에 닿아서 도니까 거기만은 간지럽기도 하고 또 가렵지도 않은데 시원한 것 같았다. 그러고 있으니까 송 선생의 고요한 눈이 눈앞에 떠 오르더니 아주 멀리 사라져버린다. 영영 송 선생은 나를 이뻐 안 해줄 것만 같았다.

"듣기 싫다. 그만 울어라."

할아버지가 건넌방에서 소리를 쳤다.

"애비도 안 보겠다, 에미도 싫다 하고 내버린 것을 길러주니까, 째끄만 것이 멋만 낼려고 해!"

"너 그러면 애비한테 데려다준다!"

할아버지가 또 소리쳤다. 순기는 울음을 뚝 그쳤다. 순기는 아버지의 집이 싫었다. 할머니가 몇 번이고 그를 데리고 갔으나, 순기는 사흘이 못 가서 되돌아왔다. 아버지가 데리고 할머니집으로 오는 것이다. 그럴 때마다 싸움이 났다.

"네 자식 네가 키우렴. 내가 알게 뭐냐."

"그리게 왜 그때 그년이 달아날 때 이놈을 잡아두었느냐 말이요. 어머니 알아 하슈."

하고 아버지는 차를 타고 곧 가버린다. 할머니는 씨근거리며 순기를 그 자리에서 데리고 버스를 타고 신당동에 있는 아버지 집으로 간다. 순기를 가운데 두고 아버지는 할머니한테로 할머니는 아버지한테로 서로 민다. 순기가 와—— 하고 울면, 아버지의 아이 셋이 초콜릿을 먹으며 옆에서 구경하고 있다. 어머니라는 코가 오뚝한 여자는,

"나는 나간다. 내가 나가야지."

하고 방에서 소리를 친다. 그렇게 되면 아버지가 할머니한테 돈을 준다. 순기는 도로 할머니 집으로 오게 되는 것이다.

순기는 아버지도 무섭지만, 어머니라는 여자가 더 무섭다. 때리지는 않아도 언제든지 순기를 볼 때는 눈을 흘긴다. 과자도 순기한테만은 안 주었다. 밥도 순기만이 식모들하고 먹었다. 순기는 보리밥하고 콩나물만 먹어도 할머니 집이 좋다.

어저께 점심 시간에 순기가 변소에서 나오려니까 김 선생이,

"너, 이학년 사반이지?"

하고 말했다. 순기는 자기가 김 선생을 속으로 미워했기 때문에 그것을 알고 혼내주려나 싶어서 겁이 더럭 났다. 예하고 대답을 할까 말까 하고 망설이며 눈만 껌벅이고 있으니까 김 선생은 낮은 목소리로,

"이것 송 미희 선생님한테 갖다 드려라."

하며 하얀 봉투를 주었다. 그리고 노란 포장이 된 초콜릿 하나를 호주머니에 넣어주었다.

순기는,

"옛."

하고 머리를 숙이고는 달음질쳐서 교실로 뛰어갔다. 순기는 송 선생한테 심부름하게 된 것이 기뻤다. 호주머니에 초콜릿이 있는 것도 기뻤다. 초콜릿까지 주니 참 대단한 심부름 같았었다.

점심 시간이라 교실은 텅 비어 있었다. 송 선생은 혼자서 책상 앞에 앉아서 창밖을 보고 있었다. 순기는 봉투를 내놓으며,

"이것——."

하며 방긋 웃었다. 그리고 그는 송 선생도 이쁜 입으로 방긋 웃어주려니 했다. 그러나 송 선생은 봉투를 뜯어서 읽어보더니 얼굴을 찡그리고, 봉투와 편지를 한껍에 짝 하고 두 갈래로 찢고 또 그것을 짝 하고 네 갈래로 내더니, 또 찢고 찢어서 옆에 있는 쓰레기 통 속에 홱 넣어버렸다. 순기가 눈을 둥그렇게 뜨고 송 선생을 보고 있으니까,

"다시는 이런 것 받으면 못 쓴다."

하고 송 선생은 화를 내었다. 순기는 커다란 눈에 눈물이 핑 고이었다.

그는 운동장 구석에 있는 창고 뒤에 주저앉아서 울었다.

"너무하다. 너무하다. 그렇게 골을 낼게 무어야. 엉엉."

순기는 호주머니에서 초콜릿을 내서 휙 집어 던졌다. 초콜릿은 저만치 있는 큰 돌에 딱하고 부딪치더니 도로 가까이로 떨어진다. 순기는 그것을 또,

"앵!"

하고 소리치며 내던졌다. 이번엔 꽤 멀리 가서 떨어졌다. 순기는 다시 울었다. 울면서 생각하니 김 선생이 참으로 나쁜 사람 같았다. 왜 그런 심부름을 시켰느냐 말이다.

"김 선생은 미워. 우리 송 선생님한테 욕을 써 보냈나봐."

훌쩍훌쩍 울면서 보니까 초콜릿이 그대로 땅에 떨어져 있었다. 침이 입속에서 자꾸만 고이었다. 부드럽고 달콤한 초콜릿이 금시에라도 입에서 녹는 것 같았다. 순기는 소풍갔을 때 동수한테 그것을 반쪽 얻어 먹은 일이 있는 것이다. 순기는 먹고 싶었다. 그래도 안 먹을려고 결심했다.

"김 선생이 준 것 먹을게 무어야……."

순기는 일어서서 초콜릿을 주워서 담 너머로 훌렁 내던져버렸다. 그러니까 속이 시원했다. 그러나 한편 서운했다.

청소를 마치고 집에 갈 때에 "선생님 안녕히 계십시오."하는 인사를 순기는 아무도 없는데서 혼자서만 하고 싶었다. 책상에 앉아서 공부하는체 하고 있노라니까, 친구들은 하나없이 다 가버렸다. 송 선생은 등사판에 무엇인가 쓰고 계셨다. 순기는,

"선생님 안녕히 계십시오."

했다.

"음, 잘 가거라."

송 선생은 고개도 들지 않고 쓰는 손을 멈추지도 않는다. 순기는 섭섭했다. 그래도 하는 수 없었다.

순기가 계단을 내려가는데 김 선생이 저만치서 오더니 순기의 교실로 들어갔다. 순기는 웬 일인지 걱정스러운 것 같아서 살금살금 되돌아와서 열쇠 구멍으로 안을 들여다보았다. 송 선생은 책상 앞에 앉아서 무엇인가 쓰고 있고 김 선생은 순기의 앞에 앉은 동수의 책상위에 걸터앉아 있다. 얘기를 하고 있는 것 같았으나 말소리가 작아서 알아 들을 수가 없었다.

옆 교실에도 아무도 없고 낭하에도 순기밖에는 없었다. 이층 전체가 텅 비어 있는 것 같았다. 순기는 문에 귀를 바싹 대었으나 여전히 무슨 말인지 들리지 않았다. 그는 도로 열쇠 구멍에 눈을 대었다. 김 선생이 일어서더니 송 선생의 팔을 붙들고 왈카 잡아당겼다. 순기는 깜짝 놀랐다. 구멍에 눈을 딱 붙였다. 그런데 웬일인지 지금까지 똑바로 보이던 책상에는 송 선생도 김 선생도 안 보였다. 어디로 갔을까. 아무 소리도 없다. 순기는 궁금해서 견딜 수가 없었다. 순기는,

"선생님!"

하며 문을 조금 열었다. 문이 덜컥 하고 소리를 내었다. 송 선생이 마룻바닥에서 일어서더니 가방을 가지고 아무 말도 없이 나왔다. 머리가 조금 헝크러져 있었다. 순기가 재빨리 따라나섰다.

"선생님!"

하고 고개를 추겨 올리며 보았으나 송 선생은 앞만 보고 빨리 걸어서 어느 사이엔가 계단을 내려가버렸다. 순기가 어떡할까, 선생님은 또 화나셨을까 하고 생각하며 우물쭈물하고 있으니까,

"너는 무엇하고 있어!"

하며 김 선생이 뒤에서 소리를 빽 질렀다. 순기는 깜짝 놀라서 낭하를 달렸다. 가방에서 덜렁덜렁하는 소리가 났다.

순기가 E 여대 앞을 흐르는 냇물에서 동네 아이들하고 놀고 있으니까 김 선생이 빨간 블라우스를 입은 여자하고 같이 지나갔다. 아이들이,

"양갈보 양갈보."

하고 놀렸다. 양갈보인지 아닌지 모르지만 순기는 입술을 새빨갛게 칠한 그 여자가 나쁜 여자 같았다. 그래도 순기는 김 선생이 볼까봐 무서워서 아무 소리도 못 하고 아이들 뒤에 숨어 있었다. 김 선생이 멀리 가고 난 뒤에,

"양갈보!"

하고 크게 소리쳤다. 속이 시원했다.

"어디 갔다가 인제 와. 지금이 몇 신줄 알아. 저놈이 밤 늦게 어디를 다닐까. 내일은 애비 집으루 갈 줄 알아라."
할머니가 소리를 쳤다. 순기는 부엌 모퉁이에 쭈그리고 앉았다.
"갈게 무어야."
하고 그는 속으로 생각했다.
"가더라도 내일 밤에 갈테야. 난 내일 송 선생한테 할 말이 있어."
"애비한테 간다. 내일은. 돈 없어서 학교도 틀렸다. 애비가 패씸해서라도 널 보내고 만다."
할머니가 방에서 또 소리쳤다. 순기는 훌쩍훌쩍 울었다.
순기는 아침 밥도 먹지 않고 학교로 갔다. 아침 먹고 바로 아버지 집에 가는 것이라고 할머니가 말했기 때문이다. 할머니는 머리를 일찍부터 빗고 갈 차비를 단단히 하고 있었다.
순기는 송 선생의 눈치를 살폈으나 송 선생은 좀해서 순기가 가까이 갈 수 없을만치 모른체했다. 어떻게 하면 김 선생이 나쁜 사람이라는 것을 알려줄 수 있을까. 순기는 마음이 초조해졌다.
점심 시간에 김 선생은 또 순기네 교실로 왔다. 순기는 송 선생이 말대꾸도 안 해주려니 했더니, 송 선생은 여전히 김 선생하고 무엇인지 말을 하고 있었다.
순기는 참으로 섭섭했다. 그래도 내가 한 마디만 일러주면 송 선생은 저 키다리 선생하고 얘기도 안 하게 되려니만 싶었나. 앙칼보하고 길어 갔었다, 하고 그는 두고 보라는듯이 김 선생의 뒷 통수를 쏘아 보며 코를 벌룸거렸다.
순기는 종일 송 선생 곁에 가보지 못했다.
그는 방과후를 기다렸다. 그러나 청소 시간서부터 송 선생은 직원회에 가버렸다.
청소가 끝나고 학생들이 다 가버렸는데도 송 선생은 직원실에서 나오지 않았다.
순기는 교문 앞 담 뒤에 숨어서 기다렸다.
하늘이 빨갛게 불탈 때까지도 송 선생은 안 나왔다.

빨갛던 하늘이 어느 사이엔가 어둑어둑해질 무렵에야 겨우 다른 여선생들 틈에 끼어서 송 선생은 나왔다. 순기는 그 뒤를 가만가만 따랐다. 얼마 안 가서 송 선생은 다른 여선생들과 헤어져서 혼자 걸었다.

호젓한 길을 갔다. 조금만 더 가면 길이 갈라지고 순기는 이쪽 길로 가야만 했다.

순기는 이때를 놓치면 안 된다고 생각했다.

"선생님!"

하고 불렀다. 송 선생은 깜짝 놀라며 돌아보더니 걸음을 멈추었다. 순기는 방긋 웃으며 송 선생의 곁으로 갔다.

"아직 집에 안 가면 어떡하니?"

송 선생은 약간 화난 것 같았다. 순기는,

"김 선생님이 엊저녁에 양갈보하고 갔어요."

했다. 송 선생은 그러나 그 말은 들은체도 안 하며,

"어서 집에 가거라."

했다. 순기는 공연히 말했다 싶었다. 그래서,

"다들 그래요!"

했다. 그러나 송 선생은 아무 말도 하지 않고 어서 집에 가라고만 한다. 순기는 조금 슬퍼졌다.

"선생님, 나는 내일 아버지 집에 가요."

했다. 선생님은

"좋겠구나. 잘 가거라."

하고는 오른편 길을 마구 걸어갔다. 순기는 하는 수 없이 집으로 향했다.

눈에 눈물이 글썽했다. 순기는 커다란 은행나무 뒤에 숨어서 송 선생의 뒷 모습을 바라보았다.

'선생님!'

하고 속으로 불러보았다. 송 선생은 꽤 멀리 갔다.

"선생니—ㅁ!"

하고 이번에는 소리를 내어서 불렀다. 송 선생은 뒤도 안 돌아보고 자꾸만 멀리 갔다. 순기는 또,

"선생니—ㅁ !"

했다. 송 선생은 아주 멀리 가서 까만 점만치 조그맣게 되어버렸다. 사방은 어두워졌다. 순기는 한 번 더,

"선생니—ㅁ. 할머니가 아버지 집에 데리고 가버린대요오——."

하고 돌아서서 걸었다. 눈에 눈물이 핑 돌았다.

순기는 런닝셔츠의 구멍에 손가락을 넣고 뱅뱅 돌리며 어두운 길을 걸어갔다. 그의 눈에 가득 고이었던 눈물이 한 방울씩 뚝뚝 소리없이 뺨으로 흘러내렸다.

귀뚜라미가 어디선가 낄낄낄하고 울고 있다.

검은 장미

　정애는 소파에 앉아서 영옥이 나올 때를 기다리고 있었다. 창밖은 벌써 가을의 햇빛이 맑다. 정애는 나일론 치마 저고리를 공연히 입고 왔나 하고 잠깐 후회해 본다. 그녀는 되도록이면 화려하게 차리려고 생각한 나머지 레스 망사를 받친 나일론 위아래를 입은 것이다. 그러나 가을 기분이 완연하고 보니 새로 마친 원피스를 입고 올 것을……하는 생각도 든다.

　그러나 그녀는 생각한 것보다도 오히려 간소한 영옥의 집과 소파와 테이블 외에는 화병 하나 이렇다 할만한 것이 없는 영옥의 응접실을 둘러보니 마음이 흐뭇해졌다. 그래도 전에는 국회의원도 지내고 돈 많이 벌기로 이름난 영옥의 남편이 한 번 선거에서 낙선하였다 해서 이토록 초라한 생활을 할 리가 없었다. 정애는 속으로 승리한 듯이 방긋 웃었다. 정애는 김 사장이 영옥에게는 조금도 돈을 주지 않으며 그녀에게만은 생활비를 주고 있다고 생각되었기 때문이다. 김 사장, 바로 영옥의 남편은 나를 사랑하고 있는 거야! 하고 그녀는 속으로 말해 보았다. 그러자 정애는,

　"아하하……."

하고 통쾌하게 소리치고 웃고 싶을만치 기분이 좋다. 영옥은 이 사실을 알면 얼마나 놀랄까, 얼마나 분해 할까? 그렇다, 나는 임신했다는 말도 해야 되겠다. 임신 육 개월이란 말도! 이 기회에 아주 이혼해버리도록 권해버리자.

　정애는 그렇게 생각하며 콤팩트를 다시 꺼내어 파후로 얼굴을 두드렸다. 주름살이 눈 귀에 서너줄 그어지기는 하나 그래도 영옥이보다는 훨씬 젊을

것이라는 자부심이 정애에게는 있었다. 왜냐하면 정애는 얼굴을 언제나 다듬을 뿐 아니라 영옥이보다는 화려한 생활을 하고 있기 때문이다. 영옥이는 여학교 때도 그랬지만 작년 동창회에 나왔을 때에도 얼굴에 분기 하나 없이 언뜻 보기에 환자 같았다. 국회의원의 부인이었을 때도 그러했으니 지금처럼 생활은 어렵고 게다가 남편은 바람이 나서 헤어나지를 못할 형편이니 지금의 영옥의 꼴이 오죽하랴 싶었다.

정애는 사람의 인연이란 이상한 것이라고 생각하였다. 더구나 영옥과는 참으로 이상하게 관계가 얽히는 것만 같았다. 지금부터 십삼 년 전에 정애와 영옥은 라이벌이었다. 정애의 약혼자가 약혼을 포기하고 영옥에게 구애하였던 것이다. 드디어 영옥은 기준 씨와 결혼할 것이라는 소문이 돌기 시작했다. 그때의 분함을 정애는 지금도 잊을 수가 없다. 그러나 다행인지 불행인지 기준 씨는 영옥과 약혼식도 올리지 못한채 심장마비로 급사하였다. 정애는 펄쩍 뛰고 싶을만치 기뻤었다. 더구나 영옥이 상심하고 있을 것을 생각하니 더욱 고소하고 의기양양하였었다. 그러나 영옥은 기준 씨가 죽고 불과 석달도 안 되어 결혼하여버린 것이다. 정애는 공연히 약이 올랐다. 정애는 어느 부호의 청혼에 두 말도 않고 응락하였으나 그녀는 첩이었다. 첩이더라도 막대한 재산을 받고 돈을 물처럼 쓰게 되니 정애는 꺼릴 것이 없었다. 날마다 친구들과 얼려 놀러다니고, 여름이면 해수욕, 겨울이면 온천으로 돌아다녔다. 돈을 정애가 쓰는 관계로 정애는 친구 사이에 마치 여왕처럼 군림하게 되었다. 정애는 영옥때문에 받은 가슴의 상저는 결코 가셔지지 않았었다. 정애는 언제나 영옥이 불행하게 될 것을 바라고 있었다. 그러나 영옥의 남편은 점점 이름이 나고 영옥은 아들 둘 딸 하나의 어머니로 누구 부럽지 않은 행복한 가정을 이루고 있는 것이었다.

그러나 지금은……정애는 승리자처럼 오만하게 웃었다.

마루에서 발자국 소리가 나더니 응접실 문을 열고 영옥이가 들어온다. 영옥은 흰 옥양목 치마에 꽃 무늬가 놓여 있는 포플린 저고리를 입고 있다. 단정하고 귀엽다. 정애는 기분이 조금 흐려졌으나,

"난줄 알았니?"

하고 영옥에게 웃으며 물었다.

“아니 몰랐어, 안방에 손님이 오셔서……미안해, 기다렸지?”

영옥은 정애의 맞은 편 의자에 앉는다. 정애는 영옥이 조금도 늙지 않았는데 놀랐다. 거의 이십 년이 지난 여학교 때 모습과 별로 다른 데가 없다. 얼굴에는 주름살 하나 찾아 볼 수 없다. 티 하나 없는 깨끗한 피부가 지금도 그때처럼 화장을 모르고 있다. 루즈를 칠하면 정말로 남의 눈을 끌 얼굴일 게라고 정애는 생각이 들자 웬지 영옥에게 지고 있는 것 같은 기분이 든다.

정애는 야릇한 질투를 느끼자 마음이 한층 잔인해졌다.

“내가 너를 찾아 온 것이 이상하지 않니?”

“아니, 왜?”

정애는 영옥의 침착한 태도가 한층 비위에 거슬렸다. 영옥은 그녀의 남편과 정애의 관계를 알고 있을 것이었다. 동창회에서 친구의 남편을 유혹하였다 하여 정애를 내버려두지 않겠다고 법석을 할 지경인데 영옥이 모를 리가 없었다. 알고도 저렇게 천연스레 있는 것이 정애는 밉살스러웠다. 오냐 네가 언제까지 그렇게 태연을 가장할 수 있을테냐?

“내가 왜 온 줄 아니?”

“글쎄, 잘 모르겠어.”

“모르니? 짐작도 못 하겠니? 너더러 김 사장과 이혼하라구 충고할려고 온거야.”

정애는 영옥의 표정의 움직임을 하나도 빼놓지 않고 보려고 영옥을 응시하였다. 그러나 영옥은 전과 조금의 변화도 없다.

“그러니? 남편이 원한다면 언제든지 이혼할 생각이야, 나는.”

정애는 기대에 어그러진 영옥의 대답에 어처구니가 없어진다. 정애는 설마 이 말에는 너도 떨 것이라고 생각하며

“난 임신했어, 육 개월 됐어, 김 사장도 좋아하고 있다.”

그러나 영옥은 머리를 끄덕이며,

“그러니?”

하며 별로 놀라는 기색도 없다. 정애는 약이 바짝 올랐다.

“너 그렇게 태연한척 하지만 나는 네 속을 다 안다!”

하며 빙긋 비웃으며 일어섰다.

"마지막으로 일러두지만 아이들 셋은 이혼하더라도 난 받지 않을테니 네 자식은 네가 키워라. 내가 돈을 네게 줄만치는 줄테니까."

영옥의 집을 나온 정애는 십삼 년 전의 원수까지 한 껍에 갚아버린 것 같이 만족을 느끼었다. 영옥이 아무리 저래도 막상 이혼하게 되면 파랗게 질릴거야, 애가 저 모양이니 어느 남자가 좋아할라구. 김 사장이 바람나는 것도 까닭이 있는 일이고말고. 정애는 기어코 김 사장과 결혼을 해야겠다고 생각했다. 나이는 마흔이 가깝고 얼굴에 주름은 늘고 지금까지 늙은이의 첩이었던 여자를 누가 알뜰히 생각해 줄 리가 없을 것 같았다. 다행히 김 사장이 있고 게다가 아이까지 있으니 다시 없는 찬스가 아닌가 하고 정애는 생각하였다. 뿐 아니라 영옥에게 십삼 년 전의 원수도 갚게 되는 것이다.

정애는 미장원에 다시 가서 아침처럼 계란팍크를 하고 머리도 다시 만졌다. 정애의 옆 의자에 까만 슈트를 입은 여자가 앉아서 머리를 하고 있었다. 정애는 그 여자의 몸차림의 세련된 데에 속으로 혀를 내둘렀다. 아무 장식도 없는 까만 슈트에 까만 구두 까만 빽 뿐인데도 지성적인 세련된 품위가 느껴졌다. 정애는 미장원을 나가는 길로 까만 슈트를 맞추려고 마음먹었다.

까만 슈트의 여자가 나가고 나니까 미용사와 어떤 손님이 이런 말을 주고 받는다.

"어——훗, 저쯤 되니까 남자들이 떠들 수밖에. 얼굴은 까은듯이 곱겠다……."

"빠리에 갔다왔겠다. 신진 화가이겠다."

"저 사람의 그림은 별 것도 아닌데 몇 십만 환에 팔린다지오?"

"그럼. 그림 삽네 하고 은근히 그어 보는게지."

"그럴꺼라, 재주 있고 미인이고!"

정애는 공연히 질투가 일어난다. 정애는 미장원을 나오자 바로 양장점에 가서 영제 폴라로 까만 빛 슈트를 마치고 미도파로 갔다. 정애는 최고급의 나이트 가운을 삼만 환에 샀다. 연분홍 나일론이다. 정애는 오늘 밤은 이것을 입고 김 사장을 황홀케 유혹할 것을 생각하니 무언지 승리한 것 같은 감이

든다.

정애는 집으로 오자 목욕을 하고 화장을 다시 하였다. 남자란 단순한 동물이었다. 정애의 오랜 경험으로 비추어 보면 남자는 그들의 눈만 즐겁게 해주면 좋아하는 것이었다. 정애는 몸에 바디 파우더를 발랐다. 목욕을 하여 분홍빛이 된 살이 뽀얗게 육감적이다. 정애는 그 위에 나이트 가운을 걸쳤다. 가운에 정애의 허벅다리가 아른아른 비치었다.

정애는 오늘 밤은 기어이 김 사장이 영옥과 이혼하고 그녀와 결혼하도록 약속시켜야 되겠다고 단단히 마음 먹었다. 그것은 정애 자신을 위한 것보다도 태연하던 영옥을 당황하게 하기 위해서 더욱 마음이 조바심치기 때문이었다. 그리고 아까 미장원에 갔을 때 들려오던 말이 자꾸만 정애의 머릿속에서 윙윙거린다.

"애, 아무리 사랑하더라도 첩인걸."

"사랑하면 그만이지 첩이면 어떠냐?"

"정말 사랑한다면 첩으로 둘 리가 없지. 그까짓 이혼도 하나 못 한단 말이니? 사랑엔 목숨도 내버린다는데."

"하기는 그렇지만 어떻게 사람의 도리로서 본처를 내버릴 수가 없지 않니?"

"음, 본처에게는 사람의 도리를 다하고 첩에게는 사람의 도리조차도 안 한단 말이지? 그러니까 까닭이 무엇이든 간에 첩으로 내버려두는 것은 결국 사랑하지 않기 때문이지."

김 사장은 밤 늦어서 들어왔다. 이미 조금 취해 있다. 정애는 잘 되었다 싶어 술상을 차려와서 김 사장에게 잔을 권하였다. 남자에게는 딱딱한 말이나 애걸보다도 술과 애무가 훨씬 효과가 있다는 것을 알고 있는 정애는 김 사장에게 잔을 거듭 권하였다. 김 사장은 기분이 좋았다. 그의 충혈된 눈이 가운 사이로 드러난 정애의 허벅다리에 머물고 정애의 젖가슴에서 배회한다. 정애는 안주를 집어서 김 사장의 입에 넣어주었다. 김 사장은 안주를 입에 문 채 정애의 손을 덥석 잡고 앞으로 끈다. 정애는 되었다! 하고 속으로 외치며 일부러 반항하였다.

"놓으세요."

“왜이래？”

정애는 미리 생각해둔대로 울기 시작했다. 김 사장은 깜짝 놀라 정애를 안는다.

“왜 울어？ 응？”

“나는 이런 생활하는 것이 싫어요.”

“음, 알겠어, 알고 있어. 나도 영옥과는 이혼할려고 해. 염려 말어. 자 이러지 말구.”

그러나 정애는 더욱 토라지며 흐느꼈다.

“자, 이러지 말구. 정말로 내일 가서 결말을 내고 올테니까. 통 집에 안 갔으니 영옥과 말을 할 새도 없지 않았어？”

그 말에 정애는 흐뭇했다.

“오늘 영옥을 찾아 갔었어요.”

하고 정애는 김 사장의 뺨에 볼을 맞부비며 말했다. 김 사장은 잠깐 놀란 것 같으나 이내 말 없이 정애를 애무한다.

“영옥은 당신과 이혼하겠다고 합디다. 어쩌면 그렇게 냉정할까요. 여자가…….”

“말이 그렇지 이혼하자면 반대할걸.”

정애는 그 말에 갑자기 힘이 솟는 것 같다.

“반대해도 꼭 이혼하셔야 해요. 이것 보아요. 내가 얼마나 당신을 생각하고 있는 줄 아시지요？ 다음 번 선거에 출마하시도록 돈도 모으고 있어요.”

“고마워…….”

하며 김 사장은 정애의 가슴에 얼굴을 파묻는다.

정애는 김 사장을 조금도 사랑하지는 않았으나 영옥에게 타격을 주기 위해서 더욱 그를 붙잡았던 것이다. 그녀의 약혼자를 빼앗겼을 때의 그 분함을 지금 갚고야 말겠노라고 이를 악물었다. 옛날에도 약혼자를 사랑하지는 않았으나 다만 빼앗겼다는 사실이 분하였던 정애였다. 흥！ 아무리 태연한 체 하지만……정애는 영옥의 깨끗한 얼굴을 생각하며 속으로 비웃었다.

김 사장은 아침에 출근할 때에 한 삼십만 환 필요하다고 하며 정애에게 있는가 물어본다.

"회사를 좀 늘릴려구 하는데 말이지."

"회사를 늘려요?"

"그럼 요즘처럼 일이 잘 될려고 하는 판에 늘려야지."

"당신 수중에 삼십만 환도 없어요?"

"전부 회사에 넣어버렸지 않아? 어서 돈을 벌어두어야지 다음 선거에 출마하지, 이번에도 돈이 없어서 떨어진거야."

정애는 오늘 계에 넣으려고 현금으로 바꾸어놓은 사십만 환 중에서 삼십만 환을 김 사장에게 내주었다. 정애는 전에 첩으로 있었을 때에 얻은 재산이 상당히 많이 있는 것이다. 삼십만 환쯤 내놓고 영옥과 김 사장을 이혼시키는데 간접적이나마 힘이 된다면 오히려 다행이라고 생각하였다. 김 사장은,

"모래는 틀림없이 될테니까."

하며 돈을 가방 안에 넣고 나갔다.

정애는 대문까지 따라나간다.

"영옥과 오늘내로 해결하세요."

했다.

"염려 말어, 싫다건 좋다건 민적에서 떼버릴테니까."

정애는 방긋 웃었다. 그녀는 하늘이 확 트이는 것처럼 기분이 밝아졌다.

정애는 한시가 가까워오자 미장원으로 갔다가 '아서원'으로 갔다. 거기서 계가 있는 것이다.

고급 중국 요리를 대강 먹어버리자 자리는 약혼시절의 애기에 꽃이 피었다. 그 중에서도 평소에 말수가 적은 모 국장 부인이 얼굴이 벌겋게 상기되어 옛날 애기에 여념이 없는 것이 한층 이채로웠다.

"약혼반지가 왔다기에 무언가 하고 보니까, 한 돈짜리 금반지였어. 너무나 어이가 없어서 나는 막 눈물이 나올려고 하지 않아? 내 동생들은 시집가지 말라고 야단들이지, 어머니는 무엇보다도 동네사람에게 부끄러워 죽겠다고 하시며 머리 싸고 드어누워버렸지. 아아 그때의 그 서운하던 마음은 일생

가시지 않아, 가시지 않고 말고."

"그래도 지금은 어디야 넘버 원의 애처가에다가, 다이아가 몇 캐럿이나 되니 말이야."

"아니 아니, 그 후에 아무리 많이 주더라도 그때의 그 서운한 마음은 안 가셔져. 지금도 그때를 생각하면 슬퍼서 눈물이 문득 문득 나는걸."

국장 부인은 큼직한 다이아가 반짝이는 왼손으로 몇 방울 솟아나는 눈물을 씻는다.

"그럴거야. 나도 그런 경험이 있었어. 여자는 다 마찬가지야. 같은 값이면 돈이 좋지."

하며 R 미장원 마담이 고개를 끄덕인다. 정애는 아무 말도 하지 않고 그들의 말을 듣고만 있었다. 그녀는 김 사장이 영옥과 어떻게 결말을 지었는지 그 일만이 머리에서 떠나지 않았다. 이제 김 사장의 부인이 되고, 앞으로는 또 국회의원의 부인도 되고……정애는 그렇게 생각하니 가슴이 설레인다.

정애는 밤이 되자 짙은 화장을 하고 김 사장을 기다렸다.

겉으로는 잠잠하고 태연하나마 속으로는 펄펄 뛰며 분해 할 영옥을 생각하니 정애는 속이 후련해지는 것 같다. 영옥은 이혼을 승락했을 것이었다. 어찌 생각하면 영옥에게 못 할 짓을 한 것도 같지만 김 사장이 나를 사랑하니 어떡하나? 할 수 없지, 사랑이 없는 생활보다는 애당초 솔직히 사랑하는 사람과 사는 것이 낫지 않는가? 하고 정애는 김 사장의 사랑을 받아주기 위해서 어느 점으로 보면 부득이한 일이라고도 생각하려고 했다. 김 사장의 사랑을 위해서 그녀의 앙갚음을 위해서 정애는 당연히 김 사장과 결혼해야 하는 것이었다.

통금 싸이렌이 두 번 울렸는데도 김 사장은 오지 않았다. 정애는 여러 가지 생각이 한 껍에 머릿속에 떠 오른다. 어디서 자는가? 호텔에서? 왜? 다른 데 여자가? 설마 그럴 것 같지는 않다. 김 사장이 정애의 집에 드나들고 반년이 지났으나 김 사장은 본처 집에 가끔 간 일 외에는 밤에 오지 않는 일은 없었다. 더구나 요즘 한 달 동안은 한 번도 외박한 일은 없었다. 혹시 영옥과 이혼하려고 말을 주고 받는 사이에 어물어물하다가 거기서 자버리는 것이 아닌가? 하고 생각하니 정애는 갑자기 숨이 턱

막히는 것 같다. 당장에 전화라도 해서 있나 없나를 알아보고 싶으나 영옥에게는 전화가 없다.

그러나 정애는 김 사장이 그럴 것 같지는 않았다. 영옥과 도로 사이가 여미어지다니! 그것은 도저히 있을 수 없는 일이었다. 그때 따르르하고 전화가 왔다. 정애는 황급히 수화기를 받아 들었다.

"여보."

김 사장의 목소리였다. 정애는 마음이 탁 놓이었다.

"어디 계세요?"

"오늘 밤은 못 갈 것 같으니 문단속 잘 하고 자. 여기서 연회가 있어서 못 가. 내일 아침에 일찍 갈게."

요정인지 수화기에서는 떠들썩하고 남자들의 웃는 소리도 섞여 들려 왔다.

정애는 하는 수 없이,

"예."

하고 대답했다. 전화를 끊자 정애는 마음이 가라앉았다. 그녀는 푹 잠들었다.

정애가 눈을 떴을 때는 아홉시가 조금 넘어 있었다. 정애는 밥을 먹고 식모에게 집 안팎을 깨끗이 치우도록 이르고 거울 앞에 앉았다. 콜드 맛사지를 목까지 하고 도랑을 흠뻑 발랐다. 그리고 파우다를 두드렸다. 그때 식모가 신문을 가지고 들어오며,

"아주머니."

하고 소리친다.

"왜 그래?"

정애가 돌아보니까,

"여기 아저씨 사진이 난 것 같아요."

하며 식모는 신문을 내민다. 정애는 왜 났을까 무슨 반가운 소식이라도? 하고 부리나케 신문을 받아 들었다. 그러나 다음 순간 정애는 경대 앞에서 펄쩍 뛰어 일어났다.

"이게 웬 일이야! 죽었대, 죽었어! 이게 어찌 된 일이야."

정애는 미친듯이 신문을 붙든 채 방바닥에 쓸어졌다. 조간 삼면에 김

사장의 사진이 자그맣게 나고 ○○장(莊)에서 뇌일혈로 급사한 기사가 적혀 있다. 그리고 그의 약력도 소개되어 있다. 틀림없는 김 사장이다. 정애는 그래도 믿어지지 않았다. 정애는 그대로 옷만 갈아 입고 영옥이 있는 집으로 택시로 달렸다. 시체라도 보아야 믿을까 그렇지 않으면 아무래도 신문이 거짓인 것만 같았다.

영옥의 집이 가까워오자 혹시 영옥이 그녀가 못 들어 가도록 하면 어떡하나 하는 생각이 든다. 그러나 그러기만 해 보아라, 정말이지 가만 두지 않겠다고 정애는 이를 갈았다. 정애는 김 사장이 죽은 것이 기막히기도 하였으나 영옥과 이혼을 못 한 채 죽은 것이 더욱 원통하였다.

영옥의 집에는 벌써 조상객이 수 없이 드나들고 있었다. 그 중의 몇몇은 정애도 안면이 있는 회사의 전무도 있고 현 국회의원도 있었다. 아직 입관은 못 한 채 병풍만 쳐 있었다. 김 사장이 죽은 것은 틀림없는 현실이었다. 정애는 흰 시트로 덮인 김 사장의 시체 옆에서 통곡하였다. 그리고 정애는 영옥의 앞에 나란히 내가 김 사장의 본 부인이라는 듯이 그녀는 조객들에게 일일이 답례를 하였다.

그러나 영옥은 아무 말도 하지 않았다. 정애는 영옥이 오히려 이상스럽게 느껴졌다. 대체 이 여자가 사람인가 아닌가 싶다. 사람이라면 그렇게도 감정이 없을 수는 없을 것이었다. 정애는 태연한 체 하는 영옥이 우스꽝스럽고 밉살스러웠다.

김사장의 사진과 촛대 앞에 영옥과 나란히 앉아 있던 정애는 까만 슈트를 입고 대문으로 들어오는 여자를 보자 의아하였다. 그 여자는 어저께 미장원에서 보았던 여류화가이었기 때문이다. 저 여자가 어떻게 김 사장을 알고 조상을 왔는가 하며 앉아 있노라니까 화가는 쭈뭇거리며 부인을 만나 보겠노라고 한다. 영옥이 고개를 들며,

"누구신가요?"

하고 묻는다. 정애는 빤히 그 화가를 쳐다보고만 있었다.

"저기, 어저께 고인께서 삼십만 환으로 제 그림을 사셨는데, 돈만 미리 받고 그림을 오늘 전하기로 하였어요. 참 유감스럽습니다. 대단한 미술애호가이셨는데요."

그 말에 정애는 새파랗게 질려버렸다. 김 사장이 회사를 늘인다고 가져간 돈이 바로 이 여자의 환심을 사려고 알지도 못하는 그림을 산다 하며 주어버린 것에 틀림없었다. 정애는 기가 막혔다. 김 사장의 시체를 당장에 발길로 걷어차고 싶었다. 정애는 벌떡 자리에서 일어나서 영옥을 안방으로 데리고 갔다. 비록 김 사장에게 배반당했을망정 영옥에게 앙갚음만은 해 두어야겠다고 생각했기 때문이다.

안방에는 김 사장의 큰아들이 책상에 앉아 책을 읽고 있다. 정애는 아무리 나이 열세 살밖에 안 되는 어린 아이라고 하더라도 상주인데 왜 조객들 앞에 안 앉아 있고 더 어린 일곱 살과 세 살난 동생들만 앉아 있나 이상하게 여겨졌다. 그러나 그런 것은 아랑곳 할 바 아니었다. 정애는 영옥에게 이렇게 말했다.

"영옥아, 미안해 저 사람이 나때문에 너무 마음을 썩여서 저렇게 갑자기 죽은거야. 너와 이혼하고는 싶고, 할 수는 없고……."

그러나 영옥은 정애의 손을 꼭 쥐고 잠잠히 말했다.

"그랬니? 그 사람은 한 번도 이혼하자는 말을 하지 않았어. 그런 줄 알았더라면 내가 서둘러 이혼해 줄 걸 그랬구나. 아직도 나이 젊은데, 참 가슴 아픈 일이다. 정애야 너는 내가 거짓말하는 줄 알겠지? 내가 일부러 무관심한 체 하는 줄 알겠지? 그러나 나는 정말로 너와 저이와의 관계를 아무렇게도 생각하지 않아. 나는 이미 십삼 년 전에 죽은 것과 마찬가지야. 너 기준 씨 혹시 기억하고 있니? 너의 약혼자였던……그래, 응, 그 분이 심장마비로 돌아가신 때부터 나도 심장마비로 죽은 거야, 죽은 사람에게 무슨 감정이 있겠니?"

영옥은 책상에 앉은 김 사장의 장남을 가리키며

"저 애의 얼굴이 누구를 닮은 것 같으니? 나는 이제껏 김 사장을 속여 왔어. 그러나 그이가 고인이 되고까지 속일 필요는 없을 것 같아서 저 애는 상주 옷을 안 입혔다. 나는 지금까지처럼 앞으로도 기준 씨를 생각하며 죽을 때까지 살아가는 거야. 생각하면 슬픈 일이다. 내 사랑은 죽은 장미와 같은 것이지. 이 세상에선 필 줄 모르는……."

정애는 눈앞의 모든 것이 와르르 무너져가는 것 같았다. 그녀는 한 마디도 없이 뒤도 돌아보지 않고 홀로 총총히 영옥의 집을 나갔다.

맞선 보는 날

“잘 생각해서 하세요.”

아내는 그래도 망설이고 있는 윤 사장(尹社長)을 쏘아보며 한 마디 던지고는 돌아앉아버린다.

“설마 그놈이 내 얼굴을 보아서라도……”

윤 사장은 아내의 말도 옳다고는 생각했지만 경응(慶應)의 얼굴이 눈에 선하여 아내처럼 간단히 단정을 내리기도 망설여지는 것이다.

이 전무(李專務)의 딸은 윤 사장도 전번 이 전무 생일잔치에 갔을 때 한 시간 남짓이나 본 일이 있다. 그 용모도 그러려니와 몸 전체에서 풍기는 품위가 참으로 이른바 유서있는 집안의 자녀임을 짐작할 수 있었다. 사원(社員)들이나 다른 손님들은 한결같이 그녀의 피아노를 칭찬하고 있었으나, 윤 사장만은 그녀를 다른 각도로 보고 있었던 것이다. 윤 사장은 아들이 하나 더 있었다면 며느리 삼았으면 얼마나 좋을까 하고 생각해 본 일도 있는 것이다.

“자네 딸을 보니 자네 집안은 과연 좋은 집안일세.”

하고 윤 사장이 이 전무를 보며 말하니까,

“사장님도 원 별 말씀을 다……그건 또 어떻게 아십니까?”

하며 이 전무는 내심 기쁜듯한 얼굴이었다. 윤 사장은 빙그레 웃으며,

“나니까 암세, 허허.”

했다.

윤 사장은 요즈음 득세하여 소위 날린다는 고관이나, 벼락부자들은 아

무리 애를 써도 경멸하게 되는 심정을 스스로 어쩔 수가 없는 것이었다. 지금 시대에 사람의 귀천을 가리는 것은 우스운 일임을 그도 십분 알고 있기는 하나, 번쩍거리는 캐딜락에서 치마를 휘감으며 내리는 모 고관의 부인이라는 여자와 마주칠 경우 같은 때, 얼굴을 비록 닦고 깎아서 곱다고 할 수 있으나, 어딘지 천박함이 드러나 보이는 것에 제절로 비웃음같은 것이 아니 일 수 없는 윤 사장이었다.

이 전무는 대대 손 꼽는 선비의 자손이고, 윤 사장도 이름난 학자 집안의 후예라, 그들은 사장과 전무의 관계에 있으나 무언중에 통하는 데가 있어서 서로 존중하는 것이었다. 윤 사장이 '나니까 안다'고 한 것도 결국 초록은 동색이라는 뜻이었던 것이다.

그런데 경응이가 이 전무의 딸과 맞선을 보게 해 달라는 것이다. 윤 사장은 이 전무의 딸의 자태를 생각하며 과연 이것은 원앙의 짝이라고 속으로 무릎을 쳤다.

경응은 작년에 사법 행정 양과에 수석으로 패스했다. ×대학에서도 손 꼽는 수재이고, 집안 좋고, 허울도 좋다. 친구간의 의리도 훌륭하고 무엇에나 성실하다. 정말이지 무엇 하나 버리려 해도 버릴 데가 없는 청년이었다. 게다가 시속 젊은이같으면 당장에 연애편지 한 장쯤 날려 보냈을 것이고, 그렇지 않으면 다방에라도 데리고 나와서 서로 인사쯤은 있었을 것인데 그만한 자격으로 무엇을 꺼려 할까만은, 백부한테 와서 애걸하다니 과연 윤씨 집 자식이로구나! 윤 사장은 이렇게 생각하니 경응이가 한층 기특하고 사랑스러웠다. 또한 적어도 그만한 젊은이가 그에게 와서 사정을 한다고 생각하니, 아직도 그에게는 위엄과 힘이──적어도 그만한 청년이 우러러볼만한 데가 ── 있는 것 같아서 그는 속으로 흐뭇했다.

"그런데 너, 그 색시는 어디서 보았니?"

윤 사장이 경응의 수려한 이마를 속으로 감탄하며 물으니까, 경응은 벙긋 웃으며,

"신인 음악회 때 피아노를 치더군요."

한다.

"음, 이 전무댁 자녀라는 건 어찌 알구?"

"제 친구의 누이동생이 잘 알고 있어요."

"엑기 이놈아, 그러면 그쪽으로 알아볼 일이지, 늙은 백부한테!"

"아닙니다. 큰아버지, 이것은 절대로 큰아버지가 해주셔야 합니다. 그저 한 자리에서 서로 보게만 해주세요. 일생 안 잊겠습니다. 저를 보고 싫다면 할 수 없구요. 어떻든 보게만 해주세요."

경응은 그저 보게만 해 달라는 것이었다. 그것쯤이야 어려울 것은 없지마는. 경응의 아버지도 없는 사이에 아무리 백부라 하더라도 윤 사장이 마음대로 할 수 없는 일 같았다.

"너희 어른이나 오거든 의논해서 하자."

윤 사장이 말하니까

"아버지는 구라파를 도셔서 내년에나 오신다는데요. 그때까지 어떻게 기다립니까?"

하며 경응은 안 될 말이라는듯이 사뭇 짜증을 내려고 든다. 그의 아버지는 의과대학교수로 교환교수로 도미한 것이다.

"네 생각이 정 그렇다면 어떻게 해보지. 그까짓 보는 것쯤이야 어떨라구. 요새야 무어 얼굴을 가리고 다니는 시절도 아니겠다……."

"네, 그럼요."

경응은 안심한듯이 입가에 미소를 짓는다. 그 웃는 얼굴이 더욱 좋다. 윤 사장은 새삼스레 조카가 대견하다.

"그래 언제쯤 보겠다는 말이냐?"

"내일이라도 좋아요. 빠를수록 좋지요. 하하하."

"엣다, 그러마 그러마. 내가 전화로 연락을 해주지."

윤 사장은 경응이를 보내고 안방으로 갔다. 그의 아내와도 한 마디 의논해 보아야 할 것 같아서다. 아내는,

"이 전무의 따님하구?"

하며 복잡한 표정을 하더니,

"하기야 좋은 쌍이구먼요."

하고는 입을 꼭 다물어버린다.

윤 사장은 아내가 이 전무의 딸이 그의 아우의 며느리가 되는 것에 무언지

질투같은 것을 느끼는 것이 아닌가 하고 생각이 든다.

윤 사장은 며느리가 둘이다. 큰며느리는 집안만 보고 혼인을 해서 여학교만 마친 여자로 점잖고 품위는 있으나 세련된 데가 없었다. 작은며느리는 시대가 시대이니 가문(家門) 볼 것이 무어냐, 권세있고 돈 있으면 양반이지 하는 생각에 모여대생을 데리고 왔더니 옷 차림이나 인사성같은 것은 세련되어 있다 하겠으나 어딘지 풍기는 쌍스러움을 가시지 못하는 것이었다. 윤 사장은 그것을 느낄 때마다, 돈도 권세도 피를 속일 수는 없다는 것을 새삼 느끼는 것이었다.

윤 사장은 두 며느리가 다 조금씩 모자랐으나, 아내는 더욱 불만인 것 같았다. 그래서인지 아내는 친척은 물론 조금이라도 안면이 있는 집안에서 혼사가 있으면 비상히 신경을 썼다. 그리고는,

"여보, 그 집안도 이제 틀렸어요. 그 부인도 그렇게 가시라진 체 하더니, 막내며느리는 겨우 백정은 면했나보아."

하고 묻지도 않은 말을 하며 혼자서 좋아했다. 그 부인이 윤 사장의 작은 며느리를,

"겨우 아전은 되는 모양이야."

하며 비웃었다고 해서 그의 아내는 언제나 마음속으로 꽁하고 있었던 것이다.

윤 사장은 그 부인과 안목도 없고, 아내 역시 가까이 지내는 사람은 아니지만, 누구의 자손이라든가, 아무개의 집안이라고 하면 대개가 빤히 알고 있는 터이라, 큰 잔치같은 때에 몇 번 본 정도라도 그 집안 내용을 환히 아는 아내이었다.

"여보, 김씨댁에서는 며느리를 고르기는 잘 골랐습디다. 집안 좋고 대학도 나오고……그런데 인물은 우리 며느리만 못 하던데……우리 아이만한 것도 없나보우."

아내는 이렇게도 말했었다. 윤 사장은 여자라는 것은 참으로 할 수 없다 싶었다. 그렇게도 남보다 잘 나고 싶어 할까 하고 속으로 우스웠다.

'김씨댁'이란 경웅의 어머니의 친정이다. 아내는 동서의 친정 오빠의 새 며느리를 비평하고 있는 것이다.

경응의 어머니가 작년 가을에 별세하였으나 윤 사장의 아내는 동서가 살아있을 때 속으로 얼마나 그녀의 작은며느리를 흉보았을까 하고 생각하였던 모양이다.

경응의 어머니는 원래 말수가 적은 여자이었다. 그래서인지 윤 사장의 작은며느리와는 삼 년간에 불과 몇 마디 그것도 아주 형식적인 인사 정도밖에는 주고 받은 일이 없다 해도 지나친 말은 아닐 것이다. 윤 사장의 아내는 그것이 몹시 못마땅하였다. 그녀의 작은며느리를 업수이 여겨서 그러려니 싶었다.

그 뿐이 아니다. 경응의 어머니는 삼십 년 전에 일본에서 전문학교에 다니던 신식 여성이어서 윤 사장의 아내는 그것이 언제나 마음에 걸리었다. 학교라고는 문간도 모르는 그의 아내가 가문은 별 것 없지만 그래도 권세있고, 돈 많은 집이며, 대학을 나온 터라 작은며느리를 자랑으로 생각하고 있었는데 동서가 말 한 마디 변변히 하지도 않으니, 두고 보자. 제 며느리는 얼마나……홍! 백정의 딸년이나 안 걸릴지, 첩의 자식이 걸릴지 누가 알아? 하고 앙심 비슷한 것을 품고 있었던 것이다.

"글쎄, 저의 어른도 없는 사이에 내가 혼사를 아무렇게나 할 수도 없는 일인데."

윤 사장이 말하니까, 아내는,

"그게 문젠가요? 하기야 이 전무 따님이 우리 집안 사람이 되는 것은 좋은 일이지만요."

윤 사장은 아내가 죽은 동서에 대해서 지금까지도 앙심이 있나 싶어서 얄미운 생각이 불끈 일어났다.

"좋은 일이지만 어떻단 말이요? 조카를 그만치 잘 두었으니 아들 못난 것보다 낫지 무어야."

"아유—— 영감두, 모르는 소리 마슈. 누가 작은며느리 잘 들어오는 것이 시기가 나서 그러는 줄 아시우?"

아내는 윤 사장의 속심을 눈치 챈 모양이다.

"그러면 무어란 말이야?"

"경응이가 수재요, 천재요, 하고들 야단이지만, 그애는 좀 이상한데가 있는 것 같아서 하는 말이에요.”

“이상한 데라니, 그애가 무슨 정신병같은 거라도 있단 말이오?”

윤 사장이 벌컥 화를 내며 말하니까, 아내는 조그만 소리로 타이르듯이,

“글쎄 지난 가을에도 취직시켜달라구 애걸했지 않수? 당신, 생각 안 나시우? 전화를 하루에 댓 번씩이나 하고 법석을 피우더니 웬걸 막상 이력서를 가지고 오라니까 소식도 없지 않았수.”

하고 말한다. 윤 사장도 생각하니 아닌게 아니라 그때의 경웅의 태도는 참 이상하다고 할 수밖에 없다. 고등고시에 패스했으니까, 그쪽 방면으로 나가도 좋을텐데 굳이 Y 공사(公社)에 들어가겠노라고 그에게 부탁했었던 것이다. 졸업이나 하고 취직하라고 했더니, 학점(學點)이 다 되어서 매일 나갈 것이 없다고 하며, 이마에 땀방울까지 흘리며 졸라대었던 것이다.

윤 사장이 너의 어른께 부탁하려므나 하였더니,

“아버지는 병균밖에 모르세요. 매일 현미경만 붙들고 계신걸요. 상대가 안 돼요.”

하는 것이었다. 그래서 윤 사장이 Y 공사 사장과 가까운 터에 있으므로 하루는 술좌석에서 경웅의 말을 은근히 꺼내었었다. 친구지간은 더욱 부탁하기가 힘드는 법이었다. 거절 당하는 것은 나중 문제이고, 친구가 거절하지 않을 수 없는 입장에 있는 것을 내 낯을 보아 억지로 받아들이지나 않을까 해서 더욱 마음이 쓰여지는 것이다. 윤 사장은 경웅의 자랑부터 시작을 했다. Y 공사 사장은 “그런 조카를 두어서 행복이네. 어디 나도 한 번 구경이나 할까?” 했다.

“그것 잘 되었어. 그놈도 자네를 보구 싶다구 하던데.”

하고 윤 사장이 속으로 되었다 싶어 말하니까,

“나를?”

하며 Y 공사 사장은 놀란다.

“알 게 무언가. 너무 좋아하지 말게. 자네 보구 싶다는 사람은 자네네 사원이 되고 싶다는 것인지도 모르니까.”

하고 윤 사장은 말을 빙빙 돌려서 했다.

"그런가? 취직하고 싶다면, 마침 자리가 하나 비었으니, 이력서나 달라게."

했다. 윤 사장은 경응이가 아직 졸업은 안 하였다는 말을 명백히 하지 않았으나 봄이면 졸업할 것이니 하고, "그러면 내일 이력서와 본인을 자네한테 보냄세. 잘 부탁하네." 했다.

윤 사장은 경응에게 말을 건넸다. 그때 경응이가 고마워하던 것이란 이루 말로는 표현 할 수 없다.

그 다음날 밤이 늦어도 아무 소식이 없기에 윤 사장은 궁금하여 경응에게 전화를 했더니, 아침에 나가서 안 들어왔다고 늙은 식모가 대답을 했다. 며칠이 지나도 경응에게서는 아무런 말이 없었다.

그러던 어느 날, Y공사 사장을 만났더니

"자네 조카는 어떻게 되었나? 좀 해서는 나기 어려운 자리인데……"

한다. 윤 사장은 놀라서,

"어떻게 됐어? 참, 나도 궁금해 하고 있는데."

"본인도 이력서도 안 오니까 할 수 없어서 다른 사람을 썼네. 내 개인의 회사가 아니니까 E장관이 추천하길래 그냥 받아버렸지. 그렇더라도 이력서만 냈었으면 될 걸 그랬어."

하며 애석히 여겼다.

윤 사장이 경응을 전화로 불러내었더니,

"네, 큰아버지 죄송천만입니다. 어쩌다가 그냥 그렇게 되어버렸어요. 졸업이나 하고 다시 부탁하겠습니다. 그때도 잘 보아주세요."

했다. 윤 사장은 경응이가 학교에 계속 나가서 공부하려고 하는 것이려니 하고 좋게 해석하고 있었지만, 그래도 그만한 젊은이가 하루 아침에 자기의 의사를 번복해버린 것이 좀 이상스럽게 여겨졌던 것이다.

윤 사장의 아내는 그를 똑바로 바라보며,

"영감, 잘 생각해서 하슈. 이건 취직문제와는 달라요. 공연히 남의 양가집 따님을 나와라, 들어가라 하고 신랑감이라는 건 안 나타나면 어떡헌단 말이오?"

한다.

“하긴 그래.”

윤 사장도 이번에는 신중히 할 일이라고 생각했다. 공연히 실없이 통혼해 놓고, 색시는 나왔는데 신랑감이라는 자가 얼굴도 안 보일 것 같으면 색시쪽에 대해서 미안한 것은 고사하고라도, 이 전무한테 대해서 사장이라고 집안 식구에게까지 마음대로 하게 된 결과가 된다면 윤 사장은 더러운 졸장부가 되는 수밖에 없지 않은가 싶은 것이다. 그는 그것이 두려웠다.

그렇다고 경응이 그렇게까지 간청하였고, 또한 윤 사장 자신이 해주겠노라고 대답하고서 지금 와서 모르노라고 버틸 수도 없는 일이었다. 그보다도, 윤 사장 자신도 그들의 결합을 원하고 있었다. 그는 되도록이면 경응이와 이 전무의 딸이 결합이 되었으면 했다.

윤 사장은 이 전무에게 연락하기 전에 경응에게 단단히 다짐을 하려고 수화기를 들었다. 그랬더니 저쪽에서,

“여보세요!”

한다.

“아, 뉘시오? 여기서 전화를 걸려고 합니다.”

“큰아버지세요? 저예요. 경응입니다.”

전화에서 경응의 밝은 목소리가 튀어 나왔다.

“응, 잘 되었다. 내가 너를 부를려는 참인데…….”

“네. 혹시 큰아버지가 잊으셨나 하고 전화하는 겁니다.”

“그래 알았다. 알았다. 그런데 너 저번 취직같이 그렇게 흐지부지하면 못쓴다.”

“큰아버지두, 이번 일이 저번 일과 댈 뎁니까. 염려 마세요. 제가 먼저 부탁하고서 설마…….”

“얘야. 그런 소리 말아라. 그때도, 네가 먼저 취직시켜 달라 해서 내가 말한 것이지 무슨. 그런데 참 그때는 이력서를 왜 안 가지고 갔는가 그 까닭을 지금에나 좀 알아보자. 어쩌면 밤 열시에는 그렇게 고맙다고 하던 사람이 아침에 왜 이력서를 안 써 갔느냐 말이다, 응?”

“네. 하하하. 큰아버지 참 죄송합니다. 그때 이력서를 쓰기는 썼지요.”

“써서 어쨌단 말이야?”

"어떡하기는 어떻게 해요. 흰 이중봉투에 넣어서 꾸겨지지 않도록 안 포켓에 넣고, 수염을 깎고 양복도 새 것을 대려 입고, 구두도 닦아 신고, 그리고는 그 회사 쪽으로 갔지요. 합승을 타고."

"그래서?"

"합승에서 내리니까, 바로 그 회사가 보이길래, 이크 이제 앞으로 다달이 월급 육만 칠천 환이 들어오는구나 생각하니까 좋더군요. 달리다시피 하여 수부한테 물으니, 사장실은 이층의 동쪽에 있고 사장은 계신다고 해서, 그래서 이층으로 올라갔지요."

"음, 그래서?"

"그런데요. 층계를 몇 층 올라가니까……."

"올라가니까?"

"갑자기……."

"갑자기 어떻게 되었단 말이야?"

"갑자기……."

"글쎄 갑자기 어쨌다는거야. 졸도라도 했단 말이냐?"

"아니에요. 무어라고 할까, 제 심장 속이라고 할까요, 두뇌 속이라 할까요, 거기에서 무슨 열쇠같은 것이 찔걱하고 반대로 틀렸다 말씀이에요."

"얘야, 그만두어라. 열쇠는 무슨 말라 비틀어질 열쇠야."

"아니에요. 큰아버지, 저는 참 그 열쇠같은 것 때문에 여간 번민하고 있지 않아요. 저의 이성이나 의지로서는 어떻게 해 볼 힘이 없거든요."

"얘, 그런데 이번에도 그 열쇠가 반대로 돈다면 어떡할테냐? 음? 큰 애비 망신이다!"

"네, 염려 마세요. 이번에는 조심합니다. 첫째로 너무 그 일을 골똘히 생각하지 않겠어요. 둘째로 좋은 소식이라도 만족하지 않고, 셋째로 아무 생각 말고 행동만 취합니다."

"애야, 좋은 소식이 와도 만족하지 않겠다는 건 또 무어냐, 나는 도무지 네 말을 못 알아 듣겠구나. 그렇게 간청할 때는 언제구……."

윤 사장이 말하니까,

"아 아닙니다. 만족하지 않아서가 아니라요. 너무 좋으면요, 그 일에

대해서 말하자면 마음이 포화상태가 된다는 말씀이에요. 다시 여쭈면, 다
되었다고 생각만 해도 싫증이 난다——는 그런 심리현상이라고 할까
요?"
　"얘, 나는 모르겠다. 아서라, 아서라, 그래서야 살아가기 다 틀렸다."
　"네 알고 있어요. 그런데 큰아버지, 이번에는 꼭 틀림없을테니 힘써
주세요. 저도 장가를 가야 하지 않습니까? 더구나 외아들이고 어머니도
안 계신데. 어서 결혼해서 아버지 공경도 하게 해야지요."
　"그눔 벌써부터 마누라 부려먹을 생각이구나, 핫핫핫핫."
　"핫핫핫."
　경응이도 웃는다. 윤 사장은 전화를 끊고, 이 전무댁에 전화를 걸었다.
　"사장님이세요?"
하며 이 전무가 이내 나왔다.
　"아, 이것 밤 늦게 미안하네."
　"별 말씀을……."
　"다름 아니라, 내일이 일요일이니까 우리 서로 가족동반으로 점심이나
같이 할까 하구."
　"네, 그것 참 좋습니다. 그런데 저 우리집사람하고 어린 것들이 시골로
내려가서요."
　"그럼, 누구누구 있나?"
　윤 사장은 이 전무의 딸도 시골로 갔다면 이 계획은 일차 실패라고
생각하며 물으니까,
　"딸년하고 저 뿐입니다."
한다. 윤 사장은 잘 되었다고 생각하면서도,
　"그 참, 안 되었네만은, 할 수 없네. 그러면 우리집사람도 이번에는
그만 두기로 하고 나와 큰 손자놈하고 가겠네. 자네는 따님이나 모시고
오게나."
　"네, 그러지오. 딸년이 좋아하겠어요. 그러지 않아도 아버지는 구경 한
번 안 데리고 간다고 야단이랍니다. 하하."
　윤 사장은 전화를 끊자, 또 다시 경응에게 걸었다. 경응은 마치 기다리고

있었다는 듯이 바로 나왔다. 이쪽에서 채 말도 하기 전에,

"네 네, 경웅입니다."

한다. 윤 사장은 좀 골려줄까 했으나 밤도 늦어서,

"얘야, 내일 E 다방으로 열두시까지 나오너라. 거기서 만나서 점심 들고 영화구경 가기로 했다.

"넷 그렇게 빨리요?"

경웅은 수화기가 터질듯이 큰소리를 친다. 윤 사장은 전화 저 편에서 좋아하는 경웅의 얼굴이 보이는 것 같다.

"이번에는 틀림없이 와야 한다. 다시는 기회가 없느니라."

"네, 네. 안녕히 주무세요."

다음날 아침 열시 쯤 해서 전화가 따르르 하고 울렸다. 윤 사장이 수화기를 드니 경웅이다.

"큰아버지, 저는 준비가 다 되었어요. 날씨가 참 좋은데요. 이런 날을 쾌청이라고 하지요?"

하며 경웅은 넋빠진 소리를 한다.

"시끄럽다. 딴 소리 말고 오기나 꼭 오너라."

"그러믄요. 누구 일인데. 하하하."

경웅은 무척 기쁜 모양이었다.

윤 사장은 아홉 살이 되는 큰 손자와 함께 E 다방으로 갔다. 열두시 싸이렌이 뚜——하고 불었다. 그러자 이 전무가 딸을 데리고 들어왔다.

윤 사장은 이 전무의 딸에 다시금 감탄하였다. 밝은 표정, 품위, 세련된 감각. 윤 사장은 한숨을 내 쉬었다. 아들이 하나만 더 있었더라면…….

차를 마셨다. 모두 홍차를 하고 윤 사장의 손자만이 우유를 마셨다.

열두시 반이 되었다.

경웅은 안 나타났다.

윤 사장은 겉으로는 웃으며 얘기를 하고 있으나, 속으로는 온갖 생각이 한껍에 떠올랐다 사라진다.

'자동차 사고? 열쇠라는 것이 또 비틀렸다? 다방을 못 찾나?……
설마 시간을 잊었을까?'

아무리 생각해 보아도 도무지 알 수 없는 일이었다.

윤 사장은 전화를 해 볼까 했으나, 이 전무가 맞선 보이려고 몰래 꾸며낸 연극인 줄 알면 얼마나 노여워 할까 해서 그럴 수도 없었다.

한시가 되었다. 또 십분이 지났다. 경웅은 안 나타난다.

혹시 열두시를 한시로 알고 있는 것이나 아닐까 하고 가느다란 희망을 가지고 있던 윤 사장은 그것을 포기할 수밖에 없었다. 하는 수 없이 '국제'로 점심을 먹으러 갔다. 윤 사장은 혹시나 하고 다방에 쪽지를 적어놓았다. 늦게라도 좋으니 그리로 오라고.

닭고기도 다 먹고 디저트까지 먹어버렸는데도 경웅은 안 온다.

윤 사장은 드디어 경웅을 기다릴 것을 단념해버렸다.

그들은 함께 영화를 보러갔다.

이십 년 전에 보았던 '허리케인'을 다시 보았다.

윤 사장과 이 전무는 영화보다도 옛적 일이 회상되어, 참으로 오랜만에 젊은 기분이 되었다.

이 전무는 저녁까지 하고 가자고 한다. 그는 옛 영화를 보니 젊어진 것 같다고 하며 좋아했다. 윤 사장도 동감이었다.

윤 사장은 경웅이때문에 어찌나 화가 치밀었던지, 그 녀석 차에 치어도 가볍게 무어냐 싶은 정도이었다.

이제 그는 경웅이를 생각 안 하기로 하고, 이 전무가 권하는 맥주를 사양도 않고 자꾸만 마셨다.

윤 사장이 꾸벅꾸벅 조는 손자를 자동차에 싣고, 집으로 왔을 때는 열시가 넘어 있었다. 윤 사장은 방에 들어서자마자 전화를 걸었다.

"경웅이냐?"

"네, 접니다. 참으로 참으로 죄송합니다."

"애야, 다 듣기 싫다. 큰 애비 망신 그만 시켜라. 그런데 왜 안 왔어? 또 그 무슨 열쇤가 하는 놈이 비틀렸단 말이냐?"

"네!"

경웅이도 이번에는 무척 미안했던지 전화의 목소리가 사뭇 꺼져들어 가는 것 같다.

윤 사장은 경응이가 미워지지 않는다. 오히려 딱하다. 그는 한숨을 쉬며 모를 일이라는 듯이 고개를 저었다.

낙루 부근(落淚附近)

　귀영은 교정을 보고 있는 원고를 북북 찢어버리고 싶은 것을 참고 있다. '것이다'의 '것'에 쌍시옷이 붙은 것이 신경을 자극시킬대로 시켜놓아서 '겄'자가 나올 때마다 온 몸이 사뭇 뒤틀리는 것 같다.

　그래도 이것이 나에게 밥을 먹여주느니라고 생각하고 참고 있으려니까 아주 정녕 미치고 말 것 같다. 기어코 그녀는,

　'아—— 죽겠다. 죽어!'

하고 속으로 외치면서 주먹을 불끈 쥐고 책상을 탕! 쳤다.

　그 소리가 어찌나 컸던지 그녀는 깜짝 놀랐다. 정신이 홱 나는 것 같다. 그녀는 원고에 내려 깔렸던 눈을 들어서 좌우를 휘 둘러 보았다. 편집국장과 부국장이 회전 의자에 등을 기댄 채 담배를 피고 있다. 둘이 다 잠자코 눈살을 찌푸리고 있다. 그녀가 미땅치 않은 모양이다.

　그녀의 맞은 편에서 그 역시 교정을 보고 있던 태호(泰浩)가 눈을 휘둥그렇게 뜨고 그녀를 한 번 흘깃 보더니 그녀와 시선이 마주치자 재빨리 도로 책상에 등을 구부린다.

　그녀를 보는 그의 눈길이 요즘은 전보다도 한층 더 비굴해져 있는 것을 그녀는 느끼는 것이다. 흡사 소용돌이 모양으로 뱅 돌고 있는 그의 가마가 지금 귀영의 눈과 수평선의 위치에 놓여있다. 그녀는 그의 터부룩한 머리를 한참 보고 있다가 다시 교정을 보기 시작했다.

　원고지에 쓰인 글은 눈에 들어오지 않았다.

　영애(英愛)와 경삼(慶三)이가 들어와서 재빨리 그들의 자리에 앉는다.

국장과 부국장은 가방을 들고 나간다. 퇴근하는 것이다. 지금부터 밤 일을 하는 고학생만이 남게 되는 것이다. 부국장이 나가면서,

"미스 김, 조심하시우."

한다.

태호가 또 귀영을 본다. 이제는 비굴한 눈빛에 근심하는 듯한 표정이 섞여 있었다. 귀영이 행여 목 잘리지나 않을까 해서이다. 그녀는 그 눈빛이 싫어서,

"왜 그러세요?"

하고 톡 쏘아붙인다. 태호는 도로 눈을 내려뜨며 슬픈 얼굴을 한다.

귀영은 그녀가 목 잘린다고 해서 그가 그렇게 언짢이 여길게 무어냐 싶다. 그까짓 키스 한 번 할까 했다고 애인이나 된상 싶어서? 체!

한 열흘 전에 그가 늦게 와서 그날 따라 공교롭게 야간 감독을 하는 양으로 남아있었던 국장이 그만두라고 하면서 야단친 일이 있었다. 사람은 얼마든지 있다 하며 국장은 그에게 일거리도 주지 않았다. 그래도 그는 귀영이들이 일을 마치고 갈 때까지 제 자리에 앉아서 머리를 숙이고 있었다. 그날은 일이 많았다. 귀영이가 사(社)에서 나왔을 때에는 열시가 가까웠다. 거리는 한산했다. 그녀가 늘 들리는 새집도 이미 덧문을 닫치고 있었다. 그녀는 조금 섭섭했다. 고놈들은 다 잠들었을까 하고 그녀는 새들을 생각하며 걸었다. 뒤에서,

"미스 김."

하고 나즉이 부르는 소리가 났다. 그녀가 발을 멈추고 돌아보니까 태호가 쭈뭇거리며 망설이더니 그녀에게로 다가왔다.

"어떻게 되셨어요?"

하고 그녀는 물었다. 그녀가 그에게 말을 건넨 것은 그때가 처음이었다. 태호는 두려움과 동경이 뒤섞인 눈에 광채를 띠며,

"잘 되었어요."

하며 그녀의 곁으로 와서 걷는다. 그는 무척 기쁜 모양이었다. 해고(解雇) 당하지 않아서 기뻤겠지만 그녀와 말을 하게 되어서 그것이 더 기쁜 것이 아닌가 하고 귀영은 생각했다. 그는 혼자서 자취를 하며 고학을 한다고

들었다. 그는 언제나 사에 오자 마자 책상에 엎드려서 일을 하고 일이 끝나면 머리를 숙인채 아무 소리도 없이 시무룩이 나가버린다. 아무도 그와 얘기하지 않았고 그가 먼저 말을 걸지도 않았다. 다만 그는 바짝 마르고 찌들은 얼굴에 유달리 반짝이는 눈으로 귀영의 시선을 때로 흘금흘금 훔쳐 볼 뿐이었다.

"잘 되셨군요."

귀영이가 반짝이는 그의 눈을 들여다보며 말했다. 태호는 수줍은 듯이 웃었다.

그들은 한산해진 밤 거리를 걸었다. 귀영은 어쩐지 태호가 그녀처럼 아직 저녁을 먹지 않았는 것 같았다. 저녁도 못 먹고 무슨 일을 하다가 회사에 늦어서 그렇게 야단을 맞았을까 하고 생각하니 그가 불쌍해졌다.

"저녁 드셨어요?"

그녀가 물었다. 태호는 당황하면서,

"아니, 네, 네"

한다. 굶은 것이 분명했다. 귀영은 그를 중국 집으로 데리고 갔다. 그녀가 짜장면을 먹고 싶었던 것이다. 백오십 환짜리를 한 그릇씩 먹었다. 그녀는 호주머니를 톡 털었다. 중국 집에서 나와서 귀영은 집으로 향했다. 삼청동 비탈길을 걸어갔다. 태호는 그녀에게서 한 발자욱쯤 떨어져서 묵묵히 걷고 있었다.

"댁이 여기세요?"

하고 그녀는 앞을 본 채 말했다. 태호는 그것에는 대답하지 않고,

"미스 김, 오늘, 저는 너무나 행복했어요. 아까부터 그 말을 할려고요……."

그녀는 돌아서서 그를 보았다. 그는 머리를 푹 수그린 채,

"어떻게 하면 미스 김하고 얘기나 해볼 수 있을까 했었는데……."

어두우나 그가 허덕이고 있는 것을 알 수 있었다.

나하고 밥 한끼 먹었다고 해서 저렇게 행복하다니……준기(俊基)한테처럼 아주 몸을 다 준다면 이 남자는 어쩔 것일까? 그녀는 그가 갑자기 측은해졌다. 그녀는 그에게 다가서며,

“내가 키스를 하자고 하면?”

했다.

태호는 눈을 휘둥그렇게 떴다. 그녀는 가만히 서있었다. 그는 조심조심 그녀에게로 오다가 그녀의 어깨를 덥석 잡았다. 그 팔이 부르르 떨었다. 그는 또 한 번,

“미스 김!”

하고 부르면서 그녀의 가슴에 얼굴을 푹 파묻고는 그대로 돌아서서 줄달음질을 쳤다. 귀영은 웃음이 나는 것을 참았다. 무엇이 저렇게 황송한가 싶었다. 그녀는 그가 다시 한 번 측은히 여겨졌다.

그러나 다음 날 태호는 조금 달라진 데가 있었다. 그는 그녀를 보고 웃으려고 했다. 두려움과 동경(憧憬)이 섞이던 눈이 수줍음과 어떤 자신을 띠고 있는 것 같았다. 귀영은 어처구니가 없었다. 그녀는 그를 모른척 하고 따버렸다.

집으로 갈 때에 태호가 뒤따라왔다. 귀영은 성가시어서,

“무어에요!”

하며 쏘았다.

“바래다 드릴려구요.”

태호의 말에는 전과 달리 힘이 있었다. 그녀는 그것이 밉살스러웠다.

“왜요? 내가 어저께 그랬다구 무슨 당신의 애인이나 된 줄 아세요?”

그녀는 냉냉하게 말을 잘랐다.

그 후로 태호의 눈은 전보다도 더욱 비굴해졌다. 그는 거의 눈을 똑바로 뜨지 않았다.

영애가 놀라며 무슨 일이 있었느냐고 묻는다.

“으응, 책상 한 번 쳤다구 조심하래.”

“그걸 가지구 무얼 그럴까……”

영애는 근심하는 얼굴을 한다.

“목 잘리면 그만이지 무어.”

귀영은 부리나케 가방을 챙기고 사를 튀어나왔다.

초여름 하늘에는 황혼이 아름다웠다.

그녀는 하늘을 보며 걸었다. 그녀는 정말로 그만두게 되면 어쩌나 싶어진다. 이만 환, 적은 돈이나 그녀의 집 여섯 식구를 먹여주고 그녀가 학교에 가게 되는 월급이었다. 그러나 나가라면 나올 수밖에……하고 그녀는 생각한다.

귀영은 새집에 들어갔다. 여기저기 새장에서 새들이 쨋쨋거리고 야단법석이다. 그녀는 새만 보고 있으면 어떠한 걱정도 다 잊혀지는 것이었다. 이제 그녀에게는 새를 보는 것이 유일한 즐거움이 되어버린 것이다. 그녀는 거의 날마다 새를 보러갔다.

그녀는 그녀가 늘 들여다보는 파란 새장 앞으로 갔다. 언제나 보는 '잉꼬'들이지만 볼 때마다 그들의 하는 양이 아기자기하게 귀엽다.

파닥거리며 날아다니던 잉꼬가 횟대에 앉은 '잉꼬' 곁으로 가서 주둥이로 머리와 목 근처를 마구 비벼댄다. 상대방은 옆으로 조금 물러서다가 옆걸음질을 치며 다시 와서 이제는 서로가 머리를 맞비비고 몸을 비빈다. 쨋쨋하고는 또 입을 맞추고 조금 떨어졌다가는 주둥이로 서로의 몸을 꼭꼭 찍는다. 간지러운지 그들은 깃을 떨며 물러섰다가 또 서로 얼굴을 맞비빈다.

귀영은 그것을 보고 있으니까 그녀의 몸도 간지러운 것 같다. 그녀는 으흥 으흥 하고 혼자 즐거워서 웃었다. 정말로 새를 보고 있으면 그녀는 아무 것도 다 잊고 새처럼 즐거워지는 것이다.

새집 주인 아주머니가 귀영의 곁에 와서 어서 오세요 하며 반가워한다. 그들은 아주 친구가 되어버린 것이다.

"요놈들 여전해요."

귀영이가 웃으면서 말했다.

"참 한 사흘 안 보이셨지. 글쎄 요년 있지 않우? 요년이 숫놈의 눈을 빼서 죽여버렸어요. 어저께 이 숫놈은 또 새로 사넣은 거예요. 아주 손해 보았어요."

한다.

"네? 어쩌믄……."

귀영은 놀라며 다시 새장 속을 보았다.

요년이라고 손가락질된 파란 잉꼬는 지금 숫놈의 목과 가슴에다 주둥이를 비벼대느라고 법석이다.

어저께 숫놈을 눈을 빼서 죽인 것을 암놈은 잊고 있는 모양이다. 그녀는 아무것도 생각지 않고 오로지 즐거워하고 있다.

귀영이도 아주 완전히 즐거워졌다. 마음속에 아무런 티끌도 없어졌다. 그녀는 잉꼬때문에 사에서 있었던 불쾌한 일을 까맣게 잊고 있었다.

저녁 상에는 의외로 두부찌개가 놓여 있었다. 귀영에게는 그것이 고기 맛보다도 맛있는 것 같았다.

그러나 그녀가 한참 먹다가 보니 열여덟 살난 여동생은 물론 일곱 살 난 막내 동생까지 단 한 번도 두부찌개에 숟가락을 넣지 않는 것이었다. 어머니와 동생들은 저만치 놓인 된장찌개를 뚝 뚝 떠먹고 있다. 막내동 이만은 된장 국물이 입에 들어갈 때마다 귀영의 눈치와 어머니의 얼굴을 살피며 자뭇 슬픈 표정이다. 귀영의 가슴에서 울부짖음과 같은 것이 욱 하고 치민다.

“엄마! 왜 나만 이걸 먹이는 거야!”
하며 그녀는 탕! 하고 밥숟갈을 상위에 놓았다. 어머니는,
“왜 그러니, 누가 너만 먹으랬니……그냥 그렇게 된 것이지…….”
그녀의 어성은 떨리고 있다. 그러나 동생들은 잠자코 된장국물만 떠 넣는다.
“진동아! 넌 왜 그것만 먹니?”
귀영은 셋째 동생을 쏘아보며 악을 썼다. 그러나 진동의 눈에 눈물이 핑그르 돌뿐 그의 숟가락은 두부찌개로 옮겨지지 않는다. 귀영은 그렇게 비루해진 동생들이 가엾고 그나마 돈을 벌어온다고 그녀에게 가장행세 (家長行勢)를 시키는 어머니가 측은해서 견딜 수가 없다. 갑자기 아버지에 대한 분노가 복받친다. 그 분노 때문에 그녀는 사뭇 미치광이가 되는 것 같다.
“진동아 가자! 귀희야, 너도 가자. 우리 함께 아버지란 놈을 후들겨 패러가자. 자식들 밥도 못 멕이는 것이 무슨 연애는 한다구…….”

그녀는 씨근덕거리며 동생을 하나씩 잡아 일으키려고 하나 동생들은 꼼짝도 않는다. 그들은 귀영이가 가끔 그러는 것을 보아왔고 그렇게 큰 소리치는 그녀 자신도 아버지가 어디에 있는 것조차 모르고 있다는 것을 알고 있는 것이다.

"얘야. 얘야……."

어머니는 상가에 앉아서 벌벌 떨기만 할 뿐이다. 어머니는 그녀를 나무라지 못하는 것이다. 그녀에게는 돈을 벌어오는 딸이 딸이 아니고 이미 건드려서는 안 될 가장(家長)처럼 여겨지는 것이다. 귀영은 그러한 어머니가 비위에 거슬렸다.

"어머니도 바느질 품팔이하지 말고 딴 남자 얻어 가세요. 우리들 때문에 괜한 고생하실 것 없어요. 다 제 입 가지고 먹으니까 살고 있는 것이지 어머니가 있기 때문에 목숨을 부지하는 건 아니에요. 정(情)만 없다면 우리는 생판 남인 걸요! "

"얘야, 그게 무슨 말이냐. 내가 누구를 바라고 사는데……얘야."

어머니는 울먹울먹하며 말한다.

귀영은 그렇게 힘없고 초라한 어머니가 미웠다. 그녀는 숟가락을 벽에다 내던지고 문밖으로 뛰어나왔다. 어머니가 치맛자락으로 코를 눌러 닦으며 뒤쫓아 나온다.

"얘야. 그런게 아니다. 오늘이 네 생일이라서 그런거지……."
하며 힘 없이 말한다.

알아요. 알고 있어요. 아무리 그래도 나는 알고 있어요. 귀영은 속으로 그렇게 뇌이며 지향 없이 골목을 나섰다. 그렇게도 가난한 군상(群像)들이 그녀를 어려워하는 것이 가슴 아프다. 그녀는 울고 싶었다. 실컷 눈물이라도 흘렸으면 가슴속이 후련해질 것 같았다. 그러나 눈물은 한 방울도 흐르지 않았다. 그녀는 하늘을 보았다. 까만 하늘에 별이 총총하다. 그녀는 별을 보며 자꾸만 걸었다. 머릿속이 차근히 가라앉는 것 같다. 뒤에서 누가 그녀의 어깨를 덥석 잡는다. 준기다. 그녀는 비로소 그와의 약속을 잊었던 것이 생각킨다. 준기는 기다리다 못해서 회사로 가보았더니 그녀만 먼저 퇴근했더라는 것이다.

“트러블이 있었다구?”

“네, 아무래도 목 잘리겠어요.”

“무얼, 책상 한 번 쳤다구 해서……”

“아니에요. 그저께도 내가 대들었거든요.”

“왜 또?”

“미우니깐 그랬지요.”

“참아야지.”

“싫어요, 난. 그렇게까지 해서 살고 싶지 않아요.”

그녀는 종알대었다. 준기가 갑자기 그녀를 끌어당겼다. 그들은 선 채 키스를 했다. 그들은 잘 가던 호텔로 갔다.

“이것 봐, 나하고 결혼하지 응?”

준기가 그녀의 몸을 어루만지며 말했다. 그녀는,

“아──니오.”

했다. 그러면서 그녀는 준기의 몸을 더 힘껏 껴안았다. 내가 이 사람을 사랑하고 있는 것인가 하고 그녀는 생각했다. 아무래도 대답이 선뜻 나오지 않았다. 그녀의 등록을 몰래 해준 사람이 준기인 줄 알았을 때에 기뻤던 것을 귀영은 생각한다. 다른 사람이 등록을 해주었다면 고맙기는 했을지 몰라도 기쁘지는 않았을 것 같다. 그러고 보니 나는 어쩌면 준기를 좋아하고 있었는지도 몰라 하고 생각하며 그녀는 그의 머리를 어루만졌다. 나중에 그가 그녀와 사귀기 위하여 적지 않은 빚을 져서 아버지한테 단단히 야단을 맞은 것을 그녀가 알았을 때에 그녀는 아무것도 생각지 않고 그를 따라 이 호텔로 왔던 것이다. 그리고 그 후부터 그녀는 그에게서 단돈 백 환도 받기를 거절했다.

귀영은 지금 준기의 머리를 어루만지면서 그녀가 이 베드에 있는 것이 준기를 사랑하기 때문이 아니라 그것이 습관이 되어버린 것 같기만 하다.

창 밖은 밤이 깊은 것 같았다. 귀영은 일어나서 스커트를 입었다. 준기도 옷을 입었다. 그들은 아무 말도 없이 베드 옆에 있는 테이블에 마주 앉았다. 커피를 마셨다. 형광등이 파랗다. 어디선가 따르르 하고 ‘벨’이 울리는 소리가 들린다. 귀영에게는 준기의 하얀 피부가 이제 무의미하다. 준기는

그녀를 한참 동안 보고 있다가,

"귀영이……."

하고 부른다.

"네…… ?"

"정말 결혼 안 할거야 ?"

"네……."

그녀는 눈을 깜빡이며 생각하면서 대답했다.

"나를 사랑하지 않는 모양이군 ?"

"……."

"그러면 여태까지는 왜 그랬지 ?"

귀영은 갑자기 하하하 하고 웃었다.

"그게 사랑이라는 건가요 ?"

했다. 어자는 육체가 전부인 줄 아는 준기가 우스웠다.

"억지로 무슨 의미를 붙일 필요는 없어요."

하며 그녀는 일어섰다. 준기는 당황하며,

"어떻게 갈려구 그래 ? 통금시간이 다 됐는데."

한다.

"그러면 밤새도록 당신하고 같이 있자는 거예요 ? 나는 싫어요 !"

"내일 또 이리로 오지 응 ?"

준기는 갑자기 풀이 꺾인 것 같다.

"지금 같아선 또 올 것 같지 않은 걸요."

"이것 봐. 내가 얼마나 귀영을 생각하고 있는 줄 알어 ? 나를 생각하지
않는다면 어째서 이런 관계를 계속해 왔어, 응 ?"

준기는 잠자코 서있는 그녀의 어깨를 흔든다. 그녀는 대답을 할 아무런
흥미가 없다. 오로지 준기가 그녀에게는 지금 성가실 따름이다.

"나 혼자서 꿈 꾸고 있었어. 그렇지 ?"

귀영은 짜장 귀찮아졌다.

"무어 당신이 싫다는 것도 아니에요. 나는 누구에게도 아무 것에도 속할
수 없는 것 같을 뿐이에요. 이를테면 애초부터 그리고 영원히 무소속이죠."

“그렇지만 나와 그렇게…….”

“당신하구 어쨌다는 거예요. 내가 다른 사람한테 키스하자고 했다면 그것도 무슨 큰 의미가 있는 것인가요?”

귀영의 얼굴은 차고 고요했다. 준기는 미간을 찌푸린 채 그녀를 한참 동안 응시하다가,

“너는 창부구나!”

하고 소리쳤다. 그의 눈에 눈물이 핑그르 고이었다.

귀영은 준기를 두고 홀로 도어를 열고 나와서 층계를 내려갔다. 방에서 으흐흐 하고 준기가 흐느끼는 소리가 들렸다. 그러자 귀영은 갑자기 뭉클하고 설움이 복받쳐 올랐다. 귀영은 저도 모르는 사이에 으흑하고 울음이 터져나왔다. 그녀는 난간에 엎드려서 울었다. 눈물이 펑펑 쏟아졌다. 그녀는 무엇이 서러운지도 몰랐다. 그러나 눈물이 나온 김에 아주 실컷 울어버리자고 마음 먹었다.

누가 어깨를 툭툭 쳤다. 그녀가 머리를 들고 보니까 어떤 중년 남자가 놀란 얼굴로 서있다. 그녀는 도로 난간에 얼굴을 파묻으며

“저기 보세요. 저기. 저기서 누가 울고 있어요. 가엾어 죽겠어요…….”

하고 묻지도 않는데 혼자서 말하고 어깨를 들먹이며 느껴 울었다. 그러나 그녀는 도로 층계를 올라가려고는 하지 않았다. 그녀의 눈에서는 눈물이 자꾸만 흘러내렸다.

그녀의 팔에 닿은 난간이 차고 딱딱하다.

자연(紫煙) 흐리는 속에

다방에서 나와 헤어질 때에, 상철은 한 번 더 밝게 웃으며,
"정말 축하합니다."
했다. 지애도 웃으며,
"고맙습니다. 상철 씨도 웬만하면 결혼하세요."
했다.
"다음에는 그분도 같이 모시고 나오세요."
상철은 그렇게 말하고 돌아섰다. 여섯시가 조금 넘었는데도 밖은 깜깜하였다. 상철은 버스도 타지 않고 명동에서 종로 쪽으로 걸어갔다. 차를 타고 싶지 않았다. 혼자서 어두운 거리를 걷고 싶었다. 아무것도 보고 싶지 않고, 누구와 만나고 싶지도 않았다.

상철은 왜 기분이 그렇게 되었는지 스스로 알고 있다. 그깃은 지애가 결혼한다고 하기 때문인 것은 너무나 명백하였다. 돌연한 일이기에 더욱 충격이 큰지도 모른다. 그러나 상철은 생각컨대 무어 지애한테 뜨거운 사랑을 느끼고 있었던 것은 아닌 것 같다. 그러기에 그는 그의 친구중에서, 훌륭하고 믿음직한 사람들을 그녀에게 소개해 준 일도 한두 번이 아닌 것이다. 상철은 지애가 기왕이면 그가 좋아하는 사람과 결혼했으면 했던 것이다. 그가 믿는 사람은 틀림없이 지애를 행복하게 해 줄 것만 같았다.

그러나 상철의 친구들이 뜻밖에도 지애한테 거절을 당하였을 때는 그는 약간의 실망과 동시에 야릇한 기쁨을 느끼는 것도 또한 사실이었다.

어쩌면 그도 모르는 사이에 지애를 사랑하고 있었는지도 모를 일이라

244

생각하며 그는 호젓한 창경원 뒷길을 걸어갔다. 지애와 곧잘 산보하던 길이다. 학교가 끝나서 나란히 이 길을 걸어 본 적도 있고, 영화를 보고 늦은 날도 일부러 고요한 이 길을 택해서 함께 걸었던 것이다.

상철은 지애에게 비록 에로스(戀)는 안 느꼈다 하더라도 지애는 적어도 이 세상에서 그가 제일 좋아하는 여성임에는 틀림없었다. 순수한 우정이라고 할 수도 있으리라.

"하지만 몰라. 이렇게 서운한 것을 보니, 나는 지애를 사랑하고 있었는지도……."

상철은 그렇게도 생각해 보았다.

지애도 여학교 동창이며, 여자대학으로 갔던 친구를 상철에게 몇몇 소개하였었다. 그녀들은 모두 지애보다 미모라고 할 수 있는 여인들인지도 모른다. 이를테면 눈이 그녀보다도 곱다든가, 코가 그녀보다 잘 생겼다든가, 입술이 그녀보다 육감적이라든가…….

그러나 지애와 나란히 앉아 있는 그녀들에게 아무런 매력도 호기심도 느낄 수 없는 상철이었다. 지애가 그것을 눈치채고, 나중에 둘이서 만나게 되면,

"상철 씨는 무엇이 잘 나서 내 친구들이 싫으세요, 네?"
하고 대들었다. 상철도 지지 않았다.

"그러면 내 친구는 어디가 못 나서 싫으시지요?"

그러면 지애는 상철을 빤히 보고 있다가 앗핫핫핫 하고 허리를 꼬며 웃는 것이었다. 상철도 웃을 까닭은 없으나 지애가 웃는 것이 하도 유쾌해서 따라서 웃는 것이었다. 사실 지애만치 멋진 여성도 드문 것 같았다. 남녀 공학이라 다른 여학생도 많이 겪어보았으나 상철은 지애만치 정답고 현명한 여학생은 없다고 생각하였다. 어쩌다가 상철이가,

"나는 정말 지애 씨가 좋아요."
하면 지애는 밝게 웃으며,

"메르시. (고맙습니다.)"
한다. 너무 간단히 받아 넘겨져서 상철은 다시,

"진정입니다."

하고 심각한 표정을 하면 지애는 여전히 맑게 미소하며,

"멜시."

할 뿐이다. 그것을 곧이 듣지도 않는 것 같고 또한 실 없는 소리라고 경멸하는 것 같지도 않았다. 정말이지 지애는 가을 하늘처럼 맑고 산뜻한 기분을 지니고 있는 여성이라고 상철은 언제나 생각하고 있었다.

대개의 여성은 영화나 식사를 한두어 번 대접한다고 대뜸 내게 뜻이 있으려니, 하고 오만해지거나 혹 경계하는데 지애에게는 도무지 그런 데가 없었다. 지애는 상철에게 참으로 우정을 느끼고 있는 것 같았다.

한길에는 사람의 그림자도 드물다. 가게의 문도 하나 둘 닫히고, 뺨을 스치는 바람이 차다. 가을도 깊은 것 같다. 상철은 더욱 외로웠다. 그대로 하숙으로 갈 염이 나지 않는다. 상철은 가까운 다방에 들어갔다.

S 대학 근처라 이 다방의 손님은 보통 S 대학생들이다. 낮에 대학생으로 꽉 차는 자리가 지금은 한산하고 쓸쓸하다.

구석진 자리에 앉아서 상철은 담배를 물어보았다. 담배 연기가 고요히 퍼져가는 것을 보고 있으니까 그는 잠간 외로움이 잊혀지는 것도 같다. 그래서 모두들 담배를 즐기는구나 하고 그는 생각해 본다. 그는 다시 연기를 되도록 천천히 불어 내었다. 그러나 이번에는 퍼지는 연기와 함께 외로움이 고요히 온 몸을 덮는다.

"지애도 결혼하면 전 같지는 않을거야……."

상철은 또 다시 지애를 생사한다. 생각하니 시애야말로 참된 친구 같다.

동성간의 우정은 자칫 하면 균열이 가기 쉽다. 정다워도 내가 기쁠 때에 진심으로 기뻐해 주는 친구는 드물었다. 질투라고까지는 할 수 없더라도 적어도 경쟁의식에서 오는 불쾌감은 있는 것이다. 상철의 졸업논문이 개교 이래 세 번째의 우수한 것이라고 교수가 얘기했을 때에도 다른 친구들은 '반갑다!', '한턱 해라'는 정도로 그쳤다. 그러나 지애만은 대학원으로 가도록 권했던 것이다. 영문학을 하니 기왕이면 영국은 가보아야 할 것 아니냐고 했다. 하기는 그렇기도 했다. 상철도 스스로 생각컨대 지금처럼 생존경쟁이 심한 사회에서 싸워나갈 자신이 없었다. 학문이 그에게는 가장 알맞는 것 같았다. 지애 말대로 대학원에도 가고 영국에도 가고, 구라파도

한 번은 돌아오고 싶었다. 그러나 그것은 아직까지는 꿈이었다.

그는 대학원에도 가지 못하고 지금 중학교 교사로 주저앉고 있는 것이다.

돈이 모이면 진학을 하든 외국으로 가든 할 생각이었다. 그러나 졸업하고 이미 이 년이 흘러가버렸다.

동창 중에는 벌써 외국에서 석사 학위를 따고 돌아온 사람도 있고, 사회의 각 면에서 두각을 나타내는 사람도 있었다.

상철은 그가 제일 보잘것 없는 인간이 된 것만 같았다.

그래도 그에게는 지애가 있었다. 그에게 지애는 다시 없는 존재이었던 것이다.

지애도 지금은 교직에 있다. 지애처럼 교직을 싫어하는 사람도 없을 것 같았다.

지애가 교단에 서는 것이 싫다고 짜증을 내는 것을 보고 있으면 상철은 정말로 그의 마음을 그대로 지애가 말해주는 것 같았다.

지애의 동창생이 번역을 해서 그 출판기념회에 갔다가 돌아오는 길에 상철은 지애와 같이 창경원 뒷 길을 걸었다.

밤이 늦어서인지 거리는 한산하였다.

"그 애가 정말 번역할 줄은 몰랐어요."

하고 지애가 말했다. 그 여자는 학교 때에 별로 실력이 있는 편은 아니어서 상철이도 신문에 번역광고가 났을 때는 글쎄 제 힘으로 했을까 하고 의심쩍었던 것이다. 지애는,

"무엇이든 하면 되는 거예요. 잘 되건 못 되건간에. 우리들은 생각만 하고 실천을 못 하는 바보예요. 하기는 모든 것을 너무 소중히 여겨서 덤비지 못하는 탓도 있었지만요."

상철이도 지애의 말이 옳다고 생각했다.

고등학교 여학생을 상대로 하고 있다가는 평생 가야 진보는 없을 것 같기만 했다. 종일 학교에 시달리다 보면 독서도 못 하고 잠이 들어버리는 상철이었다. 신체검사표, 출석부 정리, 교안작성……그런 일들이 상철의 시간을 좀먹었다. 상철은 학교를 그만둘까 하고 생각하고 있었다.

마땅한 자리만 있으면 직장을 옮기고, 집안 형편이 좋아질 때까지 독학을

해야겠다고 생각했다.

그때 지애가 '어머나!'하며 걸음을 멈추었다.

상철도 문득 서버렸다. 그들의 바로 앞 가로수 밑에 어떤 남자가 네 활개를 펴고 코를 골고 있었다. 먼 데서 흐르는 전등불이 희미하게 비치어 있었다. 옷차림새로 보아, 걸인이나 노동자는 아닌 듯했다. 술이 취한 것 같았다.

"참 좋겠지요?"

지애가 멈추었던 걸음을 다시 옮기기 시작했다.

"글쎄요. 천하태평인 것 같군요."

상철은 생각한대로 말했다. 그는 자기도 그렇게 거침 없이 한 번 땅에 누워 잠들고 싶었다.

"정 속이 상할 때는 저렇게 하고 있으면 한결 마음이 풀릴 것 같지요?"
하고 지애가 말했다.

"저렇게 할 수 있는 그 자체가 벌써 행복한 일이에요. 남의 이목도 자기 자신도 잊을 수 있는 그 상태가 말이지오."

"그렇지만 저럴 수 있는 것은 남자만의 특권이에요. 여자는 하고 싶어도 그럴 수 없어요."

지애가 우울한 듯이 말하였다. 상철은 여자가 그렇게 하게 되기까지 절망하는 일은 없을 것 같았다. 하잘 것 없는 여자도 결혼만 잘 하면 힘 안 들이고 지위도 돈도 차지한다. 그러나 남자는 그럴 수가 없다. 남자는 언제나 고민하고 언제나 움직여야만 한다고 생긱했다. 지애는 잠자고 걷 다가,

"까닭 없이 절망을 느낄 때는 한 번 저러고 잠들고 싶어요."
했다.

"남이 잘 되는 것이 부러워서가 아니에요. 부러워한다는 감정을 갖기에는 너무 나이 들었어요. 다만 나의 위치에 불만을 느낄 뿐이에요. 우울해요."

지애는 그렇게 말하고 상철과 헤어졌다. 상철은 하숙으로 가는 길에 여자도 남자와 같은 생각을 하기도 하는 모양이라고 생각했다.

상철은 담배를 하나 더 피우고 다방을 나왔다.

지애를 생각지 않으려 해도 지애와의 지난 일이 자꾸만 떠오르는 것을 어쩔 수 없었다.

'나는 확실히 지애를 사랑하고 있었나보다. 너무 가까이 있어서 미처 몰랐나보다.'

밤은 깊었다. 거리에는 사람들의 그림자도 드물었다. 가게의 문들도 거의 다 닫혀버렸다.

상철은 홀로 걸어갔다. 어디선가 멀리 기타 소리가 흘러왔다. 무슨 곡인지는 알 수 없으나 그 소리가 지금의 상철의 가슴에는 아프도록 슬펐다. 상철은 그 기타가 조그만 책방 이층에 있는 기타연구소라는 데서 흘러나오는 것인 줄 짐작하였다. 조그마한 간판에 연구생 모집이라고 써붙인 것을 그는 언제나 보고 다니었다. 상철은 지금 문득 기타를 타 보고 싶었다. 기타라도 타고 있으면 무어랄 수 없는 이 외로움도 조금은 가셔지려니 싶었다.

좁은 층계를 올라가서 상철은 베니어판의 문을 노크했다. 안에서 기타가 멈추고 문이 열렸다. 담배 연기가 자욱한 속에 젊은 남자가 다섯이 일제히 상철을 보았다. 담배 연기도 싫었지만 거기에 있는 사람들이 모두 인상이 나빴다.

"저—— 선생님 계신가요?"

상철이가 망설이며 물으니까 가운데 조금 높은 의자에 앉은 사람이 눈을 깜박이며 일어서더니,

"저인데요……?"

한다. 이마에 주름살이 무수히 잡히며 언뜻 보아 원숭이같은 인상이다. 여드름이 뺨이 비좁다고 잔뜩 솟아있다.

"네."

상철은 허리를 굽히고 인사를 하고 그대로 돌아서서 층계를 내려갔다.

날이 새고 파란 하늘에 태양이 찬란하게 빛나는 것을 보니까 상철은 엊저녁보다는 한결 기분이 가벼워졌다.

수업도 잘 진행되었다. 다만 고등과 이년 오반의 부반장이 눈에 거슬렸다. 어린 학생이 어른같은 능숙한 눈 표정을 쓰는 것이 보기 싫었다. 아마 서양

영화를 많이 보았음에 틀림없다고 상철을 생각했다. 애띤 눈에 관능적인 섬광을 비치는 것이 상철은 아주 질색이었다. 무어냐 말이다. 설익은 개살구같이. 상철은 속으로 뇌까렸다. 아울러 지애가 생각킨다. 깨끗한 그녀의 표정이 생각켰다. 상철은 문득 외로워졌다. 학교가 끝나자 상철은 준수한테 지애의 결혼을 알리려고 그의 집으로 갔다.

준수도 결혼한지 반년밖에 안 되었다. 그런데도 준수의 얼굴에나 그의 부인의 얼굴에는 벌써 가정을 지닌 사람의 침착과 피로가 보이는 것 같았다. 그 변화가 상철을 조금 우울하게 하였다.

준수는 지애가 결혼하는 것은 아깝다고 했다. 공부를 더 했으면 좋았을 것이라 했다. 어떻든 남편은 공대(工大)를 나오고 건축업을 하는 사람이라니 지애는 어쩌면 넉넉함 속에 도리어 공부를 할 수 있을지도 모른다고도 했다. 얘기 끝에 준수가,

"참, 나 내년 봄에는 독일에 가게 되었어."

한다. 상철은 준수가 도독(渡獨)하느라고 애쓰며 다니는 줄은 알았으나 막상 결정적으로 된 것을 들으니 반가우며 한편 서운하다.

"잘 되었다. 나도 인제부터 시작해 보아야겠어!"

상철은 그렇게 말했다.

"그런데 참, 태호 말이야, 태호 알지? 그애가 미국에서 공학박사 학위를 땄대더라, 사람의 일은 모를 일이야, 참!"

"그래?"

하고 상철은 놀라며 소리쳤다. 태호는 그와 고등학교 동창이었다. 성적은 우수하지는 않으나 못 하는 편은 아니었다. 상철과 준수들은 합격이 되었으나 S 대학에 낙제해버렸다. 그 후 상철은 태호가 고학하며 미국에 갔다는 말을 듣고 있었다. 그러나 설마 박사가 될 줄이야 상상도 못 하던 일이었다.

"어떻든 잘 되었다. 참으로 반갑다. 태호를 위해서. 또한 실패한 모든 사람의 장래를 위해서라도……."

상철은 혼자 이렇게 중얼거렸다.

바람이 꽤 차다. 상철은 바바리코트의 깃을 올렸다. 밤은 깊은 것 같았다.

상철은 창경원 담 밑을 걸어갔다. 그는 어제 저녁의 외로움보다 더한 외로움을 느꼈다. 외롭다느니보다 오히려 허탈하다 함이 옳을 것 같다.

'왜 이럴까? 친구를 시기하는 것도 아닌데……'

──친구들이 모두 나보다 훌륭하게 여겨질 때는 동해의 작은 섬의 흰 모래밭에 눈물지며 나 홀로 계와 노니노라──그는 문득 어릴 때에 멋 모르고 애송하던 일본시인 이시가와 다꾸보꾸의 시가 생각켰다.

상철은 눈물지며 계와 놀 생각도 없고, 지애가 남자만의 특권이라고 하듯이 길에서 네 활개를 펴고 잠들 염도 나지 않는다.

그는 다만 묵묵히 하늘을 쳐다보았다. 높은 하늘에 별이 총총하다. 별도 하늘도 끝 없이 높고 멀다. 그만치 상철의 마음도 아득히 비어가는 것만 같다. 지애를 잃었을 때의 느낌보다도 한층 더 깊은 외로움이 그의 가슴에 퍼져갔다. 상철은 기타의 소리가 들려올까 해서 늘 다니던 길을 버리고 다른 길로 발을 옮겼다. 지금 같아서는 기타의 감상적인 소리가 듣기 싫었다. 값싼 감상으로 그의 고독감이 헝클어질까 해서.

지애와 얘기를 하면 조금은 기분이 밝아질 듯도 하였으나, 그는 그럴 염도 나지 않는다. 길에는 사람의 그림자도 없다. 찬바람이 뷰우하고 그의 뺨을 스쳐갔다. 상철은 걸음을 멈추고, 어두운 골목길의 어느 돌담에 기대어 서서, 가만히 담배를 하나 피어 물었다.

낙조전(落照前)

  선풍기 바람을 오래 쏘였더니 머리가 띵하고 아프다. 은옥(恩玉)은 선
풍기를 껐다. 끄자마자 또 더워진다. 가만히 앉아 있는데도 등에 땀이 흠뻑
배어버린다. 말복이 지났는데도 더위가 견딜 수가 없다. 은옥은 읽고 있던
월간 잡지를 덮어두고 목욕실로 갔다. 점심을 먹고서 벌써 두 번째의 목
욕이다. 찬물을 쏴아 끼얹었으면 좋으련만 흑흑 느껴져서 그럴 수도 없다.
그래도 은옥은 이번에는 물을 데우지 않고 그대로 등에 얹어보았다. 받아
두었던 수도물이라 미적지근하다. 그보다도 워낙 날이 더워서 찬지를 모
르는지도 모른다.
  은옥은 목욕실에서 나와서 바스타올로 몸을 싼 채, 삼면경 앞에 앉았다.
기분이 좋다. 웬일인지 은옥은 옷을 입고 싶지 않다. 상쾌하고 나른한 이
기분을 그내로 지속하고 싶다. 그보다도 그녀는 삼면경에 비친 그녀의 앞
가슴을 보고 있고 싶었다. 방에는 아무도 없다. 식모는 시장에 가고 난희
(蘭姬)는 친구와 놀러 나가고 웅(雄)은 뒷 마당에서 동네 아이들과 노느라고
법석이다. 그녀는 거리낌 없이 그녀의 젖가슴을 관찰했다. 연분홍으로 상
기된 젖가슴이 토실토실하다. 은옥은 그것이 그녀의 육체의 일부라는 실감이
나지 않는다. 그녀가 아닌 다른 젊은 여인의 젖가슴 같다. 은옥은 몸 전부를
거울에 비쳐보고 싶은 호기심이 일어난다. 은옥은 타올을 꼭 쥐고 있던
손을 조금 벌려보았다. 타올 사이에 배꼽이 보일락 말락 해진다. 젖가슴
아래의 살은 상기되어 있지 않고 희다. 그녀는 아주 발가벗어보고 싶다.
그러나 부끄럽다. 아무도 보는 사람은 없는데도……. 그녀는 방 안을 휘둘러

보았다. 아무도 없다. 발 밖으로 보이는 정원에는 뜨거운 햇살 속에 다리야가 새빨갛다. 잎새 하나 까딱도 않는다. 은옥은 용기를 내어 타올을 벗어버렸다. 배가 나오고 허벅다리가 비치었다. 눈부시도록 살결이 희다. 허벅다리의 살이 통통히 쪄 있다. 그녀는 스스로 감탄했다. 어쩌면 저렇게도 고울까. 아무리 보아도 마흔이 넘은 몸 같지 않다. 은옥은 갑자기 야릇한 충동이 일어나며 몸이 가늘게 떨린다. 이 몸을 누군가의 팔에 안겨주고 싶다. 그러나 그녀는 그 생각이 두려운 듯이 머리를 흔들며 가운을 입고 베드에 누웠다.

또 더워진다. 선풍기를 틀었다. 그녀는 가운의 깃을 넓게 벌리고 바람이 들어가도록 하였다. 바람이 배에까지 살살 스며든다. 은옥은 다시금 누군가가 몹시 그리워진다. 그녀는 한숨을 내쉬었다. 누군지 모르지만 남자가 그리워지는 것 같다. 은옥은 지그시 눈을 감았다. 아까부터 자꾸만 떠오르는 한 남자의 모습이 또 떠오른다. 은옥은 안 돼, 안 돼, 아니야, 아이 왜 이럴까, 하고 혼자서 조급히 부정하여 보나, 그 환영은 점점 더 뚜렷하게 되어 그녀의 머리에서 떨어지지 않는다. 그뿐 아니라 눈을 감고 있으니까 그의 가슴에 안겨있는 것 같은 착각조차 일어난다. 그녀는 소스라쳐 놀라며 눈을 떴다.

선풍기 바람은 골치가 아프다. 은옥은 선풍기를 껐다. 읽던 책을 다시 펼치나, 머리 속에는 한 마디도 들어오지 않는다. 은옥을 책을 덮고 삼면경 앞에 다시금 앉았다.

얼굴에 로션을 발랐다. 바디 파우더를 발랐다. 겨드랑 밑, 가슴, 등에까지 발랐다. 불그스름한 젖꼭지가 가운 사이로 보였다 가려졌다 한다. 스무 살난 난희보다도 은옥은 그녀의 육체가 더욱 젊은 것 같이 보인다. 그러나 마흔이 넘었으니 언제 갑자기 거칠어지고, 주름이 잡힐지 모르는 일이었다. 지금 육체가 이렇게 풍부한 것은 과실이 한창 무르익은 것과 같은 현상일 것이다. 과실이 한껏 익으면 시들듯이 나도 늙을 것이다. 지금의 흔적도 없이 얼굴에도 손등에도 주름이 잡히고……후우 하고 한숨이 나온다. 그보다도 이렇게 싱싱하고 고운 몸을 거의 이십 년 동안이나 아무런 환희도 없이 한 남자한테만 바치고 온 것이 무어랄 수 없이 애석하다. 그녀는 남편의 육체에 불만은 없었다. 그러나 그녀는 남편을 사랑하지 않고 있다. 사랑하지도 않는 남자한테 이십 년이나 몸을 주어온 것이 허무하다. 어째서 젊었을 때는 이런 생각조차 할 줄 몰랐을까……은옥은 생각 없이 보낸 젊은 날이 안타깝다.

그녀는 남편의 요구에 응하는 것이 사랑인 줄 알았다. 차차로 그것은 사랑이 아니라 습관인 줄 알게 되었다. 그러나 그녀는 남편 외의 다른 남자를 생각할 수는 없었다. 정조관념이 강해서가 아니라, 정조를 지키는 것이 너무나 당연한 일이었으므로 하루 세끼 밥 먹듯이 아무런 비판도 반성도 없이 이루어지는 것이었다.

그녀는 지난 날이 아쉽다. 한없이 아쉽다. 무엇때문에 사랑하지도 않는 남자한테……그러나 그 대가로 나에게는 풍족한 생활이 있다. 삼 캐럿의 다이아가 둘. 피아노. 식모가 셋. 무역회사 사장 부인이라는 지위가 있는 것이다. 그렇게 생각하며 은옥은 쓸쓸히 웃었다. 그것은 결국 그녀가 남편의 '온리'라는 것과 다름이 없는 것 같다. 요즈음은 '온리'라는 것이 있어서 몇 달이나 며칠 동안 돈을 받고 임시로 한 남자하고만 사는 여자가 있다고 한다. 물론 그들 사이에는 애정은 없을 것이다. 그러나 여자는 남자가 생활을 보장해주기에 또한 남자는 다른 여자보다는 그 여자가 낫기 때문에 돈을 내고 살게 되는 것이다. 서로가 좋은 조건이 있기 때문에 이루어지는 성 생활의 한 형태이다. 은옥은 그녀의 생활도 '온리'와 무슨 다름이 있을까 싶다. 그녀의 남편은 대학을 나오고 생활보장이 되어 있었으니까 은옥의 부모는 다른 남자보다는 나으려니 하고 결혼하게 한 것이고 은옥이도 그 렇게 생각하였기 때문에 결혼한 것이었다.

"말하자면 나는 '온리'로서는 잘 걸린 셈이군."

그녀는 거울을 보며 또 한 번 픽 하고 웃어본다.

그녀는 남편을 사랑하지는 않으나 감사하고 있다. 그녀가 안락한 생활을 하는 것은 남편 때문이다. 그러나 그녀는 남편 이상의 남자, 그녀가 열렬히 사랑할 사람이 이 세상의 어디엔가 있을 것만 같다.

그 사람과는 영영 사랑을 못 하고 죽을지도 모르나. 죽는다. 외로이……. 쓸쓸한 느낌이 그녀의 가슴속에 소리없이 퍼져간다.

요즈음 은옥은 Ａ 은행의 김 전무 부인이 부러워질 때가 많다. 전에는 그 부인을 상당히 멸시하고 있었다. 남편의 사업관계로 김 전무가 요긴한

254

사람이기 때문에 그녀보다는 김 전무 부인이 윗자리에 있는 셈이나 그녀는 언제나 속으로 꿋꿋한 프라이드를 가지고 있었다. 은옥의 친정은 완고한 구가문으로 연애는 비천한 사람들이나 하는 것으로 알고 있었고 여자가 두 남자를 아는 것은 커다란 변으로 생각했던 것이다. 그래서인지 은옥은 이십여년 전에 여학교를 나온 그 나이또래로서는 상당한 인텔리였으나, 김 전무 부인이 김 전무와 결혼하기 전에 다른 남자와 동서한 일이 있었다 하여 그녀는 은연중에 그 부인을 멸시했던 것이다. 그러나 은옥은 지금은 그 부인이 부럽다.

"사랑하지 않는 남자하고 사는 것은 제 자신의 기만이야. 나는 지금 김 전무를 사랑해. 사랑하구 말구"

하며 김 전무 부인이 별로 이쁘지도 않는 얼굴에 만면 웃음을 피우며 은옥에게 말하던 모습이 그녀는 생각킨다. 언제나 밝고 맑은 그 부인. 그렇다. 과연 나보다도 그 부인은 월등 행복한 사람이다. 나는 그녀보다도 다이아가 더 크고 집이 더 좋다. 내 딸과 아들은 그녀의 자식보다 훨씬 잘 생겼다. 뿐 아니라, 난희도 웅이도 성적은 언제나 수석이다. 난희는 올에 미술대학에 수석으로 들어가지 않았던가. 아아, 나는 얼마나 자식을 자랑으로 알았던가. 얼마나 내 친정과 내 시집의 가문을 자랑으로 생각하고 있었던가! 그러나 그것이 다 무엇이란 말인가. 은옥은 지금까지의 그녀의 자랑은 결국 남과 비교해서 그녀가 우월하다는 것밖에는 아무것도 아닌 것을 깨닫게 되는 것이다. 남과 비교해서……그러나 인생이라는 것이 남과 비교해서 거기서 약간의 우월성을 가지고 자위하는 것은 아닌 것 같다. 내가 보기에 우월 하다고 생각하지 남이 보기에는 그 우월성마저 하잘 것 없는 것이리라. 돈이나 지위나 자식……그런 피상적인 것 외에 나만의 환희가 없고 나만의 행복이 없는 이상 나는 참으로 가엾은 인간이다.

은옥은 거울에 비친 젖가슴을 응시하다가 경대 위에 엎드려버렸다. 그녀는 이제 아무 생각도 하고 싶지 않다. 생각은 복잡하고 끝이 없다. 그러나 그녀의 마음은 아까부터 한 가지 일로 타오르는 것이었다.

"박 선생님!"

그녀는 속으로 간절히 불러본다. 가슴이 아프다. 박 선생. 그렇다. 나는

박 선생이 그리운 것이다. 사위를 볼 나이에 십년이나 아래인 남자가 그
립다니……은옥은 스스로 생각해도 기막히나 그러나 그녀는 그 사실을
인정치 않을 수 없는 것이다. 은옥은 날이 갈수록 처음에는 희미하던 욕망이
점점 뚜렷이 한 일로 쏠리게 되는 것을 어찌 할 수가 없다. 은옥은 엊저
녁에도 남편을 박 선생이라고 생각하고 있었다. 그것이 비록 거짓이나마
잠간동안 그녀는 행복한 것 같았다. 남편이 아니고 그것이 박 선생이었
다면……아아…….

은옥은 남편한테 약간 미안한 생각이 들었으나 은옥은 그녀의 마음을
남편한테 말하고 싶지는 않았다. 은옥은 남편과의 관계를 습관이라고밖에는
생각할 수 없기 때문에 서로의 감정이나 정신 상태를 알 필요도 알릴 필요도
없을 것 같았다. 그렇기에 그녀는 남편이 외박을 하고 와도, 와이셔츠에
루즈가 묻어 있어도 한 번도 싫은 얼굴을 해 본일이 없었다. 겉 뿐 아니라
속으로도 질투같은 감정을 여지껏 단 한번도 느껴본 적이 없었다.

전화가 따르르 하고 울렸다. 은옥은 정신이 홱 나는 것 같다. 수화기를
드니 김 전무 부인의 밝은 음성이 쨍쨍 울려온다.

"여보시우. 나 한 턱 할게. 이번에 말이야, 걸렸나 하구 얼마나 얼마나
걱정을 했었는데 이제 막 시작했어. 아이구 좋아!"

하면서 깔까르르 하고 웃는다. 은옥은 미소하며,

"참 잘 되셨어요."

하고 대답했다. 김 전무 부인은 매달 월경만 있으면 은옥을 데리고 영화에
가고 저녁을 대접하는 것이었다. 임신하면 수술해야 하는데 수술비가 안
들었으니 그것으로 즐겨보자는 것이었다. 은옥이도 그 부인의 기쁨을 충분히
이해할 수 있었다. 마흔이 넘어서 임신한다면 무엇보다도 그 아이가 가엾다.
부모가 일흔 살이나 되어야 겨울 대학을 나올까 말까 할 터이니 안 될
노릇이었다. 그보다도 은옥은 애기를 낳고 싶지 않았다. 딸 하나 아들 하나로
충분했다. 은옥은 꼭 피임약을 쓰고 있었다.

"바루 나오세요. 더우면 어때. 거기는 냉방장치가 잘 되어서 시원하답
니다."

김 전무 부인이 단성사로 가자고 한다.

"단성사 것은 재미 없는 거래요."

은옥이가 말하니까

"그러면 우선 아이스크림이나 먹고 생각합시다. 뉴욕으로 나오시우"

한다.

은옥은 흰 대마 원피스를 입었다. 식모가,

"참 어울려요."

한다. 은옥이도 잘 어울린다고 생각했다. 회사에 전화를 해서 차를 보내 달라고 할까 싶었으나, 그녀는 지금 아무하고도 얘기하고 싶지 않아서 그대로 나와버렸다. 주택가라 택시가 드물었다.

은옥은 한참 동안 걸었다. 장충단 공원 쪽으로 돌아 나오려니까 저만치서 박 선생과 난희가 나란히 이리로 걸어오고 있었다. 은옥은 가슴이 쿵 내려 앉는 것 같았다. 몸이 오싹하고 떨린다. 박 선생은 그녀를 본 것 같았으나 난희는 무엇인가 손짓을 하며 얘기에 열중해서 은옥을 보지 못하고 있다. 은옥이 가까이 갔을 때야 비로소 난희가,

"엄마 아니야?"

하며 뛰어왔다.

"지금 오니?"

은옥은 잠잠히 미소하며 말했다. 박 선생이 은옥을 한참 보고 있다가 말 없이 꾸뻑 고개만 수그린다. 은옥은 어쩐지 표정이 딱딱해지는 것 같다. 긴장해서일까…….

"선생님 더우신데 난희 지도하시느라 수고하십니다."

은옥은 가까스로 이렇게 말했다. 그다지도 그립던 남자이건만 막상 마주 서고 보니 딸의 스승에 대한 학부형의 형식적인 인사밖에는 나올 수가 없다.

"천만에요. 제가……댁에 폐를 끼치고 있어……미안합니다."

박 선생은 까맣게 탄 얼굴에 불을 뿜는 것 같은 커다란 검은 눈을 껌벅이며 무뚝뚝하게 뜨른 뜨른 말한다. 은옥은 그러한 박 선생이 미칠듯이 좋다.

그래도 은옥은 고요한 표정으로 서 있었다.

"엄마 어디 가?"

"음, 김 전무 부인하고 만나기로 했어. 어서 들어가거라."

은옥은 말하며 마침 지나가던 택시를 세웠다. 차가 떠나려고 할 때,

"엄마 멋있다!"

난희가 크게 소리치며 유쾌한듯이 웃었다. 은옥은 열린 유리창 밖으로 손을 흔들었다. 그러나 그녀는 돌아다보고 싶지는 않았다. 그녀는 박 선생을 보는 것이 어쩐지 무섭다.

박 선생은 M 미술대학 강사이다. 불란서에 유학할 예정인데 유학비를 마련하기 위하여 가을에 개인전을 열어야 한다는 것이다. 아틀리에가 없어서 난희의 아틀리에를 같이 쓰고 있다. 난희가 아틀리에를 빌려주자고 하였을 때에 은옥은 가을 국전에 출품할 난희의 작품을 지도받을 겸 잘 되었다고 간단히 생각했었다. 게다가 박 선생은 하숙이 있으므로 먹고 자는 일은 없을테니 귀찮을 것도 없을듯 했다. 난희와 혹시 이상한 관계라도? 하고 생각하였으나 서른둘이나 된 어른이고 게다가 스승이라는 사람이 무얼…… 그래도 남자의 일이니 알 수 없으나, 아무튼 내가 가까이 있으니까 감독은 잘 될 것이고……그 점도 염려 없으려니 하고 생각했었다.

난희가 박 선생을 집에 데리고 와서 은옥에게 인사를 시켰을 때 은옥은 공연히 가슴이 두근거렸다. 은옥은 다른 남자를 볼 때와는 전연 다른 기분이었다. 은옥은 이상하다고 생각했다. 그녀는 요즈음 몸이 허약해져서 조그만 일에라도 그녀가 예민해진 것이 아닌가 하고 별로 대수롭게 여기지는 않았다. 그러나 날이 갈수록 박 선생이 그녀의 머리에서 떠나지 않았다. 은옥은 한 집에 있어도 뒷채에 있는 아틀리에에 발을 옮기기가 싫었다. 그쪽으로 마음이 몹시 쏠릴수록 그녀의 발길은 더욱 그쪽으로 가지지 않는 것이었다. 박 선생이 은옥의 집에 오기 시작하여 일주일쯤 되던 날이었다. 은옥이가 수박 화채를 만들어서 난희더러 박 선생에 갖다 드리라고 하였더니 난희는,

"왜 엄마가 안 가져가 응? 엄마는 박 선생님 좋아하지?"

하고 눈을 동그랗게 뜨며 말했다. 은옥은 가슴이 섬뜩해지며 당황했다.

"얘가 무슨 말을 그렇게 막 할까?"

은옥이가 화를 내며 난희를 쏘아 보았다. 사실 은옥은 딸이 무서웠다.

딸의 예민함에 놀랐다. 은옥은 그런 내색도 한 일이 없었는데…….

"아니야 엄마. 아이구 우스워 죽겠네, 핫하하. 저기이 응? 박 선생이 엄마를 좋아하나보아. 나를 모델로 그리는데, 얼굴이 자꾸만 엄마같이 되거든? 그러니까 골이 나서 자꾸만 그림을 지우구 또 지우구 해요. 아하하."

은옥은 난희의 순진성이 껴안고 싶을만치 귀여웠으나 난희의 말에 당황하지 않을 수 없었다.

은옥은 얼굴이 상기되는 것 같아서 딸이 그것을 볼까 하여,

"어서 화채나 가져가. 저것은 언제나 철이 날까."

하며 남은 수박의 씨를 뽑는 체 하고 얼굴을 수그렸다.

난희의 말이 정말일까? 난희가, 엄마가 박 선생을 좋아하지? 한 말을 얼버무리느라고 공연히 둘러댄 것이 아닐까. 은옥은 이리저리 생각해 보았으나, 은옥이가 박 선생을 좋아하건 박 선생이 은옥을 좋아하건 은옥에게는 결국 어쩔 수 없는 일인 것 같았다. 그냥 좋아한다는 것 뿐이지 그 이상의 감정이 발전되리라는 것은 그녀에게는 상상조차도 못 하는 일이었다. 그러나 은옥은 난희의 얼굴을 그리는데 자꾸만 그녀의 얼굴같이 되어서 그것을 지우고 또 지운다는 말이 뇌리에서 떨어지지 않았다. 은옥은 혼자서 행복했다. 박 선생이 그녀의 얼굴을 보지도 않고 그린다는 것, 또한 화가 나서 그것을 지우곤 한다는 것, 그 사소한 일만에도 은옥은 사랑의 환희같은 것을 느껴보는 것이었다. 내가 그리워하는 사람이 나를 생각하고 있다는——그 마음의 우연한 일치가 은옥에게는 한없이 신비롭고 소중하였다.

마치 내가 내 생각을 부정하려는 것처럼 박 선생도 내 얼굴을 지우는지도 모른다. 은옥은 그렇게 생각하니 박 선생에 대한 그리움이 사뭇 불길처럼 되어 내닫는 것 같았다.

나흘 전의 일이다. 남편은 언제나처럼 통금 예비 싸이렌이 불었는데도 돌아오지 않았다. 은옥은 먼저 자려고 베드에 누워 있으니까 난희가 파자마 채로 뛰어와서

"엄마, 영순 엄마가 그러는데 박 선생이 아직 안 가고 그리고 있대, 오늘은 저녁도 굶었을거래. 미치광이야, 아주."

한다. 은옥은,

　"그러니? 저녁 안 잡수셨다면 갖다 드리래지."

했다.

　"무얼. 밥 한두 끼 굶는 건 예사래."

　"너는 선생님한테 반말 쓰니?"

　은옥이가 딱딱하게 말하니깐 난희는 헤헤 웃으며,

　"지금 없거든?"

하며 은옥의 곁에 와서 드러눕는다.

　"어서 가 자거라."

하면서 은옥은 난희의 어깨를 쓰다듬었다. 귀엽다. 어느 사이에 이렇게 컸나
싶다. 난희는 키만 컸지 아직도 어린애다. 은옥은 제절로 웃음이 나온다.
은옥은,

　"난희야."

하고 불러 보았다.

　"응?"

　"……."

　"왜 그래, 엄마."

　은옥은 할 말이 없어서,

　"그림 열심히 그려야 한다. 피아노도 치고, 책도 좀 읽어라……너는 통히
독서하는 걸 못 보겠더라……그리고 빨간 블라우스는 입으면 못 써. 이
제부터 물건 살 때는 엄마하고 같이 가야 해."

　"싫어. 엄마는 언제든지 구식만 사주는 걸."

　"글쎄, 안 된다니까?"

　"응, 응."

　난희는 졸린듯이 눈을 감고 대답을 했다.

　"가서 자거라."

　은옥은 일어나며,

　"저녁 밥이 찰테니까 빵하고 커피를 끓여서 박 선생님께 갖다 드리자."

하며 식모방으로 갔다. 식모는 셋이 다 잠이 깊이 들어 있었다. 아무리

흔들어도 눈을 뜨지 않았다. 은옥은 하는 수 없이 커피를 끓이고 식빵을 잘랐다. 버터와 치즈를 조금 썰었다. 그러나 은옥은 난희더러 갖다주라고 할 수가 없었다. 밤도 깊은데 다 큰 계집애를……싶어서 은옥은 또 다시 식모를 깨워보았다.

"영순 어머니, 명이 어머니, 언년아,"

세 사람의 어깨를 흔들며 불러보나 한 사람도 까딱도 않는다. 은옥은 대청에 쟁반을 들고 서서 어떡할까 하고 망설이고 있노라니까 웅이가 눈을 비비며 방에서 나오면서,

"엄마, 오줌……."

한다. 은옥은 웅을 데리고 변소에 갔다. 은옥은 웅의 손을 씻어주며,

"웅아, 너 저것 박 선생님께 갖다 드리지? 문간까지 같이 갈테니 네가 방 안에 들여만 놓으면 돼."

하니까 웅이는 눈을 비비며,

"싫어."

한다.

"그러지 말구. 웅이 착하지? 응? 너 박 선생 좋지? 박 선생님이 너한테 집도 만들어주시고 지프차도 만들어주셨지? 박 선생님이 저녁을 안 잡수셨단다."

은옥이가 달래며 말하나 웅은 선 채 꾸벅꾸벅 졸고 있다. 은옥은 하는 수 없이 웅을 자리에 누이고 쟁반을 들고 뒷 마당을 걸어서 아틀리에로 갔다.

노크를 하니까 대답이 없다. 자는가 싶었다. 은옥은 박 선생이 자고 있었으면 싶었다. 그녀는 박 선생을 보는 것이 어쩐지 무서운 것 같았다. 그래도 은옥은 다시 노크를 했다. 대답은 없이 안에서 도어 쪽으로 걸어오는 발자국 소리가 났다. 은옥은 가슴이 두근거렸다. 도어가 열렸다. 박 선생이 놀랐는지 눈을 둥글게 뜨고 서 있다.

은옥은 태연히,

"선생님 이것 드세요. 너무 무리하시나 보아요. 낮에 난희 지도하시느라고. 미안합니다."

또 한 번 학부형의 할 말을 했다. 박 선생은,
"고맙습니다."
무뚝뚝하게 말하며 쟁반을 받아 들었다. 손이 조금 떨리고 있는 것 같았다. 은옥은 더 할 말이 없었다. 무엇인가 하고 싶은 말이 많은 것 같은데도, 조용히 도어를 닫고 돌아섰다. 외로움이 혹 하고 그녀의 가슴을 스쳤다.
　은옥은 밤새 잠을 이루지 못했다. 외로움과 그리움이 그녀를 괴롭혔다. 내 인생은 이제 마지막이다. 이것은 이 내리막길에서 한 번 소리없이 피어보는 붉은 꽃이려니. 은옥은 박 선생에게로 쏠리는 그리움을 그렇게 해석했다. 남편이 외박한 것이 은옥에게는 오히려 고마웠다. 은옥은 아무도 없는 베드 위에서 마음껏 박 선생을 생각했다.
　은옥은 어머니가 살아 계셨다면 이 일을 얼마나 슬퍼하실까 생각했다. 어머니는 집안 망신이라고 자살하실지도 모르는 일이다. 명예만을 존중하는 어머니의 일이다. 정말 무슨 일을 하실지 알 수 없는 것이다. 그러나 어머니는 돌아가셨다. 은옥은 지하에서 말 못 하는 부모님께 죄송스러웠다. 은옥은 스스로 꾸짖었다. 이 나이에 무슨 연심이냐. 그렇게 생각하니 한결 마음이 가라앉는 것 같았다.
　그러나 그것은 잠간이었다. 박 선생의 모습이 문득 생각키면 그녀의 몸은 가늘게 떨리었다. 그녀는 그에게 아무 말 없이 안기고 싶었다. 그렇다, 그냥 좋고, 보고 싶다는 것이 아니었다. 그녀는 박 선생에게 안기고 싶은 것이었다. 그녀는 그리힌 지신에 스스로 놀랐다. 그리고 그녀는 또한 스스로 그런 정감을 강력히 부정했다. 은옥은 생각했다. 내 몸은 남편만으로 충분히 만족하는데 어찌해서 박 선생에게 안기고 싶을까. 아마도 공연한 몽상에 지나지 않으려니. 은옥은 그 욕망이 이내 사라질 몽상임을 스스로 바랐다.

　김 전무 부인은 반소매 수즈를 입고 있었다.
"아이, 어쩌면 그렇게 어울릴까! 서른도 안 돼 보여요."
하고 은옥을 아래 위로 쓸어보며 수선거린다.
"부인도 참 젊어보이셔요."
"그래? 아이 좋아. 우리 주인한테 보이고 싶어. 우리 이제 양장합시다.

더위도 덜하고 젊어 보이니 그게 어디야."

김 전무 부인은 손뼉을 치며 어린아이처럼 좋아한다.

"글쎄, 난 이번에는 아주 틀림없이 걸린 줄 알았거던? 그래서 말이지, 그 사람을 어떻게 꼬집어주었던지 그이 팔이 멍 투성이가 되었어요. 가엾어 죽겠어요. 날짜가 불순한 걸 몰랐지 무어야. 나는 참 성급해서 탈이에요."

김 전무 부인은 아이스크림을 먹으며 잠시도 쉬지 않고 얘기를 한다. 은옥은 피임약도 쓰지만 되도록 남편을 멀리하기 때문에 그런 염려는 비교적 없는 셈이다. 김 전무 부인은 음성을 낮추며,

"그런데 그 사람은 신혼했을 때와 똑같아요, 지금도."

그리고는 몸을 조금 부르르 떨더니,

"얼마나, 나 지금 그 사람 생각이 나요. 어떡하나?"

하며 깔까르르 하고 웃는다. 은옥은 김 전무 부인이 참으로 행복하게 보이었다. 은옥은 잠자코 웃고만 있었다. 그녀들은 아이스크림을 먹고 재즈홀에 갔다. 재즈홀은 더운데도 만원이었다.

하와이안 기타가 야릇하게 은옥의 마음을 흔들었다. 소파에 기대인 채 그녀는 감정이 움직이는대로 내버려두었다. 박 선생이 보고 싶었다. 그녀는 슬펐다. 조금만 긴장이 풀려도 이내 박 선생을 생각하게 되는 것이 슬프다. 어쩔 수도 없는 사람을……후 하고 그녀는 긴 한숨을 토해본다. 내 인생은 무의미하였다. 내가 지닌 모든 것은 하잘 것 없는 것이다. 돈도, 자식도, 나의 아름다운 육체도……감정을 그대로 내버려둔다면 눈물도 흘러내릴 것 같았다. 은옥은 이렇게 많은 사람들 앞에서……하며 마음을 가다듬었다. 김 전무 부인이,

"웬 일이야? 이 사장 부인. 오늘은 아주 실연한 소녀같어."

하고 방긋 웃으면서 은옥의 눈을 들여다본다. 은옥은 조용히 웃음지었다.

재즈홀에서 나와서 외교구락부로 갔다. 둘이 다 치킨을 주문했다. 은옥은 식욕도 일지 않았다. 김 전무 부인이 스프를 먹다가 '잠간' 하며 일어서더니 전화를 건다.

"여보——. 나 지금 해방 축하식을 하고 있어요. 응? 이 사장 부인하구 호호호, 놀라지 말어. 그런데 말이지, 나 맥주를 마셔야겠어서 전화하는

거야……응? 한 잔만? 기껏? 한 병 마실테야, 알았어? 그리고 참,
승구란 놈 좀 때려줘요. 그 녀석 오늘 피아노 안 쳤어요. 네? 바루 오라구?
응, 곧 가요. 네네.”

　김 전무 부인은 얼굴이 발갛게 상기되어 벙글벙글 웃으며 돌아왔다.
은옥은 다시금 그녀가 행복하게 보이었다. 김 전무는 퇴근하면 만사 제
쳐놓고 집으로 간다. 부인의 말투도 은옥과는 딴 판이다. 친구처럼 사뭇
반 말이다. 부인의 말에 의하면 김 전무는 낮에도 집에 와서 부인과 한
시간쯤 같이 자다가 다시 은행으로 가는 날이 많다고 한다. 부인은 맥주를
마시는 것도 상의해서 마신다. 은옥의 부부생활과는 너무도 다르다고 그녀는
생각했다. 김 전무 부인의 얼굴에는 종시 웃음이 지어지지 않는다.

　“맥주를 한 잔만 마시래요, 글쎄.”
하고 김 전무 부인은 입술을 뾰죽 내밀며 맥주를 한 병 시켰다.

　은옥은 술을 좋아하지 않았으나 오늘은 웬 일인지 실컷 취해 보고 싶다.
그녀는 한 컵을 쭉 마셨다. 은옥은 바로 곤드레 만드레 취할 줄 알았다.
그러나 머리가 조금 아찔할 뿐 정신은 맑았다. 그녀는 실망했다. 정신이
마비되기를 바랐는데……술이란 이런 것인가 싶다.

　“오늘은 아무래도 이상해요. 말을 통 안 하시구.”
　“네, 부인의 말씀만 듣고 있어도 저는 즐거워요.”
　은옥은 웃으면서 맥주를 더 마시자고 했다. 김 전무 부인은,
　“야── 멋지다!”
하며 소리를 치고 보이에게 맥주를 가져오라고 했다. 김 전무 부인은 남
편과의 약속을 지켜야 된다고 하며 꼭 한 컵만 마셨다. 은옥이 세 컵을
마셨다.

　차에서 내릴 때 은옥은 어지러움을 느꼈다. 맥주에 취한 것이다. 남편은
아직 돌아오지 않았다. 난희가,
　“엄마 아까 엄 수녀(嚴修女)한테서 전화 왔어요.”
한다.
　“그래?”
　은옥은 어지러워서 그대로 베드에 누워버렸다.

엄 수녀는 은옥의 지도 수녀이다. 은옥에게 교리문답을 해석해주고 은옥이 모르는 데를 설명해주는 수녀이다. 늦어도 크리스마스에는 영세를 받도록 은옥을 각별히 열심히 지도해주는 수녀이었다. 그것은 은옥이가 엄 수녀에게 지도해달라고 무던히 간청했었기 때문이다. 은옥은 열심히 성당에 나갔었다. 그런데 은옥은 몇 달도 지나지 않은 요즈음은 천주교를 생각해 본 일도 없다. 은옥은 내가 잊고 있었고나 하고 생각했다. 다음 주일(主日)에는 엄 수녀를 찾아보아야 하겠다고 생각했다. 은옥은 더 이상 생각할 수가 없었다. 자꾸만 졸려서 겨우 파자마를 갈아 입고는 그대로 잠이 들어버렸다. 남편은 열두시가 넘어서 돌아왔다. 그는 은옥의 어깨를 흔들어 깨웠다.

"웬 일이야? 술 냄새가 나."

"네, 맥주 좀 마셨어요."

"그래? 술 먹고 밤 길을 다니면 못써."

"왜요?"

"큰일 날려구."

남편은 은옥을 꼭 껴안았다. 은옥의 코에 술 냄새가 훅 끼친다.

"너는 참 늙지 않는다. 지금도 꼭 처녀같아."

은옥은 아무런 감흥도 없이 남편에게 안기었다.

아침에 비가 내렸다. 은옥은 남편을 사에 보내고 나서 목욕을 하고 명동 쪽으로 나갔다. 어쩐지 혼자서 있고 싶었다. 은옥은 혼자서 나다니는 일이 없었다. 난희나 웅이나 김 전무 부인이나 그렇지 않으면 식모라도 같이 데리고 나가야만 성이 가셨다. 은옥은 빗속을 혼자서 걸어서 재즈홀로 갔다.

은옥은 우두커니 소파에 기대어 앉았다. 하와이안 기타는 그녀의 가슴에 애닯았다. 때로 혼자서 멍하니 앉아 있는 사람을 본 일이 있는데 은옥은 그럴 때마다 저 사람들은 무슨 재미로 혼자 와 있나 싶었던 것이다. 지금 은옥은 그들의 심경을 알 수 있는 것만 같다. 집에 전축이 없고 레코드가 없는 것이 아니다. 그러나 은옥은 혼자만의 생각에 잠기고 싶었다. 집도 자식도 남편도 생각키우지 않은데서 혼자만의 감정에 충실해보고 싶은 것이다. 기타의 구슬픈 멜로디가 그녀의 가슴을 달래주는 것 같다.

'박 선생.'

어쩔 수 없는 일이다. 아, 이러다가 세월이 흐르면 그대로 어느덧 사라져 버릴 연정일 것이리라. 아무것도 아닌 마음의 한 현상인지도 모른다. 공연히 가슴을 태워서 망신이나 당하게 되리라. 난희를 생각해라. 웅을 생각하여라. 은옥을 그렇게 그녀 자신에게 타일렀다. 그녀는 머리를 살래살래 흔들어 보았다. 마음이 조금 가라앉는 것 같았다. 그녀는 혼자서 중국 요리를 먹고 집을 돌아왔다.

비가 멎고 하늘이 깨끗이 개였다.

난희가 친구들과 함께 피아노를 치고 있다가,

"엄마, 오늘 영자네 집에서 댄스파티가 있대요. 나 늦을테니 열한시쯤 차 보내주세요."

한다.

"그런데 가거든 조심해라. 너무 떠들지 말구. 큰소리 내서 웃으면 안 돼. 다리는 꼬고 앉으면 안 된다고 했지?"

은옥은 난희의 원피스의 단추를 끼워주며 말하였다.

"알고 있어요. 늘 듣는 소리인데 아유——골치야."

"까불지 말고, 이건 언제 철이 날까!"

난희의 친구들이 제각기 은옥에게 인사를 하고 나간다. 남학생도 세 명쯤 있다. 모두 애띠고 귀엽다. 무엇인지 조잘대며 와아 하고 웃으며 나가기 때문에 대문 쪽이 꽃이 핀듯이 밝아진다. 은옥은 그들을 보니까 즐거워진다. 젊은 아이들……은옥은 난희에게는 하고 싶은대로 마음껏 인생을 즐기도록 해주고 싶다.

저녁을 먹자 마자 웅은 자리 속에 들어가버린다. 그토록 심하던 더위도 어느 사이엔가 숨지어버렸다. 은옥은 타올 겹이불을 올려두고 누비이불을 내려 웅이에게 덮어주었다. 은옥은 오랜만에 교리문답을 펴 보았다. 꽤 많이 외우고 있었는데 지금 보니 아주 까마득하다. 다시 처음부터 외워야 하겠다고 그녀는 마음먹었다.

"하늘에 계신 우리 아비신자여, 네 이름의 거룩하심이 나타나며, 네 나라이 임하시며 네 거룩하신 뜻이 하늘에서 이룸 같이 땅에서 또한 이루어지이다.”

은옥은 성스러운 느낌에 잠겨졌다. 그때 언년이가 문을 열고 들어와서,

“박 선생님이 짐을 싸세요. 가신대요.”

한다.

“왜？”

은옥이가 깜짝 놀라며 물으니까,

“여기서는 일이 안 되신다나요.”

은옥은 맥이 확 풀리는 것 같았다.

“가거라.”

언년이를 내보내고 은옥은 베드에 엎드려버렸다. 심장의 동기가 심해서 앉아 있을 수가 없었다. 눈물이 소리없이 흘러내렸다. 그녀는 스스로 놀랐다. 그렇게까지 박 선생을 생각하고 있는 줄을 그녀 자신도 몰랐었다. 지금 교리문답도 읽고 아주 마음이 되잡힌 줄만 알고 있었던 것이다. 은옥은 파자마 위에 가운을 입고 뒷 뜰로 나갔다. 은옥은 아무 생각도 하지 않은 채 아틀리에까지 걸어갔다.

어디에선가 귀뚜라미가 낄낄 하고 울고 있다. 하늘은 캄캄했다. 은옥은 도어를 노크했다. 은옥은 그제서야 몸이 덜덜 떨렸다. 대답이 없이 박 선생이 걸어오는 발자국 소리가 들렸다. 은옥은 자칫하면 실신할 것만 같다. 도어가 열리고 전등을 등진 박 선생의 얼굴이 나타났다. 그의 눈은 검게 불타고 있었다.

은옥은 그녀가 무어라고 말하였는지 알 수 없었다. 아무튼,

“선생님！”

하고 부른 것만은 확실하다. 정신이 아찔하며 은옥은 그녀의 몸이 쓰러지는 것을 희미하게 의식했다. 그러나 그녀의 몸은 박 선생의 굵직한 팔에 안기어 있었다. 도어가 닫히고 은옥의 온 얼굴에 박 선생의 입술이 닿았다. 뜨거운 키스였다. 박 선생의 숨결이 가빴다. 은옥은 선 채로 몸이 뒤로 힘없이 제쳐졌다. 그녀의 몸이 조금씩 마룻바닥으로 내려갔다. 박 선생의 몸이 그 위를 덮었다. 은옥의 가운이 벗겨지고 파자마가 벗겨졌다. 그녀는 이것이

처음이며 마지막이라고 생각했다. 그녀는 감미로운 슬픔을 느꼈다.

은옥은 가운을 입으며 조용히,

"나가세요."

하고 말했다. 그녀는 나가지 말아달라고 말하려고 왔었던 것인데. 박 선생은,

"내가 나가도 나를 찾아주시오 ?"

한다. 그의 커다란 눈에서 눈물이 뚝뚝 떨어졌다. 은옥은 미친듯이 박 선생의 얼굴을 가슴에 껴안았다.

박 선생은 은옥의 집 가까이에 아틀리에를 빌렸다. 그것은 난희에게도 아무에게도 알리지 않았다. 은옥만이 알고 있었다.

은옥은 두 번 다시는 박 선생과 안 만나리라고 마음먹었다. 그러나 그녀의 정열은 막혔던 강물처럼 세차게 쏟아져 나갔다.

은옥은 남편이 출근하고 나면 성당에 가노라고 말하고 박 선생을 찾아갔다. 은옥은 거기서 두어 시간쯤 박 선생의 팔에 안기는 것이었다. 은옥은 박 선생에게 그녀가 밤 사이에 얼마나 그가 그리웠는가를 말하고 싶었다. 처음으로 느껴보는 연정이 그녀에게는 놀랍고 신비로웠다. 그러나 은옥은 만나면 말할 겨를이 없이 그에게 포옹되고 마는 것이었다.

은옥은 이제 죽어도 아무런 한이 없을 것 같았다. 그러나 그녀는 남편에게 미안했다. 난희에게도 웅에게도 미안했다. 그녀는 전보다도 성심껏 그들의 뒤를 거두어주었다. 웬 일인지 식모도 측은하게 여겨졌다. 그녀는 식모의 월급을 올려주었다.

그녀의 마음은 한 점의 티도 없이 부드러워졌다. 이 세상의 어떠한 잘못도 용서할 수 있을 것 같았다. 모든 것이 하다 못해 나무 잎 하나, 돌 하나 에까지도 무엇인지 뜻이 있는 듯 했다. 그녀에게는 모든 것이 소중한 것 같았다.

은옥은 남편에게 그녀의 비밀을 말하고 싶지 않았다. 두려워서가 아니었다. 남편은 이미 그녀와는 아무런 상관이 없는 남같았다. 그녀는 말할 필요가 없다고 생각하였다.

남편에게 미안하던 생각도 날이 감에 따라 덜해 갔다. 은옥은 생각했다. 무엇이 미안한가 하고. 남편이야말로 미안하게 생각해야 될 것이 아닌가.

갈보같은 여자를 안았던 몸으로……그녀는 여지까지 남편을 통해서 남편이 안았던 유녀(遊女)가 관계한 수 많은 남자와 간접적으로 관계하고 온 것 같은 생각이 든다. 기분이 나쁘다. 그녀는 정절이란 결국 눈감고 아웅이다 싶다. 남편은 나에게 있어서 무엇인가 싶다. 밥을 주고 집을 제공했을 뿐이다. 그렇다, 나는 굶어도 헐벗어도 좋다. 나는 박 선생을 따르리라. 은옥은 조만간에 남편과는 이혼해야 되겠다고까지 생각하게 되었다. 은옥은 다만 난희에게 부끄럽고 웅에게 미안할 따름이었다.

그런 가운데 이 주일이 흘렀다.

웅의 모자회가 있어서 늦어진 날이었다. 오후 세시쯤 해서 은옥이 박 선생에게 갔더니, 박 선생은 다짜고짜로,

"이것 보아. 엊저녁에 난희 아버지하고 잤지?"

한다. 어느 결엔가 박 선생은 은옥에게 반 말이 되어버렸다. 은옥은 그만치 둘의 사이가 가까워진 것 같아서 흐뭇했다.

"그러면 어떻게 해요. 싫어도 할 수 없는걸……."

했다.

"할 수 없기는? 싫다면 되지 않아?"

은옥은 박 선생의 그러한 시기의 감정에 야릇한 행복을 느꼈다. 그녀는 그에게 다가앉았다. 박 선생은 팔로 그녀를 세게 떠밀었다.

"난희 아버지하고 못 헤어지겠지?"

"……."

"대답 못 하겠어? 응? 음탕한 것. 어쩌자는 거야. 오늘 밤 여기서 자지 않으면 나는 다시 안 볼테야."

그의 말은 한 때의 감정에서 오는 말이 아닌 것 같았다. 은옥은 어떻게 하였으면 좋을지 몰랐다. 어차피 내 인생은 황혼인 것을……무엇을 꺼려 하랴 싶기도 했다. 살고 싶어 몸부림쳐도 살 시간이 없어질 때가 차츰 다가오는 것이다. 그녀는 아이들도 버리고 박 선생의 말을 따르고 싶었다. 긴 일생에서 단 한 순간이라도 자신의 감정에 충실하고 싶었다. 마음은 간절했다. 그러나 그녀에게는 용기가 없는 것이었다.

"대답할 수 없으면 지금 나가시오."

박 선생은 그녀를 뒤돌아보지도 않고 말한다. 은옥은 아무것도 생각하지 않고 박 선생의 품에 몸을 내던졌다.

"안 가겠어요. 나는……여기서 쫓겨나도 그 집에 안 가겠어요."

그들은 베드에 누운 채 저녁도 안 먹고 서로 애무했다.

통금 예비 싸이렌이 불었다. 은옥은 지금이다 하고 생각하였다. 지금은 내가 나갈 수 있다. 지금부터 삼십분 동안에 모든 것은 결정된다. 그녀는 망설였다. 그러나 박 선생은 은옥을 안은 팔에 더욱 힘을 주었다. 은옥은 이제 아무것도 생각할 수가 없었다. 그녀도 박 선생을 힘껏 안았다.

드디어 은옥은 애인과 처음으로 하룻밤을 지낸 것이다. 애인과 하룻밤을……은옥은 어디에서 그러한 용기가 났는지 스스로도 알 수 없는 일이었다. 아침에 박 선생은 기분이 좋았다. 은옥은 남편한테 말을 해야 되겠다고 했다. 박 선생은,

"난희도 웅이도 다 데리고 와. 설마 밥을 굶길까."

했다. 은옥은 그렇게 간단한 일이 아닐 것 같았다. 은옥은 아직도 그녀가 박 선생과 같이 살게 될 것 같지 않았다. 그러나 은옥에게는 걱정이 있었다. 월경 예정일이 열흘이나 지났기 때문이다. 아무래도 임신한 것 같았다. 임신이라면 박 선생의 아이임에 틀림없는 일이다. 은옥은 그렇게 생각하니 아연히 긴장되었다. 임신했다. 이제 누구도 속일 수 없는 일이 되어버린 것이다. 은옥은 박 선생을 사랑하고 그의 사랑을 또한 받았다는 것이 더욱 뚜렷이 느껴졌다. 나의 사랑은 꿈이 아니었다. 은옥은 그렇게 속으로 말해보았다. 그래도 그녀는 월경 폐쇄기에는 불순할 수도 있으니 진찰을 해보고 확정을 내리려고 생각하였다.

난희가 피아노를 치고 있었다. 식모들 셋이 이상한 낯을 하며 은옥의 시선을 피하려고 하고 있다. 은옥은 그렇지 않아도 그들을 어떻게 대할 것인가 부심하였는데 잘 되었다 싶었다.

"엄마! 어디 갔었어! 어디 가서 잤지?"

난희가 매섭게 은옥을 쏘아보며 대들다시피 묻는다. 은옥은,

"아버지는?"

했다.

“아버지도 안 오셨어.”

“응?”

“아버지는 그만 두고라도 엄마는?”

빤히 바라보는 난희의 눈초리는 날카로웠다. 은옥은 당황했다. 난희가 딸같지 않았다. 범인을 심문하는 검사같았다. 은옥은 딸이 무서웠다. 어린애도 알고 있었던 난희가 갑자기 은옥이가 한 마디도 대꾸할 수 없는 엄연한 존재로 변해 버렸다.

“얘가 왜 이래. 엄마는 엄 수녀님하고 자고 왔다.”

은옥은 가까스로 이렇게 말했다.

“흥! 엄 수녀님은 갑자기 왜 또…….”

“물어보렴. 엄마가 왜 거짓말 하겠니. 교리문답 공부하는데 수녀님이 갑자기 편찮으셔서 내가 간호를 하느라구…….”

“왜 전화도 못 했지?”

난희는 철저했다. 은옥은 괴로웠다. 아주 다 고백해 버릴까 싶었다. 그러나 은옥은,

“전화가 안 되더라. 너희들이 걱정할 줄 알면서 어쩔 수 없었다.”

또 거짓말을 했다. 은옥은 준비도 하지 않았던 거짓말이 태연히 술술 나오는데 스스로 놀랐다.

“엄마 거짓말 하면 안 돼. 엄마 요새 연애하지?”

난희는 은옥을 콱 쏘아 본다.

“왜 그러니. 내가 누구하고 연애한단 말이냐. 엄마는 다 늙었다. 엄마는 이제 내리막길이다. 마지막이란다. 무슨 연애를 하겠니.”

은옥의 말소리에는 힘이 없었다. 은옥은 말 뿐 아니라 사실 그렇게 절실히 느꼈다. 난희는 전화의 다이얼을 돌렸다.

“엄 수녀님 계세요? 네…….”

저쪽에서 기다리라는 모양이었다. 은옥은 눈을 감았다. 될대로 되어라 싶었다.

“엄마 박 선생하고 연애하지? 그 미치광이 같은 것하고…….”

난희의 눈에 비웃음이 싸늘하다. 야무지게 쏜다.

"네네, 엄 수녀님이세요? 난희에요, 네, 저──어저께 우리 엄마가 거기서 주무셨다구요?"

잠간 말이 없다. 은옥은 눈을 감았다.

"……네, 정말이군요. 저는 또……미안합니다. 안녕히 계세요."

은옥은 귀를 의심하였다. 꿈 같았다. 난희는 수화기를 내던지고 은옥에게 달려들며,

"엄마 잘못했어."

하고 운다. 은옥은 처음으로,

"주여, 용서하소서"

하고 속으로 합장했다. 그녀의 눈에서 뜨거운 눈물이 그칠 줄 몰랐다.

은옥은 부인과에 가서 임신을 확인하였다. 은옥은 마음이 고요했다. 그녀는 낙태하려고 생각하였다. 그녀는 박 선생과 헤어져도 충분히 행복할 것 같았다. 은옥은 난희와 웅을 버릴 수 없었다. 한편 은옥은 태아가 가엾어졌다. 은옥은 그녀 자신도 불쌍히 여겨졌다. 진작 사랑하는 남자의 아이는 못 낳아보고…….

은옥은 박 선생에게로 갔다.

"선생님, 그분과는 못 헤어지겠어요. 아무리 생각해도……."

박 선생은 멸시하듯이 픽 웃으며,

"그럴 줄 알았어. 음탕한 여자야. 남편 없는 사이에 나를……."

은옥은 가만히 말했다.

"애기가 있어요. 당신의 애기가……."

"무어?"

"네. 애기는 내릴테에요. 저는 아주 행복해요."

"안 돼. 내리면 안 돼. 내리면 죽여버릴테야."

박 선생은 미친듯이 은옥의 어깨를 흔든다. 은옥은 고개를 끄덕였다.

"선생님, 나는 행복해요."

"가지 말어. 가지 말어."

박 선생은 은옥을 덥석 안았다. 은옥을 그의 팔에 안기기만 하면 생각하는

기능을 잃어버리는 것이었다. 은옥은,

"안 가겠어요. 여기서 쫓겨나도 거기는 안 가겠어요."

은옥은 이번에는 반드시 남편한데도 난희에게도 말을 하고 결정을 내리려고 생각하였다. 은옥은 다시 집으로 갔다. 황혼이었다.

웅이가 학교에서 돌아오더니,

"엄마 왔어? 어디? 엄마——."

하며 가방을 마당에 내던지고 줄달음을 쳐서 은옥의 목에 매어달렸다소 띠우며

"엄마 어디 갔었어? 나 엊저녁에 도깨비꿈을 꾸었어. 얼마나 무서웠다구?"

그의 눈에 눈물이 글썽하고 고인다. 은옥은 가슴이 아팠다. 은옥은 웅을 꼭 껴안고 얼굴을 맞비볐다.

"웅아, 용서하여라."

그녀는 속으로 말했다. 그녀는 웅을 버릴 수가 없었다. 생각하니 모두가 그녀의 잘못인 것 같았다. 그녀는 엄 수녀를 찾아가서 일체를 고백하려고 생각했다. 나의 죄를 딸에게 감추어준 엄 수녀. 난희가 알았으면 어떻게 되었을 것인가 하고 생각하니 은옥은 새삼스레 엄 수녀가 고마웠다. 어머니로서 나는 얼마나 부끄러운 행동을 하고 있는 것인가. 그녀는 딸에게 미안하였다. 은옥은 며칠 사이에 부쩍 여위어버렸다. 얼굴에도 주름살이 깊어진 것 같다. 은옥은 웅이도 난희도 박 선생도 버릴 수 없었다. 그러나 그것은 될 수 없는 일이다. 은옥은 어느 편인가 하나를 버려야만 했다. 그녀는 아무런 결정도 못 내린 채 엄 수녀를 찾아갔다. 엄 수녀는 일흔이 가까운데도 젊은이처럼 살결이 희고 곱다. 수도생활에서 오는 아름다움 이리라. 엄 수녀는 언제나처럼 평화로운 미소를 띠우며,

"오랜만입니다."

한다. 은옥의 가슴에서 뜨거운 것이 뭉클하고 치밀어 올랐다. 그녀는 아무 말도 하지 않고 엄 수녀의 무릎에 엎드려 울었다.

"수녀님 감사합니다. 아까 제 딸이 전화했을 때……."

"네, 네. 모두 천주님의 은총입니다."

“수녀님, 저는 딸의 스승되는 남자분과……애기까지 있게 되었어요.”

은옥은 얼굴을 들며 이렇게 말했다. 은옥은 그녀의 심경을 처음으로 말해야 되겠다고 생각하였다. 그냥 결과만 말하면 누가 듣든지 은옥의 벌받아 마땅한 여인인 것이 아닐까. 은옥은 벌이 두렵지 않았다. 다만 그녀의 그토록 헛하고 외로웠던 심경과 일생에 단 한 번 사랑하였다는 것, 그것을 말하고 싶었다. 사랑한 것이 어째서 나쁘고, 괴로워한 것이 어찌해서 죄가 되는지. 은옥은 그것이 가실 수 없는 죄라고 생각되면 될수록 더욱 어찌해서 죄가 되는지 알고 싶었다. 그녀가 꼼짝할 수 없는 절대적인 이유를 듣고 싶었다.

엄 수녀는 말을 하려고 하는 은옥에게 가만히 있으라는 듯이 손을 흔들며,

“아무 말씀도 마십시오, 부인. 제가 다 압니다. 현대인은 신을 잊었습니다. 아무런 미련도 없이 신을 내버린 사람도 많습니다. 그러나 현대인은 아직도 연애에 미련을 가지고 있습니다. 하느님의 은총이 깃들지 못한 가엾은 사람들입니다. 그러나 신을 모르는 사람에게 연애마저 없다면 현대는 절망일 것입니다. 사랑하는 것은 하느님의 뜻입니다. 그러나 그 사랑때문에 더 큰 죄를 범하는 것은 하느님의 뜻이 아닙니다.”

엄 수녀의 말을 듣고 있으니까 은옥은 마음이 차근히 가라앉는 것 같았다. 옳은 말인 것 같았다. 신은 잊어도 연애에 미련을 가지고 있다 함은 누구보다도 은옥에게 타당하는 말인 것 같았다. 그녀는 지금 성당 안에 있으면서도 천주를 생각하시 않고 박 선생을 생각하고 있는 것이다.

어떻게 할까. 낙태할까. 낙태한다는 것은 박 선생과 헤어짐을 의미한다. 그것이 옳은 말이다. 마땅한 처사이다. 그러나, 그러나……은옥은 이제 그녀만의 힘으로는 아무 것도 할 수 없음을 깨달은 것 같았다. 그녀는 누군가의 명령이 필요하였다. 인간이 아닌 절대한 존재인 그 누군가의 명령이, 은옥은 말하였다.

“수녀님, 저는 낙태하여야 옳겠지요 ?”

엄 수녀는 언제나처럼 부드럽게 미소하며,

“낙태는 천주님께 다시 없는 죄가 됩니다. 천주님의 은총이 깃드시도록……아——멘.”

엄 수녀는 눈을 감고 십자를 긋는다. 엄 수녀는 더 이상 말을 하려고 하지 않았다. 창밖은 깜깜하였다.

은옥은 밖으로 나왔다.

낙태는 죄가 된다고 하는 것은 결국 박 선생과 새 생활을 하라는 말씀이실까? 하고 그녀는 생각하였다. 그러나 엄 수녀는 그렇게 말하지는 않았다. 그렇다면 내 뜻대로 하라는 것일까? 은옥은 곰곰이 생각하였다. 네 책임은 네가 지라는 뜻인 것 같았다. 그녀는 초조해졌다. 박 선생에게로 갈 것인가, 아이들이 있는 집으로 갈 것인가. 지금 옮기는 발길이 모든 것을 결정하는 것이었다.

밤이 늦어서 길에는 사람의 그림자도 보이지 않았다. 공기가 차다. 어디선가 귀뚜라미가 낄낄 하고 울고 있다. 은옥은 가을이다! 하고 생각했다.

벌써 가을이다. 이제 또 나무 잎이 단풍지고 좀 있으면 그 잎이 시들고……바람에 날려 떨어지리라. 그러면 지난 해처럼 또 지난 그 어느 핸가처럼 눈이 하얗게 싸이고……겨울이 가고 봄이 오고……대자연의 변화는 참 고요하기도 하여라. 그 변화가 의당 당연한 것처럼 아무런 반항도 어김도 없이 고요히 변해가는구나. 은옥은 그녀도 변하였다고 생각한다. 그러나 그녀의 변화는 복잡과 괴로움 속에서 이루어진 것이라고 그녀는 생각한다.

은옥은 별을 치어다 보았다. 별도 고요하다. 눈물이 그녀의 눈에서 주르르 소리없이 흘러내렸다.

그녀는 걸음을 멈추고 고요히 눈을 감았다.

"안녕히……."

외로움이 그녀의 가슴을 엄습하였다. 은옥은 박 선생에게 하직하는 것이 아니라 그녀 자신의 삶에 영영 하직하는 것 같은 쓸쓸함을 느꼈다. 그러나 은옥은 슬프지 않았다. 그녀의 마음은 고요하였다.

어디에선가 또 귀뚜라미가 운다.

스포츠 관전기(觀戰記)

'그러니 참, 어느 부모가 아들도 잘도 낳아서 길렀구나!' 하는 생각이 머릿속에서 몇 번이나 오갔다. 청소년 국가대표 농구 경기의 텔레비전 중계방송을 혼자서 보고 있었다. 26대 24로 우리 팀이 일본 팀을 리드하고 있었다. 한 골 차이는 안심할 수 없다.

운동경기는 아슬아슬하게 막상막하의 팀이 겨루어야 볼만하지 실력차가 너무 크면 맥빠지고, 재미가 없다. 하지만 혹 98 대 0 이라는 어이없고 장난같은 경기라도, 우리 팀이 이긴다면 기분 나쁠 것은 없겠다. 사람이란 건 그렇게 이긴다면 이겨도 맥빠진다, 재미없다는 등 어쩌구저쩌구 해도 막상 98 대 0 이라도 이기기만 하면……하는 쩨쩨하고 치사한 욕심을 가지고 있다. 아니 또 그런 승리에 오히려 소리나지 않는 북을 기를 쓰고 혼자서 친 것 같은 허탈감, 모욕감 간은 미묘한 감정외 색체의 혼합으로 꺼림칙한, 어떻든 불쾌에 속하는 감정조차 느끼는, 정말 백 길 물 속은 알아도 한 길 사람의 속은 알 수 없다는, 이상한 감정을 가진 생명체라고 할 수도 있는 것이다.

어이구, 경기가 동점이 되었다. 일본 선수 하기하라라든가, 하기하시라라든가(금방 듣고도 잊어버렸다. 아니운서의 말이 너무 빨라서 발음을 잡지 못하겠다.) 그 선수가 한 골을 넣어서 동점. 하기 소년 잘했다! 이렇게 우리의 적편을 칭찬하면서 이길 수 있다면 기분 참 좋겠네. 와! 하고 응원석에서 함성이 일어났다. 우리 선수가 멋진 롱 슛, 아이구 또 슛…… 아나운서가 한 아무개 선수 하고 목소리가 들뜨다가 억지로 가라앉힌다.

나는 웃음이 났다. 누구면 어떤가, 우리 선수면 됐지.

"하기, 하기, 하기……하기의 공격"하며 하기 아무개 선수의 공격 모습을 또 전하고 있다. 하기 하라건 하시건, 어떻든 일본 선수의 공격이다. 국가대항 경기를 볼 때는 개개선수의 기량 같은 것은 눈에 띄지 않는다. 우리 편인가, 적 편인가만이 문제다. 그러니, 죽는가 사는가의 전쟁에서야 오죽하겠는가. 적이면 무조건 다 적이지, 한 개인의 자격, 인품 같은 것 생각할 여지도 없고, 우리 편이면 우리 편이지, 그 속의 누구를 가려볼 여지도 없는 것이다. 그러니 전쟁 중에 얼마나 아까운 사람들이 피차의 편에서 죽어갔을까.

사람이란 것은 하다못해 운동경기라도 내 편과 내 아닌 편으로 갈리어서 해야 성이 가시는지, 재미를 느끼는지, 재미보다도 성이 가시는 게 아닌가? 하기야 지금 우리 팀과 일본 팀의 경기를 구경하고 있는데, 저 경기가 우리의 무궁화 팀과, 같은 우리 무궁화 팀이 경기를 한다면 어떻게 느낄까? 적어도 동무궁화와 서무궁화로 위치를 빗대서라도 내 편 네 편이 갈리어야 경기가 되는 것이겠다.

어째서 인간은 그 옛날 아득한 원시의 옛날부터 그렇게 피아로, 그것이 작게는 너와 나로 갈리어져, 경쟁을 하는 심사를 갖게 되었을까. 그 경쟁의식이 인류를 발전시키기는 한다지만. 오늘은 왜 사람이 예사로 하던 짓이 갑자기 이상스럽게만 느껴질까, 참. 운동경기에 규칙을 세워놓고, 스스로 그 규칙에 얽매어 경기를 하는 것을 보면, 인간에겐 사랑스런 일면도 있다. 그 뿐인가, 인간은 신을 발견할 줄도 아는 정말 경이로운 생명체다. 보이지 않는 신을 발견하는 것이야말로 인간의 개가가 아닌가. 신을 하늘이라고 바꿔 말할 수도 있고, 영혼이라고 말해도 된다. 인간 이상의 것이 있다는 것, 육체의 생명 이상의 것이 있다는 것을 알아낸 것은 놀랄 일이다.

신을 몰랐다면 사람의 세상은 도대체 어떻게 되었을까.

농구 경기를 보다가 왜 거기까지 생각이 비약해버렸는지?

"하기하시, 노다, 노다, 반칙……."

심판이 괜히 우리 선수한테 반칙을 씌우는 게 아니냐? 언제 반칙했던가? 반칙이 많아지면 체면문제지. 억지며, 반칙해서 이기느니, 페어 플레이하는 게 국위선양을 위해서도 훨씬 낫다. 어떤 경기는 올림픽까지

가기 위한 것도 있다는데, 못 가도 그만이지. 위반하고 별의별 치사한 짓 해서——그렇게 될 수도 없겠으나, 뽑혀갔다고 나라가 천 년 만 년 살 수 있는 것도 아니고.

"나라라니?" "운동경기가 이제는 정치무대, 외교무대의 역할도 하니까."

원래 운동경기는 인간의 체력, 지력(知力), 인내력, 협동심(팀웍)을 보여주는 것일 텐데. 온 세계의 국가들이 전쟁 대신 운동경기로 서로 겨루었으면 얼마나 좋을까. 전쟁 대신 운동경기로. 정말정말 전쟁이 운동경기 같았으면 좋겠다. 화려하고, 평화롭고, 건전하고, 감탄하고, 열광하는 마당.

일본 선수가 사이드 슛으로 멋지게 한 골 넣었다. 그 쭉뻗은 뒷 모습, 위로 한껏 뻗친 두 팔, 일직선으로 뻗은 등이며, 다리며……참 건강하게도 생겼다. 우리의 6 번 선수(김신철이든가)가 재빨리 공을 일본 선수한테서 빼앗아서 혼자서 치고 간다. 잠깐, 패스할 우리 편을 찾는 모양, 없다, 다시 치고 가다가 어이구 깜짝, 앗차 하는 사이 슛.

저리 잘난 소년들이, 먼 데서 보니, 누가 우리 선수인지, 일본 선수인지, 유니폼을 녹백(綠白)으로 갈라놓지 않았다면 피아를 구별하기 어렵다. 도두다 씩씩한 소년들이다. 나이어린 인간들이다.

쟤는 어째서 일본 소년이고, 얘는 어째서 우리 한국 소년일까.

역사가는 말하기를 씨족(氏族) 사회, 부족 사회, 부족 국가, 고대 국가…… 해서 현대 국가로 발달했다고 한다. 씨족 사회 이전 이전 호모 사피엔스, 그 이전 이전은 아담과 이브. 거기서부터 인간의 기원을 말하는 사람도 있다. 호모 사피엔스가 되었건 아담과 이브가 되었건 그들이 실존했건, 가공의 존재이건 간에 인종(人種)에는 틀림없고, 지금 살고 있는 나도, 경기하는 소년들도 인종임에 틀림없다. 그런데 왜 또 국가가 다른가.

하기 뭐라는 아이는 태어나기 전부터 일본인으로 약속이 되어 태어났고, 우리의 김 선수는 한국인으로 약속이 되어 태어난 것이 아닐는지. 그야 국적도 바꿀 수 있는 현 세계이나 태어날 때는 누군가 눈에 보이지 않는 신이라고 해도 좋다. 그와 한국인이 되기를 약속이 되어 태어난 것만 같다. 설마, 아무리! 무어라구? 아니 그러면 너는 어째서 한국인이 되었니?

엄마가 한국인으로 낳아주어서! 엄마는 왜 한국인이 되었니? 할머니가 그렇게 낳아주어서. 할머니는? 증조할머니가, 증조할머니는……?

며칠 전 청산리 전쟁을 주제로 한 영화를 보면서 절실히 느낀 것이 있었다. 우리 군대는 군의 훈련도 충분치 않았다. 군비면에 있어서도 일본군과는 비교할 형편도 못 된 것이었다. 그러나 우리 군이 대승리를 거두었다.

우리 군은 일편단심 독립을 위해 목숨을 아끼지 않고 싸웠다. 일본군도 자기네 나라를 위해 목숨을 내던지고 있었다. 그러니까 우리 나라의 부모가 낳은 소중하고 귀한 아들들은 우리 나라를 위해 그의 한 목숨을 내버리고 있었다. 아픔에 신음하고, 피를 흘리고 죽어갔다. 일본의 부모들이 낳은 그들의 소중하고 귀한 아들들은 일본을 위해 피를 흘리고 한 목숨을 바치고 있었다.

한 목숨……그렇지, 한 목숨이지. 그러나 그것은 다시 둘도 없는 오로지 하나뿐인 귀하고 귀한 한 목숨이다. 개인끼리 만나면 어느 나라 사람과도 친해질 수 있는데, 국가를 의식할 때는 격의없이 담소하다가도 불현듯 긴장되어 다시 다른 각도에서 그 친구를 보게 된다. 왜 그러냐구? 글쎄 나는 태어나기 전서부터 한국인으로 약속되어 태어난 거라서 그것도 운명이랄 수 있겠지.

"아이구!" 일본 선수가 넘어졌다. 꽤나 아픈지 몸을 한 번 오그라트리더니, 한참만에야 일어난다. 그 아픔이 내 등에 와서 징하고 퍼진다. 발끝이며 손가락 끝이 한참 저린다. 그가 일어났다. 저런! 저런! 우리 선수가 넘어졌다. 한참 동안 못 일어난다.

내 손발이 찌르르 저린다. 머리며 심장까지 저려온다. 아까는 심장까지는 저리지 않았었다. 그가 겨우 일어나서 발을 절며 몇 걸음 걷는다. 공을 치기 시작했다.

"휴……." 한숨이 절로 나온다. 오그라들었던 심장이 펴졌다. 역시 팔이 안으로 굽는구나.

닦은 기량을 세계에 과시하며, 멋진 유니폼의 등과 가슴에 나라의 이름을 자랑스럽게 새기고, 화려한 경기 무대에서 현지 동포의 응원이며, 온 국민의 성원을 받으며 뛰다가 넘어지는 것을 보는데도(제풀에 넘어지건 남의 발에 걸려서 넘어지건 간에) 이토록 내 몸이 아프니, 처절한 전장에서 총에 맞고, 혹은 폭탄에 맞고, 칼에 맞고 쓰러지고, 피를 동이로 쏟고, 신음하고, 죽어가는 사람의 아들 딸들을 보기란 정말 견디기 어려운 일이다. 흥, 염치없는 소리 그만하라니까. 실지로 그렇게 죽은 사람도 있어. 죽은 본인보다 더 괴로운 그들의 부모, 처자, 형제도 있어. 그 뿐인가. 다리 팔 다 잘리고 목숨만 붙어 있는 상이 군인도 있어. 그러니 너의 생명은 감사해도 해도 끝이 없는 감사해야 하는 생명이야. 나도 알아. 알고 있고말고.

오늘 아침에도 독립유공자 누구가(것 봐, 그분의 이름조차 기억 못 하지.) 별세했다는 조그만 기사가 났었다. 우리가 지금 자나깨나 코리아, 코리아 하지만, 코리아가 그런 분들 때문에 다시 찾아졌어. 1945년 8월 15일에 말야. 지금 국력이 뻗어나가려고 도처에서 용솟음치고 있는 것도 그분들 덕분이지.

그런데, 참, 내가 어떻게 해서, 어떤 경로로, 어떤 과정, 어떤 시간의 변천에 밀려서, 지금 이 시각에 이 자리에서 일본과의 농구 경기를 보고 있을까? 지금이 도대체 어떤 시간이냐? 국민학교 때부터 세월의 자국을 한 번 더듬어보자.

해방이 되고, 6·25, 4·19, 5·16, 10·26……어느 사이 나는 지금 제5 공화국시대에 와 있다. 그런데 어떻게 해서 그렇게 그렇게 되었던가? 〈마음의 행로〉라는 영화가 있었는데, 심리 영화라고 하여 한때 상당한 주목을 끈 적이 있었다. 그 영화에서는 기억상실 환자가 무엇인가가 계기가 되어 기억을 하나씩 하나씩 더듬어가며 기억력을 되찾는 로맨틱한 얘기가 전개되는데, 나는 기억력상실 환자도 아닌데, 농구 경기를 보다가 갑자기 왜 지나온 세월을 더듬어보게 되었는지? 아마도 일본의 소년 선수들이 계기가 되어, 나의 〈마음의 행로〉에 불을 켠 모양이다. 그러고보니 지금부터 40년 전 저 애들만한 소년들을 가미가제〔神風〕라고 사탕발림으로 추켜올려 놓고는 끔찍스런, 일본제국 군대. 그때 그 부모의 마음은 오죽했을가. 일본 본토는 폭격에 초토화하고, 일본군은 아이들마저도 그렇게 죽이고 있었다. 아, 우리의 학도병이며 징용에 끌려갔던, 그 뼈아픈 일이며! 거슬러 올라가서 못난 한말의 정치인들의 주제꼴이라니. 하지만 정치인이 별다른 인간들인가. 그들은 똑같이 한국 국민이었다. 그들이 못났다는 것은 국민의 대부분이 못났기 때문이지. 이를테면 모두 내 탓이요, 개개인 모두 내 탓이요, 내 탓이요,이다.

왕만 영특하였던들, 늦어도 구라파에서 산업혁명이 일고 있던 무렵부터라도 문호개방하고 서양문명을 받아들였더라면 일본 따위한테 그렇게 당했을 리 절대로 없지. 절대로라는 말은 함부로 자신있게 쓸 수 있는 말이 아닌데. 그러니 여보슈! 오죽 아쉬우면 그렇게 말하겠어 글쎄.

독일인이 우리의 민주주의에 대해서 신랄하게 말한 적이 있었다. 몇 해 전의 일이다. 듣고 있던 그의 친구인 우리 나라 사람이,

"히틀러는 독일인으로 알고 있는데."

하고 역습했다. 자유와 인권에 대해서 좌석을 석권하던 그 독일인의 말문이 탁 막혔다. 그는 반(反)나치즘이었던 수많은 독일 국민들에 관해서, 열심히 실례를 들어가며 얘기를 계속했었다.

"알아요, 베토벤도, 릴케도, 헤세도, 레마르크도 독일인이었지."

하고 그의 한국인 친구가 되려 그를 위로해줄 지경이었다. 그 두 사람은 친한 사이였는데, 세상에 태어나기 전부터 각기 제 나라의 국민된 약속이 되어 있었기 때문에 저도 모르는 사이 언쟁이 되어가고 있는 것이었다. 독일 친구는 한국 친구의 비꼬는 듯한 위로가 자존심을 상하게 했고, 한국 친구는 선진국인이라는 것들이 평소 한국을 깔보는 데가 있는 것이 비위에 거슬리고 있던터라, 니네 나라, 우리 나라 하며, 점점 언성이 높아지고, 높아짐에 비례해서 그들의 육체의 거리가 가까워지고 있었다. 먹살까지 잡는가 했더니, 팔까지만 움켜잡고 거기서 각기의 자리에 다시 가서 앉았다.

"자, 자, 노래를 합시다. 창공에 빛난 별……."

초대한 주인이 재치있게 피아노를 치고, 다른 손님들이 술잔을 들고

"부라보!"

하고 일제히 소리를 쳤다. 운동경기로 치면 무승부로 끝나고, 모두들 두 사람의 건투를 치하하고 둘은 악수를 하고 두 팔을 벌리고 한 번 서로 포옹했다.

후반전에 들어가서 47 대 38. 역시 우리가 리드하고 있다. 기특한 우리의 아들들! 일본 선수들도 단정하게 씩씩하게 싸우고 있다. 저 예쁜 소년들이 우리의 원수의 후예라니! 그들의 조상들이(조상이라야 할아버지 정도이지, 그 옛날 옛날도 아니다.) 그토록 잔인하게 굴었을까 상상하기 힘들다. 재들이 저희네 조상들이 한 짓을 생각하면 얼마나 부끄러울까. 딱해라. 자손들한테 부끄러운 유산을 물려주지 말아야 할 일이다. 그런데 재네 교과서에 부끄럽기는커녕 잘한 일처럼 씌어 있으니, 참으로 딱하다. 잘못했으면 잘못했다고 해야지. 아니, 그렇게 원자탄 맞고, 또 항복 후에 소련의 갖은 행패를 그렇게 당하고도 정신을 못 차린다면, 너희네 정치가들은 정말 너희에게 큰 죄를 짓고 있는 거다.

나는 일본군 중위가 일본 항복 후에 시베리아에 가서 겪은 그 지옥의 고통을 쓴 소설을 읽은 적이 있다. 전쟁이 끝났으면 포로라도 본국에 돌려보내는 것이 국제법이며, 인간의 도리인데, 무장해제한 일본군인들을 소련은 그대로 시베리아로 데리고 가서 죽음의 중노동을 시켰다. 31 세의 일본의 한 중위며 그 항복군 하나하나가 겪는 고통을 읽는데, 내 자신 그 고통을 겪고 있는 것처럼 괴로웠다. 그러다가 너희 조상부터 우리 국민에게 그토록 못된 짓을 했으니 그 벌을 받는구나 하고, 생각이 들었었다. 그러다가 깜짝 놀라 그 생각을 털어버렸다. 누구를 막론하고 그가 고통을 당하는 것을 보고 웃고 있을 수는 없다. 그 고통을 더구나 정당화시킬 수는 없나. 더더구나 장본인도 아닌, 그 후예의 고통이며 그 동포의 고통을.

언제 악인만이, 죄인만이 벌을 받던가? 무고하고 착한 사람들의 고통이며, 억울한 죽음을 어떻게 설명하려 하는가. 6. 25 때 공산당들에게 학살당한 그 수많은 양민의 죽음을 어떻게 설명할 것인가.

참, 정말 통일이 되어야지. 만주땅을 잃고 천 년이 넘은 것을 보아라. 중공에 사는 우리 교포도 우리 나라에 올 수도 있는데, 이북의 이산가족은 서신왕래조차 못 하니, 큰일도 보통 큰일이 아니다. 김일성이 그 아들을 후계시키려고하니, 정말 그 꼴을 이북동포들은 어떻게 보고 앉아 있을까. 내가 신에게 감사한다면, 후진국 중에서도 그나마 한국에 태어나게 해주신 것과, 게다가 남한에 태어나서 살 수 있게 해주신 것이다. 감사, 감사합니다.

일제시대, 신음하는 이 땅에 태어나서 전시(만주사변, 중일전쟁, 2 차 세계대전)만 겪다가, 해방이 되고, 소녀시절 김구, 여운형, 장덕수, 송진우 제씨 등 민족지도자라던 사람이 차례차례 암살당하는 것을 보았고, 좌익 학생이 학생들에게 숭앙받던 스승을 때려서 죽이는 것을 보았고, 6.25를, 아, 그 지겨운 6.25를 겪었다. 오죽 사람 살 정치가 아니었으면 1·4 후퇴때는 서울이 그렇게 몽땅 비었겠나. 빨갱이가 오죽했으면, 이승만 3선, 5선, 5·16 후도 웬만한 것은 오히려 달게 참았었을까.

나도 이제는 지금 팔팔하게 뛰고 있는 저 경기장의 피아의 소년 선수들의 늙은 해골이 눈에 보이기도 하는 나이에 이르렀다. 그렇지 더 자라서, 모두 모두 청년, 장년, 노년기를 두루 거쳐서, 죽고, 제발 모두 모두 아픔의 흔적 없는 해골이어라. 아픔의 흔적 없는.

초콜릿 친구

김찬(金燦)은 마른 편이고 일미터 팔십이 넘는 키였다. 그래서 영희의 방 밖에 서서 창턱 위에 두 팔꿈치를 올려놓고 편안한 자세로 곧잘 얘기를 하곤 했다.

영희의 방은 대문에서 이미터쯤 떨어진 데 있었고, 마당의 잔디에서 일미터 반 남짓 높이는 벽돌이고, 그 위에 넓은 유리창이 있었다. 대문에서 가깝기 때문에 찬이 나지막이,

"영희야."

하고 불러도 넉넉히 들렸다. 영희는,

"왔니?"

하고 현관을 나가서 대문을 열어주곤 했다.

1950년 3월 말께의 어느 날 저녁. 대문이 닫히고, 찬은 곧바로 그녀의 방 밖에서 창턱에 두 팔을 올려놓고 서고, 영희는 현관문을 닫고 방으로 들어가서 창가의 책상의자에 앉았다.

"자."

하며 찬이 네모진 예쁜 상자를 내놓았다. 열어보지 않아도 초콜릿임을 영희는 알고 있었다. 찬은 언제나 올 때마다 초콜릿을 조금씩 갖다주는데, 맛도 여러 가지고 모양새도 각양 각색이었다.

영희가 화려한 상자의 뚜껑을 여니까, 조그만 술병 모양의 초콜릿이 갖가지 색 포장으로 반짝이며, 열두 개가 가지런히 들어있다. 영희는,

"아이구, 이뻐, 이뻐서 못 먹겠네."

하고 소리를 쳤다. 찬의 유난히 큰 눈이 잔잔하게 웃고 있었다. 영희는 못 먹겠다고 말하면서도, 이미 빨간 금박이 포장된 것을 하나 뜯고 있었다. 하나를 입에 몽땅 넣고 씹었다. 속에서 술이 나왔다.

“쓰다!”

하며 그녀는 낯을 찡그렸다.

“쓸거야. 술이니까. 그게 벨기에제래. 아주 고급 초콜릿이래.”

“벨기에라구? 아니 그런 것은 어디에서 사지? 난 전번의 그 두툼한 밀크 초콜렛이 더 좋더라.”

하며, 영희는 책상 서랍에서 하나를 꺼내어 보였다.

“아직 남았어?”

하고 찬이 놀랐다.

“그건 다 먹었지. 이건 어머니가 사다주신 거야.”

“참, 나, 원, 고급이라 좋아할 줄 알았는데 술이 맛없어 그런가봐.”

“그래 술이 써.”

하면서도 영희는 또 하나의 포장을 뜯어서 입에 넣으며,

“찬은 안 먹어?”

하고 비로소 물었다. 찬은 고개를 저었다.

“초콜릿이 싫니?”

찬은 고개를 끄덕였다. 영희는,

“네가 싫으니까 네 몫을 주는 거지?”

하며 까르르 웃었다.

해방 후 혼란기가 가시지 못했던 그 무렵에 국산 초콜릿이라는 것은 없었다. 비스킷 정도도 먹을 만한 것은 거의가 외제였던 때다. 국가 산업의 발전 같은 것은 들은 적도 없고, 관심도 전혀 없었던 영희는 학교와 집이라는 아늑한 울타리 속에서 나날이 늘 평온했었다.

찬은 창턱에 두 팔을 얹은 채 영희의 방을 두리번거렸다. 그리고,

“내 방보다 확실히 예쁜데.”

하고 혼잣말처럼 했다.

“새삼스럽게 왜 그러니, 몇 번 와봤으면서?”

“아니, 잘 보지 못했어.”

하고 찬은 낯을 조금 붉힌다. 그러고 보니, 찬을 사귀기 시작한 지 반년쯤밖에 되지 않았고, 찬이 영희의 집을 찾아온 것은 석 달 남짓될까?

찬은 처음 왔을 때는 초콜릿만 주고 달아나다시피 했었다. 올 때마다 조금씩 머무는 시간이 길어졌는데, 길어졌다 해도 이십 분은 넘지 않았다.

찬은 축음기(蓄音機)를 보며,

“누구 걸 좋아하지?”

한다.

“베토벤의 피아노 소나타 〈월광〉하구, 바이올린 콘첼토, 그리구 리스트의 〈광시곡 6 번〉.”

“리스트의 6 번? 들은 적이 없어, 〈헝가리 광시곡 2 번〉 외에는 말야.”

“지금 들려줄까? 기찬데.”

“아니, 다음에.”

하고 찬은 사양했다.

“저 책들은 다 영희 거야?”

“응, 아버지가 사주셨다.”

“인형은?”

“쟤는 내 친구야, 십오 년 됐어.”

“친구해도 되겠네. 저렇게 큰 프랑스 인형은 난 처음 봤어.”

그리고 3 년 후 찬은 그 인형을 부신 피난중인 영희에게 갖다주려고, 환도전 텅빈 서울에 갔을 때, 먼 길을 걸어서 영희의 집까지 갔었다. 영희의 집 대문은 활짝 열려 있었다. 언제나 가면 기대섰던 그 창턱 너머로 그녀의 방을 보니 축음기도 예쁘장스럽던 책장도 없고, 영희의 십오 년째 친구이던 인형도 없고, 인형이 들어 있던 큰 유리 상자만 방바닥에 쓰러져 있었다. 험한 약탈의 흔적에 찬은 가슴이 아파 한참 동안 눈을 감았었다.

그 얘기를 듣던 영희는,

“걔를 누가 훔쳐갔을까, 누가!”

하며 소리를 쳤다. 영희의 눈에는 아픔이 스쳤다. 찬도 한 마디했다.

“글쎄, 도대체 그건 누가 훔쳐갔을까!”

그러나 그의 마음은 영희와는 너무나 거리가 멀었다. 사람이 죽느냐, 사느냐 하는 처절한 그 판국에, 인형 따위를 도대체 어느 정신나간 사람이 훔쳐가는가!

그때는 휴전 직전이라, 일선에서는 전투가 한결 치열하던 때였다.

인형의 애기를 마지막으로 그들은 30여 년을 만나지 못하고 말았다. 고의는 전혀 없었다. 전쟁 바람, 휴전 바람에 휘말렸고, 그들은 마침 또 제 인생을 스스로 만들어가야 하는 바쁜 나이였었기 때문이라고나 할까.

다시 초콜릿 친구였을 때로 돌아간다.

찬은 그 인형에게서 눈을 돌려 영희의 책상 위의 시집을 보고 놀랐다.

"수학이 빵점이라면서, 지금 보들레르를 읽고 있어?"

"응, 수학은 포기했어. 문제 자체를 이해 못 하겠는걸. 우리말로 된 문제지만 말야. 그리고 문과할 학생이 미분 적분해서 무엇하니, 글쎄! S 대 입시 방법은 돌대가리들이 만든 거야. 순 돌."

찬은 한 번 소리내어 웃었다.

"수학이 재미있지 않아? 학문이라는 게 재미있으니까 하지. 난 참 재미있어."

"수학이? 맙시사!"

"재미있건 없건. 수학이 빵점이면 S 대에는 못 들어가."

"알고 있어. 그러니까 문과 계통 것으로 따야지."

"수학 한 문제는 십 점도 되고, 이십 점도 돼. 오로지 한 문제가 말야. 그런데 문과 걸로 십 점이나 이십 점을 딸래 봐. 얼마나 여러 문제를 맞혀야 하나. 더 힘들 거야."

"그러니까, S 대의 수재란 평범한 두뇌들이야. 무엇이든 미지근하게 잘 하는 따위……한 가지에 뛰어나는 천재라야지."

"천재 좋은 줄 누가 몰라. 흔하지 않으니까 문제지. S 대의 방침이 그러니 어떻게 해. 어느 날 영희가 총장이 되어서 입학시험 방침을 바꾸어보든가."

영희는 소리를 꽥 질렀다.

"겨우 총장……?"

　"미안."

하며 찬은 빙그레 웃었다.

　"기쁠 때나 슬플 때나 찾아오는 나무처럼 된댔잖아. 내 죽은 후라도, 닥터 킴슈타인!"

　찬이 아인슈타인의 숭배자라, 영희는 그를 놀릴 때는 그의 성의 김을 더욱 서구적으로 발음하느라고 킴으로 발음해서 킴슈타인이라 불렀다.

　그 둘이 마주 서 있는 일 평방미터도 안 되는 우주 속에서, 그들은 킴슈타인이며, 대학 총장이며, 기쁠 때나 슬플 때나 찾아오는 대상……등 거침없이 큰소리를 마구 쳤다.

　찬이,

　"그것, 뮐러의 보리수 같다."

고 하니까, 영희는

　"내가 아무리 누구의 흉내를 내겠니?"

하며 눈을 흘겼다.

　"하이틴 때는 모방도 괜찮대."

　"넌 하이틴 아닌 듯한 말투구나. 분명 내 동갑인데? 난 모방하는 것 싫어. 킴슈타인이나 흉내내라구."

　아인슈타인의 숭배자이던 찬은 바이올린의 활을 그을 줄 안다는 것으로나마, 아인슈타인의 편린이라도 닮고 싶은 욕망의 충족감을 느끼고 있는 듯했다.

　그의 방 벽에는 그다지 늙지 않은 두 눈이 표정없이 크고 하관이 빠른 큼직한 아인슈타인의 사진이 걸려 있었다.

　언젠가 그의 집에서 영희와 그의 친구 몇 명을 저녁 식사에 초대했었을 때, 영희는 처음으로 찬의 방에 가보았었다.

　그의 책장에 자연과학 책이 많은 줄 알았는데, 아리스토텔레스며, 헤겔이며, 칸트 등의 철학 책과 〈님의 침묵〉을 비롯해서 동서양의 문학 서적이 많은 것이 뜻밖이었다. 영희에게는 이과 계통의 책이란 고등수학 한 권과 물리 한 권, 화학 한 권 해서 모두 세 권뿐인데, 그것도 교과서였다.

　찬의 방은 그녀의 방보다 한결 작게 보였다. 책장이 꽉 들어차 있어 그렇게 보였는지 지금 그녀는 확실히 기억 못 하겠다.

아인슈타인의 사진 밑 책장 윗칸에 바이올린 케이스가 있었다.

초청객들은 찬이더러 바이올린을 한 번 켜보라고 졸랐다. 찬은 소리를 들어줄 수 없을 거라 하며, 막무가내였다. 하이팻츠의 베토벤의 것을 들은 귀에다가는(영희가 갖고 있는 음반이 그것이었다.) 절대로 들려줄 수 없다고 했다.

그러나 친구들도 지지 않았다. 찬은 친구들의 성화에 하는 수 없이 바이올린을 들었다. 찬의 바이올린은 미국 민요 〈오 수잔나!〉를 연주했었는데, 박자며 음정은 틀림없었으나, 소리가 하도 나빠서 '오, 수잔나 울지 말아요.' 하는 데에 와서, 모두들 웃음이 터지려는 것을 간신히 누르다가, 일절이 끝나자 박수와 함께 폭소를 터뜨렸다. 그래도,

"앙코르!"

"앙코르!"를 연발했었다.

의학도 지망생인 현태가,

"바이올린으로 그만큼 소리내기도 어렵다."

하며 찬의 바이올린을 칭찬했다. 그는 베토벤의 황제도 칠 줄 아는 대단한 피아노 수준이기도 했다.

입학시험날이 박두한 어느 날 저녁, 찬은 영희의 수학을 염려해서 기본 문제 다섯을 임의로 설정해서, 푸는 방법과 답을 써서 갖다주었었다. 그는 언제나처럼 창턱에 두 팔을 얹고 서서,

"그것만 다 이해하면 문과 수학은 어렵지 않을 거야."

하며 꼭 이해하라고 걱정스럽게 말했었다.

그 해 S 대학 입학시험은 4월에 있었다. 개나리가 한창이었다. 영희가 광화문에서 전차를 기다리는데 찬이 저만치서 길을 건너오는 것이 보였다. 그도 같은 대학에 입학시험을 치르러가는 것이다. 순간 영희는 강력한 경쟁자를 발견한 것같아, 얼른 시선을 돌리고, 마침 정차한 전차에 달려가서 혼자만 탔다.

그날의 시험과목은 첫째 시간이 영어, 다음이 원수의 수학, 다음이 골아픈 국어. 그 무렵은 국문법에 두 가지 학설이 있었고, 용어 자체도 서로

달라, 배우는 학생에게 혼돈과 짜증과 필요없는 부담을 주었었다. 게다가
근대 한국시라는 시는 오로지 애국과 반일 저항의 시로 해석하기 일변도
여서 영희는 그 일변도 해석의 오만, 협소, 옹졸에 질식할 것 같았고, 그래서
그녀는 골 아픈 국어 시험이라고 했던 것.

　수학 다섯 문제 중, 두 문제는 뜻밖에 쉬웠다. 다른 세 문제는, 문제 자체가
국어인지 어느 딴 우주의 언어인지 이해할 수 없었다. 그래도……하는
미련으로 문제를 또 읽고 또 읽었으나 한 자도 쓰지 못했고, 마지막 종이
울렸을 때는 뒤통수만 들이 쑤시고 아팠다.

　그러나, 담임선생이 입학시험에서 반만 맞으면 대성공에 속하다고 했던
말이 기억나서, 포기했던 수학을 두 문제나 푼 것이 스스로 대견해서 날아갈
것 같은 기분이었다.

　상쾌한 기분으로 시험장을 나오는데 찬이 그녀에게 달려왔다.

　“나왔지! 몽땅 그거야!”

하며 그는 기쁨에 상기되어 있었다. 그가 임의로 내준 문제를 말하는 모
양이었다. 영희는,

　“무엇이 말야? 난 전혀 몰랐어.”

했다. 찬은,

　“아이구, 저런, 똑같아, 숫자만 다르지!”

하며 발을 굴렀다. 영희는 문제가 같은 패턴이라는 것조차 알지 못했다.

　“그래도 두 문제나 풀었다.”

하며, 그녀는 의기양양해서 푼대로 종이에 적어 보였다. 찬은 비명을 질렀다.

　“저런! 그건 곱하기 해야 해. 보태기를 했으니……!”

　그래서 영희는 입시시험 수학과는 제로점이었다.

　신록이 싱그러운 6월에, 찬도 영희도 무난히 S대에 입학했다. 교사신축
때문에 그 해의 신입생 강의는 유난히 늦게 시작했었다. 이공학과의 분교가
청량리에 있어서 찬은 아침 일찍 집을 나가야 했고, 저녁의 귀가도 늦게
되었다.

　어느 밤 늦게 영희를 찾아온 찬은 문턱에 팔꿈치를 올려놓으며 초콜릿을
건네주었다. 영희가 씹을 맛이 나서 좋다던 두툼한 그 밀크 초콜릿이다.

영희는,

"난, 이제 이건 별로야."

했다. 찬은,

"며칠 전에는 고급보다 오히려 이게 좋댔잖아?"

했다.

"응, 그랬어. 그런데 대학생이 되니까. 양보다 질 위주로 됐나 봐. 얇고 더 밀키한 것 있지? 아니면 아몬드 든 게 좋아. 난."

그러면서도 영희는 찬이 준 초콜릿을 이미 몇 입이나 맛있게 씹어먹고 있었다. 찬은,

"대학생 되고 며칠인데?"

"나흘 됐지."

"나흘 사이에 미각까지 변했어? 참, 빠르네."

하며, 찬은 소리내어 웃었다. 그것이 찬이 그녀에게 초콜릿을 갖다주는 마지막 날이 될 줄이야…….

찬은 집이 멀어서 등하교하기가 힘드나 실험하는 것이 즐겁고, 교양과목 들으러 문과대학까지 가는 것도 즐겁다고 했다. 철학개론은 영희와 함께 듣게 되었으니까, 먼저 가는 사람이 자리 잡아주기로 그들은 약속했다. 찬은 신입생은 엄두도 낼 수 없다는 4 학년의 세미나 시간에도 들어갔었다고 하며, 속으로 희망과 기쁨에 부풀어 있는 듯이 보였다.

반면 영희는 널리 알려진 저서의 저명한 저자인 교수들의 강의를 듣고 매우 실망하고 있었던 터였다.

"호랑이 애기만 한 시간 이십분을 계속하셔. L 교수 말야. 뺑덕어미가, 떡판에 떡을 이고, 산을 넘어가는데 호랑이 한 마리가 숲속에서 '어흥!' 하며……맙시사."

그녀는 민담의 중요성을 전혀 인식 못 하고 있었다. 교양영어도 고등과 때와 별다른 데가 없었다. 읽고 해석하기. 불어도 그랬다.

한 상급생은 일학년 때는 교양을 위한 거라 다 그렇고 그런 거고, 학년이 높아지면 좀 들을만한 소리가 교수의 입에서 나오기도 한다고 했다. 그러나 교수에게 너무 기대하지 않는 것이 좋을 거라고 했다. 자신있는 듯한 그

건방진 상급생의 말을 듣고 있으니까, 어쩌면 교수보다 실력이 나은 학생인 듯한 착각조차 들 지경이었다.

어리둥절하고 실망어린 대학생활의 출발이었으나, 무엇인가를 잡기 위한 소리 없는 잠복기 같은 긴장감이 감도는 것 같았다. 그러나 입학식 후의 그 첫 주말에 발발한 6·25 전쟁으로 모든 것은 그만 허물어져버린다.

적치(敵治)는 서울 사람들의 목을 죄어갔다. 기아, 약탈, 감시, 중노동, 개인 감정에 의한 인민 재판, 즉결 처분, 납치 등등 역사 책에서 배운 인류사의 그 어느 공포 정치에서도 상상조차 할 수 없는, 극도의 살인 공포 정치였다.

영희도 밤마다 한강에 모래를 파러갔다. 한 푼의 임금은커녕 물 한 모금조차 주지 않는 잔인한 노동 착취였다. 오후 여섯시에 삽을 메고 구청 앞에서 출발해서 10킬로미터나 걸어서 한강으로 갔다. 아프다면, 당장 죽으라고 하며, 총을 겨누기 때문에, 코피를 쏟고, 복통으로 기절을 하는 사람도 그 강제노동 대열에서 이탈하지 못했다.

영희는 이웃집 아주머니 덕에 힘들게 일하지 않을 수 있었다. 그 아주머니는 영희가 손목을 삐어서 모래를 팔 수 없으니까, 나르기만 하게 해 달라고 감독에게 사정을 했다. 그래서 영희는 가마니에 부어진 것을 여럿이 들고 천천히 걸으니까 한 밤에 두어 번 백 미터쯤의 거리를 왕복하는 정도로 그칠 수 있었다. 마치 전서울시민이 그 모래 사장에서 일하지 않나 싶을 만큼 까맣게 사람으로 메운 백사장의 캄캄한 밤이니, 몇 사람의 인민군 감독으로는 영희들이 몇 번 날랐는지 감시하기란 불가능했다. 그 아주머니는 영희가 소변을 볼 때는 치마를 펴서 가려주고 귀가길에 남의 집 대문을 두들겨서 마실 물을 얻어 먹이기도 했다. 영희의 어머니는 연로해서, 노동에 징발되지 않아 집에 남았었는데, 아마도 아주머니가 전세에 너와 무슨 깊은 인연이 있었나보다고 하며, 감사를 넘어 종교적인 의구심조차도 품었다.

그 무렵, 어느 학자며, 어떤 문인은 납치되어 갔고, 어느 사장이며, 어떤 교육자는 탈출하려다가 사살당했다. 더구나 그것이 대낮 서울 어느 골목에서 일어났다는 소문이 소근소근 나돌았다. 당시 영희의 오빠의 식구는 영국에 있었고, 아버지는 부산 지사(支社)에 일이 있어서 서울을 떠났는데 6 월

24 일 밤차였다. 인민군이 38 선을 넘어오기 불과 여섯 시간 전이다. 그래서 영희는 어머니와 오래 있었던 식모 아줌마와 셋이서 난리를 이겨내면 되는 비교적 홀가분한 처지였다. 그녀의 어머니는,

"아버지가 지사에 가시게 된 것은 하늘이 그렇게 마련해 놓은 거다." 고 하며 굳게 믿고 있었다. 아들도 남편도 서울에 있었다면 다른 집과 똑같은 비극을 면치 못 했을 것을 그녀는 알고 있었다.

적치 이 주일 무렵부터는 젊은 남성들을 의용군으로 징발해 가는 사람잡이가 시작되었다. 차차 그 대상의 연령을 확대해서 15세부터 50세까지가 아니라 그런 나이로만 보이면 무조건 잡아갔다.

남성들은 굴뚝에 숨고, 지하실에, 혹은 천정에 숨었다. 그러다 들키면 그 자리에서 피살되고, 혹은 어디로 끌려가는지 없어졌다.

영희의 어머니의 한 친구는 사위 대신 잡혀가는 만삭의 외동딸을 뒤따라가며, 목매어 울다가, 쉰 목이 그 후 10 년 후에 죽을 때까지도 쉬어 있었다. 혹시 그 딸이 살아서 돌아왔거나, 죽었을 경우 그 시체라도 찾았었다면, 임종때, 평소 맑던 그 목청으로 천당에 갔었을 것이다. 적들은 한 우물 한 구덩이에 수백 명씩 양민을 생매장했고, 거처를 알리지 않기 때문에 생사도 모르고, 혹은 시신을 찾지 못하는 고통과 공포는 죽음보다 더 컸다.

의용군으로 잡혀간 사람들을 모아놓은 삼엄한 경비의 공공시설의 큰 마당이며, 학교의 운동장마다 담 밖에서 울며 소리쳐 혈육을 부르는 모습은 바로 아비규환의 지옥도였다.

다음에는 여성 동맹원을 징발하기 위한 젊은 여성잡이가 시작되었다. 영희를 잡으러 갈 거라는 이웃의 정보를 받고, 영희는 사흘 동안 먼 친척 집에 피신했었다. 정보대로 한밤에 영희네 이웃 몇 집에 총끝에 칼을 꽂고 인민군이 습격했는데, 해당되는 젊은 여성은 한 사람도 발견되지 못했다. 모두 정보를 주어 피신시켰기 때문이다. 적치 석 달 동안만큼 이웃이 한 마음으로 저항 단결했던 때는 긴 인류사에도 찾아보기 어려울 거라고 사람들은 말한다. 남의 집 다락에서 사흘간 지내는 동안 영희의 전신에 좁쌀만한 발진이 생겨 가려워서 참기 어려웠다. 어머니는 피부병이 아니라,

벼룩이 물은 거라 하며, 암모니아수로 닦아주면서,

　　"고마운 벼룩."

이라고 했는데, 딸이 잡혀가지 않은 것이 벼룩의 덕으로 생각하지는 않았겠으나, 잡혀가는 엄청난 화를 벼룩에게 물리는 것 정도로 액땜했다고 생각하니, 미물인 벼룩에게조차 엎드려 절하고 싶은 심정이었으리라.

　밤마다 실탄 쏘는 소리가 몇 차례씩 가슴을 찢었다. 그 소리가 점점 더 잦아갔다. 죄도 없이, 재판도 없이 빨갱이들이 사람을 마구 죽이는 소리였다.

　영희의 집도 심량난의 불안이 닥쳐오고 있었다. 밀기울로 개떡도 쪘고, 멀건 물 같은 죽으로 두 끼, 밥은 한 끼로 했다. 영희의 어머니는 빨갱이들이 빼앗아가지만 않았다면, 이웃과 나눠 먹어도 동지 때까지도 먹고도 남을 쌀이었는데, 하고 분개했고, 식모 아줌마는 빼앗겼어도, 지하실에 숨겨 놓았던 것을 피난민들한테 나눠주지만 않았던들 앞으로 석 달은 너끈히 먹고 살 수 있었을 거라 했다. 그거나 저거나 다 달리 어쩔 수 없는 일이었으니, 지금 와서 분개하고 후회한들 무슨 소용이 있겠는가……이런 대화를 영희의 어머니와 아줌마는 수없이 되풀이했다. 그들은 긴 평생동안 처음 당하는 상황에 어떻게 대처해나가야 할지 몰랐다. 빨갱이 세상도 아무리 사람이 사는 세상이려니……하는 생각이 근본적으로 틀렸던 것임을 그들은 차츰 깨닫지 않을 수 없었다. 사실 그것은 사람이 살 세상이 아니었다.

　그런 나날 속에서 영희는 찬을 까마득히 잊고 있었다.

　9·28 서울 수복이 된 이틀 후에 부산에 가 있었던 아버지가 상경했다. 그는 석 달 동안 처와 딸의 안부를 극심히 염려한 나머지 고혈압과 협심증에 걸려 있었다. 낮은 낮대로 모녀의 불행한 장면이 상상되어 밥맛도 잃고, 일도 손에 잡히지 않았고, 밤은 밤대로 불면증과 악몽에 시달렸다.

　영희는 아버지와 같이 서울을 두루 돌아보았다. 서울 중심가인 충무로며, 종로는 인민군의 방화로 폐허로 변해 있었다. 폭격과 방화로 처참한 전화의 흔적이 생생했다. 골목에는 아직도 시체가 있었다. S 대에는 미군이 임시 주둔하고 있었다.

　10월 내내 학도호국단 중심으로 학생들의 적격 심사가 있었다. 조금이라도 적에게 협력한 학생은 물론, 학교에 등교라도 했던 학생에게는, 복학을 허용하지 않았다. 9·28 직후는 적개심이 충천하고 있어서, 조그마한 흠도 용납하지 않았다. 휴전 후, 세월이 지나고나서는, 법에 저촉되지 않은 학생은 폭넓게 재심사되고 구제되었으나.

11월에 들어가도 정규 강의는 없었다. 납북되어 간 교수가 많았고, 학생들 중에도 납북 혹은 의용군으로 강제 징발되어 생사도 모르는 학생이 너무 많았다.

영희는 부모와 함께 해운대의 초가 별장에서 전복이나 실컷 먹으며 겨울을 나고, 신학기에나 상경할 계획으로 서울을 떠났다. 가방에는 책 몇 권만 가볍게 넣었다. 한 달 후에 1·4 후퇴가 있을 줄 꿈엔들 알 리 없었다.

영희 일가는 수복된 남한 곳곳을 차로 돌아보며, 나흘만에 해운대에 닿았다.

갈비 열 대를 앉은 자리에서 먹고, 전복 다섯 개를 또 구워먹어도 배탈이 나지 않는 것이 영희는 이상스러웠다. 석 달 동안 굶주린 젊은 세포가 끝없이 먹이를 요구하는지. 쌀밥이 기름 먹듯이 목 너머로 미끄러져 내려가서 식욕이 없고 병색이 짙은 아버지에게 부끄러움을 느낄 지경이었다. 아버지와 어머니는 "어린것이 얼마나 주렸으면……." 하며 눈물지었다.

1·4 후퇴로 서울에는 53년 휴전, 환도때까지 가지 못하고 말았다. 그 사이 그녀의 집은 서울의 다른 집과 같이 속에 있는 모든 것이 약탈당하고 있었다. 그릇도, 옷도, 장롱도, 책상도, 책도, 음반도, 축음기도, 인형도.

51년 부산에 종합대학이 열리고, 52년에는 구덕산에 S 대의 임시 피난가교사가 서고(비라크와 텐트) 강의가 본격적으로 시작되었다. 전쟁은 여전히 치열하던 중이었고, 피난 온 학생의 몰골은 거의가 비참했다. 어떤 학생은 P·O·W(포로)라고 낙인이 찍힌 점퍼를 그냥 입고 다녔다. 거의가 먹을것도 입을 것도 잠자리도 극도로 부족했다. 밤을 새고 부두 노동을 하고, 낮에는 강의를 들으러 와서 어쩔 수 없이 조는 학생도 허다했다. 찌들리고 살기에 겨워, 멍하니 하늘을 쳐다보고 서 있는 모습도 흔했다. 그래도 죽은 친구, 생사조차 알 수 없는 학우들을 생각하면 그들의 생명은 신기하기까지 했다. 가뜩이나 보일까말까하던 적은 수의 여학생은 몇 손가락

꼽을 정도밖에 보이지 않았다.

그러던 어느 날 텐트교실 앞에서 영희는 찬을 우연히 만났다. 영희는 반가워서 소리쳤으나, 찬은 그렇지 않았다. 그의 큰 키는 힘없이 조금 굽어 있었고 안색은 누렇고 환자 같았다. 말소리에도 힘이 없었다. 눈의 표정도 멍하니 딴 곳을 보고 있는 것같았다.

"웬일이야, 왜 이렇게 되었지? 어디 아프니?"

연거푸 퍼붓는 영희의 질문에 찬은,

"전쟁터에서 싸웠지 의용군에 붙들려가서 죽을 뻔했고 탈출해서 원수 갚는다고 국군에 들어갔더니, 군수품 빼돌리는 윗놈들 때문에 굶어죽고 얼어죽을 뻔했지." 하고는 소리없이 쓰게 웃었다.

"아니 그럴 수가! 우리 국군한테!"

"의대에 들어갔던 현태 있지? 피아노도 치던, 그 애는 죽었다. 방위군 사건도 몰라?"

영희는 현태가 죽었다고 하니까 실감이 났다.

"방위군 사건이 뭐니?"

"신문도 안 보고, 라디오도 안 들어?"

"보지만 난 못 봤어."

"못 봐서 다행이다. 알아서 무엇하겠어. 나는 흙 섞인 밥을 먹어서 위를 아주 버렸어. 내 발, 발은 동상에 걸려서 하마터면 잘라낼 뻔했지."
하며 찬은 고개를 숙이고 발끝을 땅위에서 움직였다. 낡은 구두를 신은 발은 무거워 보였다.

"아니 그럴 수가, 킴슈타인을……."

영희는 눈을 부릅떴다. 찬은,

"화낼 일이 한두 가지가 아니지. 악마의 횡포시대야. 참, 서울에 한 번 갈텐데 무엇 부탁할 것 있으면 해 봐."
했다. 정식 환도는 안 되었으나 더러 서울을 다닌다는 말을 영희는 듣고 있었다. 그녀는,

"내 인형! 갖다줘, 응?" 했다. 찬은,

"인형? 대학생이 지금 인형을 찾아?"

하며 어이없는 듯이 영희를 바라보았다.

"미안해, 그런데 걔는 내 친구야. 15 년 친했던……."

찬은,

"모르겠어, 가져오게 될지." 하며 돌아서갔다.

찬은 서울에서 빈 손으로 돌아왔다. 그 후 영희는 찬과 만나지 못하고 말았다. 만나지도 못했으나 생각도 나지 않았었다. 휴전에, 환도에, 4 · 19 에, 5 · 16 등 결혼하고, 아이 기르고……너무나 바빴었다.

영희는 며칠 전 신문에서 김찬의 사진을 보고 깜짝 놀랐다. 신문은 과학자회의에 참석하기 위해 일시 귀국한 김찬을 자세히 소개하고 있었다. 과학계통의 일을 영희는 잘 모르나, 그의 직책으로 보아 그 나라에서도 상당히 인정받는 물리학자인 성 싶었다. 사진이 흐려서 얼마나 늙었는지, 안 늙었는지 분간키 어려웠다.

영희는 신문사에 그의 숙소를 알아보았다.

호텔 방으로 전화의 신호가 가는 동안 찬을 무어라고 불러야 할지, 찬이니? 그래야 할지, 50 세가 넘은 사람한테, 그리고 그만한 직위가 있는 사람을 애들처럼 불러도 될까, 그보다도 찬이 그녀를 알지 못한다고 하면 무어라고 할까? 하고 영희의 머리 속은 복잡했다.

이윽고, 찬의 음성이 나왔다.

"여보세요."

영희는,

"여보세요, 저, 저……."

찬이니? 할까, 김 박사라 할까 망설이는데 저쪽에서

"영희……시지요?" 한다. 얼떨결에 영희도,

"네, 김 박사, 정말 오랜만이에요." 하고 존대어가 나왔다.

실로 만 31년 몇 개월 만의 만남이었다.

전쟁에 찌들리고 병들어 있던 찬, 얼마나 변했을까 싶으며 영희는 다음날 약속 장소인 호텔 로비에 가서 서 있었다. 찬의 큰 키가 엘리베이터에서 나왔다. 찬은 너무도 늙어 있었다. 찬은 두 팔을 벌리며 다가오더니, 영희의 두 손을 꽉 잡았다. 영희는,

“어머, 왜 이렇게 늙었지?”

했다. 찬을 보니까, 옛날 기분이 되어 말투도 어느 결에 도루 옛처럼 되어버렸다.

“영희는 옛날 그냥 그대로야! 고맙다 정말, 이렇게 고마울 수가…….”

찬의 얼굴에는 주름이 깊었으나, 몸 전체에는 그 옛과는 달리 활기가 차 있었다.

그들은 식탁에 마주 앉았다. 가까이서 보니까, 찬의 얼굴에는 30여 년의 고난의 역사가 아로새겨져 있는 것 같았다. 변하지 않은 것은 크고 맑은 두 눈망울뿐이라고나 할까. 영희는,

“찬도 눈만은 그대로네.” 하고 말했다.

“아니야 달라. 내 눈 한 겹 뒤에 있는 필름에는 별의별 현장이 다 담겨져 있지. 살육, 고통, 절망, 굶주림 등등의 현장이 눈이 아프도록 적나라하게 말야. 눈을 감으면 선명하게 한 장면 한 장면이 떠오르지. 눈을 뜨고 있어도 갑자기 현실처럼 떠오르지.”

영희는 무어라고 말을 해야 할지 몰랐다. 그와 같은 고통을 겪지 않은 영희는 그의 말 한 마디 한 마디가 마치 힐책당하는 것같이 가슴을 찔렀다.

“미안해, 정말. 난 찬이 그렇게 고생한 줄 몰랐어.”

라고 겨우 영희는 말했다. 찬은,

“미안하기는? 나 같은 경우가 현실이라면, 영희 같은 경우도 현실이지. 영희는 지금도 행복하지? 말하지 않아도 보면 알아. 난 정말 기분이 좋아, 영희까지 불행하다면 우울했을 텐데 말야.”

영희는,

“찬이 그렇게 말을 잘하는 줄 몰랐어. 그때는 말이 없고…….”

하며 영희는 옛날의 그의 모습을 기억 속에 더듬었다. 찬은,

“그때는 여학생 앞에만 가면, 공연히 부끄러워서 말야.”

영희는 비로소 까르르하고 소리내어 웃었다. “웃음소리도 그대로네.” 하고 찬이 말했다. 그토록 긴 세월 동안 만나지도 않고 생각조차 나지 않았던 찬이나, 한 번 만나서 얘기를 하고 보니, 그 긴 세월이 종이 한장 같다. 마치 늘 만나던 사람 같기만 하다. 영희는 그런 시간의 느낌이 신기했다.

찬도 그렇다고 했다. 영희는,

"차근차근 얘기 좀 해 보아. 피난 학교 때에 만난 후의 얘기 말야."

했다. 찬은

"난 그때 위궤양이 심한 데다가 아르바이트를 해야 학교도 다니고, 밥도 먹는 형편이었어. 그러니까 영희를 만나 볼 시간도 없었지. 졸업하고는 바로 미국으로 가서 고학하고, 영국·인도·일본·프랑스 등등 다니며 연구했지. 정말 전쟁만 나지 않았었으면 내 학문이 훨씬 더 나았을 텐데……."

"전쟁의 상처가 너무 깊어. 난 요새 이산가족 찾는 걸 T·V 에서 보니까 마냥 빚지고 살아온 것 같아."

"영희는 고사하고, 아예 전쟁을 겪지 않은 사람도 있어. 그런가 하면, 나보다 더 불행한 사람도 있어, 현태는 죽기도 했어. 나도 빚진 기분이 문득문득 들지."

그는 말을 뚝 끊었다. 영희도 마음이 어두웠다. 잠시 침묵이 흘렀다. 찬은

"빚진 것같은 기분이란 말, 참 좋네. 그 마음에 영원한 행복을!"

하며 술잔을 들었다. 영희도 잔을 들어 건배했다.

"자, 우리 기분 전환 좀 합시다."

"그래, 딴 얘기하자. 찬은 애기가 몇이지?"

찬은,

"난 아이를 안 두었어. 전쟁 겪으면서 결심했지. 절대로 난 인간을 안 만들겠다구. 그랬더니, 제풀에 아이를 못 낳게 되더군."

영희는 찬의 말을 얼핏 이해하지 못했다.

"부인은 지금 어디 있지? 같이 오지 않았어? 한국 사람? 아니면 외국 사람?" 찬은 영희를 빤히 바라보았다. 그리고,

"난 결혼도 안 했어." 했다. 영희는 얼른 다음 말이 나오지 않았다. 그러나 찬의 말을 가볍게 흘리고 싶었다.

"독신주의? 좋지!"

"아니, 뭐, 그렇게 거창한 게 아니구……."

찬은 말을 흐렸다. 순간 영희는 성불구가 된 것이 아닐까 하고 생각이

들었다. 피난 중 학교에서 만났을 때, 발도 얼어 자를 뻔했지, 하며 낡은 구두로 땅 위를 이리저리 긋고 있었던 때의 모습이 기어났다. 영희는 가슴이 꽉 매었으나,

"독신주의 멋있더라."

고 하며 밝게 웃어넘겼다. 찬에게 아픈 얘기를 시키고 싶지 않았다.

찬은 열흘쯤 학회에 참석하는데 시간이 꽉차 있어서 다음주 월요일 저녁에나 한 번 더 만날 수 있겠다고 했다. 그들은 다시 만나기로 약속하고 일어섰다.

"옛친구가 이렇게 좋은 줄 몰랐어. 긴 세월도 잊게 해주니 말야."

하는 찬의 말에 영희는,

"찬은 문학을 많이 읽더니, 표현도 잘해." 했다.

그들은 로비까지 다시 나왔다.

"바이올린은 얼마나 했니?"

그러자 두 사람은 웃음을 터뜨렸다. 옛날 생각이 나서다.

"응, 그때보다는 아주 괜찮아."

"언젠가 들어보았으면 좋겠네."

"다음에 또 올 때는 그런 시간을 만들어놓을께."

"언제 또 오니?"

"내년 봄쯤 될 것같아. 개나리가 한창이겠이."

영희는 대학 입학시험 무렵이 생각났다. S 대의 담장에 개나리가 한창이었다.

호텔 현관 밖은 벌써 어두움이 깃들고 있었다. 차가 연신 와서 닿고는 손님이 내리고, 또 새로 타고 있다. 모두들 바쁜 듯이 보였다.

찬이,

"참, 잠깐! 초콜릿 사줄게."

하여 다시 현관 안으로 들어가려고 했다. 호텔의 과자점으로 갈 생각인 것 같았다. 영희는 고개를 조용히 저었다.

"아니, 난 이제 초콜릿 잘 안 먹어."

"웬일이지?" 하며 찬의 눈이 웃으며 빛났다. 그 눈귀에 주름살이 두

줄 깊이 패었다. 영희는,

"나도 늙었잖아!" 하며 손을 내밀었다. "안 늙었어!" 하며 찬은 잔잔하게 미소지었다. 그들은 굳게 악수했다.

"잘 가."

"잘 쉬어."

영희는 차에 오르자 웬지 한숨이 나왔다. 불행을 겪은 찬 때문만은 아닌 것 같았다. 차는 호텔 구내를 돌아서 어두워가는 거리 속을 천천히 미끄러져 들어갔다.

韓末淑의 문학세계

—文學評論家—　　　金 宇 鍾

　한말숙은 1931년 서울에서 출생하여 숙명여고를 거쳐 서울대 문리대 언어학과를 졸업했다. 전쟁이 일어나던 1950년 봄에 숙명여고에서 문학 지망생 네 명이 한꺼번에 서울대 문리대에 입학했는데 한말숙은 그 네 명의 재원 중의 하나였다. 시인 박명성(朴明星), 소설가 박완서(朴婉緒) 그리고 또 한 명이 있으며, 이 세 사람은 국문과에 입학했고 한말숙은 그와 비슷한 언어학과에 입학했다.

　이렇게 거의 같은 계열로 네 명의 숙명 출신이 타교 출신을 제치고 입학한 것은 매우 이례적인 것이었다. 이는 소설가로서 국어 선생이던 박로갑(朴魯甲)의 영향이 컸었던 것 같기도 하다.

　박로갑은 6·25 때 아마도 불행한 죽음으로 사라진 사람이다. 군사독재 정권이 막을 내릴 무렵에 숙명 출신의 문학도들은 은사 박로갑을 기리는 출판기념회를 갖기도 했었다.

　한말숙은 이들 네 명의 문학지망생들 중에서는 졸업도 가장 빠르고 등단도 빠른 셈이다. 박완서가 유일하게 복학을 포기하고 만 것과는 달리 한말숙은 부산의 전시연합대학을 다니면서 1955년에 졸업했기 때문이다. 나도 이들과 함께 1950년에 입학했지만 내가 전선에서 5년간을 보내고 복학 수속을 하던 봄에 한말숙은 졸업장을 받고 나간 것이다. 그리고 다음해 1956년에 《별빛 속의 계절》을 현대문학에 발표하고 다시 1957년에 《신화의 단애(斷崖)》를 발표하면서 순조롭게 작가 지망의 목표를 달성해 나간 것이다.

이에 비하면 졸업도 못하고 나이 40이 되던 1970년에 이르러서야 등단한 박완서와는 너무도 큰 차이가 난다. 같은 숙명여고 교실에서 넘치는 재기에 세상물정 모르고 종달새처럼 재재거리기를 좋아하고, 같은 문리대 교정의 마로니에 그늘에서 또 만나 좋아했을 그들의 운명이 그렇게 달라진 것은 오직 분단의 역사적 배경 탓일 것이다.

그렇지만 앞서고 뒤서는 차이와 몸으로 겪은 고통의 차이는 있어도 우리의 현실을 바라보며 그 속에서 작가의 길을 걷게 되기는 마찬가지다. 다만 자신의 실제적 운명과 문학의 세계는 결코 별개로서 따로 떼어질 수 없는 것이라는 점에서 한말숙의 문학의 세계는 박완서의 경우와는 많은 차이가 있다. 한말숙의 문학은 비참한 6·25 전쟁이 소재가 되더라도 박완서의 경우처럼 가슴을 저미는 통증의 무게가 비교적 약한 편이다. 그리고 한말숙에 있어서는 전쟁의 소재가 역사의식의 주제를 떠나서 인간의 내면적 의식세계를 탐구하는 장치로만 사용되는 경우도 있다. 그만큼 한말숙의 문학은 주제가 다양하게 변화되고 있는 편이다.

우선 6·25 전쟁이 할퀴고 간 상처가 작자의 직접적 관찰과 함께 가장 생생하게 그려진 작품으로는 《초콜릿 친구》가 있다.

이 작품은 6·25 전쟁 직전에 서로 만나 초콜릿을 주고받으며 대화를 나누는 김찬과 영희와 행복한 모습을 첫 장면으로 그리고 있다. 그 다음에 적치하 3개월이 오고, 9·28 수복이 오고, 1·4 후퇴, 그리고 30년의 이별이 있은 후 변해버린 그들의 모습이 마지막으로 그려지고 있다.

전쟁 직전까지 그들은 경제적으로도 모두 유복했고 또 둘이 모두 S대에 입학한다. S대는 여기서 서울대학교 문리과 대학임을 알 수 있다. 일제시대에 유일한 대학이던 경성제국대학의 후신이 서울대학교 문리대이므로 그들은 한껏 행복의 절정을 차지하고 있었던 셈이다. 그 후 전쟁이 터지면서 적치하에서 영희는 노력동원 등 온갖 고통을 겪게 된다. 영희가 목격한 것은 특히 공산당에 의한 약탈, 감시, 노력동원, 인민재판과 즉결처형, 양민 생매장 등 그들의 만행이다. 이는 좌우 양쪽이 보복을 반복하며 이같은 과오가 다 함께 저질러진 우리 민족의 비극이라는 양상은 나타나지 않고 있다. 이것은 아마도 일방적인 반공논리 속에서만 살아갔던 50년대 작가에게 있어서 흔히 공통적으로 나타나고 있는 인식의 한계이며, 피해자의 입장에서 경험한 그같은 사실의 증언만으로도 이 부분은 이 작가가 사회적 관심을 표명한 중요한 부분일 것이다. 특히 9·28 직후 학교(S대)에 다시 찾아온 학생들에 대한 심사와 부산 피난지의 전시연합대학 모습은 이 작가 자신이 학생으로서 겪은 바를 그대로 증언한 것이겠다.

이같은 전쟁의 참화 속에서 찬과 영희가 받는 경험과 정신적 충격에는 큰 차이가 있다. 영희는 1·4 후퇴 후에도 서울에 두고 온 불란서 인형을 찾으려고 할 만큼 변화가 거의 없고 반면에 찬은 그런 세상에서는 자식도 낳지 않겠다는 생각으로 독신생활 30년의 세월을 보낸다.

이 작품은 전쟁 속에서 비극을 가속화해 나간 인간 상호간의 갈등 구조를 구체적으로 형상화해 나가지 않고 다만 찬의 모습을 통해서 전쟁이 주는 비극성을 강조하고 있다.

이와 달리 《상처》는 극한상황 속에서 인간이 겪는 인내의 한계와 애정적 갈등을 표현하며 다른 여러 작품보다 인간 내면에 대한 탐구에 더 많은 역점을 두고 있다.

여기서 갈등구조는 기석과 진오 그리고 그들이 좋아하는 동급생 정서와의 삼각 관계로 출발하고 있다. 대학의 한 반에서 진오와 정서는 서로 좋아하며 입맞춤까지 한 사이요, 정서에 대한 기석의 것은 짝사랑인 셈이다. 그런 후 전쟁이 터지고 두 남자는 모두 의용군에 끌려가 같은 분대원이 되고 있으면서 애정적 라이벌로서의 경쟁 관계가 계속된다. 특히 짝사랑쪽인 기석은 진오를 질투하고 그가 폭격이나 총격으로 죽기를 바라기까지 한다. 이같은 관계는 그들이 다 함께 포로수용소에 갇히게 된 후의 위기상황에서 더욱 극적으로 문제가 심화된다. 좌익 포로들이 미군 헌병(감독)을 죽이고 자기네 캠프 안의 우익 세력들을 제거하려는 음모를 기석, 진오, 양효석, 이기민 등이 알게 되고 기석이 그 사실을 미군에게 밀고한 후 좌익분자에 의한 밀고자 색출 보복이 따르게 된다. 이때 기석은 빨갱이가 목에 칼을 들이댔을 때 밀고자는 진오임을 암시해주어 제 목숨을 구한다. 그 대신 진오는 성불구까지 되는 테러를 당하게 되고 그 후 둘은 모두 복학하여 정서와 만나게 된다.

여기서 작자는 정서에 대한 욕망과 함께 친구에 대한 죄의식의 내면적 심리탐구에 역점을 두고 작품을 전개해 나가고 있다. 이것은 애정의 윤리 문제, 그리고 극한상황 속에서의 한 인간이 자구책으로 부득이하게 선택한 행위에 대한 도덕적 책임 문제 등과 함께 전쟁 속에서 누구나 다 함께 피해자일 수밖에 없었던 비극성을 깊이 있게 다룸으로써 한말숙의 작품 중에서 대표적인 것으로 꼽힐 수 있을 것이다.

이 밖에 이 작가의 작품에는 데뷔작인 《신화의 단애》를 비롯해서 《노파와 고양이》《낙루부근》《그대로의 잠을》《장마》《검은 장미》《어느 여인의 하루》《초설》 등이 있는데 작품의 주제가 어떤 공통적인 유형 속에 묶이지는 않는다. 대개 일반적인 작가의 경향은 자기 나름대로 심화시켜 나가는 특정 주제의 방향이 있고 소재도 그쪽으로 대개 쏠리게 마련이지만 한말숙의 경우는 비교적 다양하게 작품세계가 펼쳐지고 있다.

이것은 창작의 방법으로서 서로 장단점이 있을 것이다. 하나의 전공과목을 선택하는 것은 그만큼 전문성이 형성되고 깊이가 형성된다는 점에서 유익한 것이며 이와 달리 자유롭게 다양한 주제로 나비처럼 옮겨다니는 것은 그 나름대로 변화의 매력을 지닐 수 있을 것이다.

《상처》의 경우가 전쟁의 비극성에 대한 증언과 애정 관계라는 두 가지 측면에서 전쟁소설 또는 애정소설의 두 가지 특성을 지니고 있고, 또 애정소설 중에서도 심리소설로서의 특성을 지니고 있다고 한다면 이같은 성격은 다른 여러 단편들 속에서도 소재를 달리해서 나타나고 있다.

가령 《어떤 죽음》의 경우를 보면 이것은 전쟁소설의 한 분야에 속하면서 특히 우리 사회의 어두운 뒷그늘, 즉 열악한 환경 속에서 생존을 위해 몸부림치는 사람들의 모습에 깊은 관심을 기울인 것이다. 살기 위해서 군용 석탄을 훔치는 근이 엄마와 그 동네 아낙들, 민간인의 도둑질을 감시하는 오 하사, 그리고 근이 엄마의 죽음 등은 전쟁이 백성들의 삶을 얼마나 비참하게 파괴하고 있는지를 잘 보여주고 있다. 그리고 이런 환경 속에서 오 하사와 근이 엄마 사이에 맺어지는 엷은 사랑 같은 것은 암흑 속의 한 가닥 불빛처럼 따뜻한 휴머니즘을 나타내고 있어서 감동을 준다. 그런데 같은 전쟁문학 또는 전후문학의 테두리에 속하면서도 데뷔작인 《신화의 단애》는 빛깔이 전연 다르다. 배고프기는 마찬가지지만 앞의 것이 현실증언의 리얼리즘 계열에 속한다고 한다면 《신화의 단애》는 그런 무거운 주제와는 정반대편에 있다.

미대생인 진영은 하루를 살만한 돈 한푼 없다는 점에서 《어떤 죽음》의 근이 엄마와 다를 바 없지만 그녀에게는 고민이 없다. 하숙에서 쫓겨난 그녀가 찾아가는 곳은 군용 석탄 퇴적장이 아니라 댄스홀이다. 그곳 문 앞에서 누군가를 붙잡아 며칠간을 살아갈 수 없을까 궁리하다가 말쑥한 청년을 만나 댄스홀로 들어가 춤춘다. 그 청년은 병역 기피자를 찾는 형사다. 기피자가 누구냐는 물음에 그녀는 아무나 턱으로 가리킨다. 다음에 진영은 자기가 턱으로 가리켰던 청년과 춤을 추고 그와 10일쯤 동거해주는 조건으로 30만원을 받는다. 그렇지만 그 청년은 진영과 동거하려고 호텔에 일주일 분의 방값을 지불한 직후에 그들을 뒤따라온 그 형사에게 기피자로서 체포된다.

이런 사건에서 볼 수 있는 것은 진영이 생존을 위한 방법의 선택에서 전연 윤리적 수치심이나 죄의식이 없다는 사실이다. 《어떤 죽음》의 근이 엄마가 유부녀로서 다른 남자와 데이트 한번 하더라도 그녀가 병든 남편과 자식들을 위해 캄캄한 밤중에 위험을 무릅쓰고 석탄을 훔치는 행위와 미대 수석의 대학생이 간단히 아무 남자에게 섹스를 제공해주고도 전연 수치심이 없는 경우는 전연 딴판이다.

이것은 이 작가가 똑같은 절망적 상황으로서의 전쟁을 보면서도 전쟁이 한국인의 도덕적 감정에 미친 영향이 얼마든지 다르게 나타날 수 있음을 보여주고 있는 셈이다.

《신화의 단애》에 나타나는 이같은 '별난 계집'은 사실은 별난 괴물이 아니라 전쟁이 만들어낸 흔한 인간형의 하나일 것이다. 왜냐하면 오직 생존만이 유일한 목표일 수밖에 없었던 극한상황 속에서는 그같은 인물이 쉽게 나올 수 있었으며, 그것이 전후의 새로운 양상으로 드러나고 있었기 때문이다. 그런 의미에서 이 작품은 전후문학의 대표적인 한 유형에 속한다. 그리고 그것은 실존주의 문학과 함께 우리 문단이 서구문학에 얼이 빠져 있던 시대에 그들의 전후문학의 영향을 받은 것이라고 짐작된다.

한편 《신과의 약속》은 식중독으로 위독해진 딸 경옥을 입원시키며 만일 그녀를 살려주기만 한다면 신을 믿겠다고 약속하는 여류문인 영희의 얘기로서 문학의 소재가 가정 내부로 돌려진 것이다. 《노파와 고양이》도 그렇다.

한말숙의 작품이 《하얀 도정》《아름다운 영가》 등 장편 외에 이렇게 우리 주변의 일상사에 대해서도 자주 관심이 기울어지고 있는 것은 이 작가가 문학에만 모든 정력을 바치기보다는 가정생활과의 조화를 항상 슬기롭게 시도해나가는 여류작가로서의 특성을 지니고 있기 때문일 것이다.

▨ 한말숙(韓末淑) 연보 ▨

1931년　12월 27일에 경남 사천의 군수관사에서 한석명(韓錫命)과 장숙명(張淑命)의 1남 4녀 중 막내로 태어남.

1950년　숙명여고 졸업.

1955년　서울대 문리대 언어학과 졸업.

1957년　단편소설 《신화의 단애》가 〈현대문학〉지에 김동리(金東里) 선생의 추천으로 문단에 데뷔.

1959년~1974년　서울대 음대 강사 역임.

1960년　사상계사에서 《신화의 단애》를 출간.

1962년　황병기(黃秉冀)와 결혼.

1964년~1969년　공보부 영화자문위원 역임.
　단편소설 《장마》가 New York Bantam 사에서 발행된 World Anthology에 〈The Language Of Love〉에 영역(金東晟·譯)되어 수록됨.

1964년　《이 하늘 밑》과 장편소설 《하얀 도정》이 휘문출판사에서 나옴.
　단편소설 《흔적》으로 제 9 회 〈현대문학〉 신인상 수상.

1968년　《신과의 약속》이 휘문출판사에서 나옴.

1969년　단편소설 《신과의 약속》으로 제 1 회 한국창작문학상 수상.

1975년　대한여학사협회 이사.

1977년　《잃어버린 머플러》가 서음출판사에서 나옴.

1978년　《여수》를 태창문화사에서 펴냄.

1980년　신문윤리위원.

1981년　《아름다운 영가》를 한국문학사에서 펴냄.

1983년　방송자문 위원을 지내고, 《아름다운 영가》(영역본)가 한국문학진흥재단, Fremont 출판사에서 나옴.

1984년　UNESCO 한국위원.

1985년　현대사회연구소 이사.

1986년 《모색시대》를 인문당에서 펴냄.
1993년　대한여학사협회 회장.
　2남 2녀의 어머니로 생활하고 있다.
　폴란드에서 COMER 출판사 《아름다운 영가》를 번역 출간.
　1993년도 Nobel 문학상 한국후보 추천.

신과의 약속

초판 • 발행 1994년 4월 15일   값 9,000원

■ 저 자 / 한 말 숙
■ 발행자 / 남   용
■ 발행소 / 一信書籍出版社

인지 생략

주 소 : 121-110 서울 마포구 신수동 177-3
등 록 : 1969. 9. 12. No. 10-70
전 화 : 703-3001~6
FAX : 703-3009
대체구좌 / 012245-31-2133577